KB111706

오해가
편견을
사랑할 때

오해가
편견을
사랑할때

초판 1쇄 인쇄일 2016년 07월 21일
초판 1쇄 발행일 2016년 07월 26일

지은이 | 박메가
펴낸이 | 김기선
편집장 | 김은지

펴낸곳 | 와이엠북스(YMBOOKS)
출판등록 | 2012년 7월 17일 (제382-2012-000021호)
주소 | 서울시 도봉구 노해로 379, 1005호(창동, 대성빌딩)
전화 | 02)906-7768 / **팩스** | 02)906-7769
E-mail | ymbooks@nate.com

ISBN 979-11-322-3828-7 03810

값 9,000원

YMBOOKS ROMANCE STORY

오해가 편견을 사랑할 때

박메가 장편소설

Ym BOOKS

차 례

#1

투명한 햇살이 노르스름하게 물들어가는 오후. 눈앞엔 상부로 올라가기 전 마지막으로 체크해야 하는 보고서가 놓여 있었고 그것도 마지막 장에 다다라 있었다.

시환은 아무리 바빠도 상부에 올리기 전 반드시 한 부를 인쇄해서 다시 꼼꼼하게 읽어봐야 하는 사람이었다. 그러다 보면 간혹 화면으로는 찾아볼 수 없던 오타 등등의 오류들이 눈에 들어오곤 했으니까.

그렇게 깔끔한 기획서의 세부 내용은 물론 반듯하게 각진 결재 서명란까지 쥐 잡듯 훑어본 그가 드디어 긴 손가락으로 관자놀이를 꾹 누르며 잠시 뻑뻑한 눈을 감았다.

"……젠장."

분명 보고서는 완벽했음에도 어째선지 굳게 다문 입술에서 낮은 욕설이 튀어나왔다. 일에 집중하지 않을 때면 이때다 싶어 자꾸만 머릿속으로 비집고 들어서는 어떤 생각 탓이었다. 결국 눈을 번쩍 뜬 시환이 열린 블라인드 틈으로 팀장실 바깥을 살폈다.

아니, 사실 '노려보았다'라고 함이 옳았다. 부러 다른 직원들을 먼저 하나하나 둘러보았음에도 이윽고 시선이 한곳에 멈춰 섰을 때, 그의 눈에서는 곧 레이저라도 쏘아질 기세였으니까.

약간 부스스하지만 촉감은 좋았던 긴 다갈색 곱슬머리, 부지런히 움직이는 작은 등. 데스크톱 화면으로 무언가를 체크하다 바쁘게 포스트잇을 뜯어 메모하는 하얀 손이 분주했다. 하지만 어째선지 일 잘하는 부하 직원의 뒷모습을 바라보던 그의 미간이 다음 순간 사정없이 구겨지고 말았다. 젠장. 검토만 마치면 그대로 제출하려던 서류가 구겨져버렸다.

"근데 넌 일이 잘된다 이거지."

NK에 입사한 뒤로 특별히 관심 갖지 않았던, 아니 그럴 필요가 없던 대상에게 오늘 따라 눈길이 가는 이유는.

'하아…… 시환 오빠!'

바로 어젯밤에 벌어진 일 때문이었다. 빌어먹을. 그는 다시금 나지막이 욕지거리를 내뱉으며 마우스 커서를 움직여 인쇄 버튼을 눌렀다. 그래놓고 등받이에 깊게 기대며 눈을 감았다.

어차피 생각이라는 것은 안 하려고 하면 보란 듯이 더 덤벼드는 놈이다. 그러니까 딱 보고서 열 장이 다시 인쇄되는 그 잠시 동안만 머릿속 지분을 내어주는 거다. 딱, 열 장이다.

그러는 사이 벌써 지이익, 한 장이 인쇄되어 있었다.

"조심히 들어가세요!"

그래. 몇 주 동안 매달렸던 대형 프로젝트를 성공적으로 끝내고 가진 회식까지는 좋았다.

"그럼 내일 봅시다. 저는 반대편으로 가야 해서."

분명 다음 날 출근이었음에도 팀장에게 주는 술이 뭐 그리 많던지. 그는 취기가 오르는 것을 느꼈지만 그를 제외하고 볼썽사납게 취한 사람은 없어 보였다.

없다고 생각했다.

"아우, 시환 님이랑 방향이라도 같으면 좋을 텐데 어쩜 이렇게 안 맞을까요."

같은 팀 부하 직원인 지윤이 요사스럽게 흘리는 눈웃음을 그가 못 알아챌 리 없다. 아까부터 그의 술잔에 부지런히 술을 채우던 사람이 지윤이었던가. 하지만 그는 모른 척 손목시계를 보며 물었다.

"저만 건너편으로 가는 건가요?"

"아뇨, 아마 리희 님도……. 어머, 아까 짠도 안 하고 혼자 들이켜더니 먼저 갔나 보네요. 그럼 저희도 들어가볼게요. 내일 봬요!"

어쩜 사람이 인사도 없이 가냐며 작게 투덜거린 같은 팀 여직원들이 택시 승차장 쪽으로 방향을 틀었고, 나머지 직원들도 그와 가볍게 인사를 나누고 돌아섰다.

"후우……."

택시를 탈까 그냥 걸을까. 열기가 올라오는 뺨에 닿는 찬 공기가 나쁘지 않아 걷는 게 낫겠다는 생각을 하며 그는 10미터쯤 떨어져 있는 횡단보도로 걸음을 옮겼다.

크고 늘씬한 체격에 한쪽 슈트 팬츠 주머니에 손을 꽂아 넣고 성큼성큼 걷는 남자의 모습은 지나가던 사람들이 한 번씩 힐끔거리기에 충분했다.

딱, 거기까지가 좋았다.

"……리희 님?"

빌어먹을. 순간 회사 밖에서까지 이렇게 격식을 차려야 하나 싶었지만 반사적으로 튀어나온 존칭보다 다급한 건 횡단보도 앞 돌기둥에 기대 아슬아슬하게 앉아 있던 한 여자였다.

"다 부질없어……."

흐트러진 머리칼 사이로 실없이 웃는 하얀 얼굴이 드러났다. 혼자 테이블 위에 있던 술이란 술은 다 들이켜기라도 한 것처럼 뺨이 붉었다.

근데 그 머리가 흔들거리다 옆으로 픽-!

"어어, 정신 좀 차려봐요!"

급히 다가서자마자 그에게로 폭 쓰러지는 여자 때문에 절로 한숨이 새어 나왔다. 그의 예민한 촉이 슬쩍 불길함을 알려왔다. 평소 회의 시간 외엔 사적인 말 한마디 제대로 나눠본 적이 없는 사람이었다. 뭐, 그만큼 맡은 일을 잘 처리해서 할 말이 없기도 했고.

"리희 님, 집이 어디에요?"

"오빠 집은 서울……."

"친오빠 집에 살아요? 거기가 어딘데요."

택시를 잡으려는데 도로가 지나치게 한산했다. 평소엔 도로 쪽으로 눈길만 돌려도 알아서 멈춰 서던 택시들이 왜 하필 이런 때엔. 기가 찰 노릇이었다. 머피의 장난인가.

"나 친오빠 없는데에?"

그때 또 한 번 휘청한 여자가 작게 중얼거렸다.

"……오빠가 없어?"

그 말꼬리가 댕강 잘라져 있던 탓인지 얼결에 시환의 반문도 짧아지고 말았다.

"내 오빠, 내 남자는 있어요. 우리 시환 오빠."

"시환…… 오빠?"

리희 님이 미쳤나. 아마 팀원들이 봤다면 기절할 모습인지라 시환은 촬영이라도 해두고 싶은 심정이었다.

"시환 오빠, 내 남자. 헤헤."

배실거리는 모양이 완전 취했다. 하지만 거기에 신경 쓸 겨를도 없이 불현듯 떠오르는 기억 한 조각은, 대충 택시에 태워 보내려던 상사로서의 책임감에 난데없이 남자로서의 책임감이라는 찬물을 끼얹는 것이었다.

'시환이가 좋다고? 언제부터?'

아까 회사에서 탕비실에 들어가려다 우연찮게 주워들은 여직원들의 대화 말이다. 이때까지만 해도 사실 '좋다고?'보다는 그를 애 취급하듯 '시환이'라 부르는 팀 내 최고 연장자인 여윤주 대리에 대한 반감이 더 컸다. 엄연히 직급은 제가 더 높은데 말이다.

'그리 오래되진 않았어요.'

'어머머, 리희 님이 남자한테 관심을 두는 줄은 또 몰랐네. 얼굴 빨개지는 것 좀 봐!'

하지만 이름을 듣는 순간 그의 손이 문고리 바로 위에서 멈춰 섰다. 제 이야기를 하든 말든 무심히 들어가려고 했는데 말이다.

리희? 우리희? 우리 팀 뿔테 안경 우리희 주임이 나를?

'윤주 님, 되도록 다른 분들께는 비밀로 좀…….'

'어머머머 당연하지! 걔가 인기가 많긴 해. 잘생겼잖아. 그치?'

'잘생겨서도 좋긴 한데…….'

거기까지 듣다 그는 그냥 팀장실로 돌아왔었다. 왜 그랬냐고? 당연히 별생각 없었으니까. 그저 약간 의외였을 뿐. 그래. 굳이 생각해본 적이 없어서 몰랐지만 생각해보면 정말 의외긴 했다.

신호등은 어느새 초록색으로 바뀌어 있었다.

"……도곡동."

그때 그에게 기대어 있던 여자가 무어라 중얼거렸다.

"예?"

"오빠 도곡동 살잖아요, 도. 곡. 똥! 타워 아파트!"

갑자기 또박또박 말하는 그녀의 안경테 속 눈망울이 반쯤 감겨 있었다. 그것만 아니라면 만취 상태라는 사실을 잠시 잊었을지도. 그는 갑자기 취기가 솟는 것을 느꼈다.

내가 거기 사는 건 또 어떻게 알았지?

"아니, 나 말고 그쪽이요. 우리희 씨 어디 사냐구요."

그가 여자의 어깨를 붙잡고 일으켜 세우며 물었다. 아무리 철저한 그라고 해도 인사기록카드에 적힌 주소를 일일이 외울 수는 없는 노릇이었다.

"저요오?"

"그래요, 리희 님."

"어어 초록뿔! 건너야지이!"

그런데 여자가 갑자기 눈을 찡그리며 신호등을 보고는 갑자기 뛰기 시작하는 거다.

"집에 가야지이! 일상이 내 사랑을 방해해선 안 되지!"

휘청휘청, 또 아슬아슬하기만 했다. 하지만 시환은 약간이나마 안도할 순 있었다. 저 정도면 귀소본능은 남아 있는 걸 테니까 적당히…….

"아악!"

"……하."

택시 타는 것까지만 봐주면 되겠다고 생각했건만. 저쯤 횡단보도 위에 대자로 뻗은 여자를 바라보는 시환의 얼굴에 퇴근 때까지만 해도 보이지 않던 피곤함이 드리워졌다.

"그동안 조용히 성실하다 했더니 갑자기 이자까지 쳐서 사람 피곤하게 하네."

그로부터 한 시간 반쯤 지났을까. 서울 바닥을 헤매고 헤매다 결국 호텔방 침대에다 여자를 던지다시피 눕힌 시환이 짜증 섞인 얼굴로 넥타이를 잡아 내렸다. 하루아침에 생판 다른 사람을 본 기분이었다. 제 팀에 이렇게 덜떨어진 팀원은 없었는데.

"오빠……."

"어떻게 본인 집 주소 하나도 몰라?"

아스팔트 위에 볼썽사납게 넘어져 있는 걸 모른 척하려다 주워서 택시에 태워주니 드디어 자신의 집으로 추정되는 주소를 열심히 부르는 거다.

그래서 믿고 같이 갔다. 아무리 그래도 인사불성인 사람이고, 그것도 성별이 여자인 사람이니 집에 무사히 들어가는 건 봐야겠어서. 하필이면 여자의 휴대폰이 꺼져 있어 가족들에게 마중을 요청할 수도 없었다.

그런데 허무하게도 찾아간 집이 생판 남의 집이란다. 뭣보다 차도 안 들어가는 좁은 골목이라 늘어진 여자를 업고 올라갔는…… 젠장, 젠장! 순간적으로 뻗는 열기에 시환이 슈트 재킷까지 벗어 들고 여자를 노려보았다.

"지금 뭐하자는 겁니까. 집에 가기 싫어요?"

인간 박시환, 깐깐하긴 해도 뒤끝 있다는 소리까진 안 듣고 살아왔다. 하지만 내일은 왠지 우리희 주임에게 시킬 일이 좀 많을 듯했다. 일단 프로젝트는 끝났으니까…….

아, 갈증. 그는 땀에 젖은 셔츠를 벗고 싶은 걸 참으며 대신 물을 찾았다. 쌀쌀한 바깥을 헤매다 따뜻한 곳에 들어오니 왠지 취기가 더 오르는 것만 같다.

"히끅. 어떻게, 어떻게 날 배신할 수가 있어? 연애 안 할 것처럼 그렇게 일만 하더니 연애할 틈은 언제 만든 거냐구!"

"……뭐?"

이건 또 무슨 전개야. 병을 통째로 잡아먹을 기세로 물을 마시던 시환이 잔기침과 함께 입가를 닦으며 여자 쪽으로 고개를 돌렸다.

"오빠, 연애 안 한다며!"

가느다란 손가락이 꼿꼿하게 이쪽을 향하고 있었다. 여전히 반쯤 감긴 눈이 의뭉스러웠지만 어쨌든.

"아까부터 계속 나 부르는 겁니까? 오…… 빠라고?"

뭔가 이상했다. 아닌데, 그의 기억 속 우리희 주임은 저를 먼저 부르는 일조차도 거의 없었다. 그러니까 '오빠'라는 친근한 호칭 따위는 아예 부를 수 있는 단계가 아니라는 말씀.

"그래. 오빠, 너!"

"너…… 하, 우리희 씨. 내일 아침에 지금을 기억해내면 민망해서 괴로울 거고, 못해도 나 때문에 업무량이 괴로워질 텐데 정말 괜찮겠어요?"

나직이 경고하자 벌떡 일어나 앉은 여자가 연노란색 재킷을 벗어던지며 응수해왔다.

"그러게 누가 연애하래? 너 때문에 마신 거 아냐, 너 때문에!"

그 말에 드디어 박시환의 인내심이 폭발…….

"뭐? 아니 왜 자꾸 연애 타령은!"

설마, 아까 회식 자리에서 들은 건가?

'시환 니임, 문소혜 상무님이랑 친구 그 이상이시라는 소문이 있던데 혹시…….'

유독 제 쪽에 붙어 앉은 여직원 하나가 물었던 게 생각났다.

'네, 맞습니다.'

'허어억! 정말요? 정말로 상무님이 팀장님 여자 친구라고요?'

'네, 뭐…….'

표면적으로는. 어쨌든 그래서 그렇다고 대답했던 건데.

"설마 진짜 그래서 취한 건가……."

거기까지 생각했을 때 시환의 손아귀에서 물병이 구겨졌다. 물론 자신을 이 여자가 만취한 원인이라고 귀결 짓기엔 조금 섣부른 감이 있었다. 하지만 이 여자는 제가 좋아하는 남자가 '시환'이라 밝혔고 그 남자는 같은 팀에 근무하는 여윤주 대리도 아는 사람이라고 하지 않았는가. 뭣보다 결정적으로 회사 내에서 '시환'이라는 이름을 가진 사람은 저 하나뿐……. 뭔가 확신이 더해질수록 시환의 눈빛 속 분노의 농도가 점차 옅어져갔다.

"내가 어디 사는지도 알고 말이지."

뭣보다 도곡동에 관한 정보에 대해 회사 사람들은 거의 알지 못할 것이었다. 대부분 그가 회사 근처 오피스텔에서 지낸다고 알고 있으니까.

이쯤 되면 비록 쌍방 통행이 될 순 없어도 일방통행에 대한 예의는 지켜주는 게 동방예의지국에 사는 국민으로서의 도리지 않은가.

"……나를 좋아한다고?"

정말 아무런 생각이 없다가도 누군가 자신에게 호감을 갖고 있다고 하면 눈길 한 번은 더 가게 마련이다. 그래서 그 눈길 왔다, 이 여자야. 이러면 안 된다는 머릿속 제어장치는 취기가 무력화시켜놓은 건지 제대로 작동하질 않았다. 그 덕에 시환이 사무적인 눈빛을 거두고 잠시 남자의 눈을 꺼내 그녀의 머리끝부터 발끝까지 느긋하게 훑어 내렸다.

약간 푸석한 머릿결 아래로 드러난 얼굴이 어딘가 어색하다 했더니 두꺼운 뿔테 안경이 사라져 있었다. 어디다 흘린 것 같긴 한데 평소 시환은 거기까지 세심하게 챙길 줄은 모르고 싶은 남자였다.

"있는 듯 없는 듯 지내다가 이렇게 뜬금없이 존재감 어필하는 게 컨셉이라면 아무래도 좀 무리수 두는 게 아닐까 싶은데."

그러다 무릎에서 찢겨진 스타킹과 그 사이로 스며 나온 붉은 피를 발견하고야 만다.

"뭐, 괜히 여자 무릎 만졌다가 고발당하긴 싫으니까. 그 정도로 죽진 않을 테니 알아서 해요. 난 갑니다."

그렇게 돌아서려던 순간.

"……오빠가 내 눈앞에 있다니."

무방비한 그의 손을 붙잡은 힘이 생각보다 셌다. 예상치 못한 순간에 훽 잡아끌어간 여자 때문에 몸이 꺾이며 급작스럽게 다가간 시환이 절로 미간을 좁혔다.

"리희 님?"

"나 드디어 계 타나 봐."

"뭐? 계?"

"시환 오빠."

두꺼운 뿔테 안경을 쓰고 있을 땐 작아 보였던 눈이 생각보다 더 컸다. 그사이 흐리멍텅한 눈이면서도 그의 목에 팔을 감기까지. 간신히 여자의 머리 양옆에 팔을 짚고 거리를 유지하던 시환은 이제 기가 찰 노릇이었다.

"이봐. 나 좋아하는 건 알겠는데 그렇다고 대번에 몸으로 유혹은 좀 아니지 않아?"

여자의 팔을 풀어낸 그가 짜증스럽게 말했다. 얼른 풀어내고 집으로 가야지. 가서 맥주 한 캔만 더 하고 자는 거다. 이미 여러모로 놀라운 팀원 하나 때문에 소비한 시간만 대체 몇 시간인가.

"좋아해요. 많이."

"뭐, 좋게 봐주니까 고맙긴 한데 나는……!"

말이 끝나기도 전에 뇌가 담은 정보는 '말캉하다'였다. 방금 그거 뭐였지? 시환의 얼굴이 황당함으로 얼룩져 그대로 굳어버렸다.

"내가 어떤 심정으로 당신을 좋아했는데……."

처연한 목소리는 당장이라도 안고 달래줘야 할 것만 같았다. 그 순간 여자의 다리가 제 허리를 감아왔다. 그의 얼굴이 더욱 굳는다.

"걸리지 말았어야지. 몰래 연애하면 됐잖아. 그것도 못해?"

절실한 눈빛이 그에게 닿아온다. 훅, 술에 취한 숨이 닿았지만 불쾌하진 않았다.

"……그럼 물어보는데 어떡하라고."

"바보야! 물어본다고 다 얘기해주니? 너 그거 밝혀서 이제 너의 수많은 ATM들이 돌아설지도 몰라."

"ATM?"

쪽. 깊게 생각하기도 전에 다시 한 번 입술이 부딪쳤다. 여자의 입술이 닿은 부분에 열기가 고여 시환은 순간 '취하는 것도 전염성이 있던가' 하고 고민해야 했다. 거기다 제 허리를 감으면서 아래쪽에 닿는 자극이 슬슬 여자를 놓고 가야 한다는 이성을 마비시키고 있었다.

"나 절실해. 내가 널 좋아하는 걸 포기하게 만들지 말아줘. 너 아니면 나는, 난…… 마음 줄 데가 없단 말이야."

순식간에 차오르는 눈물이, 그리고 더없이 진지한 취중진담이 결국 그를 흔들었다.

"같이 일한 게 이제 고작 두 달인데, 나를 그렇게 좋아한다고?"

말이 안 된다. 그가 광고기획 1팀 팀장으로 발령받고 이제 겨우 대형 프로젝트 하나를 같이 했을 뿐이었다. 그사이 뭐 얼마나 사적인 대화를 나눠볼 틈이나 있었겠는가.

"두 달? 아니거든! 넌 고작 삼 분 사십일 초 만에 날 빠져들게 만들었다구!"

순간 십여 년 전 유행가라며 그도 들어본 적 있는 섹시 여가수의 노래가 머릿속에 스쳐갔다. 저스트 원 텐미닛. 내 것이 되는 시간…….

그러니까 자신은 그 텐미닛의 반도 안 되는 시간에 한 여자를 꼬여낸 것이다. 저도 모르는 사이에.

"……안 돼."

그리고 어느새 여자의 감정에 동요한 자신을 발견하고 만다.

"아무리 네가 날 좋아해도 이건 아냐. 너만 상처 받는 일이야."

"오빠."

그때 그녀가 작게 웃으며 말했다.

"내가 오빠를 좋아하는 이유가 뭔지 알아요?"

"……."

"당신이 나를 좋아하지 않으니까."

순간 그는 머리를 한 대 강하게 얻어맞은 기분이 들었다.

"나만 너를 바라볼 수 있으니까. 나만……!"

"잠깐. 그러니까 네 말은."

전혀 예상치 못했던 이유에 그는 혹시 제가 잘못 들었나 싶어 다시 한 번 되짚어야 했다.

"내가 널 좋아하지 않기 때문에 날 좋아하는 거라고?"

어이없게도 저를 바라보는 고개가 천천히 끄덕여진다.

"당신이 나를 좋아하지 않아서, 그래서 당신을 좋아해요."

그리고 덧붙여진 진심에 이번엔 정말로 당황할 수밖에 없었다.

"……내가 널 좋아하면 안 된다고?"

"안 돼. 절대로."

'걱정 마. 절대 그럴 일 없어.'

그 뒤엔 '절대'라는 말로 그의 심기를 건드리기까지. 순간 눈에 보이지 않는 열기의 해일이 그를 덮치기라도 한 듯 어지러움이 밀려들었다. 절대적인 건 없어. 네가 뭔데 내 감정을 결정해?

그가 위협적으로 제 고개를 모로 꺾는 동시에 그녀의 양옆을 짚으며 나직하게 물었다.

"그럼 내가 널 좋아하지도 않으면서 안아도 상관없어?"

일부러 겁먹으라고 내놓은 말이었다. 평소의 그였다면 다른 방향을 모색해봤겠지만 빌어먹을 알콜이 그의 사고 회로를 일차원적으로 만들어놓은 뒤였으니까.

"상관없어요."

"뭐?"

그런데 고민조차 하지 않은 답이 돌아와 오히려 시환이 역풍을 맞고 말았다.

"상관, 없다고요."

뚝, 그 엉망진창이던 사고 회로가 블랙아웃되는 순간이 찾아왔다. 남은 것은 이 여자의 자신만만함을 꺾어주고 싶다는 생각뿐.

"……그렇다면 넌 내 굴에 들어온 이상 정신 차려도 못 나갈 줄 알아."

동시에 시환의 눈빛이 먹잇감을 눈앞에 둔 맹수의 것으로 돌변했다. 그리고 제 굴 입구를 두드렸던 그 말캉한 입술을 완전히 집어삼키는 데엔, 단 일 초도 걸리지 않았다.

지이잉, 뚝. 인쇄가 완료됨과 동시에 감겨 있던 그의 눈이 뜨였다. 다른 생각을 하면서도 워커홀릭의 무의식은 장 수를 세고 있었나 보다. 하지만 시환은 따끈한 인쇄물을 꺼내지 않고 손가락으로 가볍게 책상을 두드리며 무언가를 더 생각하다 이윽고 의자를 당겨 앉았다.

생각은 길어도 행동으로 옮긴 이상 그에게 후퇴란 없었다. 즉시 마우스를 움직여 메신저에 접속했다. 그리고 누군가에게 직통으로 전달될 개인 채팅창을 열었다.

[리희 님.]

몇 년간의 사회생활로 깨달은 게 있다면 절대로 상대를 부름과 동시에 전달 사항을 말해선 안 된다는 것이었다. 그가 눈만 돌려 다시 한 번 바깥쪽, 그리고 이번엔 곧장 리희의 뒷모습을 바라보았다.

[리희 님.]

그제야 화면을 본 여자의 등이 흠칫 굳는 것이 보였다. 그래. 내가 이렇게 나올 줄 몰랐겠지. 시환은 만족스러운 얼굴로 이번엔 리모컨을 찾아 블라인드를 닫았다.

어차피 제 다음 메시지를 보면 여자는 움직일 수밖에 없을 테니까.

[네, 시환 님.]

답 메시지에 꼭 파들파들 떠는 기다란 한 쌍의 귀가 달려 있는 것 같은 느낌은 기분 탓일까.

[하던 일 있어도 당장 내 방으로 와요.]

뭐가 됐든 시환은 이제 제 사무실의 문이 열리기만을 기대하면 된다.

"히익!"

무심코 데스크톱 화면에 뜬 메시지를 본 순간 리희는 지진을 느꼈다. 진원지는 그녀의 동공 어디쯤.

"리희 님, 무슨 일 있어?"

있는 듯 없는 듯 일하던 리희가 간만에 존재감을 표출한 탓에 옆자리 지윤이 파티션 밖으로 고개를 빼꼼히 내밀어가면서까지 관심을 보여왔다. 어쩌면 나른한 시간에 수닷거리를 찾는 하이에나의 심정일지도 모르겠지만.

"아, 아니요. 갑자기 날파리가 날아들어서……."

"뭐야, 그게…… 어?"

그런데 이번엔 지윤이 파티션을 붙잡고 반쯤 일어나 조금 더 관심 있게 리희를 바라보는 거다.

"어머, 리희 님 오늘 안경 안 꼈네? 어디 가?"

"네? 아, 집에서 급하게 나오다 그냥 두고 나왔나 봐요."

실은 어제 다른 사람들 다 가볍게 마실 때 혼자 미친 듯이 마시고 만취 상태에 빠져 제 안경이 어디로 갔는지도 모른다고는, 절대 말할 수가 없는 거다.

그녀는 우선 시환으로부터 날아온 메시지창부터 껐다. 그 아래 있던 다른 창엔 '오늘 저녁 여덟 시, 다들 참전하시는 거죠?'의 메시지 따위가 와 있었지만 그마저도 일단은 꺼버렸다.

그사이 리희의 머리끝부터 발끝까지 훑어본 지윤이 떨떠름한 얼굴로 답했다.

"하긴, 어디 가는 것 같아 보이진 않네. 근데 안경 끼는 사람들한텐 안경이 그냥 눈이라며, 리희 님 시력 안 좋다고 하지 않았어?"

"렌즈 껴서 괜찮아요."

아니, 절대 괜찮지 않다. 아무리 공기 청정기며 가습기가 빵빵하게 돌아가도 눈의 피로는 평소보다 두 배쯤 더 높아지면서 그녀를 마구 괴롭히고 있었다.

깜빡깜빡, 지윤이 무어라 하든 말든 인공 눈물 한 방울씩을 눈에 넣은 리희가 주섬주섬 일어났다.

"아으, 허리야……."

그러다 저도 모르게 앓는 소리가 튀어나온 것이다. 미쳐 정말. 리희는 지윤이 들을세라 괜히 작게 스트레칭을 해야 했다. 메시지에 분명 '당장'이라고 쓰여 있었는데 벌써 그 당장의 범주를 넘어섰지 싶다.

"커피 가지러 가요? 그럼 내 것도!"

누군가 일어나기를 기다렸다는 양 지윤이 제 머그컵을 내밀어왔다. 정 나른하면 본인이 일어나면 될 일인데.

리희는 사실 지윤이 저를 만만하게 보고 이것저것 사소한 일들을 떠넘기다 이제는 대놓고 부려먹는다는 것을 알고 있었다. 그러나 굳이 싫은 것을 내색하진 않았다. 제가 소심하게 군 것이 사실이었으니까.

"아뇨, 팀장실에 잠깐."

"시환 님이? 무슨 일로?"

대번에 바뀐 눈빛은 약간 날카롭기까지 했다. 옳거니. 리희는 그것이 여자만 알 수 있는 암컷의 경계라는 것을 알아차렸다.

"……어제 올린 기획안 때문에 하실 말씀이 있으신가 봐요."

안 그래도 점심시간 내내 직원들의 화젯거리가 시환의 여자 친구인 문소혜 상무에 관한 것들이어서 리희는 밥을 제대로 먹지도 못하고 올라와야 했다. 그마저도 체해버려서 조금 전엔 몰래 의무실로 가 소화제를 타 먹어야 했고.

"올렸다 하면 오케이인 리희 씨 기획안에? 웬일이래."

뒤이어 좋겠다, 라며 이어지는 말에 리희는 '그럼 대신 좀 가주실래요?'라 말하고 싶었다. 아니면 '지윤 씨가 지금부터 우리희 하실래요?'라거나. 그만큼 딱 미치고 팔짝 뛰기 일보 직전인 상태로 벌써 오늘의 삼분의 이가 지나가고 있었다.

그리고 바로 지금, 올 것이 온 상태.

사실 오늘 이른 아침 호텔에서 뛰쳐나와 집으로 향할 때까지만 해도 오늘 하루는 휴가를 내야겠다고 생각했었다. 그런데 그 휴가계를 내야 하는 사람이 바로 직전까지 저와 한 침대에 누워 있던 박시환 팀장이라는 것을 떠올리고는 아마도 택시 안에서 절규했더랬지.

또 그런 생각을 하느라 약간 느릿하게 움직였는지 지윤이 새침하게 말했다.

"뭐 해? 어서 가봐요."

"네."

네가 붙잡고 있었잖냐고 응수해주고픈 것을 꾹 참고 리희가 돌아서서 팀장실로 향했다. 이렇게 큰 건물인데 왜 하필 제 자리와 팀장실은 고작 다섯 걸음이면 되는 걸까. 이 다섯 걸음 사이에 제가 갑자기 쓰러진다면…… 아냐 그건 더 부끄러워. 혹은 갑자기 천재지변이 일어난다면? 그래, 그건 내 탓이 아니니까 좀 괜찮을 것 같기도…… 엄마야, 도착이다.

하지만 그녀는 실낱보다도 더 가느다란 희망의 끈을 놓지 않았다. 똑똑, 작게 노크를 하고 답이 돌아오는 순간까지 갑자기 제가 서 있는 자리에 구멍이 날 확률 따위를 계산하고 있었으니까.

"들어와요."

역시. 지은 지 고작 1년 된 사옥에 문제가 생길 리가 없잖아. 그럼에도 불구하고 리희는 문고리에 손을 얹으면서도 멍청하게 문고리가 고장나 있기를 바랐다.

"분명히 '당장'이라고 했던 것 같은데, 행동이 좀 굼뜨네요. 리희님."

문을 열고 들어서자마자 들려오는 목소리에 리희는 일단 빠른 사과로 이 대화를 시작해야 했다.

"죄송합니다."

몇 년간의 사회생활로 배운 것이 있다면 상사의 타박에 어설픈 변명을 댔다가는 더 많은 일을 떠안게 된다는 점이었다. 그럼에도 의아한 점이라면 박시환 팀장은 평소 가감 없이 말하면 말했지 저렇게 비아냥거리진 않았다는 것.

"바닥 안 무너집니다. 그거 붙잡고 있지 말고 들어와요."

"네? 아, 네."

시환의 시선이 제가 꼭 붙들고 있는 문고리에 닿아 있는 것을 느낀 리희가 화들짝 놀라 손을 뗐다. 그러느라 반쯤 돌아섰을 때 아직 지윤이 이쪽을 바라보고 있는 것이 보여 그녀는 최대한 빠르게 문을 닫고 안으로 들어서야 했다.

"팀장으로서 주임에게 할 말은 아니니 앉아서 이야기할까요?"

자리에서 일어난 그가 뚜벅뚜벅 걸어왔다. 흐익. 그에 리희는 저도 모르게 뒷걸음치다 곧장 뒤가 문이라는 것을 알아차려야 했다.

"뭐 해요? 앉으라니까."

그새 먼저 소파에 앉은 시환이 다시금 문과 한 몸이 되려고 하는 리희를 부르자 그제서야 그녀가 쭈뼛쭈뼛, 마치 도살장에 끌려가는 소처럼 그가 앉아 있는 쪽으로 다가와 조심스럽게 앉았다.

그렇게 그녀의 엉덩이가 부드러운 가죽 소파에 닿자마자 그의 입술이 열렸다.

"퇴근하고 이야기할 걸 그랬나요? 회사에서 하긴 좀 그러니까."

"어, 아, 아뇨! 여기서 끝내는 게 좋을 것 같습니다."

그런 그녀의 두 눈에 물기가 어려 있어 시환은 내심 깜짝 놀라고 말았다.

설마 그사이에 운 거야?

"끝내…… 요?"

그런 여자한테 저는 굼뜨니 뭐니 그런 소리를 한 거고?

"네."

그래서 단호한 반응을 보이는 그녀였음에도 시환의 눈에는 그게 더없이 처연해 보였다. 이러면 곤란한데. 그의 눈썹이 언밸런스하게 구겨지는 듯했으나 다음 순간 그는 소파 등받이에 몸을 깊게 기대며 긴 다리를 꼬았다. 여자의 눈물에 속아서는 안 되니까. 그래서 곧바로 본론을 꺼내 들었다.

"일어나보니까 없던데."

주어도 없고, '어디에서' 일어났는지도 드러나지 않은 불분명한 문장이었지만 리희는 당연히 알아들을 수밖에 없었다.

"추, 출근해야 해서……."

"그 출근, 나도 해야 했던 거 알죠?"

"죄송합니다."

하지만 같이 눈을 뜨는 게 더 당황스럽지 않았을까요, 라고 말대꾸는 못하겠다.

"어제 기억은 나요?"

"네. 어, 근데 저, 전부는 아니고 그……."

사실은 앞뒤 자르고 중요한 엑기스 위주로요, 시환 님…… 이라고도 못하겠다. 뭣보다 모든 게 기억이 나더라도 거기에 그쪽 얼굴만 없다는 건 더더욱. 리희는 대신 고개를 폭 숙이고 눈을 질끈 감아야 했다.

슈트에 대해 잘 모르긴 하지만 시환의 몸을 감싸고 있는 것이 어제와 다른 슈트라는 건 알겠다.

그런데 왜, 왜 제 눈에 렌즈 대신 투시경이라도 끼워놓은 것처럼 저 남자의 맨몸이 보이는 거냐고!

"그래서 신고까진 안 한 거로군요. 난 리희 씨가 도망가고 없길래 룸을 나서자마자 경찰한테 붙잡히거나 출근하자마자 고발당해 있을 줄 알았는데."

"그럴 리가 없죠! 엄연히 제가 시환 님을 덮친-!"

"자, 잠깐!"

언제 뒤로 기대어 있었냐는 듯 그의 커다란 손이 재빠르게도 그녀의 코앞까지 쭉 뻗어 나왔다. 그러느라 순간 그녀의 코끝에 옅은 바람이 닿았다. 그의 시원한 향을 머금은 바람이.

"네?"

"누가 누굴……."

덮쳐? 제 한 손 뒤에 가려진 얼굴을 두고 시환은 황급히 표정 관리를 해야 했다. 그쪽이 나를 덮치다니, 그러면 건장한 남자인 난 뭐가 됩니까? 따져 묻고 싶은 게 혀끝까지 튀어나와 있었지만 그는 자존심부터 사수하기로 했다.

"크흠, 엄연히 쌍방 과실이라는 거죠. 나도 책임이 있다는 말입니다."

"아."

네에. 라며 그녀의 목소리가 또 기어들어갔고, 시환은 멋쩍게 손을 거두며 빈손을 쥐었다 펴기를 반복했다. 손을 몇 번이나 씻었는데 왜 아직도 저 여자의 몰랑한 피부 감촉이 남아 있는 걸까.

"저기."

그때 데구르르, 눈을 굴리던 리희가 먼저 입을 열었다.

"말해요."

"사실 어제 뭐가 어떻게 됐는지 자세히 기억이 나진 않지만 어쨌든, 어제의 저도 저니까 책임을 져야 할 일이 생긴다면 다 책임지겠습니다, 다만."

원래 이렇게 말을 잘했나 싶을 정도로 또박또박 말을 잇는 리희의 모습은 조금 의외였다. 그래서 그녀를 바라보던 본 시환의 눈빛에 놀라움이 떠오를 즈음, 갑자기 그녀의 목소리가 또 작아졌다.

"사직서만은…… 제가 이사를 한 지 얼마 안 돼서요."

그 말에서야 시환은 알 수 있었다. 어젯밤 제가 이 여자를 업고 그토록 헤맸던 이유를. 한숨이 절로 나온다.

"회사에 피해를 준 것도 아닌데 사직서는 왜요. 뭐 그런 건 됐고 일단 인사과 가서 집 주소 변경됐다고 신고부터 해요."

아니면 그 머리에 바뀐 주소부터 똑바로 입력해놓든지. 귀소본능 내비게이션이 있으면 뭐하나. 그는 갑자기 어깨가 다 뻐근해지는 기분이 들었다.

"네……. 아, 그리고."

주저하는 리희의 얼굴을 바라보던 시환은 문득 뭔가 이상한, 그러니까 입 안에 돋아난 혓바늘 같은 찜찜함을 느꼈다. 뭐지?

"정말 죄송합니다. 여자 친구도 있으신 분께 정말 그러면 안 됐는데…… 어제 일은 절대로! 입 밖에 낼 일은 없을 거예요. 어, 죽을 때까지, 아니 당연히 그 이후로도 다물어야죠. 어제는 제가 정말, 그래. 술에 취해서 잠시 미쳤었던 것 같아요. 일종의 사고죠, 사고."

그러느라 그가 말이 없는 와중에 제 발이 저린 리희는 눈을 질끈 감고 수습할 수 있는 말이란 말은 전부 다 던지고 보기로 했다.

"사고…… 요?"

"네. 사고."

굳게 끄덕이기까지 한다. 이렇게 되면 저쪽에서 질척거리지 않아주니 시환의 입장에선 땡큐해야 할 노릇인데, 묘하게 심정이 상한다.

조금 전까지 울고 있었잖아.

"그럼 전부 다 기억하는 나도 미친놈이겠네요."

"네?"

"나 좋아한다면서요."

"네에?"

순간 너무 놀라 대답과 비명이 분간이 안 되는 무언가를 질러버린 리희가 서둘러 제 입을 두 손으로 틀어막았다. 아뿔싸, 팀장실 방음은 괜찮나? 돈 많은 회사니까 이 정도 비명은 감춰주겠지? 싶은 생각은 그 뒤에야 찾아왔다.

그러나 그녀를 바라보는 시환은 여전히 태연했다.

"그래서 내가 마음 없이 안아도 상관없다고 했잖습니까."

하얀 얼굴이 점차 새하얗게 질리기 시작한다. 그가 쐐기를 박아 넣었다.

"나보고 '시환 오빠'라면서. 계 탔다고."

"허억……."

타긴 탔죠, 계. 근데 그거 꿈에서 탄 줄 알았거든요…….

"그래서 난 그 마음을 받아주지 못해 미안하다고 말하려 한 겁니다. 알다시피……."

"여자 친구가 있으시니까요."

망연자실한 얼굴의 리희가 얼이 빠진 낯으로 말을 이었다.

"……네, 뭐."

빌어먹을. 이런 일이 터질 줄 알았으면 그때 그러지 말걸. 그는 넥타이를 풀고 싶은 것을 꾹 참아야 했다.

"뭐 미친놈 된 김에 하는 소리지만, 아니 어차피 이미 나쁜 놈이라 생각하겠지만 사실……."

"죄송합니다."

"아니, 사과는 지금 리희 님이 해야 하는 게 아니라……."

"아뇨, 맞아요. 절대적으로 제 잘못이에요."

대체 뭘 믿고 저렇게 대책 없이 '절대'라는 말을 함부로 하는 걸까. 시환의 고개가 모로 틀어졌다. 제 말이 뚝뚝 끊긴 것에 대한 불쾌감을 느낄 틈도 없었다.

"왜 '절대적으로' 우리희 씨 잘못이라는 거죠?"

"제가 착각했거든요."

"착각이요?"

"네. 실은……."

안경을 끼지 않은 커다란 눈이 드디어 그에게로 향했다. 이건 뭐 반전드라마의 여주인공도 아니고, 안경 하나 벗었다고 느낌이 새삼 크게 달라 보인다.

하지만 시환은 앞서 리희의 얼굴 따위를 바라보며 다음을 대비해놓지 않은 것을 크게 후회해야 했다.

"제가 '시환'이라는 사람을 좋아하긴 좋아하는데……."

아니, 차라리 여기까지만 들었어야 했다.

"그 사람이 시환 님은 아니에요."

"대체로 시장에서 NK전자 제품 자체에 갖는 호응도가 높았지만, 지난 분기부터 치고 올라온 SL전자 때문에 상대적으로 판매량이 떨어져서 이래저래 우리 쪽에 주는 기대가 커지고 있어요."

리희는 가능한 한 시환에게서 멀리 떨어진 쪽에 앉고 싶었다. 하지만 애석하게도 회의 테이블은 원탁이었다. 좋든 싫든 바로 옆에 앉지 않는 이상 시환의 얼굴을 봐야만 하는 거다.

"시환 니임, 우리 대형 프로젝트 끝낸 게 지난주예요. 근데 벌써 뭐가 또 있어요?"

야근하느라 푸석해진 피부 복구도 다 안 됐는데. 밉지 않은 선까지 투덜거릴 줄 아는 지윤 덕에 다른 사람들도 한두 마디 정도 덧붙였다.

"이게 우리 일이잖습니까."

그러자 피식 웃으면서도 나직이 불만들을 끊어내는 시환의 목소리가 테이블 위에 깔렸다.

"작년까진 하반기 출시를 9월에 잡았지만 이번엔 50주년 기념이다 뭐다 해서 7월로 당긴다고 합니다. 스마트 워치 같은 제품이 7, 8월 휴가 시즌에 더욱 필요할 테니까요."

"아, 맞다 50주년……. 헉. 벌써 3월인데? 우리 죽었네요. 이미 진행 중인 것만 해도 몇 건인데."

리희는 회의록을 작성하고 있었다. 평소엔 회의록을 작성하면서 이 팀에 주임 아래 사원이 없는 게 천추의 한이라 여겼지만 오늘만큼은 시환의 얼굴을 보지 않아도 되니 차라리 좋았다.

'……그렇다면 내 굴에 들어온 이상 넌 정신 차려도 못 나갈 줄 알아.'

"……!"

그러면 무엇하나. 오늘의 박시환 피하려다 어제의 박시환이 떠오르는 것을.

"그러니까 이전에 나왔던 아이디어 중 계절감 때문에 보류됐던 것들 다시 한 번 찾아봐주시고……."

처음 박 팀장 이름 듣고 정말 놀라긴 했다. 하지만 동명이인이야 어디에나 있고 또 '그 시환'이랑 저기 저 박시환이랑은 분위기부터 너무 달라서 별생각 없었는데.

우리 시환 오빠는 좀 선이 가늘고 예쁜데 저기 저 박시환은 그냥 남자잖아. 음, 좀 서늘한 인상의 좀 많이 잘생긴 남자긴 하지만.

아니지. 지금 그런 생각을 할 때가 아냐. 지금으로써 가장 큰 문제는 박시환을 류시환인 줄 알고 제가 열심히도 꼬드겨서 하룻밤을 보내버렸다는 것. 기억이 안 나서 답답한 것보다야 낫겠지만 지금은 기억이 나서 좀 더 괴로운 상황이었다.

"그거라면 지난 프로젝트 끝나고 제가 추려서 리희 님한테 줬는데……."

한마디로 어제의 우리희는 우리희가 아니었다는 것. 술이라는 귀신에 씌여서 미친 짓을 저지른 거다. 그래. 길에서 혼자 스트립쇼를 했다면 차라리 나았겠지만.

"리희 님."

문제는 저 남자와 이 몸이 저지른 일탈이라는 거다. 할 수만 있다면 맨인블랙에 나오는 기억제거장치라도 구해다가 저 팀장님의 기억을 좀 지워버리고 싶다. 왜 별의별 발명품이 넘쳐나는 이 시대에 그런 건 안 나오는 거야?

"……리희 님?"

사직서를 낼 필요는 없다고 했지만 더 껄끄러워지기 전에 알아서 옮기는 게 좋으려나? 아니지. 회사 대출까지 받아서 간 이산데 그만뒀다간 퇴직금이고 뭐고 없을 거 아냐.

아 진짜, 그놈의 술. 왜 하필 회식하던 그때 폰을 확인해서는……!

"리희 님, 뭐 해. 시환 님이 부르시잖아."

"느, 네, 네?"

한창 다른 생각을 하고 있을 때 옆에서 지윤이 팔꿈치로 툭 쳐왔다. 그에 번쩍 정신을 차리고 보니 팀원들이 모두 저를 바라보고 있었다.

물론 시환까지도.

"……그 파일들 다시 한 번 정리해서 나한테 갖다주세요. 내일 오전까지."

그런데 그 눈빛이 평소보다 더 매서워 보이는 건 기분 탓일까. 그 파일은 또 뭐지?

"네, 알겠습니다."

망했다. 뭘 말하는지 모르겠다. 회의 끝나고 지윤 님에게 물어보든가 해야지. 그런 생각으로 열심히 받아 적고 있던 것을 본 리희는 깜짝 놀라 황급히 두 손으로 회의록을 가려야 했다.

'하반기 새 프로젝트…… 설마 닮아서 헷갈렸던 건가?'

'아닌데, 다른데. 우리 시환 오빠가 훨씬 낫지.'

'관둘까? 오피스텔 전세금은 또 어떻게 해.'

'역시 기억을 지워버리는게 직빵인데.'

'인공 눈물 갖고 들어올 걸. 눈알 아파.'

'박시환은 왜 시환일까…….'

등등. 두 손으로 간신히 가려질 정도로 그 짧은 사이에 적힌 낙서가 많기도 많았다.

아니, 대체 얼마나 오래 딴생각을 한 거지?

"그럼 오늘 회의는 여기까지 합시다."

그래서 시환이 회의 내내 저를 보고 있었다는 것도 모른 채, 그녀는 누가 볼세라 회의 끝이라는 말을 듣자마자 회의록부터 덮는데 집중했다.

"미쳐, 춘곤증인가 봐. 우리 잠깐 커피 마시러 갈래?"

그사이 다른 직원들은 다행히 그녀의 회의록에 딱히 관심을 두지 않고 서둘러 빠져나가기 시작했다.

"콜. 간식도 땡기는 데 먹으면 살찌겠죠?"

회사 휴게실에 구비된 간식들이 너무 고퀄이라 살 빠질 틈이 없다며 휴게실 쪽으로 사라지는 팀원들 뒤로 홀로 남은 리희가 테이블을 정리하며 한숨을 내쉴 때였다.

"매번 테이블 정리해놓는 사람이 리희 님이었나 봅니다."

"네, 뭐…… 네엑?"

무심코 답하던 그녀가 기절할 듯이 놀라 돌아섰을 땐 텅 빈 회의실 문 옆 벽에 느슨하게 기댄 시환이 팔짱을 낀 채 그녀를 바라보고 있었다. 순간 엄한 소리를 냈던 탓에 잔기침으로 목을 가다듬은 리희가 천연덕스럽게 물었다.

"아, 뭐 두고 가셨어요?"

"네. 중요한 거라서."

제가 좋아하는 사람이 시환이 아니라고만 하고 팀장실을 빠져나온 이후 곧장 회의가 진행된 터였다. 어쨌든 사고라는 걸 알았으니 이제 서로 입조심만 하면 되는 거 아닌가? 하는 생각으로 서둘러 주변을 정리한 리희가 회의록을 소중하게 안고 문 쪽으로 향했다.

"그럼 먼저 가보겠습니다."

그때 불쑥 그녀를 가로막은 그의 팔이 문을 잡고 열지 못하게 했다.

"근데 그 중요한 게 마침 도망가네요."

"저, 저요?"

"네. 그 중요한, 우리희 씨."

고작 하루아침에 NK 유망주 박시환의 '중요한 무언가'가 될 수도 있구나. 그녀는 약간 얼떨떨한 기분이 들었지만 다음 순간 표정을 굳혔다.

"저는, 다 끝났다고 생각합니다. 시환 님."

"끝났다고? 확실해요?"

"네…… 엇!"

그때, 그가 그녀의 팔을 잡아당겨 그만 품에 안고 있던 것들이 우수수 떨어지고 말았다. 투명한 유리문 옆쪽으로 당겨 바깥에서 리희가 보이지 않게 한 것이었다.

"거짓말한 건 아니고?"

"거, 거짓말이라뇨! 아니에요. 정말 동명이인인 다른 사람으로 착각했던 거예요."

그의 눈이 가늘어졌다. 도망간다고 하더니 정말로 그녀가 달아날까 싶어 리희의 어깨를 단단히 붙잡은 채였다.

"그럼 내가 도곡동 사는 건 어떻게 알았어요?"

그 말에 이번엔 반대로 리희의 눈이 동그랗게 커졌다.

"……시환 님 도곡동 사세요?"

"본인 입으로 말했습니다. 내가 도곡동 산다고. 그건 팀원들 누구한테도 말한 적 없는 건데."

"아……."

맙소사. 이 남자 완벽하게 오해하고 있다. 대체 어디서부터 설명을 해야 하나 눈을 이리저리 굴리는데 그녀의 눈이 다시 뻑뻑한 렌즈를 이기지 못하고 다시금 옅은 눈물막을 만들어냈다.

"나한테 여자 친구가 있어서, 내 마음 불편할까 봐 거짓말하는 거 아니냐고 묻는 겁니다 지금."

하지만 그 눈을 뚫어져라 보던 시환은 미간을 좁혔다.

또 울잖아.

"아니에요! 그러니까, 그게 어떻게 된 거냐면……."

이게 이럴 때 꼭. 건조함을 이기지 못한 렌즈가 튀어나올 뻔한 탓에 리희가 말을 하다 말고 손으로 잠시 눈가를 비볐다. 마침 생각할 틈을 벌기 위한, 일종의 꼼수가 되어주었다.

"……아니라면서 왜 자꾸, 우는 건데."

하지만 꼼수를 다큐로 받은 시환이었다. 애석하게도 그는 꼼짝없이 그녀가 우는 줄로만 안 것이다.

"이건 그냥 눈이 좀…… 아, 이게 중요한 게 아니고 시환 님 지금 뭔가 오해를 하고 계신 것 같아요. 음, 사실 제가 좋아한다는 사람이요."

아무래도 되도록 말하지 않으려 했던 제 사생활을 밝혀야 할 것 같았다.

"그러니까 시환 님이랑 이름만 같은-!"

"시환 님, 여기 계세요?"

하지만 그때 회의실 문을 벌컥 열고 들어온 지윤 때문에 말할 타이밍을 놓치고 말았다.

"어…… 중요한 이야기하고 계셨나 봐요."

지윤의 눈이 리희의 어깨를 잡고 있는 시환을 한 번, 그리고 바닥에 떨어진 것들을 한 번씩 보고는 곧장 의심을 내비쳤다. 오 마이 갓. 저 머릿속에서 벌써 루머가 생성되고 있잖아!

리희는 재빨리 한 걸음 더 물러서며 황급히 머리를 굴려야 했다.

"아, 아니요! 제가 방금 여기서 너, 넘어졌거든요. 그래서 시환 님이 일으켜주신 거예요. 중요한 얘기 같은 거 '절대' 아니에요!"

"……."

그러느라 잠시 허공에 덩그러니 남아 있던 시환의 손이 조금 멋쩍어지고 말았다. 하지만 그보다 벌써 '절대'라는 말을 몇 번째 들은 그의 얼굴이 더할 나위 없이 굳어졌다는 것을, 바닥에 주저앉아 회의록부터 챙기던 리희는 알 리가 없었다.

"아아, 그래요?"

하긴, 팀 내 가장 존재감 없는 우 주임에게 박 팀장이 뜬금없이 은밀한 이야기 따위를 할 리가 없잖아. 지윤이 그저 작게 어깨를 으쓱이고는 시환에게 용건을 건넸다.

"시환 님, 팀장급 회의 소집됐다고 해서요. 15분 뒤 12층 중회의실요."

"……네. 알겠습니다."

그사이 표면상 더 머물러 있을 필요가 없는 리희가 시환에게 살짝 고개를 숙이고는 서둘러 회의실을 빠져나갔다.

"아, 시환 님. 10분 정도 여유 있으니까 그 전에 샌드위치 하나 드실래요? 지금 막 가지고 올라온 건데."

그럼에도 그 자리에 서 있는 시환을 보고 지윤이 한 톤 높인 목소리로 딴엔 귀여운 느낌이 들게 물었다. 그러나 그의 반응은 냉담했다.

"아뇨, 전 괜찮습니다."

그의 시선은 종종걸음으로 회의실을 달아나버린 리희의 등 뒤에 꽂혀 있었다.

저 여자는 알까. '절대'라는 말을 넣어가며 부정할 때마다 그는 그 '절대'가 가진 견고함을 깨부수고 싶어진다는 걸.

"슬슬 퇴근합시다. 그나마 시간 있을 때 부지런히 쉬어두는 게 좋으니까요."

"어이쿠, 좋습니다아."

시환이 팀장실을 나오며 건네는 말에 직원들이 기다렸다는 듯이 일어났다. 하지만 그는 팀원들이 따라오든 말든 서둘러 먼저 밖으로 걸음을 옮겼다.

아까 팀장 회의를 하는 동안 시환은 저도 모르게 무려 집중력의 40%가량을 우리희에게 쏟고 있었다. 무언가를 말하려다가도 자꾸만 눈물을 보이던 그녀가. 그래서 회의는 막바지로 향할수록 무언가 가닥을 보였지만 그의 머릿속엔 회의가 끝날 때까지도 엉망진창으로 엮인 실타래들이 데굴데굴 굴러다닐 뿐이었다.

"지윤 씨, 어디 가? 오늘 엄청 예뻐!"

그런데 빌어먹을, 엘리베이터가 1층에 걸려 있었다. 그가 신경질적으로 버튼을 눌러놓고 기다리는 사이 직원들이 그의 뒤쪽으로 와 섰다. 그 여자도 있겠지. 그는 뒤가 신경 쓰였지만 뒤돌아보지 않기로 마음먹었다.

왜냐면 저는 이렇게 복잡해 죽겠는데 막상 회의를 마치고 왔을 때 리희는 그를 보지도 않고 제 할 일에 바빠 보였기 때문이었다.

그게 정상이긴 했지만 그 순간 시환의 눈엔 그 모습이 그렇게 괘씸하게 보였더랬다.

아무리 누군가를 좋아하는 게 본인 마음이라지만, 무슨 토스하듯 마음을 던져놓고 저렇게 태평할 수가 있는 거지? 난데없이 고백을 받은 그는 손에 뜨거운 감자를 쥔 것처럼 안절부절못하고 있는데 말이다. 젠장. 아니라면서 왜 자꾸 운 건데. 설마 계략인가. 연기였어? 뭐 어쨌든 결국 마음은 거절해도 몸은 거절하지 못한 제 탓이었다.

죽어라 박시환.

"소개팅이요. 상대가 꼭 저를 소개해달라고 노래를 불렀다나 어쨌다나. 그래봤자 좋은 남자들은 벌써 누가 다 채가고 없잖아요, 그쵸 시환 니임?"

간드러지는 콧소리가 그의 등을 때리는 듯했다. 예쁘게 입고 왔으니 돌아봐달라는 듯했으나 그는 돌아보고 싶지가 않았다. 성격상 확실하게 끝맺고 싶었지만 상대가 저렇게 피한다면 저도 일단은 피하는 수밖에.

"하하, 뭐……."

그래서 그저 대충 답하며 초조하게 층이 바뀌는 것만 올려다보았다. 간만에 피트니스 클럽이나 들렀다 갈까. 아무런 생각도 들지 않게 저를 좀 혹사시키고 싶은데.

"근데 리희 님은 안 나와요?"

그때 누군가가 그녀의 이름을 들먹인 탓에 그는 답지 않게 긴장 따위를 하고 말았다. 긴장? 내가 왜? 라는 생각으로 다스려보려고 했지만 안타깝게도 약효는 거의 없었다.

"아, 리희 님 따로 할 일 있다고 먼저 가라던데."

"아…… 그건가 보다."

여윤주 대리가 쿡쿡 웃는 소리에 결국 돌아봐야 했으니까.

"아까 제가 부탁한 일이 혼자 야근해야 될 정도로 많았습니까?"

"네? 아뇨, 그건 아까 금세 다 했을 거예요. 근데."

띵. 근데 하필 그 순간에 엘리베이터가 도착해버린 거다. 빌어먹을 타이밍. 시환의 날선 시선이 절로 엘리베이터 쪽으로 향했지만 철제 박스는 아무것도 모른다는 양 태연하게 드르륵, 문을 열 뿐이었다.

그렇게 너른 엘리베이터에 리희를 제외한 일곱 명이 탑승하고서 아래로 내려가기 시작했다. 타이밍이 어색해졌는데 다시 물어도 될까. 시환이 고민하는 사이 엘리베이터는 그를 제대로 약올릴 작정인 건지 이번엔 낙하하듯 빠르게 내려가고 있었다. 시간이 없다.

"그-!"

"근데 리희 님이 한다는 게 뭔데요?"

그때 다행히 그가 아닌 누군가가 대신 물어주었다.

"아아, 리희 님 연예인 좋아하잖아. 그거 팬미팅인가 콘서튼가 뭔가 티켓팅 해야 한다고 하더라고. 회사 인터넷이 피씨방보다 빠르니까."

어머, 비밀로 해달랬는데. 라면서 입이 가벼운 여 대리가 또 쿡쿡 웃어댔다.

……비밀?

'윤주 님, 되도록 다른 분들께는 비밀로 좀…….'

설마. 시환의 가슴에 누군가 찬물을 끼얹은 듯 싸한 기운이 퍼졌다. 그런 그의 심기를 아는지 모르는지 직원들의 수다는 계속되었다.

"그 나이에도 연예인을 따라다니긴 하는구나. 리희 님이 스물여덟인가?"

"무슨 소리야, 리희 님 정도면 어린 거지. 요즘 애 둘을 앞뒤로 안고 업고 콘서트장 가는 엄마들도 많아."

"근데 대체 누굴 좋아하길래 퇴근까지 미루는 거래요?"

"있잖아 왜, 배우도 하고 가수도 하는 그…… 아, 그래. 류!"

"류? 아아, 제 동생도 엄청 좋아하는데. 나이 어리지 않아요?"

"나도 조카가 엄청 좋아해서 좀 아는데, 일단 덮어놓고 잘생겼잖아. 좋아할 만하지 뭐."

어쩌면 그가 끼워 맞췄던 조각들이 실은 전혀 다른 판 위에서 조립되고 있던 걸까.

띵. 그때 문이 열리며 리희의 이야기로 식전 애피타이저를 즐기던 직원들이 반쯤 내려섰다. 그리고 남은 사람들이 지하 4층으로 내려가는 사이,

"아, 맞다. 그거 아세요 시환 님?"

하필이면 차가 있어서 시환과 함께 내려가던 윤주가 웃음기를 머금고 말했다.

"네?"

"그 '류' 본명이……."

그때 다시 한 번 띵- 하고 엘리베이터가 지하 4층에 도착했음을 알리며 입을 벌렸다. 그러나 윤주가 이번엔 잊지 않고 덧붙였다.

"류시환이래요. 시환이라는 이름 가진 사람은 다 잘생긴 건가?"

그러면서 그녀는 안녕히 가세요! 라는 인사를 남기고 또각또각 사라져버렸다. 다른 직원들도 마찬가지. 하지만 그 자리에서 확인 사살을 당한 시환은 엘리베이터 문이 그냥 닫히는 것도 모르고 한동안 움직일 수가 없었다. 그의 머릿속에서 북소리, 장구소리가 둥둥둥둥 울려 퍼졌다.

이름하야 혼자서 북 치고 장구 치고.

"젠장!"

그리고 닫힌 엘리베이터 안에서 조만간 탕- 하는, 꼭 누군가의 주먹이 철제 내벽을 친 듯한 소리가 울렸던 것도 같다.

[아놔, 취소표 언제죠? 모레 새벽이죠?]

[2차는 카드 결젠데, 망했어요.]

리희가 뿌듯한 얼굴로 컴퓨터 전원을 끄는 사이 휴대폰 진동이 요란하게 울려댔다. '류' 팬클럽 회원들이 20분간의 피 튀기는 티켓팅 전쟁이 끝난 후 단체 채팅방에서 서로의 성패를 나누고 있는 것이었다.

물론 티켓 예매는 콘서트 전날까지 가능하겠지만 실상 팬들의 티켓팅은 티켓 오픈 후 20분, 그리고 취소표가 풀리는 이틀날 새벽이면 거의 끝난다고 볼 수 있으니.

[우리환니임! 성공했어요? 저는 2층 구석 한 자리 겨우 잡았어요오.]

그때 불이 꺼진 사무실에서 홀로 가방을 챙기던 리희를 부르는 개인 메시지가 도착했다. 스크'류'바라는 닉네임을 쓰는, 그녀보다 조금 어렸지만 처음 리희가 류에게 빠져들었을 때 인터넷 커뮤니티를 통해 만나 이것저것 알려준 고마운 팬이었다.

[네(찡긋) 승리의 1열입니다.]

[대애박. 완전 부러워요. 그 회사 어디라고 하셨죠? 그 서버 저도 좀 씁시다!]

[우리 회사 서버에게 고마워하세요. 스크류바님 것도 예매했으니까(뿌듯) 1열 중앙! 무려 연석!]

[대애애애박! 언니! 당장 돈 부칠게요! 밥도 제가 살게요! 언니 사랑해요!(하트)(하트)(하트)]

[비싼 거 얻어먹어야지(잘난척)]

[전 재산 털게요! 꺅!]

"으음."

아직 학생이라 돈을 받기는 미안한데. 뭣보다 그간 바빠서 제대로 덕질을 할 수 없었던 그녀에게 많은 도움을 주기도 했다. 그래서 겸사겸사 티켓 한 장 정도는 사주고 싶었지만 엊그제 무리해서 이사하고 여윳돈이 빠듯했던 탓에 리희는 어쩔 수 없이 계좌 번호를 눌러주어야 했다.

"이상하네. 1열 중앙씩이나 잡았는데 왜 기분이 막 엄청 유쾌 상쾌 통쾌하진 않은 거지?"

가방을 들고 책상 의자를 밀어 넣은 리희가 반쯤 돌아서다 문득 불이 꺼진 팀장실을 바라보았다.

"우리희, 아무리 취했어도 그렇지 대체 무슨 생각으로 그런 거야."

꿈에 류가 나온 거라 생각했다. 거기다 마침 장소가 호텔방. 꿈이라고 생각하고 나니 현실에서는 상상도 못했을 일을 저지르고 말았다.

그래. 조금 더 솔직해져보자면 그때는 그냥…… 누군가의 손길이, 정이 고팠으니까. 큰 손이 가진 체온이 따뜻해서 더 정신없이 매달렸었다.

'아무리 네가 날 좋아해도 이건 아냐. 너만 상처 받는 일이야.'

그는 할 만큼 했다. 그런 남자를 자극한 게 바로 우리희, 자신이었던 거지. 그때 저는 그냥 '와, 우리 시환이 목소리도 동굴이네, 동굴이야.' 이러면서 헤벌쭉한 얼굴을 하고 있었겠지.

"근데 그게 현실에서 주절거린 거라고? 그것도 류시환이 아니라 박시환한테?"

미쳤지, 미쳤어. 그녀는 엘리베이터 쪽으로 걸어가는 와중에도 내내 제 머리를 콩콩 때려야 했다.

"아으, 앞으로 얼굴을 어떻게 봐. 왜 하필 이름이 시환인 건데!"

'잘생기면 다 오빠'라는 미명 아래 세 살이나 어린 류를 '오빠'라고 부르던 그녀였다. 그래서 오빠라고 막…… 막!

띵. 조용한 복도에 엘리베이터 소리가 평소보다 크게 울렸다.

"어으 배고파. 시환이고 뭐고 일단 밥이나……!"

그에 엘리베이터 문에 대고 이마를 찍던 그녀가 당연히 텅 비어 있으리라 예상하고 곧장 발 하나를 안쪽으로 들이밀었을 때.

"시환? 광기 1팀 팀원인가 봐요, 시환 님?"

그녀가 마주한 사람은 바로 그녀의 소화 불량을 유발했던 바로 그, 문소혜 상무였다.

엄연히 '광고기획 1팀'인데 직원들은 '광기(狂氣)팀'이라고 부르곤 했다. 약을 빨지 않고서야 광고는 나오지 않는 거라나 뭐라나.

"아, 안녕하세요. 상무님."

"시환 님, 너무한 거 아니에요? 팀원 한 사람만 지금까지 굴리고 계셨어요?"

"……개인적으로 할 일이 있다고 하더군요."

그리고 당연히 박시환 팀장이 그녀의 곁에 있었다. 그의 얼굴은 리희를 보고도 놀란 기색 하나 없이 그저 태연해 보였다. 하긴, 놀라는 게 더 이상하려나.

"아, 아하하. 두 분 먼저 내려가심이……."

안 돼, 여기서 같이 탈 순 없어. 1층에 다 내려가기도 전에 질식사하고 말 거야. 리희가 서둘러 넣었던 한 발을 빼려고 할 때였다.

"어어, 문 닫혀요!"

"……!"

묵묵히 제 할 일을 하던 엘리베이터가 문을 닫기 시작했던 것이다. 그에 이러지도 저러지도 못한 리희는 그대로 문에 끼일 각오를 해야 했다.

"조심해요."

그가 그녀의 팔을 덥석 붙잡아 안쪽으로 당겨주지 않았다면 말이다.

"……감사합니다."

"오오, 순발력 좋은데."

그러면서 소혜는 리희에게 상냥하게 내릴 층이 어디냐고 물어봐주기까지 했다. 그사이 시환이 아직 그녀의 팔을 힘주어 잡고 있

어 리희가 어색하게 내려다보는데,

"어? 시환 님, 손……."

손등이 울긋불긋한 것 같다. 동그래진 리희의 눈이 시환을 올려다봤지만 정작 그는 말없이 그녀를 놓아주며 뒤쪽으로 물러날 뿐이었다.

"시환 님이랑 일하기 힘들죠?"

"네?"

그때 옆에 있던 소혜가 천진하게 물어와 리희는 서둘러 그에게서 시선을 거두어야 했다.

"이분 엄청 고약하잖아요. 사내 커뮤에서도 유명하던데? 예전에 다른 팀에 있을 때 같이 일했던 사람인데 자기를 탈곡기에 넣고 탈탈 터는 것 같았다고."

"……경지(경영지원)팀 철민 님인가 봅니다."

"아니, 시환 님. 커뮤는 철저히 익명인데요. 그렇게 까발리고 그러시면 안 되죠."

"저랑 일할 때 탈곡기 얘기했던 사람이니까 알아봐달라고 올린 거 아니겠어요?"

"아니 앤 뭐 그런 것까지 다 기억을 하고…… 어쨌든, 리희 님. 그렇지 않아요?"

"아, 아니요. 저야 뭐……."

"우리 회사 막 과로하게 하는 그런 곳 아니니까 시환 님이 너무 굴린다 싶으면 나한테 찔러줘요. 얘, 확 잘라버리게."

"적당히 하시죠."

그때 난처한 얼굴의 리희를 힐끔 본 시환이 나지막한 목소리로 끼어들었다.

"이게 다 광기 1팀 성적이 비정상적으로 좋으니까 하는 말이에요. 그니까 이를테면 내사지 내사. 아니면 팀원들 도핑테스트라도 해봐야 하는 거 아닌가 몰라. 어떻게 그 짧은 시간에 그런 광고를 만들지?"

"도핑테스트 같은 소리는 마시고 다음 연봉 협상할 때나 지금처럼 친절하게 해주시면 됩니다. 우리는 받은 만큼 일하는 사람들이니까요."

아마도 리희가 있어서 두 사람의 대화가 약간 딱딱하게 돌아가는 모양이었다. 안절부절, 리희는 사람이 숨을 얼마나 참을 수 있는지를 실험하는 심정으로 제대로 숨을 내쉬지도 못하고 있었다. 얼른 1층, 제발 1층!

아니, 귀신이 눌러놓은 것도 아니고 왜 층마다 멈추면서 사람은 안 타? 리희는 이마에서 식은땀이 나는 것을 느꼈다.

"에이, 벚꽃 예쁠 때 광기팀 전부 다해서 워크숍 스케줄 있던데, 내가 그때 어? 식비니 뭐니 제대로 챙겨줄게요. 저녁은 뭐, 한우로 쏠까?"

"그거 녹음해두면 됩니까?"

"에헤이, 우리 사이가 어떤 사인데 녹음까지 하고 그러시나. 아, 한우 얘기하니까 더 배고프다. 리희 님도 식전이죠? 우리 같이 식사라도 할까요? 시환 님 고발할 거 있으면 나한테 살짝 얘기도 좀 해주고……."

"고, 고, 고발이라뇨 상무님. 그런 거 없어요!"

하필이면 아까 고발 어쩌고 했던 시환이 생각나 리희의 목소리가 절로 커지고 말았다. 아놔, 이런 제 발 저리는 짓은 정말 죽었다 깨어나도 못할 노릇이다.

띵. 그때 아주 다행히 1층에 도착한 엘리베이터 문이 열리고 거대한 로비의 서늘한 공기가 안쪽으로 밀려들어왔다.

"그럼 저는 이만 가보겠습니다! 안녕히 가세요, 상무님. 그리고…… 시환 님."

"저녁은요?"

그런데 이 상냥한 여자는 조금 끈질기기까지 했다.

"어, 제가…… 약속이! 있어서요. 먹은 걸로 하겠습니다. 감사합니다 상무님."

"흐음, 아쉽네. 그럼 박 팀장 팀원 로비는 다음번에 하는 걸로. 조심해서 가요."

그 말을 끝으로 다시 드르륵, 문이 닫히려는데.

"참, 다음엔 소혜 님이라고 불러줘요!"

"아, 네!"

탕. 대답이 문틈으로 들어갔는지도 모르게 문이 닫혀버렸다.

"후우…… 살았다."

그제야 숨을 내쉰, 아니 거의 토해내듯 날숨을 뱉어낸 리희가 서둘러 반쯤 돌아섰다가 다시 빈틈없이 닫힌 엘리베이터 문을 바라보았다.

"드라마에 나오는 오너 딸들은 다 가진 대신에 싸가지라도 없던데 어째 저 여자는……."

머리부터 발끝까지 세련된 스타일에 여자가 보기에도 예쁘기까지 한 소혜는 옆에 서 있는 시환과 정말 꼭, 잘 어울리는 그런 여자였다. 몇 마디 대화를 주고받는 걸 듣기만 해도 어째 성격까지 털털하니 좋을 것 같은 느낌.

"에이, 내장은 못생겼을 거야. 암…… 이 아니잖아. 너 평생 저분께 사죄해야 한다고 바보야. 아니 무슨 상무씩이나 되는 여자가 이렇게 상냥하기까지 하고 난리람. 사람 더 미안해지게."

괜히 저 때문에 저 남자까지 마음이 무거울 텐데. 리희는 멀뚱히 서서 조금 전 그가 잡았던 팔을 내려다보았다.

"근데 손, 다친 것 같던데."

꽤 아파 보였는데. 멀뚱히 생각하던 리희가 다음 순간 제 머리를 다시 한 번 콩 쥐어박았다.

"아오, 아사 직전이라고 이게 정말 제대로 미쳤나. 너한테 남자는 '류'뿐이잖아. 우리희, 정신 차려! 지금 다른 남자를 생각할 때야? 엉? 일상이 덕질을 방해해서야 되겠어?"

집에 가자. 가서 밥이나 먹는 거야. 그런 생각으로 로비를 나서는 그녀의 걸음은 여느 때보다 더욱 빨라져 있었다.

"고마워. 너 아니었음 오늘 또 꼼짝없이 야근이었어."

엘리베이터가 지하 4층으로 내려가는 사이, 소혜가 피곤한 어깨를 제 손으로 주무르며 말했다.

"상무씩이나 돼서 선택장애가 뭐냐, 선택장애가."

그런 그녀를 힐끔 내려다본 시환이 다시 위쪽에 설치된 작은 모니터로 눈길을 돌렸다. 오늘 따라 엘리베이터가 마음에 안 든다. 팬츠 주머니에 찔러놓은 손은 아직도 마디마디 마다 욱신욱신한 것 같고.

"헤헤, 낙하산이라 그래. 그래도 타이밍은 기가 막히게 잡잖아 내가. 너 엘리베이터에서 아직 안 내렸을 때 전화해서 바로 올라왔으니까. 차 탔으면 짤없이 끊었을 거면서."

"그 타이밍 같은 소리! ……됐고, 난 저녁 생각 없으니까 집에 가서 먹어."

그사이 빠르게 지하에 도달한 엘리베이터가 두 사람에게 문을 열어주었고, 먼저 내려선 시환이 빠르게 제 차 쪽으로 향하자 소혜가 그의 배려심 없는 보폭에 반쯤 뛰듯이 따르며 물었다.

"어허? 혼자 사시는 분 배려해서 이 누나가 특별히 쏘려는 건데?"

"생각 없어졌어."

"왜? 밥 쏜다니까 올라온 거였잖아?"

그 말에 우뚝, 멈춰 선 시환이 한숨을 내쉬었다.

"방금 그 여자 때문에."

"리희 씨? 네 팀원?"

"어."

"왜? 무슨 일 있었어?"

"……어."

호오. 웬일이야. 평소엔 '별일 아냐' 식으로 대충 얼버무리던 놈이? 라는 생각으로 소혜가 고개를 빼꼼히 내밀어 그의 얼굴을 살피며 조금 더 캐물었다.

"왜, 일을 못해? 아니면 뭐 다른 문제라도 있어? 잠깐 보기에는 예쁘게 생긴 아가씨 같더구만."

근데 방금 거짓말은 좀 티 나더라, 그치? 거짓말 같은 거 되게 못할 타입인 것 같아. 소혜가 가방에서 차 키를 꺼내며 수다스럽게 말하는 와중에 잔뜩 굳은 얼굴을 하던 시환이 그녀의 말을 잘랐다.

"잤어, 그 여자랑."

"뭐라…… 고?"

뭔가 순식간에 지나간 것 같아 제 귀를 의심한 소혜가 되물었다.

"잤다고 어제. 호텔에서, 우리희랑."

한 마디 한 마디를 또박또박 답한 시환이 결국 피곤한 얼굴로 관자놀이를 주물렀다. 그사이 잠시 벙쪄 있던 소혜가 당장 입 안에 맴도는 짧고 굵은 소감을 냈다.

"대박."

"그래서 말인데."

고개를 든 시환이 무거운 눈빛으로 말했다.

"미안. 우리, 진짜로 그만해야 할 것 같다."

#2

“리희 님, 어제 말한 자료 다 됐습니까?”

“아, 네. 전송해드릴까요, 인쇄해드릴까요?”

“인쇄로.”

“네.”

이상하다.

“리희 님, 여기 이 건은 좀 더 디테일하게 진행했던 것 같은데 자료가 이게 답니까?”

“어, 그게 요약만 해놓은 거라…… 찾아서 바로 가져다드릴게요.”

정말 이상해.

“리희 님. 이 시리즈로 그간 광고 나갔던 것들 아예 전부 다…….”

“네. 알겠습니다.”

왜 오늘따라 우리희 주임만 이렇게 의자에 앉아 있을 시간이 없는 걸까. 과장 조금 섞어서 리희 때문에라도 팀장실 문지방이 다 닳아버릴 지경이었다. 리희가 하나 겨우 해서 팀장실로 넘겨주고 나면 10분쯤 지나서.

"리희 님. 이거 다시. 아까 얘기한 건 아직입니까?"

"아…… 네. 거의 다 됐습니다."

이렇게 그가 직접 나와 또 무언가를 지시하고 있으니 말이다. 그 모습을 물끄러미 지켜보던 지윤이 눈코 뜰 새 없이 일하는 리희 쪽으로 드르륵, 의자를 끌고 갔다.

"리희 님."

"……네?"

그리고 반쯤 열린 팀장실 안쪽과 리희 쪽을 번갈아 본 그녀가 작게 속삭이듯 물었다.

"혹시…… 시환 님한테 뭐 잘못한 거 있어?"

"네에?"

그 말에 소스라치게 놀란 리희가 옆에 아슬아슬하게 쌓여 있던 서류들을 쏟고 말았다. 가뜩이나 바쁜데 일이 더 늘었다. 각자 다른 사안들이라 마구잡이로 주울 수도 없고. 황급히 주저앉은 리희가 에이포 용지들을 차근차근 주워 올리며 자칫 잊을 뻔했던 지윤의 물음에 뒤늦게 답했다.

"아뇨. 왜요?"

"아니이, 이상하잖아. 원래 시환 님이 저렇게 융통성 없이 일 폭탄을 투하하는 사람이 아닌데 오늘따라 유독 리희 님만 죽어라 후드려 패는 것 같아서. 거기다 목소리 무섭게 깐 거 봐. 완전 저기압."

"아하하, 어쩌다 보니 그런 거겠죠. 또 제가 다 갖고 있는 자료들이기도 하니까……."

"흠, 이상한데."

"리희 님."

"네, 시환 님…… 앗."

그때 또다시 등 뒤에서 들려온 그의 낮은 목소리에 그녀가 놀라 반사적으로 일어나다 그만 종이에 손이 베이고 말았다. 그러자 그의 시선이 잠시 그녀의 손 쪽으로 향하는 듯했으나.

"기획서 다시 검토해봤는데 안 되겠어요. 내일 오전까지 다시 가능합니까?"

그 목소리는 더없이 냉소적일 뿐이었다. 이쯤 되면 리희도 슬슬 열이 뻗치는 거다.

"네. 가능해야죠."

"좋습니다."

그는 형식적인 대답과 동시에 슬쩍 보기에도 붉은 펜으로 난도질해놓았음이 분명한 기획안을 그녀의 책상에 탁, 올려두고는 탕, 소리가 나게 팀장실 문을 닫고 들어갔다.

"하……."

가볍게 말했지만 스무 장이나 되는 기획안을 처음부터 다시 하라니. 그러니까 기획안을 다시 작성한다고 쓰고 야근 확정이라 읽어야 하는 상황인 거다.

분명 처음엔 아이디어 회의 때보다 더 좋다고 했었잖아!

"리희 님. 정말…… 아니야?"

그때 그가 나오던 순간 잽싸게 제 할 일을 하는 척하던 지윤이 다시금 빼꼼하게 고개를 내밀었다.
"아니에요. 절대."
뒤늦게 아릿하게 전해지는 통증에 내려다보니 생각보다 깊게 베였는지 서류에 피가 묻어 있었다. 리희가 서둘러 휴지로 상처를 감싸며 고개를 저었다. 아무리 정신이 없어도 지윤에게 낌새를 줄 수는 없으니까.
"바쁘면 내가 뭐 도와줄까? 뭐 팀장실 가야 하는 일이나……."
가뜩이나 정신 사나운데 더 뾰족해지게 만드는 지윤 때문에 결국 홱 돌아선 리희가 파티션 너머를 보며 말했다.
"……지윤 님, 그 디자인 오늘 오후까지 넘겨야 한다고 하지 않았어요?"
그러자 지윤이 시계를 보고는 그제야 의자를 당겨갔다.
"어머, 내 정신 좀 봐. 일하자 일. 말 시키지 마요. 나 엄청 바쁠 예정이니까."
"네에."
그쪽이 먼저 말 시켰거든요! 소리쳐주고 싶은 것을 역시 꾸욱 눌러 참은 리희가 다시 주저앉아 서류들을 챙겼다.
안 그래도 오후부터는 리희도 슬슬 이상하다고 느끼던 차였다. 한꺼번에 부탁해도 될 일을 굳이 여러 번 나눠서 지시하는 것부터가 시환답지 않았던 탓이었다.
절정은 바로 이 기획안이었다. 당장 다시 하라니. 이건 마치 일부러 몸이 열 개라도 부족하게 만들어주고 싶어 하는 사람 같잖아.
"하아……."
리희는 멍하니 쌓여 있는 서류들, 그리고 맨 위에 조금 전 시환이 올려놓은 기획안을 보다 한숨을 내쉬었다. 아무래도 어젯밤에 따로 연락을 했어야 하나 싶다.

하지만 뻔히 여자 친구랑 같이 퇴근하는 걸 봤는데 어찌 연락을 하겠는가. 거기다 혹시 문소혜 상무가 리희가 보낸 해명 문자를 보기라도 했다면? 어우, 생각만 해도 끔찍하다. 그리고 같은 이유에서 시환도 리희에게 따로 연락을 하지 않은 거라는 판단이 섰었다.

그래도 오늘 저 태도는 좀…….

"일하자, 일."

아니야. 아무래도 상황 봐서 나중에 깔끔하게 끝내기로 하고 일단은 오늘따라 유독 제게 시킬 일이 많아서인 거라고 생각하는 것이 좋겠다. 그게 정신 건강에도 좋을 거고. 그렇게 결론지은 리희가 서랍에서 밴드를 꺼내 대충 손가락에 두르고는 제 뺨을 톡톡 두드렸다.

"리희 님, 여기 계셨네?"

하지만 그렇게 마음먹은 지 한 10초쯤 됐을까. 리희는 엉덩이가 의자를 덥히기도 전에 벌떡 일어나야 했다.

"……사, 상무님."

책상 옆 파티션에 턱을 괴고 그녀를 바라보고 있던 소혜 때문이었다. 때아닌 상무의 등장에 놀란 직원들이 전부 일어나자 소혜가 하던 일들 계속 하시라며 손을 휘젓고는 밝게 웃어 보였다.

"직급 대신 이름 불러주자는 제안, 제가 낸 거잖아요. 우리 서로 가족처럼 지내자고 낸 건데 또 상무니임? 우리 어제 약속도 하지 않았어요?"

"아, 죄송합니다. 아직 입에 안 붙어서……."

"그럼 뭐, 자주 보면 되려나?"

"아하하……."

하필이면 이 여자를 생각할 때 덜컥 나타날 게 뭐람. 리희는 굳어버린 얼굴 근육을 억지로 움직여 웃고는 마른침을 꼴깍 삼키며 소혜의 눈치를 살폈다. 그런데 소혜가 너무나도 흥미로운 얼굴로 그녀를 꼼꼼하게 뜯어보고 있는 것이 아닌가.

"어, 시환 님 지금 자리에 계시는데 불러드릴까요?"

"아뇨. 나 리희 님 보려고 온 건데?"

"저…… 요?"

그 말에 또 뒤에서 드르륵, 의자 소리가 들렸다. 분명 빼꼼 고개를 내미는 지윤이겠지. 굳이 돌아보지 않아도 잔뜩 이채를 띤 눈으로 두 여자를 바라보고 있으리라.

"이거 시환 님한테 좀 전해주시겠어요?"

그때 소혜가 여전히 웃음기 띤 얼굴로 웬 서류 봉투 하나를 내밀었다.

"네? 아, 네."

얼결에 받아 들었지만 리희는 이해가 되지 않는 얼굴이었다. 상무씩이나 되는 사람이 뭐하러? 사람을 시켜도 되는 일이고 지금처럼 직접 왔으면 딱 다섯 걸음이면 들어갈 수 있는 팀장실로 직접 가도 되는 거 아닌가?

"리희 님, 잠깐만."

그때 소혜가 눈을 가느다랗게 뜨며 파티션 너머로 손을 까딱까딱, 리희에게 다가오라는 수신호를 보내왔다. 머뭇거리며 다가가자 소혜가 작게 속삭였다.

"나 어제 시환 님이랑 헤어졌거든요. 아무리 공과 사를 구분해야 한다지만, 아무래도 헤어진 사람 얼굴을 바로 다음 날부터 멀쩡하게 보기는 좀 그렇잖아요."

"……!"

뭐라고? 헤어져? 헤어졌다고?

"내가 이 팀에 그나마 아는 사람이 리희 님밖에 없어서 그러니까 나 좀 도와줘요. 그래줄 수 있죠?"

리희는 그저 놀라서 눈을 크게 뜬 채로 아무런 대답도 할 수가 없었다. 명치를 세게 얻어맞은 듯한 충격과 함께 온몸의 피가 서늘하게 식는 것만 같았으니까.

그러는 사이 소혜는 싱긋 웃으며 한 걸음 물러서서 다른 직원들을 바라보고 있었다.

"그럼 수고해주세요. 휴게실에 간식 더 빵빵하게 준비해두라고 지시할 테니까 가져다 드시고. 전 가볼게요."

또각또각, 소혜의 높은 하이힐이 사무실을 빠져나가자마자 역시 지윤이 부리나케 리희를 들볶았다.

"뭐야, 뭐야? 왜 시환 님이 아니라 리희 님한테 볼일이 있으신 건데? 둘이 언제부터 아는 사이였어? 응? 뭐라고 하신 거야? 뭐 속닥거렸잖아!"

"그래, 뭐 때문에 오신 거래?"

이번엔 다른 사람들까지 리희를 바라보고 있었다. 하지만 애써 침착을 유지하려던 리희의 머릿속은 온통 엉망진창, 개판 오 분 전이 되어버린 뒤였다.

왜 헤어져? 나는 입도 뻥끗 안 했는데? 왜? 대체 왜?

"저도 잘 모르겠어요. 그냥 이거 전해드리라는 말밖엔……."

"뭐야아. 그건 뭐야? 시환 님 가져다드려야 하는 거? 내가 갈까?"

"아뇨. 제가 갈게요."

하지만 지윤이 들고 있던 서류 봉투에 손을 대려고 하자 퍼뜩 정신을 차린 리희가 잽싸게 봉투를 사수하며 돌아섰다. 그리고 굳게 닫힌 팀장실을 노려보았다.

"……설마."

혹시 문 상무가 모든 걸 알아버린 걸까? 그래서 직접 찾아온 거고? 꼭 '감히 내 남자를 꼬셔서 잔 여자가 너였어?' 이런 느낌……은 또 아닌데. 으악! 갑자기 머리가 터져버릴 것 같았다.

만약 소혜가 알았다면 이 사실을 발설했을 사람은 리희를 제외하고는 딱 한 사람이다. 박시환. 그가 양심선언이라도 했다는 거다.

리희는 팀장실 문에 노크하고는 안쪽에서 '들어오세요'라는 그의 목소리가 들리기도 전에 벌컥 문을 열고 들어가 곧장 문을 닫았다.

"벌써 다 된 겁니까?"

그러자 역시 바쁘게 업무에 집중하고 있던 시환이 조금은 차가운 눈으로 그녀를 보며 물어왔다. 그래, 저 남자 분명 저를 '차갑게' 보고 있다. 그녀는 말없이 그의 책상 쪽으로 다가가 손에 들고 있던 서류 봉투부터 올려놓았다.

"이거, 소혜 님이 전해드리라고 지시하셔서요."

"문 상무가? 이게 뭔데……."

그에 의아한 얼굴로 봉투를 들어 보던 시환이 다음 순간 봉투가 아닌 리희를 보며 물었다.

"리희 님, 손 다쳤어요?"

"네? 아."

시환이 그녀의 손을 바라보며 봉투를 들어 보였다. 대충 밴드를 붙였는데도 힘주어 쥔 탓에 피가 배어나온 모양이었다.

"종이에 살짝 벤 건데, 죄송해요. 봉투 다시 가져다드릴게요."

"됐습니다. 그거 치료나 제대로 받아요."

그러면서 구깃해진 봉투에서 무언가를 꺼내 읽는 듯하던 시환이 다음 순간 그것을 봉투째 박박 구겨버리는 거다. 언뜻 '이게 진짜.'라고 중얼거린 것 같기도.

그리고 그걸 어디다 던져버릴 생각이었는지 팔을 들어올리던 시환이 멈칫, 아직 서 있던 리희를 보고는 결국 신경질적인 어조로 물어왔다.

"아직 안 갔습니까?"

"그게, 저기."

"말해요."

그러면서 또 리희가 보는 앞에서 던져버리긴 뭐했는지 결국 공처럼 구겨진 서류 봉투는 그의 손에 의해 철제 쓰레기통에 처박히는 신세가 되어야 했다. 혹시 소혜가 시환에게 어떤 불이익이라도 준 걸까. 리희의 얼굴은 이제 하얗게 질리다 못해 창백하게 식어가고 있었다.

"저 때문이에요?"

힘겹게 낸 말이라 거의 소리를 내지도 못했다. 하지만 책상에 팔꿈치를 세운 채 얼굴을 감싸고 있던 시환이 멈칫, 동시에 고개를 들고 그녀를 바라보았다는 건 들었다는 의미일 터.

"헤어지셨다고……."

그래서 다음 말은 더 기어들어갔던 것 같다.

"신경 쓰지 말고 나가봐요. 리희 님 지금 그러고 있을 시간 없을 텐데."

"지시하신 일은 밤을 새워서라도 할게요. 하지만 어떻게 신경을……."

"왜요. 그게 우리희 씨 때문일까 봐? 나 대신 죄책감이라도 짊어지시려고?"

그의 시선을 받고 서 있기가 어려울 정도로 냉소적인 말투, 냉소적인 눈빛이었다. 정말 냉기라도 느낀 것처럼 그녀의 얇은 블라우스 속 피부에 소름이 돋는 것이 느껴졌다.

"사고였으니 잊자고 별일 아닌 것처럼 말하더니 왜요, 이제야 좀 심각하게 받아들여져요?"

"왜, 왜 그러셨어요."

"난 그렇게 뻔뻔한 놈이 못 되니까요."

그제야 리희는 마음이 무거워지는 것을 느꼈다. 무조건 감추면 될 줄 알았는데, 시환은 그녀의 예상보다 훨씬 정직한 사람이었던 것이다. 그리고 정직한 그를 건드린 건 바로 자신.

"……죄송해요."

"나가서 일이나 해요. 거기 서서 나한테 사과해봤자 지금 상황에 도움 되는 건 하나도 없으니까."

그렇게 말하면서 그는 더 이상 그녀와 대화하기 싫다는 듯 다시 서류에 집중하고 있었다. 그에 리희는 잠시간 그를 멍하니 바라보다 하는 수 없이 바깥으로 나와야 했다. 그리고 잔뜩 궁금한 얼굴의 지윤을 무시하고서 다시 자리에 앉았을 때서야 그녀는 한 가지를 깨달을 수 있었다.

'저는, 다 끝났다고 생각합니다. 시환 님.'

이미 저는 혼자서 도망치려고 했다는 것을.

"아, 드디어 끝났다. 저는 이만 퇴근합니다. 이러다 애들이 엄마 얼굴 까먹겠어."

"같이 가요, 윤주 님! 저도 갑니다아!"

"……들어가세요."

"아, 리희 님, 일 남았겠구나. 수고해요."

광고팀 특성상 일반적인 퇴근 시간을 지키기는 어려웠다. 그에 큰 프로젝트를 끝냈다고 해도 이런저런 일들 때문에라도 꼭 한둘은 야근을 하기 마련이었고 아마도 오늘은 리희가 남아야 할 듯했다. 그녀는 정신없이 일하다 뻑뻑해진 눈에 인공 눈물도 넣을 겸 허리를 세워 주변을 둘러보았다. 환하게 켜진 사무실 책상에 앉아 있는 이는 저 혼자뿐이었다.

그럼에도 그녀는 혼자가 아니었다.

"……하."

아직 불이 켜져 있는 팀장실. 시환도 아직 퇴근 전인 것이었다. 리희는 불투명한 블라인드가 하얗게 빛을 투과해내고 있는 그의 사무실 창을 멍하니 바라보았다.

"저녁도 거르신 것 같은데……."

아까 리희가 팀장실을 나온 이후 그는 한 번도 나오지 않고 있었다. 그녀는 블라인드 안쪽 책상에 앉아 일하고 있을 그를 상상하다 이내 고개를 젓고는 이어폰을 꽂았다. 재생 버튼을 누르자 블랙보이즈의 신곡인 'Absolute'의 전주가 흘러나오기 시작했다. 도입부에 류의 목소리가 두 소절 정도 이어진 다음 곧장 다른 멤버의 파트다. 그리고 후렴구에서 다시 류의 목소리가 나올 것이다.

역시 야근이 길어지면 좋지 않다. 일상이 덕질을 방해하게 되니까. 최근 새 앨범을 낸 블랙보이즈의 활동이 활발해지면서 매일 직찍이니 뭐니 복습해야 할 것도 산더미인데, 그마저도 며칠씩 못하게 되면 당장 단톡방의 대화를 따라잡을 수가 없다.

슬쩍 본 모바일 메신저는 벌써 '300+'가 찍혀 있었다. 그나마 다행인 건 어제 그 정신없는 와중에도 티켓 입금을 마쳤다는 것. 얼른 콘서트 날이 왔으면 좋겠다. 후우, 이런 생각을 하니 그나마 숨통이 트인다.

"역시 내 가수. 니들 덕분에 누나가 오늘을 산다, 살어. 돈 열심히 벌어서 앨범 사야지, 콘서트 가야지. 굿즈 사야지. 바쁘다 바빠."

-절대로 너를 사랑하지 않겠다 다짐했는데…….

멍하니 다른 생각을 하다 벌써 2절 후렴구로 넘어가고 있었다. 류의 목소리. 우리 환이. 시환이……. 박시환.

결국 책상에 엎드리고 말았다. 왜 또 원점이야.

"안 돼, 일하라잖아, 일. 일해야 하는데……."

아놔, 일에 집중하려 했는데 또 결국 팀장실에 있을 그를 생각하고 만다. 그는 이 상황에서도 일이 잘될까. 그렇다면 거참 대단

한 일꾼일세. 뭐, 이미 팀원들 전부가 그를 진정한 워커홀릭이라 평하고 있으니.

"어휴, 우리희. 된통 구를만하지. 하루가 뭐야. 한 달, 아니 대출금 다 갚을 때까지 야근해도 부족하다, 넌. 너 같은 애 때문에 잘 나가는 여자 친구랑 깨졌는데 가만두고 싶겠어? 아주 들들 볶다 못해 튀겨 먹어도 시원찮을 판이겠고만. 밥은 왜 먹니, 왜 사니……."

결국 스스로 책상에 머리를 찧으며 리희가 괴로움을 표출하기 시작했다. 일은 많지, 생각은 더 많지, 쿵쿵…….

"응?"

그런데 어느 순간 그녀의 이마에 닿는 것이 딱딱하다기보다는 따뜻한…….

따뜻한? 뭔가 이상한 느낌에 눈을 떴을 땐 그녀의 손보다 훨씬 큰 누군가의 손이 눈앞에 깔려 있었다.

"이게 뭐……!"

허리를 세우자마자 보이는 것은 그녀의 책상 옆에 서 있는 시환이었다. 어스름한 불빛이 아래에서 비춘 그의 얼굴엔 약간 공포심이 들 정도의 위압감이 서려 있었는데, 그러면서도 느슨하게 풀어 내린 넥타이나 걷어붙인 커프스 때문인지 평소 철두철미하게 굴던 느낌은 조금 가신 듯했다.

"……합니까?"

"네? 아."

그가 무어라 말하는데 귀에 꽂힌 이어폰에서 하필이면 블랙보이즈의 현란한 댄스곡이 흘러나오고 있던지라 리희가 황급히 이어폰부터 뽑아냈다. 설마 조금 전에 혼자 중얼거리던 것을 다 들었을까.

"죄송해요. 뭐라고 하셨어요?"

그래서 더욱 미안한 얼굴로 되묻는데, 그의 시선이 잠시 이어폰과 이어져 있던 휴대폰 액정에 내려갔다가 다시 돌아왔다.

"……아닙니다. 아직 멀었어요?"

다행히 못들었나 보다. 거기다 더 미안해지게 아까보다 말투도 누그러져 있어서 리희는 잠시 시환을 괘씸하다 생각했던 것들을 깨끗이 잊고 성실한 직원의 자세로 답했다.

"대부분은 다 됐는데 기획안은 아직……. 음, 철야하면 내일 오전까지는 가능할 것 같은데. 괜찮을까요?"

부러 저를 괴롭히려는 건 줄 알았는데 이 남자가 던져두고 갔던 기획안에 요목조목 짚어둔 부분들이 그야말로 귀신같았다. 뭐라 투덜거리지도 못하게 꼼꼼했으니까.

"그럼 내일 일은 또 어떻게 하려고. 그냥 기획안 빼고 나머지만 마무리하면 퇴근해요. 기획안은 내일 와서 하고."

그 말을 끝으로 돌아선 그가 다시 팀장실로 향했다. 아까 그렇게 화내던 사람은 어디가고 생각보다 풀어진 그를 보자니 리희는 조금 더 미안한 마음이 들어버렸다.

"아니, 아니지."

그러나 조금 뒤 그가 다시 돌아 나온 이후 리희는, 조금 전의 생각을 고쳐먹어야 했다.

"네?"

"된통 구를 만하다면서요."

뜨악. 그녀는 얼굴이 달아오르는 것을 느꼈다.
"드, 들으셨어요? 그걸? 다?"
"들으라고 한 소리 아닌가?"
"아니, 그게 저는 당연히 팀장실까진 안 들릴 줄 알고……."
흐음, 팔짱을 낀 채로 파티션에 기대어 선 그가 피식 웃었다. 이어폰을 끼면 목소리가 더 커진다는 걸 이 여자는 아는지 모르는지.
"그래서, 내가 들들 볶다 못해 튀겨 먹는 게 부당하다?"
"그런 건 아니지만, 꼭 정당한 것도 아니죠."
공이랑 사는 그럴 때 구별하라고 있는 건데. 리희가 입 안에서만 맴도는 말을 꿀꺽 삼키며 빼놓은 이어폰 줄을 만지작거리는데 그런 그녀를 내려다보던 시환이 뜬금없는 질문을 던져왔다.
"어제 잠은 잘 잤어요?"
"네?"
"나는 한숨도 못 잤습니다."
가뜩이나 아까 오후부터 양심에 가책을 쿡쿡 받던 중인데, 거기에 대바늘 하나가 푹 찔러오는 느낌이 들었다. 사실 좀 뒤척이긴 했지만 자긴 잤거든.
"억울해서."
그런데 그의 뒷말에 리희가 고개를 번쩍 들었다. 억울해서?
"내 이름이 리희 님이 좋아하는 연예인이랑 같더군요."
"그, 그걸 어떻게……!"
역시 여윤주 대리를 믿는 게 아니었어! 아니, 그전에 휴대폰 배경 화면을 보게 하는 게 아니었다. 리희가 입술에 힘을 주어 앙다 무는 사이 시환이 눈을 가느다랗게 뜨고는 말을 이었다.

"나는 그것도 모르고 리희 님이 나를 좋아하는 걸 애써 감춘다고 생각해서 잔뜩 미안해하고 있었거든요."

어제 저녁 류를 검색해본 기억을 더듬는 시환의 얼굴에 근육 하나가 씰룩거리는 듯했다. '류' 하나만 검색창에 넣었을 뿐인데도 포털 사이트는 논리정연하게 가수이자 배우인 류의 모든 것을 보여주었다. 본명 류시환. 나이 25세. 리희가 조금 전 그의 말을 씹어가면서까지 듣고 있던 노래를 부른 블랙보이즈의 리드보컬.

딸려 올라온 수많은 동영상 중에 류의 집이라며 도곡동 타워 아파트의 전경이 흐리게 나오는 것을 보고 그는 헛웃음을 지어야 했다.

'넌 고작 삼 분 사십일 초 만에 날 빠져들게 만들었다구!'

류의 솔로곡 하나의 길이가 정확히 삼 분 사십일 초. 그리고 뭣보다 가장 핫한 기사는 전날 터진 '류'의 열애설에 관한 것들이었다. 데스패치의 끈질긴 추적 끝에 낱낱이 드러난 '류'와 어느 여배우의 열애 증거들로 인해 열애'설'은 열애 '인정'이 되어야 했지만. 그 최초 보도 시각이 그저께 저녁. 그래서 술을 잔뜩 마신 거겠지.

시환은 그제야 인간이 때로는 있는 그대로를 받아들이는 게 아니라 보고 싶은 것만 보고, 듣고 싶은 것만 들을 수도 있다는 사실을 인정해야 했다.

그래서 그는 지난밤이 하얗게 새도록 그렇게 허공에 펀치며 킥을 날려댔던 것이다. 제기랄, 몸살 날 것 같다.

"그래도 아직 궁금한 게 있는데."

"……궁금하신 거요?"

고요한 공간에 이어폰에서 새어 나오는 음악이 이제 소음처럼 느껴진 탓에 리희가 서둘러 정지 버튼을 눌렀다. 그래놓고 다시 시환을 올려다보는데 그의 시선은 아직 그녀의 휴대폰 액정에 가 있었다.

정확히는 정지 버튼에.

"왜 울었어요?"

"네? 제가요?"

"설마 그것도 오해였나?"

그럼 진짜 박시환 제대로 가관이었던 거네. 그는 고작 하루였지만 리희 때문에 마음 졸였던 지난 시간에 더할 나위 없이 억울해지는 것을 느꼈다.

"한 번은 내 방에서, 그리고 한 번은 회의실에서."

"제가 울다니…… 설마."

그러자 데구르르, 눈을 굴리던 그녀의 시선이 책상에 던져져 있던 작은 인공 눈물 병에 가 닿았다.

"혹시 인공 눈물 말씀하시는 거예요?"

"인공 눈물?"

"그날 안경 잃어버려서 렌즈를 꼈는데, 그게 불편해서……."

"하, 그래서 결론적으로."

그가 허리를 굽혀 그녀와 시선을 마주했다. 그래. 이제야 여자의 까만 동공을 덮은 투명한 렌즈가 보인다. 젠장, 왜 어제는 이걸 못 봤을까.

"나한텐 티끌만큼의 관심도 없었다?"

시환은 이 말을 하면서 갑자기 울컥하는 심정과 함께 남자의 자존심이 와르르 무너지는 것을 느꼈다. 하물며 어제 퇴근 후에 이야기하는 건 어떠냐고 물었을 때 단호하게 거절하더니, 그 이유도 고작 저 연예인의 콘서트 티켓팅 때문이지 않았나.

……아니 뭐, 꼭 이 여자가 저를 좋아해야 하는 건 아니지만 조금이라도 마음이 있었다면 적어도 그만큼은 제가 좀 덜 민망해할 수도 있을 테니까.

"모든 건 철저하게 나의 오해에서 비롯됐던 것이고."

"오해인 건 맞죠."

"그래서 난 여자 친구랑 헤어졌는데. 오해한 대가치고는 좀 세네."

사실 이 부분에 대해서도 어제부터 리희에게 설명해주려고 했던 건데 자존심이 상한 탓에 시환은 말을 하기가 싫어져버렸다. 리희도 저처럼 마음고생을 좀 했으면 좋겠다는 요상한 복수심이 생겨난 것이다. 어린애도 아니고 이게 뭐하는 짓이야. 라며 마음속 어른 박시환이 튀어나와 어린 박시환을 비난했지만, 그 어른 박시환도 자존심은 있을 거 아냐.

"그건…… 뭐라 드릴 말씀이 없어요."

시환은 다시 눈을 데구르르 굴리는 리희를 훑어 내렸다. 흐음, 아니야. 아무리 봐도 그의 취향이 아니다. 그날 밤엔 그냥……. 그래. 잠시 제 눈을 가리는 무언가가 있었던 거지. 예를 들면 술기운 같은 거.

"됐습니다."

유치하게 뭘 하려던 거냐 박시환. 관두자.

"더 이상 신경 쓸 거 없습니다. 말했잖아요. 쌍방 과실이었다고."

"그래도……."

우물쭈물거리는 입술, 무릎 위에 모인 두 손이 어쩔 줄을 몰라 하고 있었다. 고작 이렇게 어수룩한 여자가 적어도 하루 반 사이에 완벽하게 그를 혼란의 지옥에 밀어 넣었다니. 기가 차고 코가 찰 노릇이었다.

"그래도 뭐, 어쨌든 그날 밤의 만취한 우리희도 본인이니까 책임지겠다고? 내 여자 친구라도 되겠다는 겁니까?"

"네에?"

놀라라고 한 소리긴 한데, 시환은 과도하게 놀라는 그녀의 반응에 약간의 의문이 생겼다. 잘못 본 게 아니라면 여자는 분명 조금 전 귀신이라도 본 것 같은 얼굴을 하고 있었다.

제 여자 친구 되는 게 그렇게까지 무서워할 일이었나? 이거 묘하게 빈정 상하네.

"그러니까 이제 리희 님 말대로 진짜 끝내자는 겁니다. 잊자고."

하지만 회사 내, 그것도 같은 팀에서 남녀관계로 엮인다는 건 생각보다 더더욱 귀찮은 일이 될 게 뻔했다. 그러니 더 이상의 궁금한 것은 만들지도, 해결하려 들지도 않는 것이 좋겠다.

"……네."

그걸 리희도 알았는지 고개를 숙인 채로 끄덕이는 것이 보였다. 시환은 잠시 유치한 마음을 먹었던 것을 감추며 어른답게, 그리고 상사답게 행동해야겠다고 다짐했다.

"얼른 마무리해요. 퇴근합시다."

그 말과 함께 이번엔 시환이 깔끔하게 돌아서 제 방으로 들어왔다. 그리고 풀어둔 커프스단추를 채우고, 느슨하게 풀어놓은 넥타이도 다시 똑바로 모양을 잡았다.

하루 반이면 이 여자에게 쏟았던 관심으로는 충분, 아니 과했다. 그러니 더 어색해지기 전에 어서 다시 상사와 부하 직원, 그 이상도 그 이하도 아닌 관계로 돌아가야 한다.

'당신이 나를 좋아하지 않으니까.'

하지만 여전히 마음에 남은 의문이 있었다. 보통 연예인을 좋아할 때 그런 이유로 좋아하는 건가?

"네 알 바 아니잖아, 박시환. 이제 관심 꺼."

재킷 단추를 채우며 고개를 저었다. 그러면서 머릿속을 비웠다. 그리고 단 한 가지 생각만을 채워 넣었다.

어서 집에 들어가 잘 수 있을 때 좀 자야겠다고.

"시환 님?"

"……리희 님."

하지만 우연이란 놈은 그 관심을 참 끄기 어렵게 만들었다. 차를 오피스텔 주차장에 대놓고 간단하게 먹을 저녁을 사러 상가에 들렀다 나오는 길에 리희를 다시 만난 것이다.

"이 동네 살아요?"

"네? 아, 네. 여기 B동이요."

"저는 저깁니다. A동."

근방에 수두룩하게 있는 건물들이 죄다 오피스텔인데 하필이면 또 나란히 서 있는 건물이라니. 아니지, 같은 건물이었으면 뒤로 넘어갔을지도 모르겠다.

그나저나 이렇게 코앞인 줄 알았으면 대체 왜 그날 밤엔 택시를 타고 서울 시내를 빙빙 돌았던 걸까.

"근데 시환 님 도곡동 사신다고 하셨잖아요."

안 그래도 궁금해하던 리희가 이때다 싶어 묻자 시환은 그저 어깨를 으쓱였다.

"퇴근하기 번거로워서."

"아……."

리희는 고개를 끄덕이며 애써 표정 관리를 해야 했다. 아니면 즉각 썩어들어갔을 테니까. 누군 학자금 겨우 다 갚자마자 대출 받아서 또 빚쟁이가 됐는데 누군 단순히 '번거로워서' 그 좋은 집을 두고 새로 오피스텔을 얻는구나. 그닥 멀지도 않잖아?

게다가 옆 건물이라면 그녀도 방을 구할 때 본 적이 있었다. 이름만 '오피스텔'이지 실상 '호피스텔'이라고 부를 수도 있을 만큼 호화로운 구조였더랬지.

"그럼 저는 이만……."

"혼자?"

그래서 더 초라해지기 전에 적당히 인사하고 돌아설 타이밍을 재는데 그녀의 오피스텔 건물 쪽을 바라보던 그가 불쑥 물어왔다.

"혼자 살아요?"

"아, 네. 혼자."

"가족은?"

그 말에 리희가 고개를 저었다.

"부모님은 안 계시고 저 키워주신 이모님도 지방에 사셔서요."

그녀의 답에 시환은 아, 실례했구나 싶었다. 하지만 리희가 아무렇지 않게 답하는데 제가 도리어 심각하게 굴 수가 없었다.

"같이 사는 친구도 없고?"

그래서 단순히 다른 질문으로 이어간다는 게 조금 집요해지고 말았다. 역시 알아챘는지 리희가 잠시 눈만 깜빡였다.

"있었는데 결혼을 해서……."

"조심해야겠네."

또 술 취해서 엄한 남자를 좋아하는 연예인으로 착각했다간…… 뭐? 이게 아니잖아. 시환이 괜스레 헛기침을 내뱉었다. 하마터면 저도 모르게 입 밖에 낼 뻔했다.

"크흠, 들어가요. 내일 봅시다."

"네, 쉬세요."

괜스레 민망한 기분이 들어 휙 돌아선 시환을 의아한 눈으로 바라보던 리희도 그의 등 뒤에 꾸벅 인사를 하고는 드디어 제집으로 향했다.

"아, 근데 그 손……."

제가 사는 건물 입구로 성큼성큼 걸어가려던 시환이 갑자기 떠오른 생각에 리희 쪽을 바라보았지만 단정한 그녀의 뒷모습은 이미 그에게서 멀어져 있었다.

"제대로 치료는 한 거야 뭐야."

상가 건물 간판이 비추는 빛 사이로 사라진 그녀의 손 상태가 궁금했지만 그는 이내 괜한 오지랖이라는 생각과 함께 다시 걸음을 옮겨야 했다.

"다녀왔습니다아."

아무도 없는 원룸으로 들어선 리희는 현관문을 닫기 전에 스위치부터 켜서 안쪽을 훤히 밝히고서야 문을 닫았다. 물론 삼중으로 다시 문을 꼼꼼하게 잠그는 것도 잊지 않았다.

현관에 뿌려놓았던 밀가루는 나갈 때 그대로. 마치 CSI요원이라도 된 듯이 몸을 숙여 누군가의 침입 흔적을 찾던 그녀가 이윽고 한숨을 내쉬며 신발장 안에 넣어놓았던 미니청소기를 꺼내 들었다.

여자가 사는 집이라면 좀 어질러져 있을 법도 한데 그녀의 작은 원룸은 마치 모델하우스처럼 꼼꼼하게 정리되어 있었다.

"언제까지 이러고 살아야 하니, 너는."

현관을 청소하고서 안으로 들어서자마자 냉장고를 여는 그녀의 얼굴엔 채 풀지 못한 피로가 켜켜이 쌓여 있었다. 몸이 피곤한 것쯤이야 광고팀에 들어온 이후 늘상 겪는 일이었지만 요 며칠 사이엔 뜻하지 않은 정신적 피로까지 무지막지하게 그녀를 괴롭히는 것 같았다.

"역시 피로는 덕질로 풀어야지, 그치 환아?"

이사 오자마자 제일 먼저 벽에 붙인 류의 솔로 앨범 포스터를 바라보던 리희의 얼굴에 뿌듯한 미소가 피어났다. 오늘도 역시나 잘생긴 남자.

"근데 너는 왜 하필 그날 그 사람이랑 겹쳐 보여서……."

얼마나 밝히는 여자로 보였겠어. 아니, 저는 하룻밤 미친 여자였다고 쳐도 그 사람은 당장 연인을 잃었는데.

"……진짜 괜찮을까."

괜찮은 걸까. 정말 괜찮아도 되는 걸까. 리희는 한참이나 류시환의 포스터앞에 서서 박시환을 생각했다.

"이게 진짜……."

샤워를 마치고 나온 시환이 테이블 위에서 요란하게 진동하던 휴대폰을 집어 들었다. 하지만 곧장 소파로 집어 던지고 만다. 문소혜. 이게 진짜 죽으려고.

"왜."

그러나 애써 무시하면서 물기를 닦아내는 사이에도 진동이 멈추질 않아 그는 결국 전화를 받아야 했다. 어쨌든 그녀는 십년지기면서 '상무님'이니까.

-왜?

"뭐?"

물론 받자마자 메아리처럼 되돌아오는 상대의 물음에 이번엔 다시 끊어야 하나 고민했지만.

-왜 연락이 없어? 내가 선물 보냈잖아? 내가 원래 돌아올 거 바라고 뭐 보내는 사람은 아니지만 이번엔 좀 기대가 됐단…….

"죽을래?"

-살래. 마음에 안 들어?

"상무씩이나 돼서 할 짓이 그렇게 없냐?"

-응. 나 낙하산이잖아.

웃는 얼굴에 침 못 뱉는다더니. 그는 잇새로 금방이라도 튀어나올 듯한 욕지거리를 다시 씹어 삼키며 으르렁거렸다.

"그럼 혼자 놀지 바쁜 직원은 왜 부려먹는 건데."

굳이 리희를 시킨 이유가 있었다. 그녀가 가지고 들어온 봉투엔

'당신의 연애를 응원합니다!'라는 문구만이 적힌 종이 한 장이 들어 있었으니까. 그때를 생각하니 다시금 속이 부글부글 끓는 듯했다.

-어머, 벌써 챙기는 거야아?

"내 부하 직원 내가 챙기는데 네가 왜……!"

안 돼. 점점 말려들고 있다. 그는 반쯤 체념한 얼굴로 스피커폰 버튼을 눌러 테이블에 올려놓고는 옷장을 열었다. 그사이 소혜의 진지해진 목소리가 흘러나왔다.

-내가 왜 그랬냐고? 이보게, 친구. 내가 권위적으로 보이려는 건 아니지만 엄연히 너도, 리희 님도 모두 다 내 부하 직원 아니겠니. 고로 나도 부하 직원들 챙긴다 이 말이지.

"부하 직원이면 일하게 그냥 둬. 확 놀아버린다?"

-일밖에 모르는 박시환 팀장이 퍽도 그러시겠다. 어차피 50주년 프로젝트 때문에 또 회사에서 거의 살 거 아냐?

"그러니까 일하게 좀 두라고."

-그냥 뒀더니 너어무 일만 하잖아! 솔직히 갑 입장에서 을들의 사내 연애가 그리 곱게 보이진 않지만 박시환 팀장은 얘기가 다르지. 우리 사이가 그냥 사이야? 어? 상무와 팀장의 관계이기 이전에 십년지기라구. 친구를 말라죽게 할소냐?

"끊어."

-어어, 또 급하게 끊을 거지! 친구야, 내가 미안해서 그르지. 나 때문에 오해가 더 쌓인 거라며.

"……."

티셔츠를 고르던 그의 손가락이 허공에 우뚝 멈춰 섰다. 괜히 해명했다가는 안 그래도 낙하산이라고 말이 많은 소혜에 대한 가십이 더 무성해질까 싶어 굳이 이야기하지 않은 것이었다. 뭐, 리희가 함부로 말하고 다닐 것 같진 않았지만 그 감을 온전히 믿기에는 확신이 부족했으니까.

-내가 당장 내일이라도 해명해줄까? 그건 사실 내가 불알친구한테 부탁해서 최석현 잡으려고 쌩쑈한 거라고-!

“야. 너 말 가려서 안 할래?”

죽마고우라는 뜻 좋고 어감 좋은 말을 두고 굳이 이런 표현을 쓴다. 진짜 달리지도 않은 게. 하필이면 바지에 다리를 넣던 와중이었어서 하마터면 발을 헛디뎌 넘어질 뻔했다. 그래선지 시환의 얼굴에 대놓고 짜증이 드러났지만, 애석하게도 통화 중인 소혜는 그의 얼굴 상태를 확인할 길이 없을 것이었다.

-그럼 내 친구가 진짜로 일이랑 결혼하는 꼴을 보라고?

후. 한숨 한 번 쉴 때마다 복 나간다는 옛 어른들 말씀이 맞다면 그에게 남아날 복이 없을 것이었다.

“내 신경 써줄 시간 있으면 너나 잘해. 너나 결혼하라고.”

-그렇게 말하면 할 말 없긴 한데…….

“더 용건 없으면 끊어. 피곤해.”

-어? 야, 야 잠깐만!

상대는 계속 무어라 하는 것 같았지만 그는 가차 없이 통화종료 버튼을 누르고 아예 휴대폰을 꺼버렸다. 그러고는 대충 아무렇게나 손에 잡히는 옷을 꺼내 몸에 꿰었다.

“……말, 해야 하는 건가.”

그러다 문득 정말로 리희에게 이 조작된 연애사에 대해 뒤늦게라도 설명해야 하나 싶은 생각이 들었다. 입이 가벼워 보이진 않으니 뭐 소문을 만들어낼 것 같진 않지만…….

"나이를 서른이나 처먹고 뭐 하는 짓이냐 넌."

종일 그녀를 괴롭혔던 것만 생각하면 정말 한심했다. 그런 와중에도 리희는 그가 지시한 것 외에 참고자료까지 꼼꼼하게 챙겨왔었다. 생각이 거기까지 미쳤을 때 그는 뒤늦게 얼굴이 화끈해지는 것을 느꼈다.

설마 제가 괴롭혔다는 걸 눈치챘을까. 챘겠지? 챘으니까 어느 순간부터는 시키지 않아도 알아서 다른 것까지 챙긴 거겠지?

"됐어. 내일부터 완전히 신경 꺼. 그러면 돼."

본가에 있을 침대보다는 작은 침대에 몸을 뉘인 시환이 관자놀이를 누르며 다짐했다.

"멍청한 새끼. 그때 그 한순간을 못 참아서."

물론 후회하는 것도 잊지 않았다. 하지만 또다시 그 순간으로 돌아간다면? 그땐 참을 수 있을까?

"……."

하는 자문엔 또 바로 답이 나오지 않았다.

"하, 등신 같다 진짜."

젠장. 그저 드문드문 기억한다던 그녀가 그 순간만큼은 반드시 기억하지 못하길 바랄 뿐이었다. 그는 그렇게 피곤에 절어 있으면서도 내내 뒤척이며 내일부터는 반드시 신경을 끄자고 중얼거렸다.

"난 지윤 님보다는 리희 님 쪽이 낫던데. 더 청순하잖아."

하지만 그 다짐은 최선을 다해 마음먹은 게 무색하리만치 빠르게 깨지고야 말았다.

"하긴, 그동안은 이상한 뿔테 안경만 쓰고 있어서 좀 꺼벙해 보였는데 안경 벗으니까 확실히 달라 보이긴 하더라고.

점심시간이 끝나갈 무렵 휴게실에 갔다가 같은 팀 남자 직원들이 모여 떠드는 것을 우연찮게 들은 직후였다. 그는 휴게실 카페 직원에게 샷을 추가한 아메리카노를 주문하면서도 어느새 팀원들의 대화에 집중하고 있었다.

"피부도 좋고. 화장도 진하게 안 하잖아. 아냐?"

그들의 대화는 마치 대학 시절 과방에 모여 심심풀이로 떠들던 것과 비슷했다. 여자는 모여서 남자 이야기를 한다고 했던가. 남자도 똑같다. 서로 모르는 세계에 대한 호기심이라고 볼 수도 있겠다. 그는 '리희'라는 이름에 반응한 자신을 꾸짖으며 관심을 돌려 바리스타가 만지는 커피 머신에 시선을 꽂아 두었다. 좀 노려보는 것 같긴 하지만 어쨌든.

"가만 보면 몸매도 괜찮은 것 같던데. 지윤 님은 너무 말랐잖아. 근데 리희 님은 타이트한 걸 잘 안 입어서 제대로 보진 못했어도 들어갈 데 들어가고 나올 데 나온…… 그래. 베이글 아냐?"

하지만 왜 하필 귀는 옆에 달려서 저들의 대화에 더욱 집중하게 되는 것인가. 근데 뭐?

베이글?

"주문하신 아메리카노 나왔습니다."

"이참에 대시해볼까요? 바빠서 연락 못했다고 전 여친한테 욕만 얻어먹고 차인 마당에 같은 팀이면 그럴 일도 없고."

"……!"

"아 근데 리희 님은 좀, 뭐랄까 사람을 피하는 것 같은……."

"다른 직원들 다 드나드는 곳에서 할 만한 이야기는 아닌 것 같습니다만."

"엇, 시환 님!"

드르륵. 결국 그가 성큼성큼 다가서자 우르르 일어나느라 의자 끌리는 소리가 잠시 귓전을 때렸다.

"……조심들 하세요."

"죄송합니다."

"나한테 죄송할 건 아니고."

시환의 눈길이 잠시 리희에게 지대한 관심을 표하던 직원 선호에게 가 닿았지만 선호가 그것을 알아차리기도 전에 시환이 먼저 돌아섰다.

"어, 그거 엄청 뜨거운……!"

그리고 뜨거운 김이 폴폴 솟고 있던 텀블러를 받아 벌컥벌컥 마시려다 그는 입천장을 모두 데이고 말았다.

"괜찮으세요?"

"……죄송한데 아이스 아메리카노로 다시 부탁드립니다."

기껏 꼰대처럼 훈계한 직원들에게 이 꼴을 보일 수가 없어 결국 용암 같은 커피를 삼킨 시환이 가까스로 입을 열었을 때, 카페 직원이 대신 아프다는 얼굴로 황급히 고개를 끄덕였다.

그리고 조금 뒤 그의 손에는 얼음이 가득 담긴 아메리카노가 들려졌다.

"더럽게 아프네."

휴게실을 나와 서둘러 걷다 너덜너덜해진 입 안을 혀로 조심히 쓸어본 시환이 아무도 없는 틈에 있는 힘껏 오만상을 찌푸렸다. 젠장. 입 안에 난 상처만큼 신경 쓰이고 기분 나쁜 게 또 있을까. 아이스 아메리카노의 얼음을 하나 입에 넣어 굴려보는데 또 얼음이 제법 날카로운 탓에 가라앉기는커녕 더 욱신거릴 뿐이었다. 젠장, 젠장!

"그러게 왜 하필 우리희 얘기를 해서……."

거기까지 생각하다 뚜벅뚜벅 걷던 그의 걸음이 갑자기 멈춰 섰다. 저만치 광고 기획 2팀 사무실을 앞두고서.

"방금 내가 뭐라고 한 거야."

저도 모르게 중얼거린 말에 분명, 오류가 있었다.

"당연히 주의를 줘야 했던 거잖아. 근데 '왜 하필 우리희'라는 말이 나와. 제정신이야?"

정신 차려. 신경 끄자고 했잖아. 찬물이 아닌 따사로운 햇빛에 세수라도 하면 괜찮을까 싶어 볕이 잘 드는 커다란 복도 창 쪽으로 다가서본다. 빌딩 숲 사이로 차들이 시냇물처럼 흘러가고, 흘러오고 있었다. 잠시간 멍하니 창밖을 바라보던 그가 막혀 있던 숨을 뱉어냈다.

"……아니지."

그런 일이 있었는데, 충분히 신경 쓰일 만하잖아. 부정하지 말자. 이런 생각은 잊으려고 할수록 더 짙어지는 법이니까. 생각의 방향을 바꾸자 굳었던 톱니바퀴에 기름칠을 한 것처럼 그의 다리가 다시 사무실을 향해 움직이기 시작했다.

그래. 신경 끄자고 정말 꺼지면 그게 사람인가. 당분간은 어쩔 수 없어. 그저 흘러가는 대로 두자. 그저 같이 흘러가지만 않으면 돼.

"그거면 돼…… 난 충분해……."

그렇게 합리화한 시환이 마침내 사무실 앞에 다다랐을 때였다. 무슨 소린가 했더니 누군가의 흥얼거리는 노랫소리가 문틈으로 새어 나오고 있었다. 여자 목소리. 그러나 개의치 않고 문을 열던 시환이 이번엔 문을 반쯤 연 채로 멈추고 말았다.

다갈색 머리칼이 햇빛에 밝게 빛나는 여자가 저만치에서 등을 보인 채로 한 손엔 이어폰이 꽂힌 휴대폰을, 한 손엔 조리개를 들고 사무실 안 곳곳에 놓인 화분에 물을 주고 있었다.

"……난 그렇게 천천히 너를 나로 채울 거야아아아……."

그런데 물을 주는지, 가무를 즐기는지가 헷갈릴 정도인지라. 보는 사람 입장에서 무반주로 흔들거리는 몸은 쏟아지는 햇빛을 LED조명으로 삼은 모양이었다.

시환은 여자가 누구인지를 바로 알아보았다. 하지만 의외였다. 당연히 평소에 흥얼거리는 것을 좋아하는 윤주인 줄 알았는데 아니었으니까. 전혀 예상치 못한 인물이 나홀로 댄스 삼매경에 빠져 있다 보니 당황스러운 쪽은 시환이었다. 아무래도 환기를 해놓는 답시고 열어놓은 창문 틈으로 들어온 바람이 블라인드를 춤추게 하고, 여자를 춤추게 한 걸까. 부서지는 햇살에 함께 푸스스 번지는 그녀의 미소에 눈길이 가 닿았다.

화분에 물을 주고, 프린터에 미리 용지를 채워넣고. 온갖 잡다한 것들이 쌓여 있던 중앙 테이블을 정리하고 청소부가 청소하기 애매한 부분들을 혼자서 청소하고. 익숙하게 움직이는 것을 보면 늘

제 몫이었나 보다. 귀찮을 법도 한데 그런 기색 없이 부지런하다.

"겁 먹을 필요는 없어어어……!"

사실 노래는 객관적으로 영 아니었다. 하지만 굳이 기척을 내서 멈추게 할 생각이 들진 않는다.

마치 멋대로 입을 맞춰오는 여자를 그냥 내버려두고 싶었던 그날 밤처럼. 한동안 시환은 문 앞에 서서 벌을 서야 했지만 벽에 기대어 선 그의 입가엔 미미한 미소가 스며 있었다.

"점심시간만 왜 달려가는 기분인 거지?"

"기분 탓입니다아."

"아직 낮이 그렇게 안 길어서 그런가 더 아까워요."

"그러게. 일찍 퇴근해도 한밤중인 것 같고."

그러다 저쯤에서 들려오는 소리에 놀란 시환이 곧 코너를 돌아 들이닥칠 사람들, 그리고 아직 안쪽에서 홀로 댄스 삼매경인 여자를 번갈아 보다 소리가 나지 않게 문을 닫고 방향을 틀어 저쯤 비상구로 향하며 휴대폰을 꺼내 들었다.

-시환 님?

"네. 접니다. 사무실 전화를 아무도 안 받아서요."

그리고 당연히 휴대폰을 손에 쥐고 노래를 듣느라 빨리 받았을 누군가에게 전화를 건 그가 모른 척 사무적으로 말했다.

-아 그게 저, 저도 지금 들어가는 중이라서요.

무슨 일 있으세요? 그렇게 묻는 목소리가 조금 전 엉망일지라도 자유롭게 노래하던 목소리보다는 사뭇 경직돼 있었다.

"제가 마케팅팀에 들러야 해서 오후 회의를 좀 미뤄야겠네요. 팀원들한테 전해주세요."

-네, 알겠습니다.

그렇게 시환은 볼일도 없는 마케팅팀으로 향했다. 끼익, 비상구의 철문이 닫히는 사이로 차가운 얼음 하나를 입에 문 그의 입술 끝이 길게 늘어지고 있었다.

"리희 님, 미안한데 저녁에 시간 있어?"

"네? 저녁이요?"

리희가 정신없이 시환이 지시한 기획안을 수정하고 있던 늦은 오후였다. 사무실 내 사람들에게 뭔가를 물어보고 다니던 윤주가 마침내 리희에게까지 다가와 다급한 얼굴로 물었다.

"아니면 철야해야 될 일은?"

"아, 지금 기획안 수정하는 것만 하면……."

"완전 급한 건 아니면 나 좀 도와주라."

고로 윤주의 SOS 내용은 '완전 급한 건'이라는 말이었다.

"네? 아니, 이거 시환 님이 빨리하라고 하신 거라서요."

"당장 오늘 저녁 모임보다 중요한 건 아닐 거야. 기획안이면 좀 미뤄도 되니까 내가 말씀드릴게. 시환 님이랑 모임에 좀 다녀와주라, 응?"

"모임…… 이요?"

"응. 알지? 광고 협회 사람들 일 년에 한 번씩 크게 모이는 거. 대놓고 인맥 쌓자고 모이는 데라 좀 쓸데없긴 한데 그래도 안 가면 또 안 되는 데라. 이번에 우리 팀 차례거든. 근데 방금 둘째 유치원에서 애가 열이 끓는다고 연락이 와서 아무래도 당장 가봐야 할 것 같아."

"아으, 내가 가야 하는데!"

"그러게 누가 그렇게 데드라인 맞춰서 일 시작하래? 지윤 님은 내일 오후까지 시안 완성이나 하셔."

옆에서 지윤이 발을 동동 구르며 아쉬워하는 모양새를 보면 마냥 안 좋은 일은 아닌 것 같다. 하긴, 모임이면 파티 같은 거니까. 거기다 시환 님이랑 가는 거라니까 더 아쉬워하는 모양…… 잠깐.

"시환 님이랑요?"

"응. 시환 님은 특히 또 처음이잖아. 옆에서 누가 누군지 알려줘야 하는데 대강 알지?"

"네. 알긴 아는데……."

왜 하필 그 사람이냐고! 서둘러 머릿속으로 거절할 명분을 찾아보았지만 아이가 아프다는 윤주를 더 당혹스럽게 할 수도 없었다.

"대충 누가 누군지랑 블랙리스트인 사람들만 알려주면 돼. 부탁 좀 하자. 자, 여기 혹시 모르니까 참석자 명단. 주차장 내려가면 시환 님 기다리고 계실 거야. 얼른 가."

"그, 근데 당장 오늘이면 제가 아무것도 준비가 안 됐는데, 괜찮을까요? 이대로 가도."

얼결에 파일을 떠안은 리희가 주저하는 사이에 윤주가 그녀를 한번 훑어보다 제 머리칼을 헤집었다.

"아, 그렇네. 당장 쇼핑할 시간도 없는데 내 옷은 너무 클 것 같고……."

오늘을 위해 차려입은 정장이긴 하지만 리희에게는 안 입은 것만 못하게 헐렁할 것이었다. 난감해하던 윤주의 눈이 불쑥 지윤에게로 향했다.

"지윤 님 사이즈 44반? 55?"
"네? 설마요."
"설마 맞아. 나 좀 도와줘라. 그, 점심 열 번 사줄게. 응?"
"아이, 정말!"
"고마워 지윤 님. 내가 맛있는 걸로다가 살게."
몸매가 한껏 드러나는 원피스를 입은 지윤이 자리에서 일어나 리희를 한번 노려보고는 화장실로 걸어 나갔고 그런 리희의 등을 윤주가 떠밀었다.
"아무리 그래도……."
"부탁해. 응? 얼른 하고 나와. 화장품은 빌려줄 수 있을 테니까."
아이가 아프다는데 어찌 더 거절하랴. 리희는 울며 겨자 먹기로 자리에서 일어날 수밖에 없었다.
"비싼 거니까 조심히 입어야 돼요."
이거 오늘 처음 입은 거란 말이에요. 조심스레 옷의 지퍼를 올려주던 지윤이 툴툴거리는 사이 리희는 소리 없이 한숨을 내쉬었다. 아무래도 오늘 저녁엔 숨도 제대로 쉬면 안 될 것 같았다. 지윤이 입고 있을 땐 잘 몰랐는데 가슴은 또 왜 이렇게 파인 걸까.
그렇게 순식간에 준비를 마친 리희가 주차장으로 내려갔을 땐 보닛에 기대어 손목시계를 보고 있던 시환이 있었다. 또각또각, 약간 작은 구두에 자칫하면 발이 까지겠다 생각하며 조심조심 걸어갔을 때 그 소리에 고개를 든 시환이 무심코 리희 쪽에 시선을 두었다가.
"리희 님이 간다고 들었…… 가죠."

몸을 일으킨 그가 빠르게 운전석으로 향했다. 그리고 모임이 있다는 호텔로 향하는 동안엔 아무런 대화도 없었다.

"열 시 방향에 김동운 감독님이에요."

매년 열린다는 파티는 생각보다 규모가 더 컸고 사람도 훨씬 많았다. 북적한 가운데 보폭이 넓은 시환을, 그것도 한 치수 작은 구두를 신고 쫓아다니느라 리희는 다리에 쥐가 날 것 같았지만 꾹 참고 부지런히 사람들의 인적사항을 시환에게 알려주었다.

"작년에 광고 협회 올해의 광고인 공동 수상하셨던 분?"

그래봤자 의외로 시환이 먼저 알고 있는 사람이 많기도 해서 리희는 거의 그의 뒤를 졸졸 따라다니는 수준이었다.

"네. 맞아요. 근데 낯가림이 좀 있으신 분이라 대화를 꺼리실 수도 있어요."

"흐음."

기계로 친다면 명령어를 입력했다는 듯이 시환이 즉각 저쯤에서 누군가와 이야기를 나누고 있던 남자에게 다가갔다.

"안녕하십니까, 김동운 감독님. NK 광고기획팀장 박시환입니다."

"NK…… 아 그래, 이번에 나온 광고 잘 봤어요."

"감사합니다."

"NK 사람들 얼굴은 내가 대강 아는데…… 젊은 팀장님은 처음 보는 것 같네."

"아, 제가 팀장으로 발령 받은 지 얼마 안 됐습니다."

"그럼 일을 좀 해봐야 알겠구만."

시환에게는 더 이상 별 볼일 없다는 뉘앙스를 풍기고 있었다.

안 되는데. 고민하던 리희가 김 감독의 잔이 빈 것을 발견했다.

"저, 시환 님."

그리고 그의 뒤에서 소곤거리는 소리로 서둘러 말을 전했다.

"김 감독님이요. 와인 좋아하세요. 사시카이아나 솔라이아요."

"……감독님 잔이 빈 것 같은데, 괜찮으시다면 와인 주문해드릴까요?"

"크흠, 좋긴 한데 같은 걸로는 별로……."

"사시카이아 2005년산 어떠십니까?"

"호오…… 박 팀장, 슈퍼 투스칸 와인을 알아요? 내가 그쪽 와인 좋아하는 건 어떻게 알았지?"

그에 김 감독이 의외라는 듯이 표정을 풀었고, 시환이 트레이를 들고 지나가던 누군가에게 와인을 주문한 후 뒤에 서 있던 리희를 살짝 끌어왔다.

"슈퍼 투스칸 와인은 알지만 사실 감독님이 그쪽 와인을 좋아하시는 건 제 팀원이 알려준 정보입니다."

그의 예상치 못한 행동에 리희는 당황하기도 전에 서둘러 꾸벅 인사를 해야 했다.

"아, 안녕하세요 감독님. 그…… 전에! 잡지 인터뷰하신 거 본 기억이 나서 말씀드렸습니다."

"어라, 와인 이야기한 잡지까지 봤어요? 이거 고맙네요."

"사실, 감독님이 이전에 직접 기획하고 제작하셨던 여러 공익 광고를 인상 깊게 봤습니다. 저도 언젠가 그런 기획자가 되고 싶어서요."

"이거 정말 고마워지네요. 박 팀장은 좋은 부하 직원을 두셨어."

"감사합니다."

그때 웨이터가 따로 가져온 와인 잔을 나눠 든 김 감독이 향을 음미하고는 만족스러운 얼굴을 했다.

"박시환 팀장이라고 했나? 그래. 와인을 좀 안다고?"

"아버지가 와인을 좋아하셔서 그저 약간 보고 들은 것뿐입니다."

"그럼 투스칸 와인이 얼마나 매력적인 와인인지는 잘 모르겠구만. 내가 그 와인들을 좋아하는 이유가 사실……."

그렇게 와인 이야기로 흘러간 대화는 김 감독과 시환을 단숨에 가까워지게 만들어주었고 리희는 얼결에 받은 와인 잔을 양손에 든 채 잠자코 기다리고 있었다. 사실 다리가 아파서 어디 가서 쉬고 싶다는 생각이 굴뚝같았지만.

"저희야 김 감독님이라면 언제든 함께 작업할 의향이 있습니다."

"좋아. 언제든 연락달라고. 스케줄만 맞으면 바로 계약할 테니까."

"감사합니다. 그럼 또 뵙겠습니다."

드디어 사담을 마치고 돌아선 시환이 눈으로 리희를 찾았다.

"고마워요. 덕분에 이야기 잘한 것 같아요."

김 감독과 이야기를 나누며 몇 잔인가를 마신 탓에 굳어 있던 얼굴이 약간 풀어져 있었다.

"다행이에요. 근데 혹시, 취하셨어요?"

"난 괜찮은데. 이상해 보여요?"

"아니, 꼭 그런 건 아닌데……."

그 나른한 눈빛에서 묘한 기시감을 느끼던 리희는 곧이어 선명하게 떠오르는 그날의 기억에 황급히 다른 사람을 가리켰다.

"그, 지금 서계신 쪽에서 세 시 방향에 보이는 분은 시환 님도 아실 거예요. 정수한 씨라고 프리랜서 카피라이터로 유명한 분이신데, 되도록 가족 이야기는 안 하심이 좋아요. 얼마 전에 상처하신 걸로 알아요."

그런 리희를 바라보던 시환은 문득 한 가지를 깨달았다.

"윤주 님이 준 파일에는 그런 자세한 얘기까진 없었던 것 같은데."

"……아 그냥, 광고 공부하다 얻어들은 정보들이에요."

"들어보니까 김 감독 와인 얘기는 와인 전문 잡지에서 한 거라던데요."

그런 것까지 찾아본 거예요? 이 정도면 본받고 싶은 후배라기보다는 팬 수준인데. 그 질문에 이번엔 리희가 약간 당황한 얼굴로 멋쩍게 웃어야 했다.

"그건 아니고…… 윤주 님이 지난 연말에 선물 돌린다고 찾아보실 때 같이 도와드렸던 게 생각나서요. 아, 좋아하는 감독님은 맞아요!"

실은 돕는 게 아니라 거의 윤주가 주문하라는 것들을 떠맡아서 해결했던 거지만. 거기까지 말하진 않았어도 어쨌든 당황해하는 모습이 고스란히 드러나는 얼굴에 시환이 작게 웃었다.

"그렇다면 임기응변이 좋은 거였네요."

드디어 노곤하게 풀어지는 둘 사이의 분위기에 리희도 그제야 조금은 웃을 수 있었다.

그런 그녀를 바라보던 시환이 리희의 이마에 반짝이는 옅은 땀을 발견했다. 그리 더운 곳은 아닌데 말이다.

"근데 안색이 좀 안 좋은 것 같은데."

그 말에 리희가 놀라 눈을 굴리며 할 말을 찾았다.

"아, 그냥 제가, 그, 사람이 많은 곳은 조금 힘들어서요. 괜찮아요."

"그럼 대강 얼굴 비추고 할 일은 다 한 것 같으니 그만 가죠. 저녁도 제대로 못 먹었을 텐데 같이 저녁이나……."

"아."

시환과 함께 입구 쪽으로 향하던 리희가 멈춰 섰다. 하필 입구 근처에 블랙리스트 1순위에 찍혀 있는 홍성철 감독이 서 있었으니까.

"어, 시환 님. 저분은 되도록 피하심이 좋을 것 같아요. 윤주 님도 피하라고 한……!"

"어어, 내가 이 모임 인사들 얼굴은 다 아는데 처음 보는 사람이 있네?"

하지만 이미 홍 감독이 훤칠한 시환의 얼굴을 본 뒤였다.

"안녕하십니까. NK 광고기획팀장 박시환……."

"옆에 아가씨는 누구?"

광고 업계에서는 꽤 유명한 사람임에도 윤주가 굳이 블랙리스트에 넣은 이유, 바로 이것이었다. 리희는 홍 감독의 시선이 제 얼굴 아래로 향하는 것을 느끼고는 파인 가슴께를 한 손으로 가리며 고개를 숙였다.

"……NK 광고기획팀 주임 우리희입니다."

"이거 아주 예쁜 아가씨가 옆에 있으면 일이 절로 되겠어. 호오, 눈이 아주 예쁜데?"

꽤 어려 보이는데, 아가씨는 몇 살? 노골적인 시선이었다. 리희는 손끝이 차가워지는 것을 느끼면서도 감사하다고 인사할 수밖에 없었다.

"능력 있는 팀원입니다."

그때 시환이 그녀를 슬쩍 가리고 섰다. 목소리가 한층 낮아진 걸 보니 그도 뭔가를 눈치챈 모양이었다.

"그럼 인사는 여기까지 하고 저희는 먼저 가보겠습니다."

가요. 그의 손이 살짝 그녀의 어깨를 감싸고 나가려는데 굳이 리희의 손목이 거세게 붙잡혔다. 저도 모르게 아, 하고 소리를 낸 리희를 본 그의 표정이 일순 굳어졌다.

"이제 인사만 했을 뿐인데 어디 가나? 난 NK 광고에 대해 아주 궁금한데."

"그 손 놓고 말씀하시죠."

"뭐? 그 건방진 표정은 뭐야? NK라고 했지. 나랑 일할 생각 없어?"

"네. 없습니다."

"시, 시환 님."

"……뭐야. 내가 누군지 몰라?"

"압니다. 홍성철 감독님. 알아서 다행이라고 생각하던 중입니다. 앞으로 반드시 피해가려고 하니까요."

동시에 그의 재킷이 그녀의 어깨를 감쌌다. 아까부터 홍 감독의 시선이 머무르던 지점이 어딘지를 읽어낸 탓이었다.

"지금 너 큰 실수 하는 거야. 아직 어려서 이쪽 일을 잘 모르는 모양인데 내가 여기 말 한마디만 하면……!"

"그렇다고 해서 제 부하 직원에게 무례하게 대하시는 분과 억지로 우호적인 관계를 유지해야 할 것 같진 않군요."

"무례하다니. 내가 뭘 어쨌다고!"

큰 소리가 나면서 이목이 쏠리고 말았다. 하지만 시환은 눈 하나 깜짝하지 않았다.

"제가 구구절절 말하기 전에 홍 감독님 본인이 잘 알고 계시리라 생각합니다. 그럼 먼저 가보겠습니다."

홍 감독의 손아귀에서 리희의 손을 빼낸 시환이 그녀를 이끌어 서둘러 밖으로 나왔다. 그리고 대리운전기사가 운전하는 차를 타고 돌아오는 동안 시환은 한마디도 하지 않았다. 리희는 그게 아무래도 제 탓이라고 생각했다. 그래서 주저하다 운전기사를 보내고 났을 때서야 입을 열었다.

"시환 님, 아까는 굳이 그렇게까지 하지 않으셔도 됐는데요."

그분은 그냥 최대한 피하는 게 더 나았을 거예요. 보이콧해버리면 웬만한 제작사까지 잡기가 어려워져서…….

그러자 그녀에게서 슈트 재킷을 건네받아 손에 든 시환이 잘라 말했다.

"NK가 그런 사람 하나 감당해내지 못할 정도로 작은 회사라고 생각하지 않습니다. 내가 알아서 할 테니 걱정하지 마요, 그리고……."

훤히 드러난 어깨 부분을 힐끗 본 시환이 못마땅하다는 듯한 표정을 지었다.

"그거, 지윤 님이 입고 있던 옷이죠?"

"네? 아…… 네."

모를 줄 알았는데! 괜스레 민망해진 리희가 제 팔을 쓸어내렸다.

"다음에 또 그럴 일은 없겠지만, 만약 그럴 일이 생긴다면 그냥 조금 늦어지더라도 가다가 새로 사 입는 게 나을 것 같군요."

오늘 수고했어요. 들어가봐요. 퉁명스럽게 말한 시환이 휙 돌아서 오피스텔로 들어가버려서 리희는 멍한 얼굴로 길가에 혼자 남아야 했다.

#3

"시환 님, 어제 못 드린 기획안입니다."

다음 날 오후. 리희가 부지런하게 정리한 회의록과 함께 따로 지시했던 일까지 가지고 들어왔다.

"주세요."

그가 건네받은 기획안을 빠르게 훑는 사이 그녀는 단정하게 기다리고 서 있었다. 루즈한 블라우스에 단정한 슬랙스 차림. 그래. 어제 그 요상한 원피스보다야 훨씬 나아 보였다. 괜스레 입 안이 껄끄러워지는 기분이 든 시환은 서둘러 손에 든 기획안에 집중하려 애를 썼다.

"생각보다 빨리 했네요."

"짚어주신 부분들 위주로 수정했고 카피는 회의 때 나온 대로 잡았습니다."

"이편이 더 나은 것 같은데."

"네. 베이스는 그대로 두긴 했는데……."

베이스. 시환은 문득 연상되는 단어에 저도 모르게 다시금 그녀의 머리끝부터 발끝까지를 살폈다.

베이글? 하긴 뭐, 저도 몰랐지만 어제도 그렇고 그날도 제대로 봤을 때는…….

"이 미친놈이 대체 무슨 생각을!"

"네?"

제 머릿속에 흘러간 장면에 시환의 입이 순간 낮은 욕설을 뱉어냈고 그에 놀란 리희가 눈을 깜빡였다.

"……아니, 미안합니다. 계속해요."

그는 멋쩍은 얼굴로 잔을 들어 아직까지 완전히 사라지지 않은 입 안의 물집을 가라앉히기 위해 가져온 차가운 커피를 얼음까지 입 안에 쑤셔 넣었다.

점심을 잘못 먹었나. 왜 이러는 거야. 정신 차려 박시환.

"근데 입에 착착 감기는 맛이 없다는 지적이 있어서 선호 님이랑 어감 좋게끔 카피 수정하자고 이야기해놨습니다."

하지만 그 정신은 차가운 얼음으로도 차려지지 않을 모양이었다. 머릿속엔 어제 오후 휴게실에서 들었던 이야기들이 고스란히 재생되고 있었다.

'안경 벗으니까 확실히 달라 보이긴 하더라고.'

거기다 어젯밤 모임에서 홍 감독이 주절거렸던 이야기까지.

우드득, 입 안에서 얼음이 부서졌다.

"리희 님."

"네, 시환 님."

시환 님, 이라 부르며 그를 바라보는 눈이 마치 작은 강아지가 주인을 바라보는 것 같았다. 결국 그의 미간이 구겨졌다.

"잃어버린 안경, 아직 못 찾은 겁니까?"

"네? 아, 네. 아직."

당연히 기획안과 관련된 내용일 거라 생각했는지 예상치 못한 질문에 어안이 벙벙한 얼굴이었다.

"아직까지 못 찾았으면 새로 맞춰야겠네요. 일할 때 불편할 텐데."

하지만 그는 여전히 눈으로는 기획안을 꼼꼼하게 훑으면서도 입은 쌩뚱맞게 안경 이야기를 하고 있었다.

"아, 안 그래도 이번 주말에 새로 맞추려고요."

"눈이 많이 안 좋습니까?"

"좋은 편은 아니에요."

"오피스텔 근처에서 맞출 거죠?"

어디서 맞출 건지는 왜? 리희가 살짝 갸웃하면서도 천천히 답을 내놓았다.

"네, 아마도 그래야…… 겠죠?"

"나랑 갑시다, 거기."

"시환 님이랑요?"

"네."

그렇게 확답하면서 시환은 그제야 아차 싶었다. 지금 내가 무슨 소릴 지껄인 거지?

"그날 리희 님 택시 타기 전만 해도 안경 쓰고 있었거든요. 근데 내가 못 챙겨준 것 같아서."

그러면서도 입은 주인의 의지 따위를 점심밥과 같이 삼켜버린 건지 쉴 새 없이 말도 안 되는 이유를 늘어놓고 있었다.

차라리 '사실은 그날 내가 네 안경을 밟아버렸거든요.'라고 하는게 훨씬 더 설득력이 있어 보일 만큼.

"아……."

그런데도 이 순진한 아가씨는 가만 눈을 깜빡거리다 천천히 고개를 끄덕여주었다.

"말씀은 감사한데 안 그러셔도 돼요. 제가 취해서 잃어버린 건데 굳이 시환 님이 사주실 필요는……."

똑똑. 그때 그의 사무실 문을 두드리는 소리가 들렸다. 열리는 문으로 지윤의 고개가 들어왔다.

"시환 님, 제작사 전환데 받아보셔야 할 것 같아서요."

전화기 드시면 바로 연결돼 있을 거예요.

"알았어요. 그럼 리희 님은 그런 줄 알고 그만 나가봐요. 기획안 수고했어요."

시환이 곧장 수화기를 들어 올리며 대화를 끝내버린 통에 리희는 뭔가 찜찜한 얼굴로 지윤을 따라나서야 했다.

"네. 박시환입니다. 네. 아 그거……."

달칵. 문소리가 나자마자 여유롭게 전화를 받던 시환이 다른 한 손으로 마른세수를 했다.

저 스스로 생각하기에도 조금 전 제 행동이 앞뒤에 맞지 않았기 때문이었다. 대체 왜 그런 거냐 박시환. 깔끔하게 끝내자 해놓고 왜 갑자기 그깟 안경에 집착한 거냐고.

"……아, 아니요. 듣고 있습니다. 네."

그러나 시환은 쉬이 답을 내릴 수가 없었다.

"오늘 출국했구나……."

리희의 눈이 좋아질 수 없는 이유가 있다면 회사에서도, 집에서도 컴퓨터 화면을 붙잡고 있기 때문이 아닐까.

[오늘 류 오빠 공항 패션 완전 쩔어요!]

[그러게. 진짜 장난 아니다. 이건 뭐, 옷이 류를 입었구나.]

키가 크고 잘 다져진 몸을 가진 류에게 스타일리스트는 정제된 느낌의 각 잡힌 옷을 많이 입혀왔다. 그래선지 류는 의도적인 건지는 몰라도 평소에 조금 루즈한 캐주얼 룩으로 색다른 매력을 보여주곤 했다.

[무슨 남자가 벚꽃 핑크색이 이리 잘 어울리고 난리?]

로즈쿼츠톤 맨투맨에 청 재킷, 블랙 스냅백을 매치한 그는 역시 블랙 선글라스로 눈을 가리고 있었다. 길에 흔히 보이는 남자들과 별로 다를 게 없는데, 역시 류라서 달라 보이는 거겠지?

[아, 이제 콘서트 3주 남았네요. 공방도 못 뛰는데. 앨범만 내놓고 각자 바빠서…….]

열애를 인정했음에도 그의 인기는 건재했다. 그리고 리희는 그날 밤엔 조금 슬프긴 했지만 뭐, 상관없다고 생각했다. 어차피 류는 그녀가 자신을 좋아하고 있다는 것을 알지도 못할 테니까.

[참, 류 드라마 촬영 때 들어간다던 서폿은 어찌 됐어?]

[진즉 들어갔지요. 공홈에 후기 올라와 있어요~]

[아 참고로 거기 오빠 인증샷 완전 귀여움ㅋㅋㅋ]

[땡큐! 바로 간다=3]

덕질이라는 것은 생각보다 너무너무 바쁜 일이었다. 아예 데뷔 때부터, 아니 연습생 시절부터 고정팬인 경우가 많다지만 리희는 이제 고작 반년이 조금 넘은 새싹 덕후였다. 어찌 보면 덕후라고 보기도 민망한 초보팬이었던 것이다.

그만큼 '복습'이라고 해서 류가 소속된 블랙보이즈의 과거 영상들이며 앨범들을 모으고 몰아보는 것도 벅찬데 그들의 영상과 직찍, 각종 소식들은 매일매일 화수분처럼 쏟아져 나오고 있었다. 그래서 리희는 한동안 잠을 쪼개가며 고생아닌 고생을 해야 했다.

그럼에도 행복했다. 누군가를 마음껏 사랑할 수 있었으니까. 주고 싶은 만큼 다 주어도 돌아오는 것이 적어도 상처는 아니었으니까. 비록 자신만을 향한 미소와 마음은 아니었지만 리희는 개의치 않았다.

"대박, 십시일반이 이렇게 고퀄 출장뷔페를 실현시키는구나."

만 원쯤 투자했던 것 같은데 류의 드라마 촬영 현장에 서포트로 들어갔다던 식사는 생각보다 더욱 화려했다. 내 오빠도 잘 드셨는지 음식을 수북하게 담은 접시와 함께 입을 헤벌쭉 벌리고 찍은 컷 하나, 그리고 깨끗하게 비운 접시를 들고 씨익 웃으며 찍은 컷 하나가 연달아 인증샷으로 올라와 있었다.

깔쌈한 슈트를 입고도 이런 꾸러기 같은 미소라니.

"아으, 귀여워. 이 맛에 서폿하지 암. 만 원짜리 미소 인정!"

흐뭇한 얼굴로 화면을 바라보다 마우스 오른쪽 버튼을 클릭한 리희가 '다른 이름으로 저장' 버튼을 누르고는 류의 사진 폴더를 열어 '2016 드라마 촬영 현장'이라는 폴더에 사진을 안착시켰다.

"개처럼 벌어서 개처럼 덕질하는 거지, 인생 뭐 있어?"

커다란 기업 광고팀이라고 하면 월급도 많이 받고 좋을 줄 알았는데, 이렇게 연예인 하나도 마음껏 좋아할 시간이 없다니.

Rrrr. 그때 집에 들어서자마자 매너모드를 풀어놓은 휴대폰이 류의 솔로곡 후렴구를 흘려냈다.

"어, 설희야."

-기지배, 넌 살았는지 죽었는지 어째 연락 한 통이 없냐?

"너 신혼이잖아. 신혼부부는 벼락이 쳐도 건드리는 거 아니랬어."

시환에게 말했던 친구, 설희였다. 그녀들은 고등학교 동창으로 시작해서 벌써 10년이 넘도록 절친이다. 그녀들은 이름 끝 자가 같기까지 해서 종종 자매가 아니냐는 말을 들었을 정도로 붙어다녔더랬다. 그런 설희가 지난해 벚꽃이 만개하던 봄에 결혼했으니, 이제 곧 1주년쯤 되겠다.

그리고 벌써 제가 혼자 산 지도 일 년. 어찌 버티긴 버티고 있구나, 우리희.

-그런 개풀 뜯어먹는 소리 같은 건 하지 말고. 내가 얼마나 걱정했는 줄 알아?

"무소식이 희소식이지 뭐. 회사 잘 다니고 덕질 잘하고 있었어."

-으이그, 내가 너네 그 오빠야보다 못하다는 거지 지금?

"너도 나랑 남편님 중에 고르라고 하면 고를 수 있어?"

-당근 너지!

"어, 방금 나 좀 감동한 것 같아."

-뭐 됐고, 어쨌든 너 지금 연예인 ATM 노릇에 더 열 올리고 있다는 거 아냐.

“야, 난 그래도 아직 내 인생까지 막 털어주진 않았다? 나름 저금도 하고 이모님께도 꽤 보내드리고…….”

물론 그 금액이 아주 크진 않지만. 리희가 목가를 긁적였다.

-그래서, 연애는 안 하고? 이제 봄인데.

“어? 아니, 야. 내가 무슨 연애야.”

어색하게 웃으며 답했지만 상대가 한숨을 폭 내쉬는 소리가 여기까지 들려왔다.

-언제까지 그 자식 때문에 그렇게 살 거야. 벌써 일 년 반이고, 너 나 결혼하면서 다시 다니기 시작한 직장도 그 정도면 안정적이라는 건데. 감옥에 처박아뒀으니 이젠 걱정할 것도 없잖아.

당시 외출도 제대로 하지 못하고 집에 틀어박혀 극심한 대인 기피증을 겪고 있던 리희 때문에 결혼까지 주저하던 설희였다. 그래서 리희는 친구의 앞날을 위해서라도 홀로 서는 모습을 보여주어야만 했다.

-회사에 남직원들도 있을 거 아냐. 근데 아직도 피해 다녀?

“……어, 아니. 나 이제 정말 괜찮은 것 같아!”

적어도 친구의 걱정 하나 정도는 덜어줄 수는 있겠다 싶어 리희의 목소리가 급작스럽게 밝아졌다.

-정말? 어떻게?

“그게…….”

이걸 말해 말아…… 에잇, 모르겠다. 리희는 최대한 간결하게 시환과의 해프닝을 전했다.

-뭐어? 남자랑 잠을 자아?

"야, 야. 남편 집에 없어? 괜찮은 거야?"

-오빠 오늘 야근. 야, 그래서 그 사람은 괜찮다는 거야? 그럼 당근 잡아야겠네!

"아니. 안 돼. 못 해."

그럼에도 불구하고 리희는 고개를 저었다. 안 돼. 아마도 평생 안 될 것이다.

"여자 친구가 있는 사람이었어. 근데 나 때문에 헤어진 것 같아. 미쳤지. 그날 진짜 취하면 안 됐는데."

-헐 대박. 그럼 네가 그 말로만 듣던 어마무시한 샹년이 되는 거니? 바보 우리희가? 대박이네. 이거 진짜 사건이다, 사건이야.

전화기 너머에서 손뼉을 짝짝 치는 소리가 들려올 정도로 많이 흥분한 듯했다.

아니 그래도 친구야, 10년 친구한테 어마무시한 샹년이라니.

"……맞네. 샹년. 내가 그 희대의 샹년이 되는 거네."

하지만 딱히 반박할 수도 없다. 어쩌다 이렇게 된 걸까. 근데 그러기엔 문 상무의 반응이 조금 이상하기도 하고.

'나랑 갑시다, 거기.'

그 사람이 더 이상해. 갑자기 안경을 사주겠다니. 평소 살뜰히까진 아니어도 팀원들을 잘 챙기긴 했으니까 뭐 그 정도 선이라고 보면 되는 걸까.

그러기엔 또 그 경위가 19금이라 팀장님의 호의라고 보기에도 좀 그렇잖아.

가만, 주말이면 토요일을 말하는 거겠지? 토요일이 언제지? 잠시 보호 모드로 들어간 노트북을 켠 리희가 달력을 확인……!

"으악, 내일이야!"

-뭐가?

"토요일이 내일이었어!"

-얘가 무슨 태어나서 토요일 처음 맞이하는 사람처럼 굴어. 안 그래도 내일 내가 너 오피스텔로 가거나 네가 우리집에 오라고 하려던 참이었는데 어때?

"어? 온다고?"

-그래. 오빠 내일부터 당장 출장이라. 아흐 진짜, 직속 사수가 결혼 못한 노총각이거든? 그래서 그런 건지 아직 신혼인 사람을 날이면 날마다 야근시키는 걸로도 부족해서 주말부터 출장 보내는 거 봐라. 진짜 너무하지 않니?

"그러게. 진짜 고생이시겠다."

패닉에 휩싸인 리희가 기계적으로 답하는 것도 알지 못한 채 설희가 끊임없이 조잘거렸다.

-뭐 근데 또 이렇게 되니까 당근 네 생각부터 나는 거 있지. 지지배, 또 제대로 못 먹고 다니나 싶어서 새댁이 솜씨 좀 부려볼란다. 월요일에 피곤할 거라서 또 어디 가지는 못하겠고. 그치?

"어…… 근데 설희야. 내일 일어나서 다시 이야기하면 안 될까?"

미처 안경을 언제 사러갈 지까지는 정하지 못했으니까. 그러면서 무심코 화면을 바라보던 리희는 깜짝 놀라 렌즈를 낀 것도 잊고 위험천만하게 눈가를 비벼야 했다. 그리고 꿈벅꿈벅 억지로 눈을 떠가며 다시 화면을 살폈다. 잠시 동공을 벗어났던 렌즈가 제자리를 잡으며 곧 선명하게 화면을 투과시켰다.

조금 전에 분명, 접시를 들고 있는 류의 얼굴이 박시환 그 사람으로 보였던 것 같은데.

-하긴 잠도 부족하겠구나. 그럼 내일 오후쯤에 다시 전화할까? 아니다, 네가 일어나서 전화해. 너 또 밤새 블랙보이즈 복습이니 뭐니 하지 말고. 알았지? 나 그 사건의 디테일을 들어야겠으니까.

"디테일이라봤자 19금이고 그 19금이라면 나보다야 네가 더……."

-어머, '남편'이랑 '남자'는 또 다른 거 몰라?

"신혼인 애가 별소릴 다 한다."

-아 몰라, 이건 뭐 완전 독수공방이지. 어쨌든 얼른 자! 이제 우리도 슬슬 피부 재생력 처지는 거 알지? 잠이 보약이라는 말이 괜히 있는 게 아니라니까?

"알았어. 끊어줘야 자든 말든 하지."

-그래. 빨리 보자아! 그 남자 얘기 완전 궁금해!

"시끄러, 안 그래도 머릿속에 며칠째 지진만 일어나는고만. 끊자."

전화를 끊고도 리희는 화면 속 류를 뚫어져라 바라보았다.

"하……."

조금 전엔 순간 슈트 차림의 박시환이 화면에서 그녀를 바라보고 있던 것 같았는데.

"아냐, 일단 설희 말대로 잠이나 자자."

그녀는 조금 더 복습하려던 것을 관두고 버티고 버티던 렌즈를 빼 쓰레기통에 던져 넣었다. 내일이면 하루 렌즈도 안녕. 렌즈를 빼자마자 꼭 시원한 오아시스에 풍덩 빠져든 것처럼 두 눈이 환호

성을 질러대는 듯했다.

"피곤하긴 한데 잠이 안 오는 건 무슨 조화람."

눈을 깜빡이던 리희가 문득 머리맡에 두었던 휴대폰을 괜히 켜서 메시지를 확인했다. 당연히 류의 팬들은 24시간 떠드는 것이 가능했지만 그 외엔 별다른 연락이 없었다. 그녀는 무의식적으로 포털 사이트에 들어가 기사 같은 것들을 눌러보고 단체 톡방에 쌓인 대화들을 훑다가 뒤늦게서야 제가 왜 누워서 휴대폰을 만지기 시작했는지를 떠올렸다.

그에게선 아무런 연락이 없었다.

"그냥 해본 소리겠지?"

그렇지 않고서야 당장 내일이 토요일인데 제가 팀장실에 갔다 나온 이후 퇴근할 때까지 안경의 'ㅇ' 하나도 꺼내지 않을 리가. 어쩐지 마음 한구석에 웬 바람 빠지는 풍선 하나가 자리한 느낌이 들었지만 리희는 이내 휴대폰을 베개 옆에 엎어두고서 내일의 계획을 세웠다.

"그러면 내일은 일찍 일어나서 안경부터 맞추고 설희한테 전화를 해야지."

그 뒤로도 그녀는 한참을 뒤척였다. 불을 훤하게 켜놓고 자는 것은 습관이 된 탓에 적응이 되어 있었지만 이상하리만치 잠이 오질 않았다.

-넌 내가 주는 걸 받기만 해. 그거면 돼, 난 충분해…….

"으음……."

알람이라면 블랙보이즈의 댄스곡이어야 하는데 류의 달콤한 솔로곡이 흘러나오고 있었다. 전화다. 밤새 뒤척이다 새벽녘이 되어서야 잠이 들었던 리희는 눈을 제대로 뜨지도 못한 채 통화 버튼을 눌렀다.

설희 이 지지배는 일어나서 전화하라더니…….

"으응, 설희야. 나 아직 좀 더 자고 싶은데……."

잠에 푹 절여진 목소리는 정제되지 않아 잔뜩 잠기고, 갈라진 채로 내뱉어졌다.

-그럼 몇 시가 좋겠어요?

근데 설희 목소리가 이렇게 낮았던가. 리희의 한쪽 눈이 작게 뜨였다. 그러나 곧장 꼭 감아야 했다. 아으, 눈부셔. 그녀는 이불 속으로 파고들면서 대충 답했다.

"모올라. 밤새 잠이 안 와서 늦게 잤더니 죽겠어어."

-……왜요?

"왜라니, 말했잖아. 덜컥 자버린 그 사람 때문에 머릿속이 시끄럽다고……."

그러자 상대가 잠시간 말이 없었다. 리희는 그대로 반쯤 다시 수면 상태에 빠져들었다가 문득 '근데 얘가 왜 존대를……?' 하는 생각에 정신이 깨어나는 것을 느꼈다.

설마. 이불속에서 그녀의 눈이 천천히 뜨였다. 왠지 발신자를 확인해야 할 것 같은데, 확인하면 그대로 이불 킥할 것 같은 느낌적인 느낌이 강하게 들었다.

-또 오해할까 봐 미리 묻는 건데 그 사람이, 혹시 나 말하는 겁니까?

"……!"

빼엉. 다음 순간 죄 없는 이불이 그녀의 다리 길이만큼 공중으로 걷어차여야 했다. 동시에 스프링 튕기듯 일어난 리희가 스팸이나 기타 등등 어쨌든 제발 잘못 걸린 전화이길 간절히 바라며 조심스럽게 액정 화면을 확인했다.

OMG. 이런 인정사정 따위 없는 하늘 같으니라고. 애석하게도 정말 '박시환 팀장님'이다. 평소 지겹게 걸려오던 보이스피싱이 아니라, 하필이면 딱 박시환인 거다!

-그…….

엄마야, 난 몰라. 지나치게 당황한 나머지 빨간 통화 종료 버튼을 눌러버렸다. 그리고 이미 산발이었던 다갈색 머리카락이 그녀의 손에 의해 더욱 부스스하게 엉키고 설켰다.

"아니, 내, 내, 내가 방금 뭐라고 한 거야."

내가 미쳐. 으악! 제 머리채를 붙잡은 채로 경악하던 리희가 다시 침대로 쓰러졌다.

"하늘 넌, 나한테 왜 이러시는 건데요오…… 무심해도 너무 무심한 거 아니냐고요!"

그렇게 얼마간을 몸부림쳤을까.

-내가 주는 걸 받기만 해. 그거면 돼, 난 충분해…….

"으악!"

다시 전화가 걸려왔다. 모른 척하고 싶지만 액정에 버젓이 '박시환 팀장님'이라고 쓰여 있었다. 받지 말까? 그래. 그냥 일단 씹고 나중에 '제가 급하게 나가느라.' 같은 핑계를 대볼까…… 했지만 조금 전까지 세상모르고 자던 중이라는 것을 알려주지 않았던가.

아놔. 리희는 그가 볼 리 없는 것을 뻔히 알면서도 괜스레 부스스한 머리카락을 정리하고서 조심스럽게 통화 버튼을 눌렀다.

"여보세요."

그러자 웃음기 섞인 그의 목소리가 기기를 타고 전해져왔다.

-민망해서 안 받을 줄 알았는데.

받지 말걸. 차라리 민망한 걸로 밀고 나갈걸! 조금 차분해졌던 그녀의 머리칼이 또 사정없이 헝클어졌다.

-비명도 질렀으니까 확실히 일어났겠네요.

"네, 일어났죠. 그렇죠……."

-그럼 안경 사러 갑시다.

"네, 안경 사러…… 네?"

-안경 사러 가기로 했잖습니까.

리희가 정확히 눈을 네 번 깜빡이는 동안 상대는 차분히 그녀를 기다려주었다.

"……진심이셨어요?"

-그럼 가짜였겠어요? 준비하는데 얼마나 걸려요. 한 시간? 두 시간?

"아니 그게 정말로, 제가 그러니까, 혼자 가도 되거든요. 아니 그냥 안 사주셔도 되는 건데……."

횡설수설. 리희가 두 손으로 전화를 붙잡고 무어라 하려는데 그가 단호하게 끊어냈다.

-한 시간으로 하죠. 지금 열 시 반이니까 열한 시 반에 봅시다. 오피스텔 앞으로 나와요.

"저기……!"

그리고 뚝, 끊겨버렸다. 그녀는 잠시 어벙한 얼굴로 배경 화면을 가득 메우는 류를 바라보다 '한 시간?'이라 소리치며 욕실로 후다닥 들어가야 했다.

"시간 하난 잘 지키네."

차에 비스듬히 기대어 있던 시환이 나지막이 중얼거렸다. 그가 열한 시 이십오 분 삼십사 초를 지나가는 손목시계를 한 번, 그리고 오피스텔 건물의 입구를 한 번 보려던 차에 리희가 뛰어나온 것이다. 그런데 널찍한 인도 밖 차도에 차를 세워둔 것을 못 본 건지 그녀가 주변을 두리번거리기 시작했다.

"여기……."

그래서 손을 들까 하다가 그냥 두었다. 문득 이번엔 저 여자가 자신을, 그러니까 박시환을 알아봐줬으면 하는 마음이 들었기 때문이었다.

하지만 결국 시야에 그가 들어오지 않은 걸까. 그녀는 그를 찾는 것을 포기하고 한쪽 다리를 들어 제대로 신지 못한 단화를 신으려 하고 있었다. 또 아슬아슬하게 말이다.

"일상이 아슬아슬이네, 아주."

약간의 실망감이 들었지만 대수롭지 않게 넘긴 그가 몸을 일으켜 성큼성큼, 아니 그보다 조금 더 빠르게 다가갔다. 다른 쪽 신발을 똑바로 신던 여자가 기어이 비틀거렸기 때문이었다.

"아놔, 아직 안 나왔으면 신발이라도 제대로 신고 나오는……어어!"

"설마 술이라도 마시고 나온 겁니까?"

혼자 제자리에서 콩콩 뛰다 넘어질 것 같아 어깨를 잡아주었더니.

"엄마야!"

이번엔 놀라서 뒤로 넘어가려는 걸 또 잡아주어야 했다.

"아뇨오! 수, 술이라뇨."

간신히 중심을 잡은 리희가 그에게서 후다닥 떨어지며 고개를 저었다.

"그렇지 않고서야 혼자 서 있던 사람이 갑자기 넘어지기는 어려울 테니까."

"그거야 이거 제대로 신다가…… 아니, 혹시 다 보셨어요?"

제가 혼자 원맨쇼를 할 뻔한 걸? 으아, 가지가지 하는구나 우리희.

"날 못 본 건 리희 님이죠. 바로 앞에 서 있었는데."

"아, 그건 제가 렌즈를 안 껴서……."

무심코 올려다본 시환은 회사에서 봤을 때보다 훨씬 루즈한 차림이었다. 크림색 니트에 블랙진, 그리고 잿빛의 얇은 롱코트. 마치 류의 사복 패션을 보았을 때의 느낌이었다. 비교를 하자면 당연히 일반인인 시환 쪽이 오징어가 돼야 하는데 전혀 그런 생각이 들지 않았다.

세상에, 연예인과 비교를 하는 데도 살아남다니.

"그럼 가요."

괜스레 눈을 맞추지 못하는 리희를 보던 시환이 몸을 틀었다. 그런데 보폭이 큰 그를 종종걸음으로 따르던 리희가 그가 향하는 곳이 상가 쪽이 아니라 차도에 세워져 있던 차라는 것을 알고 고개를 갸웃거렸다.

"어, 차 타는 거예요? 안경점이라면 저기 코너만 돌아도 있는데……."

그에 우뚝, 걸음을 멈춘 그가 돌아섰다. 크다. 단화를 신었다고 해도 165cm면 작은 편은 아니라고 생각했는데 시환이 평소보다 더욱 커보였다.

그때 잠시간 물끄러미 그녀를 내려다보던 그가 입을 열었다.

"……도로 갖다 놓기 귀찮으니까 그냥 타고 나가서 삽시다."

"네?"

굳이 운전해서 나가는 게 더 귀찮은 거 아니고요? 라고 응수해야 했지만 그가 빠르게 보닛을 돌아 운전석으로 가버린 탓에 리희는 어쩔 수 없이 조수석에 올라타야 했다.

"이거 어때요."

차를 타고 지나오면서 본 안경점만 해도 가히 리희의 열 손가락으로 꼽기 어려울 정도였다. 그럼에도 시환은 굳이 주차 시설이 갖춰진 백화점의 고급 매장으로 그녀를 데려가 직접 안경테를 골라주기까지 하고 있었다.

리희는 그가 가리킨 둥근 안경테를 보고 황급히 손을 내저었다.

"어, 아니에요. 이건 너무……."

비싸요! 기껏해야 10만 원 안짝이면 살 안경을 그는 고작 테 하나만으로 벌써 몇 배로 뻥튀기해버렸다. 그냥 가는 데 있다고 할 걸. 여긴 아무리 싼 테를 찾아보아도 최소 몇십만 원은 되는 것 같다.

"잘 어울릴 것 같은데."

“아니, 저는……!”

하지만 그는 애초에 의사를 물을 생각이 없었다는 듯 벌써 안경을 그녀의 얼굴에 씌워놓고 있었다. 흐음, 그의 눈이 가늘어졌다. 작은 얼굴에 비해 안경이 좀 크다.

‘그동안은 이상한 뿔테 안경만 쓰고 있어서 좀 꺼벙해 보였는데…….’

‘꺼벙하다’의 의미가 뭔지는 정확히 모르지만 왠지 이런 느낌이 아닐까. 순식간에 리희가 더없이 공부만 할 것 같은 범생이 모드로 돌입해 있었다. 흐음.

“좋네. 이걸로 주세요.”

“팀장님.”

직원에게 고갯짓하던 그의 팔을 덥석 붙잡은 리희가 고개를 저었다. 그에 제 팔을 내려다본 시환이 시큰둥하게 답했다.

“왜요. 눈을 사는 건데 아무거나 살 순 없지 않습니까.”

“제 눈이잖아요. 뭣보다 제가 잃어버린 안경은 렌즈 가격까지 합쳐도 이 안경테보다 훨씬 저렴했고요. 이건 부담스럽습니다.”

“……그래요?”

“네.”

리희가 황급히 안경을 벗어 제자리에 두는 사이 의미심장한 미소를 지은 시환이 조금 더 다가와 말했다.

“그럼 진작 부담스러워하지 그랬어요.”

“네? 뭘요?”

그러곤 살짝 허리를 숙여 그녀에게만 들릴 만큼 나지막한 목소릴 냈다.

"그날 호텔방도 내가 잡았잖아요. 그것도 이 안경값만큼은 했을걸? 그날따라 무슨 단체 예약이 걸려 있어서 큰 룸밖에 없었거든."

뜨악, 하며 차마 소리도 내지 못하고 크게 뜨이는 동그란 두 눈과 또 동그란 입술을 보고 있자니 자꾸 웃음이 나오려고 했다. 그러나 시환은 기어이 참아내며 쐐기를 박았다.

"아, 당연히 방값을 달라는 건 아니고. 그래도 정 미안하면 밥 사요. 나 배고프니까."

이후 한층 고분고분해진 리희가 간단한 시력검사를 받으러 들어간 사이 그는 선글라스 진열장 쪽을 보고 있었다.

"UV 차단하려면 굴절률은 이 정도가 좋습니다. 혹시 실내에서 사무 작업 하시는 분이라면 기능성 렌즈도 추천을 해드리는데……."

기능성 렌즈라고라? 안 돼. 가격이 너무 뛸 거다. 리희가 다시 고개를 내저었다.

"아니에요. 그런 건 됐고 그냥……."

"그걸로 해주세요. 하루 종일 컴퓨터 화면 보는 사람이니까."

하지만 어느새 가까이 다가온 그가 귀신같이 끼어들어 눈 깜짝할 사이에 안경테 값을 뛰어넘는 렌즈를 추가하고 있었다. 거기다 그녀가 무어라 극구 거절의 의사를 내비치기엔 또 직원의 행동이 지나치게 빨랐다.

"한번 써보시겠어요?"

그리고 얼마 뒤 리희의 눈앞에 꼭 두 손으로 모셔야 할 것만 같은 결과물이 완성되어 나왔다. 그녀는 어서 써보라고 눈짓하는 그의 성화에 조심스럽게 안경을 써보아야 했다.

"……우와."

그런데 다음 순간 저도 모르게 탄성을 내고 말았다. 꼭 심봉사가 눈을 떴을 때 이런 기분이었을까. 흐릿하던 시야가 확 맑아지며 머릿속까지 깨끗해지는 기분이 들었다.

"와, 대박. 그간 쓴 건 안경이 아니었나 봐요. 완전 좋아……!"

획획 고개를 돌리며 새 세상을 만난 듯이 기분 좋게 웃다 휙, 시환과 눈이 마주쳤다.

"어때, 편해요?"

"……네, 좋아요. 엄청. 어지럽지도 않고."

그러자 그가 또 옅게 웃었다. 그러면서 불쑥 손을 뻗어오는 거다. 뭐, 뭐지? 리희가 흠칫 놀라 눈만 깜빡이는 사이, 그의 긴 손가락이 안경다리 때문에 뻗친 그녀의 머리칼을 정리해주고 돌아갔다.

"그럼 이제 밥 먹으러 갑시다."

잠시 그녀를 내려다보던 그가 직원에게 카드를 내미는 동안에도 리희는 그 자리에 서서 움직일 수가 없었다.

제 심장에 귀를 대고 있는 것처럼 쿵쾅거리는 소리가 그 어떤 소리보다도 크게 들렸기 때문이었다. 그 소리에 신경 쓰느라 앞서 나간 남자가 어디로 향하는지도 제대로 알아차리지 못했다.

"입에 안 맞아요?"

마주 앉은 그의 시선이 리희 앞에 놓인 식기에 내려앉을 때까지 말이다.

그녀는 차라리 안경을 벗고 싶었다. 그럼 뵈는 게 없어서라도 저 남자와 시선을 마주하지 않을 수 있을 텐데. 팀원들 다 같이 식사한 건 여러 번이었지만 이렇게 시환과 단둘이 식사를 한 건 처음이었다.

"아뇨. 맛있어요."

"맛있어야죠. 리희 님 취향대로 고른 건데."

"……네?"

밥을 먹자더니 물어보지도 않고 고급 한식집을 고른 그였다. 그래서 그냥 적당하게 고른 건가 했더니.

"리희 님 한식 좋아하잖아요."

"저, 저 다 잘 먹는데요?"

"그럼 그 다 잘 먹는 와중에 유독 이런 걸 좋아하는 거라든가."

리희는 저보다 더 제 취향을 확신하는 시환을 노려보았지만 딱히 부정할 수가 없었다.

"어떻게 아셨어요?"

그러자 그가 작게 어깨를 으쓱였다.

"리희 님 포함 우리 팀 중 네 명이 한식 좋아하고, 둘은 양식, 한 사람은 딱히 안 가리지만 면 중독. 나머지 한 사람은 아무거나. 그간 같이 밥 먹다 보니까 알겠던데요."

"……그간 식사는 안 하시고 팀원들 관찰만 하셨나 봐요."

왜 말이 뾰족하게 나갔는지는 알 수 없는 노릇이었다.

"어쨌든 리더니까 팀원들 파악은 잘해둬야죠. 내 사람들인데."

하지만 시환이 대수롭지 않게 받아쳐주었다. 내 사람들……. 안 돼. 우리희. 착각하지 마. 그녀는 이번에야말로 확실히 매듭을 지어야겠다고 생각했다.

"저기, 팀장님."

"네. 아, 근데."

배가 고프다던 말이 거짓은 아니었는지 그는 주문한 음식들을 하나씩 해치우고 있었다. 그러다 잔을 들어 물을 한 모금 마시고는 나머지 말을 이었다.

"회사도 아닌데 갑자기 팀장님이라고 부르네요. 왜, 내가 그 연예인이랑 이름이 같아서 구별하려고?"

그런데 그 눈빛이 무섭게 느껴지는 건 기분 탓일까.

"어, 그런 건 아니에요. 그냥 밖에서는 조금 어색하기도 하고……."

"그래서."

"네?"

"왜요. 나 불렀잖아요."

그가 젓가락으로 푹, 두부조림 하나를 찌르며 말했다.

"아 그게……."

말해야 하는데. 뭐라 말해야 할까. 동그란 안경 렌즈로 고스란히 드러나는 리희의 눈동자가 또 데굴데굴 구르고 있었다. 저렇게 데구르르 굴릴 때마다 뭔가를 생각하는 건 알겠는데 그게 뭔지는 모르겠단 말이야.

하지만 왠지 들어서 좋을 것 같진 않다는 직감이 그에게 선수를 쳐야 한다고 일러주었다.

"그러고 보니까 아까 그랬죠. 밤새 내 생각했다고."

"으…… 그건 잠결에 그런 거예요, 잠결에!"

얼굴로 열기가 몰리는 느낌이라 리희는 부채질이라도 할 요량으로 손을 들었다 얌전히 내려놓았다. 그러면 당황했다는 것을 고스란히 드러내 보이는 거니까. 이미 시환은 그녀의 얼굴 근육 하나의 움직임까지 잡아낼 기세로 뚫어져라 이쪽을 바라보고 있었다.

"리희 님은 뭐랄까, 취해야 솔직해지는 경향이 있나 봅니다. 그게 술이든, 잠이든."

리희는 모르겠지만 시환은 지금 전략적으로 리희를 한 꺼풀씩 벗겨내는 중이었다. 술에 취한 모습도 어쨌든 본인의 모습이라면 밝은 면도 있다는 건데 왜 평소엔 소심한 행동으로 자신을 숨기고, 두 번 세 번 생각해가며 진심을 숨기려고 하는 걸까.

"그래요. 맞아요. 시환 님 생각한 거."

그래선지 리희가 입을 닫고 고민하는 시간이 줄어들고 있었다.

"이거 리희 님이 나를 그 연예인으로 착각하지 않아줬으니 좋아해야 하는 건가."

"그게 아니라, 어떻게 해야 할지를 몰라서 밤새 고민한 거였어요."

"뭘요?"

"죄송해요. 대형사고 친 사람치고는 담이 크질 못해서. 다 잊고 끝내자고 했는데 결론적으로 책임은 시환 님만 지셨잖아요. 물론 시환 님은 그게 본인 책임이라고 하셨지만 마냥 모른 척 가만히 있기도 뭐하고 그렇다고 뭘 어떻게 나서야 하는 건지도 모르겠어서 많이 답답했어요. 근데 그 와중에 시환 님은……."

"괴롭히기나 하고."

"네, 좀 그러긴 했…… 아니! 그게 아니라, 저……."

"술 한잔할까요?"

느긋한 얼굴의 시환이 뜬금없이 묻는 통에 리희가 고개를 들어 그와 마주했다. 하지만 눈이 똑바로 마주치진 않고 있었다. 그의 얼굴을 보긴 하지만 콧등 언저리나 뺨 어디매를 보는 느낌이랄까.

"그래야 좀 더 솔직해질까 싶어서."

"저 지금 완전 솔직하게 말씀드리는 거예요!"

"그럼 거르지 마요. 공적인 얘기하려고 마주 앉아 있는 게 아니잖습니까."

그리고 그 애매한 시선도 좀 신경 써주고. 하지만 여기까지 말했다간 리희가 도망을 갈 수도 있겠다 싶어 시환은 거르지 말라고 하면서 저는 걸러야겠다고 생각했다.

"실은 나도 하나 밝힐 게 있어요."

"밝히실 거요?"

"바로 말해야 한다고 생각은 했었는데……."

동그란 렌즈 속에 갇힌 리희의 눈동자는 벗었을 때보다 약간 작아져 있었다. 하지만 그가 부러 말끝을 흐리는 사이에 걱정으로 커진 리희의 눈은 안경을 끼지 않았을 때보다 훨씬 커져 있었다.

"혹시……."

하지만 다음 순간 리희가 내뱉은 말이 예상 밖이었다.

"혹시 그때 제가 전달했던 서류 봉투에 시환 님께 불이익이 되는 내용이 있던가요? 어, 음, 그러니까 예를 들어 권고사직이라든가……."

"권고사직?"

시환이 미간을 좁히자 당황한 리희가 두 손으로 허공을 마구 휘저으며 더듬거렸다.

"아, 아니! 말이 좀 그렇긴 한데 혹시라도 그런 건가 해서요. 굳이 저한테 가져다주라고 하신 거 보면 상무님이 다 아신 것 같아서……."

"그러면서 다른 말은 안 하던가요?"

어쩐지 그의 말에 웃음기가 섞여 있었다. 하지만 이미 패닉 상태에 빠져든 리희에게는 애석하게도 그걸 알아들을 여유가 없었다. 그래서 거의 울 것 같은 얼굴로 고개를 푹 숙인 그녀가 중얼거렸다.

"시환 님이랑 헤어졌는데 아무리 공과 사를 구분해야 한다고는 해도 당장 얼굴 보기 좀 껄끄럽지 않겠냐고 하셨어요."

"다 먹었어요?"

"네? 네. 저는 뭐……."

"다 먹었으면 일어나죠. 아무래도 이런 공간에서 할 만한 이야기가 아닌 것 같아서."

그 말과 함께 일어난 시환이 성큼성큼 걸어 나가버려서 리희는 부랴부랴 겉옷이며 가방을 챙기느라 조금 늦고 말았다.

"시환 님, 밥은 제가 사기로 했잖아요."

그래서 계산할 타이밍을 놓쳐버렸다. 계산대로 가면서 지갑을 꺼내는 사이 이미 그는 직원에게서 결제를 마친 카드를 건네받고 있던 것이었다. 먼저 주차장으로 가려던 거 아니었어? 그때 황망해진 리희의 손, 그리고 꺼내진 지갑을 슬쩍 내려다본 그가 지극히 무심한 말투로 답했다.

"아, 깜빡했네. 그럼 리희 님이 커피 사요. 가죠."

그런데 그의 반응이 더 어이가 없는 거다. 저 사람 기억력 엄청 좋지 않았어?

"안 가요?"

"아, 가요!"

꼭 티저 광고처럼 계속해서 궁금증을 불러일으키는 시환 때문인 걸까, 어느새 그를 졸졸 따르게 되는 저를 발견한다.

아냐. 빚지는 게 싫을 뿐이라고! 리희는 커피만큼은 반드시 제가 사야겠다고 생각하며 그의 뒤를 따랐다.

"감사합니다."

그렇게 반나절만에 처음 꺼낸 지갑을 갈무리한 리희는 양손에 든 뜨거운 커피에 캡이 단단히 씌워져 있음에도 최대한 느릿하게 걸었다. 마주 보고 있으면 도통 생각할 틈을 주지 않는 그 남자 때문이었다. 무슨 압박 면접을 보는 기분이랄까.

음, 또 그렇다고 거기다 비유하자니 뭔가 아귀가 맞지 않는 듯한 느낌이 들었다.

그렇게 나름의 생각을 정리하며 걷다 보니 저쯤 파란 강물이 넘실거리는 한강변에 고급스러운 SUV와 나란히 서 있는 키가 큰 남자의 뒷모습이 보였다.

"시환 님, 커피요."

"고마워요."

그의 취향은 더 비싼 커피를 살 수도 없게 아메리카노였다. 리희는 캐러멜 시럽이 벌집 모양으로 거품 위를 덮은 마끼아또를 감싸 쥐고 입술을 달싹였다. 받은 것에 비해 쓰는 게 너무 적은 것 같아 가까운 테이크아웃 커피 트럭을 두고 굳이 저쯤 떨어져 있던 커피 전문점을 다녀온 참이었다. 고작 천 원, 이천 원쯤 더 쓴들 뭐 얼마나 티가 나겠냐만 그저 원두라도 더 좋은 것이었길 바랐다.

“아, 그…….”

“시환 님.”

그렇게 잠시 봄을 머금은 햇살이 쏟아지는 한강을 바라보던 두 사람이 동시에 정적을 깼다.

“먼저 얘기해요.”

그리고 시환이 선뜻 양보를 해주었다. 리희는 마음을 먹었을 때 이야기해야겠다고 다짐한 터라 거절 않고 고개를 끄덕였다.

“저, 커피 사오는 동안 생각을 좀 해봤는데요.”

“네.”

아까 차에 타자마자 그가 아껴둔 이야기를 해달라고 했지만 시환은 ‘블랙박스에 담겨서는 안 되는 기밀사항’이라는 이유로 그 봉투에 담겨 있던 것이 무엇인지 알려주지 않고 있었다.

기밀사항이라니. 처음엔 이게 무슨 소린가 했지만 곧장 상대가 문소혜 상무, NK 오너의 딸이라는 그 사실 하나 때문에라도 리희는 모든 것을 이해할 수 있었다. 꼭 은밀한 이야기일수록 이렇게 탁 트인 공간을 이용하는 영화 속 주인공들이 생각나면서 말이다.

“안경이요. 아까는 번갯불에 콩 볶듯이 사버려서 뭐라고 할 틈이 없었는데, 앞서 말씀드렸다시피 제가 잃어버린 안경은 기껏해야 렌즈까지 합쳐서 10만 원쯤 한 거였어요. 그러니까 10만 원 제외하고 나머지는 돌려드릴 수 있게 해주세요."

하지만 아무리 생각해봐도 시환이 자신의 안경값으로 지출한 금액이 말도 안 되게 컸다. 그러니 몇 배나 차이가 나는 이 안경부터 바로잡아야 하는 것이다.

뭐, 그만큼 말도 안 되게 잘 보이긴 하지만.

그러자 커피 컵을 입술에 가져다 대던 시환이 옅은 한숨과 함께 답했다.

"내가 선택한 안경점에서, 내가 고른 안경테에 내가 고른 렌즈로 맞췄으니 내가 내는 게 당연하죠."

"어쨌든 안경을 쓸 사람은 저잖아요."

"혹시 마음에 안 들었어요? 그럼 말을 하지."

"그 뜻이 아닌 거 아시잖아요."

그러자 시환이 잠시 리희를 내려다보다 얼마쯤 뒤에 입을 열었다.

"문소혜 상무랑 나, 사귀던 사이 아니었습니다."

"……네?"

안경 얘기하다 뜬금없이 무슨 개풀 뜯어 먹는 소리야, 라고 말했을 거다. 만약 설희가 들었다면. 그만큼 제멋대로 화제를 훅 돌려버리는 시환이어서 리희는 대체 어느 장단에 맞춰야 하나 심히 고민할 수밖에 없었다.

"자세히 얘기하려면 문 상무 개인적인 이야기로 들어가야 해서 결론만 말하자면, 정확히는 남자 친구 행세만 해준 거였어요. 더 정확히는 사내에 소문이 퍼지게끔만."

"그럼 그날 밤 일이……."

"크게 잘못된 일은 아니었다는 거죠."

'크게 잘못된'이라니. 뭔가 한 번 더 생각해봐야 했지만 지금은 그럴 겨를이 없었다.

"그걸 왜 이제야 말씀하시는 거예요?"

황당함이 머리끝까지 솟은 탓에 리희의 목소리가 절로 커졌다.

"말했잖아요. 극비사항이었다고. 그리고 한 가지 이유를 더 추가하자면 리희 님이 나를 다른 사람으로 착각했던 것 때문에 심술이 좀 났었거든요."

그러나 그는 태연자약할 뿐이었다. 심술? 심수울?

"그래서 아예 얘기하지 말까 했는데 그냥 뒀다간 문소혜 그 녀석이 무슨 짓을 저지를지 몰라서 미리 신고하는 겁니다 지금."

"그러면 두 분은……."

"친구죠. 대학 때부터 친하게 지냈으니 10년도 더 된 친구."

반면 갑자기 다리에서 힘이 쭉 빠지는 느낌에 리희는 털썩 주저앉을 수밖에 없었다.

얼마나 괴로웠는데. 류의 열애설 소식을 듣고 과음했던 그날 밤으로 돌아갈 수만 있다면 영혼이라도 팔겠다고 기도했는데!

"……다행이다."

그래선지 시환이 괘씸하다기보다는 요 며칠 밤을 지새울 정도로 걱정하던 것들에 대한 안도감이 우선이었다.

"저는 진짜…… 진짜로 헤어지신 줄만 알고……."

맥이 트이는 느낌이 들더니 의지와는 상관없이 눈물이 한 방울, 뚝 떨어져버렸다. 단 며칠이었지만 내내 이래저래 머릿속이 터져버릴 것만 같았는데 그게 눈물샘에서 터진 것이다.

"리희 님."
놀란 시환이 리희의 팔을 붙잡았다. 깨끗한 안경 너머로 떨어지는 눈물까진 전혀 예상치 못했던 것이었다. 잘못 본 게 아니다. 진짜로 울어버린다 이 여자가.
"아니, 이건 그냥 저도 모르게……. 괜찮아요. 놔주세요."
하지만 이내 그 손이 거절당하고 말았다. 실없이 떨어진 눈물을 손등으로 황급히 닦아낸 리희가 조수석 문을 열고 겉옷을 챙겨 들었다.
"죄송한데 이만 가볼게요."
심술 같은 소리하고 있네. 심정 같아서는 한 대 패주고 싶었지만 하극상까지 보일 순 없다는 판단에 그녀는 차라리 자리를 뜨기로 마음먹었다.
"무슨 소리예요. 어차피 집도 바로 옆인데 같이……."
"아뇨! 친구 집에 가서 '류' 음, 악, 방, 송, 본, 방, 사, 수 하기로 했거든요. 그럼 안녕히 가세요."
"이봐요, 우리희 씨."
그의 부름에 멈춘 줄로만 알았는데 거기서 그치지 않고 그녀가 안경을 벗으며 돌아섰다. 그리고 가방을 뒤져 안경 케이스를 꺼낸다. 즉각 시환의 미간이 구겨졌다. 다음 행동이 무엇일지를 알아차린 탓이었다.
"지금 뭐 하는……!"
역시. 그녀가 안경이 담긴 케이스를 그에게 내민다.
"설마 저한테 말 안 하셨던 것 때문에 미안해서 사주신 거라면, 더더욱 받을 이유가 없어서요."

"아닙니다, 그런 거."

"그럼요?"

드디어 그를 똑바로 올려다보는 리희가 답지 않게 당돌한 기색으로 쏘아붙였다.

"그럼 왜 사주신 건데요? 단순히 제가 잃어버린 안경을 시환 님이 챙겨주지 못하신 것 때문에요? 그러기엔 정말, 아니 너무 과해요. 게다가 이미 시환 님이 말씀하셨잖아요. 쌍방 과실이었다고. 미안해하실 필요 없어요."

"그건……!"

다른 놈들이 베이글 어쩌고 하는 걸 듣다 보니 심기가 꼬여서 홧김에 저지른 일이라고는, 도저히 말할 수가 없는 거다.

그에 시환이 황급히 머리를 굴리는 사이.

"뭣보다 깔끔하게 끝내자고 하셨으면 더 이상 그날 일은 말씀 안 하셨으면 좋겠어요. 호텔 비를 내셨다느니 그런 거 전부 다요. 아, 호텔 비도 제가 돌려드릴게요. 안 그래도 그날 저 때문에 고생 많이 하셨을 텐데."

리희가 본네트에 고급스러운 안경 케이스를 올려두고는 고개를 숙였다.

"가보겠습니다. 월요일에 회사에서 봬요."

그리고 돌아서버렸다. 시환은 손을 뻗었지만 차마 리희를 잡을 수가 없었다. 잡으면 아직 제 머릿속에서조차 정리가 되지 않은 것들을 토해내야 한다는 사실을 알았기 때문이었다.

"기사님, 양재동이요."

한강변을 빠져나와 택시를 잡은 리희가 외투에 넣어두었던 휴대폰을 꺼내 들어 설희에게 전화를 하려는데 메시지가 가득이었다. 그중에서도 특히 설희에게서 온 것들이 눈에 띄었다.

[일어났어?]

[아직도 자?]

[야아아아! 나 가도 되는 거냐구우! 스탠바이하고 기다리고 있는데!]

여기까지가 한 시간쯤 전.

[혹시 무슨 일 있는 건 아니지?]

그리고 여기부터는 한 20분 전쯤이었다. 아, 커피를 사러 간 사이에 보냈던 걸까.

[우리희. 너 주말이라고 이렇게 늦잠 자는 애 아니라서 좀 걱정되려고 한다, 나 지금.]

[깨워서 미안하긴 한데 전화 받고 자.]

"어?"

전화? 서둘러 최근 통화 목록으로 간 리희가 가장 상단에 있던 설희의 번호를 눌렀다. 결혼하면서 떨어져 살게 된 설희의 연락은 무슨 일이 있어도 받기로 약속했기 때문이었다.

"어, 설희야. 미안해. 아침부터……!"

-뭐야. 데이트하느라 바쁜 줄 알았더니?

그런데 통화 연결이 되자마자 들려온 친구의 말이 의외였다.

"데이트라니?"

-너 데이트하고 있었잖아?

"그게 무슨……!"

-아까 전화 받은 그 팀장이라는 사람이랑 데이트하고 있던 거 아니었어? 너 커피 사러 갔다고 하면서 대신 받던데.

"데이트는 무슨! 아냐, 그런 거."

역시. 잠시 휴대폰을 두고 간 사이에 그가 받은 모양이었다. 뭐야, 왜 또 말 안 한 건데. 무슨 사람이 이렇게 필요 이상으로 과묵…….

'먼저 얘기해요.'

……이 아니라 그가 말하려던 것을 제가 막았구나.

-뭐가 아냐. 쇼핑하고 밥 먹고 커피 마시려고 한다면서. 완전 데이트지.

얼결에 안경을 사러 갔다가 밥을 사라기에 따라갔는데 또 식사까지 계산을 하면서 커피를 사라던 남자였다. 근데 그게 데이트라고? 리희는 고개를 저었다.

"아냐, 어쩌다 그렇게 되긴 했지만 그런 의미는 아니었어."

-그럼 '어쩌다 그렇게 된 데이트'라고 하면 되겠네, 뭐! 야, 목소리 무진장 좋던데? 신랑한테 비밀인데 나 잠깐 설레었다. 꺅!

"어쨌든! 나 지금 너네 집으로 가고 있는데, 너 집이지?"

-뭐? 그분이 너 집에 데려다주겠다고 했는데 그게 무슨 말이야?

"그렇게 됐어. 자세한 얘기는 가서 할게. 나 한강변에서 택시 타서 금방일 것 같은데."

-뭐야아. 나 지금 친정 가는 길이란 말이야. 이상하다. 아까 통화할 때…….

이쯤 되면 하늘은 무심을 넘어서 저를 버린 거나 다름없다. 도무지 그녀를 도울 줄을 모른다. 그렇게 속으로 한탄하느라 차창 밖으로 빠르게 흘러가는 것들에 시선을 두던 리희는 그 잠깐 사이에 설희의 뒷말을 놓쳐버렸다.

-근데 뭐, 엄마한테는 다시 전화드리면 되지. 우리 집으로 온다고?

"어, 아냐. 친정 가. 어머니께 안부도 전해드리고. 그럼 끊는다!"

-뭐야, 야. 우리희!

설희가 부르는 것을 분명 들었지만 리희는 생존 신고를 했으니 됐다는 생각으로 돌아보지 않고 전화를 끊어버렸다. 저 때문에 절친을 불효녀로 만들 수는 없는 노릇이니까.

"차 돌릴까, 아가씨?"

그때 그녀의 통화 내용을 들었는지 기사가 넌지시 물어왔다.

"네……. 아니요, 그냥 가주세요."

집으로 곧장 돌아갔다가는 또 시환을 만나게 될지도 몰랐다. 더군다나 설희와 통화를 해버렸다면. 리희는 어디든 가서 적당히 시간을 때우다 집으로 돌아가야겠다고 생각했다.

"이 여자는 왜 이렇게 안 와."

거실 창에 기대어 서 있던 시환이 손 안에 있던 빈 캔을 사정없이 구겨 쓰레기통에 던져 넣자 철제끼리 부딪치는 소리가 고요한 사위에 유난스럽게 큰 소음을 일으켰다.

그만큼 세상이 차분한데 홀로 초조한 듯 손가락으로 두터운 창을 두드리던 그가 문득 '내가 왜 이러고 있는 건데'라는 생각과 동시에 자세를 바로하며 창을 등지고 섰다. 근데 하필 또 소파 테이블 위에 있던 안경 케이스가 눈에 들어오는 거다. 거실 불도 제대로 켜놓지 않은 탓인지 어스름한 바깥 불빛에 비춰진 그것이 더욱 초라해 보였다.

……주인을 잃어서 그런가.

"빌어먹을."

홧김에 안경을 사주겠다고는 했지만 정말 안경을 사주고 싶은 것뿐이라면 가장 효율적인 방법은 그냥 제 카드를 주는 것이었다. 그것도 안경을 사주겠다고 말한 즉시 꺼내줬다면 이렇게까지 최악이 될 일도 없었겠지.

하지만 겨우 잠든 어젯밤 꿈에 거대한 안경이 나타나 밤새 그를 짓눌러댄 탓에 시환은 꼭두새벽부터 일어나 운동을 마치고 정자세로 기다려야 했다.

여자에게 전화를 걸기 위해서.

'왜라니, 말했잖아. 덜컥 자버린 그 사람 때문에 머릿속이 시끄럽다고…….'

그 말을 들었을 때 어땠더라. 그는 저만 고생을 한 건 아니구나 싶어서 저도 모르게 웃음이 터졌던 것도 같다. 그리고 결정했다. 카드만 줄 게 아니라 같이 안경을 사러 가야겠다고.

그제야 시환은 한 가지를 깨달았다. 어떤 일이든지 기승전결 순으로 이어져야 만족감을 느끼던 자신이 이 여자와 있을 때는 미처 거기까지 생각하지 못한다는 사실을.

"근데 그건 무슨 말이었을까."

그녀가 커피를 사겠다고 해서 기다리던 와중에 대신 받았던 전화 말이다. 적당히 무시하면 될 거라 생각했는데 하도 여러 번 울려서 결국 받을 수밖에 없었다.

'우리희 씨 휴대폰입니다.'

-어……. 리희 휴대폰 맞죠?

왠지 '제2의 우리희'라고 불러도 될법한 상대였다.

'네. 아, 저는 리희 씨 직장동룝니다. 지금 리희 씨가 잠깐 커피 사러가서 제가 대신 받았습니다.'

-아 그러시구나. 저는 또 애가 전화를 안 받아서 무슨 일이 있나 해서요. 근데 오늘 토요일인데 출근한 건가요? 어제 얘는 그런 말 없었는데.

'아니요. 그런 건 아니고…….'

뭐라 말해야 할까 고민하고 있는데 상대가 난데없이 소리를 질렀다.

-아! 혹시 리희 샹년 만드신 분?

'……예?'

-지금 뭐 하고 계셨어요? 식사?

조금 전 뭔가 엄청난 것을 들은 것 같았는데 상대는 물 흐르듯 지나간 뒤였다. 어딜 가도 쉽게 지는 화술은 아니라고 생각해왔지만 그때 시환은 무대포인 리희의 친구에게 이리저리 휘둘리고 말았다.

'아 뭐…… 잠깐 살 게 있어서 사고, 식사 마치고 나왔습니다.'

-어머, 그러시구나. 아하하! 제가 방해가 됐네요. 리희 무사한 거 확인했으니까 이만 끊을게요. 실은 오늘 만나기로 약속을 했었거든요. 근데 먼저 낚아챈 분이 계시다니……. 그, 리희한테 좀 전해주시겠어요? 저는 그러면 친정에 간다고.

'예, 알겠습니다.'

그리고 끊으려던 차였다.

-아, 근데 저기.

'네, 말씀하세요.'

-그, 리희가 콜라를 싫어해요. 좀 많이 싫어하니까 그냥…… 아니, 아니에요. 끊겠습니다. 그냥 리희 이따 안전하게 집에나 잘 데려다주세요.

뭔가 물가에 내놓은 애를 걱정하는 투여서 그는 잘라 말했던 것 같다.

'그건 걱정하지 않으셔도 됩니다. 잘 데리고 있다가 집 앞까지 잘 데려다주겠습니다.'

자신 있게 말했건만 잘 데려다주기는커녕 잘 데리고 있는 것도 실패했다. 울리고 말았으니까.

"아 진짜, 왜 울긴 울어서 자꾸 신경 쓰이게 하는 거야. 미치겠네 진짜."

렌즈를 낀 것도 아니고 안경을 쓰고서 운 거면 이건 정말로 저 때문에 운 거다. 눈물을 떨구던 그 동그란 눈이 내내 마음에 체기처럼 남아 내려가질 않아 그가 결국 잘 정리되어 있던 머리칼을 헤집었다.

"몰라. 됐어. 더 생각해서 뭐할 건데."

안경도 불편하면 본인이 알아서 사서 쓸 것이고, 다 큰 어른이니 술만 마시지 않는다면 알아서 집에 잘 찾아오겠……!

"가만, 술?"

갑자기 절로 안절부절못하게 된 그의 다리가 너른 거실을 바쁘게 오가기 시작했다. 젠장, 빌어먹을. 설마 혼자 술이라도 마시고 집에 못 들어오고 있는 거 아냐?

"그러다 엄한 놈한테 또……!"

순간 그의 얼굴에서 핏기가 가셨다. 휴대폰. 휴대폰 어딨어. 조금 전 던져두었던 휴대폰을 찾았다. 리희의 번호는 찾아볼 것도 없이 가장 최근에 있다.

찾음과 동시에 기민한 손가락이 통화 버튼을 누르려던 때였다.

"……하."

시야를 강타하는 헤드라이트 빛이 끌어간 시선 끝에 저만치 멈춰 선 택시가 작은 여자를 내놓는 것이 보였다. 리희였다. 얼굴 표정까지 자세히 보이진 않았지만 그냥 왠지 조금 피곤해 보였다.

시환은 그녀가 건물로 들어가는 것까지 낱낱이 지켜보았다. 그러느라 그는 또 거의 거실 창에 진드기처럼 철썩 붙어 있어야 했다.

"이게 뭐하는 짓이냐."

살아 있는 입은 박시환의 자존심. 그러나 창가에 멈춰 서 있는 다리는 박시환의 마음 한구석 본인도 아직 파악하지 못한 무언가를 대변하고 있을 터였다.

"샤워나 하자, 샤워나."

문득 허탈함과 답답함을 동시에 느낀 그가 니트를 벗어던지며 욕실로 향했다.

"아으 허리야…… 헙."

뻐근하게 느껴지는 허리에 무심코 중얼거렸다 곧장 입을 닫은 리희가 서둘러 엘리베이터에 타 버튼을 눌렀다. 시환과 밤을 보낸 다음 날 제가 앓는 소리를 냈던 게 생각난 것이다.

허리가 아픈 건 바로 오후 내내 모르는 동네 카페에 앉아 있던 탓이었다. 꽤 오랜 시간을 그 딱딱한 의자에서 음료는 시켜놓고 제사만 지냈다.

아니, 실은 요 며칠간 폭풍우처럼 밀려온 박시환이라는 남자에 대해서 생각했다.

대주제를 잡아놓으니 소주제는 훨씬 여러 갈래로 나눠졌다. 예를 들면 '그날 밤'부터 시작해서 '오늘 그 사람과는 데이트였던 걸까'와 같은 것들로 말이다.

하지만 리희가 카페를 나설 즈음에도 딱히 나온 답은 없었다. 바깥에 지나가는 사람들이라도 구경하고 싶었지만 아쉽게도 뵈는 게 없어서 그러지도 못했다. 쩝. 그 안경 되게 좋긴 했는데. 이미 고급의 맛을 봐버렸는데 다시 제가 쓰던 종류의 안경에 만족할 수 있을까.

"내일은 진짜로 안경 맞추러 가야지."

띵. 그녀가 사는 층인 12층에 도착했다는 알림음이 작은 엘리베이터 안에 울렸다.

월요일부터는 더 완벽하게 없는 듯이 굴어야지. 리희는 집요하게 따라다니는 그에 대한 생각들을 떨쳐내지 못한 채 제집 현관을 열었다.

"헐. 까먹고 나갔네."

아까 급하게 나가느라 밀가루 뿌려두는 것조차도 잊어버렸다. 여태 잊은 적이 없었는데. 그렇게 조금 찜찜한 얼굴로 집에 들어선 리희가 물을 마시기 위해 냉장고를 열었을 때.

"……!"

곧 그 자리에 털썩 주저앉고 말았다. 그러다 잠시 뒤 그녀는 휴대폰을 꺼내 떨리는 손으로 '112'를 눌러야 했다.

#4

"아니, 카드 키가 있어야지만 들어갈 수 있는 건물에 도대체 어떻게 도둑이 들 수 있겠습니까? 그것도 아니지, 훔쳐간 것도 없다면서요!"

리희의 오피스텔 건물 경비를 맡고 있던 경비원이 강력하게 철옹성 같았던 보안을 주장하는 와중에도 리희는 그저 파들파들 떨고 있을 뿐이었다.

"아무래도 콜라 캔 하나로 누가 침입했다고 보기엔 좀 무리가 있는 것 같은데요."

거기다 출동한 경찰도 난색을 표하고 있었다.

"아니에요. 저는 절대…… 절대로 집에 콜라 같은 건 사두지 않았어요. 정말이에요!"

그도 그럴 것이 단지 콜라 캔 하나가 냉장고에 있다는 이유로 집에 누군가 침입했다고 하는 이 여자 때문이었다.

"사두진 않았어도 그…… 아, 배달 음식이라든가 뭐 그런 거에 끼어 있던 걸 수도 있으니까 한번 잘 생각해보세요."

"그런 건 시키지도 않았다구요!"

"12층이라 창문으로 침입하기란 거의 불가능했을 테고, 현관에도 침입한 흔적은 없었습니다."

"다시, 다시 한 번만 확인해주세요. 네?"

하얗게 질린 얼굴이 너무 절박했던 탓에 경비원은 물론 경찰들까지 당황한 기색이 역력했다. 오가던 행인들도 경찰이 출동한 것을 보고 하나둘 몰려들고 있었다.

"아가씨, 잘 생각해보라니까. 다른 것도 아니고 고작 음료 캔 하나잖아요. 자기 집 냉장고에 뭐가 들었는지 죄다 알고 있는 사람이 몇이나 됩니까?"

도움을 청한 사람들이지만 어째 시커먼 남자들이 도리어 그녀를 위협하고 있는 듯했다. 어떡하지. 빨갛고 파란 경보등의 자극적인 빛이 그녀의 촉촉해진 눈망울에 어지러이 부서졌다.

"아니에요…… 아니라구요."

결국 하루 종일 제대로 먹지 못한 리희가 가벼운 현기증을 느끼며 이마를 짚었다.

"아가씨, 괜찮아요?"

그에 반사적으로 경비원이 그녀의 팔을 잡으려 했지만 역효과를 부르고 말았다. 낯선 손길에 놀란 그녀가 뒷걸음질치다 뒤로 넘어질 듯 휘청거렸기 때문이었다.

"아, 아뇨! 저는 괘, 괜찮-!"

"무슨 일이에요."

"……!"

그때 그녀의 어깨를 부축하며 다가선 사람이 있었다. 시환이었다. 이마에 식은땀이 맺힌 채 하얗게 질려버린 리희를 본 그가 표정을 굳혔다.

"……시환 님."

투명한 눈물이 어른거리는 커다란 눈망울엔 정확히, 공포가 자리하고 있었다. 그는 언젠가 이런 눈을 본 적이 있는 듯한 묘한 기시감을 느끼며 어디 다친 곳은 없는지부터 살폈다. 두 다리로 서 있긴 하지만 파들파들 떠는 모양이 금방이라도 부서져버릴 것만 같았다. 아마도 간신히 다리에 힘을 주고 있는 것이리라.

그가 더 고민할 것도 없이 걸치고 있던 카디건을 리희의 몸에 덮고 가느다랗게 떠는 어깨를 두 손으로 감쌌다.

"괜찮아요?"

"네. 괜찮, 괜찮아요."

거짓말. 말하기도 힘들면서. 그가 한숨을 삼키며 그녀를 둘러싸고 있던 남자들에게로 시선을 옮겼다.

"저한테 말씀하시죠. 무슨 일입니까."

시환이 침착하게 묻자 역시 혼비백산한 여자보다는 낫겠다는 생각인지 경찰의 안색이 대번에 밝아졌다.

"신고하신 분과 어떤 관계십니까?"

"직장 동료입니다."

"아, 그러시군요. 이분이 집에 누가 불법으로 침입한 것 같다고 신고를 주셨는데, 침입 흔적도 없고 단서라고는 냉장고에 있던 콜라 캔 하나뿐이어서요. 혹시 뭐 아시는 게 있습니까?"

"……콜라 캔이요?"

순간 아까 잔뜩 걱정하는 투로 리희가 콜라를 싫어한다고 말했던 여자의 말이 떠올랐다. 그래선지 시환은 경찰과 경비원처럼 황당해하지 않고 오히려 심각해질 수 있었다. 정확히 그게 뭔지는 모르겠지만 직감적으로 뭔가가 있긴 있다는 것을 알아차린 것이다.

"예. 그러면 그게 언제부터 냉장고에 있던 건지는 기억하십니까?"

시환이 곁에 있기 때문일까. 리희는 아까부터 불안정하게 떨리던 온몸이 점차 정상적으로 돌아오는 것을 느끼며 종전보다 침착하게 답할 수 있었다.

"어제 저녁까진 확실히 없었는데, 아까 집에 들어가서 열어보니까 있었어요."

아침엔 시환의 전화를 받고 급하게 준비하느라 냉장고를 열어볼 틈도 없었으니까.

"혹시 따로 드나들 수 있는 사람은요?"

"없어요. 따로 설치한 키도 저 혼자만 갖고 있고요."

"그럼 더더욱 침입하기가 어려웠을 텐데요……."

침입의 가능성이 낮아질수록 경찰의 얼굴에 귀찮은 기색이 역력해져갔다. 그때까지 굳은 얼굴로 정황을 파악하던 시환이 마침내 입을 열었다.

"CCTV도 확인이 다 된 겁니까?"

"어우, 그럼요. 24시간 빠짐없이 돌아가고 있었습니다."

경비원이 재빨리 끼어들었다. 그사이 시환은 손아귀에서 미끄러지는 그녀를 그대로 당겨 안아야 했다. 흠칫 놀라 그대로 굳는 것이 느껴졌지만 그가 어깨를 토닥이자 천천히 풀어지는 듯했다. 그런 와중에도 그의 시선은 경찰과 경비원을 향해 있었다.

"그 24시간 부지런히 돌아가는 CCTV가, 건물 전체에 빠짐없이 설치돼 있습니까?"

"어, 그건 아닙니다. 입구에 한 대, 로비에 한 대, 지하 주차장에 다섯 대, 그리고 엘리베이터 앞과 내부에 각 한 대 정도……."

시환은 하마터면 코웃음을 칠 뻔했다. 사람보다 차가 더 귀한 대접을 받고 있다니.

"층마다 설치된 건 없습니까?"

"어차피 입구가 하나뿐이라 각 층엔 설치할 필요가 없지요."

"그럼 입구 카드 키 로그 기록을 확인해볼 수 있지 않습니까? CCTV와 대조해서 각 기록이 실입주자와 일치하는지만 확인해봐도 될 텐데요. 누군가 도난 카드로 들어왔을 수도 있으니까."

"카드 분실 신고된 건 없습니다. 근데 로그 기록은 업체를 불러야 하는 거라……."

"그게 아니라면 건물 내부에서 일어났을 가능성을 생각해볼 수도 있겠죠."

"예에? 그럴 리가 있겠습니까! 아니, 훔쳐간 것도 없다잖아요. 상식적으로 음료수 한 캔 갖다두겠다고 남의 집 문을 딸 사람이 어디 있겠냐구요!"

그러자 리희를 안은 시환의 손에 힘이 들어가는 동시에 그의 목소리가 더욱 낮고 무섭도록 차분해졌다.

"말씀하시는 그 상식 밖에서 일어나는 게 바로 범죕니다. 훔쳐 간 게 없어도 이미 주거 침입이라는 범죄가 성립하고 뭣보다 그런 위험을 방지하려고 경비를 맡아주시는 것, 아닙니까?"

"아니, 그……!"

"지금 누구의 잘못을 가리자는 게 아닙니다. 여자 혼자 사는 집에 누군가 침입한 건 아닌지부터 정확하게 가려내자는 거죠. 근데 이렇게 신고 자체가 잘못됐다는 식으로 취급하시면 누가 이곳의 보안 체계를 믿겠습니까? 당장 옆 동에 사는 저부터도 나가고 싶어지는데."

시환이 집요하게 굴었지만 실상 당장은 딱히 뭘 할 수 있는 게 없었다. 그래서 경비원은 월요일에 업체를 부르기로 하고, 경찰들은 그저 주변 순찰을 더욱 강화하겠다는 말만 남겨두고 떠나갔다.

"괜찮아요?"

그리고 시환은 리희를 우선 자신의 집으로 데리고 왔다. 여자 혼자 사는 집에 제가 덜컥 들어가기도 그렇지만 뭣보다 혼자 둘 수가 없었기 때문이었다.

창백한 얼굴, 마른 입술을 보고 시환이 서둘러 냉장고를 열었지만 딱히 음료 따위를 구비해놓지 않았던 탓에 마실 수 있는 거라고는 술 아니면 물뿐이었다. 그는 잠시 고민하다 따뜻한 물 한 잔을 머그에 담아 건넸다.

"……고맙습니다."

하지만 여전히 눈에 보일 만큼 떨고 있던 그녀는 잔을 제대로 들 수가 없었다.

"그냥 둬요."

그래서 시환은 컵을 도로 가져와 테이블에 올려놓고 그 아래에서 꺼낸 담요로 여자의 어깨를 덮어주었다.

사실 물어보고 싶은 게 한가득이었다. 하지만 지금은 아냐. 그는 인내심을 발휘해 리희가 진정하는 것이 최우선이라는 것을 상기했다.

"친구, 아니 가족들한테 연락해요. 아님 데려다줄까요? 당장 월요일에 내가 월차든 연차든 내줄 테니까 그건 걱정하지 말고."

"아뇨! 괜찮아요. 괜찮아질 거예요."

떨림을 참아보려는 건지 그녀가 깊게 숨을 들이쉬었다. 그런 와중에도 자잘하게 떨리는 숨이 여전했다. 말아 쥐고 있던 그의 손에 절로 힘이 들어갔다.

"그래도 아실 건 아셔야죠."

"안 돼요. 괜히 걱정 끼쳐드릴 순 없어요. 절대로 안 돼요."

"그럼 혼자 밤새 이렇게 벌벌 떨겠다고?"

조금 강하게 튀어나온 말에 움찔 놀란 여자가 눈을 깜빡였다. 그러나 끝내 고개를 저었다.

"아까 경찰들 말대로 제가 너무 과민한 걸 수도 있어요. 그래도 도와주셔서 감사해요. 이만 가볼게요."

"이 상태로 어딜 가겠다고."

"그냥 좀 많이 놀라서 그래요. 쉬면 괜찮아질 거예요."

억지로 웃어 보이며 몸을 일으키던 그녀의 팔을 붙잡아 앉힌 시환이 낮게 말했다.

"그 집에서 잘 수 있겠어요?"

"어제 제대로 못 잔 거 아시잖아요. 잠이야 누우면 오겠죠."

이런 상황에 쓸데없는 고집은. 이번엔 시환이 고개를 저었다.

"아무 데서나 잘 수 있으면 그냥 여기서 자요."

"네? 여, 여기서요?"

그 말에 눈이 크게 뜨였다가.

"나는 본가 가서 자면 되니까."

그의 답에 안심했는지 원래대로 돌아갔다. 하지만 이내 그녀가 고개를 저었다.

"그러실 필요 없어요. 침입한 흔적도 없다고 하고, 문단속만 잘 하면 되니까……!"

"이봐요, 우리희 씨."

그 팔을 꽉 잡으며 낮게 부르자 조잘거리던 입술이 조개처럼 꾹 다물어졌다가 겨우 틈을 만들어낸다.

"……네."

"사람 성의 무시하는 것도 정도껏이지. 이렇게까지 거절하면 내가 뭐가 되겠어요?"

"아니, 저는 그냥 저 때문에 번거로우실까 봐……."

"내가 괜찮다잖아. 이대로 리희 님 그냥 보내면 나는 편할 것 같아요?"

"죄송해요. 그래도 폐 끼치는 건 아닌 것 같아서요."

"죄송하면 여기서 쉬어요. 뭐가 좀 없긴 한데 아무거나 찾아 먹어도 되고, 써도 돼요."

이번엔 시환이 자리에서 일어났다. 그리고 테이블 위에 놓아둔 차 키를 찾아 드는데 그 모습을 멍하니 바라보던 리희가 잠깐 눈을 데구르르 굴리다가 그를 불러 세웠다.

"저, 시환 님."

그 목소리가 워낙 작아 하마터면 못들을 뻔했다. 그가 엉거주춤한 모양새로 멈춰서 그녀를 바라보자 잠시 입술을 달싹이며 고민하던 그녀가 조심스럽게 입을 열었다.

"저기 혹시 괜찮으시면……."

뭘 그렇게 고민하나 했더니 다음 순간 그는 꼭 한 대 얻어맞은 듯한 기분을 경험해야 했다.

"이번엔 안 덮칠 테니까 몇 시간만 옆에 있어주실 수 있나 해서요. 어, 그게 제집으로 가자고 하기엔 거기가 원룸이기도 하고……."

"잠깐, 잠깐, 잠깐!"

이 여자가 또! 그가 절로 구겨지는 미간에 이마를 짚었다. 그리고 잠시 이 황당함을 어떻게 소화해야 할지 몰라 심호흡을 하며 가까스로 생각을 정리했다.

"아까는 그날 일에 대해 다시는 얘기하지 말라더니, 뭐? 이번엔 안 덮칠 테니까?"

"네? 아니 안심시켜드린다는 게……."

"누가 누굴 안심시켜. 지금 여기서 내가 더 힘이 셀까요, 리희 님이 더 힘이 셀까요?"

그러자 아직 물기 어린 눈을 깜빡거리던 리희가 그제야 사태를 파악했는지 슬쩍 몸을 일으켰다.

"어, 죄송해요. 제가 잠시 정신이 나갔었나 봐요. 아무래도 그냥 집에 가는 게 좋겠어요."

"앉아요. 누가 잡아먹는데?"

잔뜩 기겁했다가 결국 기가 찬 듯 피식 웃어버린 시환이 주방 쪽으로 걸음을 옮기며 말했다.

“알았어요. 옆에 있을 테니까 대신에.”

그러다 무언가 생각났다는 듯이 휙 돌아섰다.

“성의를 받는 법 좀 배워요. 그게 때론 상대에 대한 배려일 수도 있으니까. 누가 리희 님을 위해 돈 쓰고 시간 쓴다고 무조건 미안해서 거절해야 할 일이 아닌 것도 알아두라는 말이에요.”

그녀를 바라보던 시환은 다시 한 번 한숨을 도로 삼켜야 했다. 저 작은 몸에 뭐 그리 사정은 많아서 고작 캔 음료 하나에 질겁하고, 가족에게 무섭다 말도 못하는 걸까. 그는 머릿속으로 다른 생각을 하고 있다는 것을 들키지 않기 위해 별 되지도 않는 말들을 괜히 길게 늘어놓았다.

“뭐 그렇다고 성의를 요구하라는 건 아니지만 리희 님은 몰라도 너무 모르는 것 같아서. 세상 혼자 살 것도 아니잖습니까. 그래, 대학 다닐 때도 팀플하면 꼭 조장 맡아서 발표까지 혼자 다 했죠?”

왜 저렇게 스스로를 꽁꽁 가둬두고 있는 걸까. 시환은 문득 여자를 품에 안고 펑펑 울게 하고 싶다는 생각이 들었다. 툭 치기만 해도 곧장 터져버릴 것 같은. 그만큼 저 작은 몸이 왠지, 눈물로 가득 차 있을 것만 같았다. 그걸 가까스로 참고 있는 게 안타까웠다.

“어쨌거나 적어도 나란 사람한텐 그냥 고맙다, 그 한마디면 됩니다. 알겠어요?”

“……네.”

“뭐 잔소리는 여기까지만 하고.”

그가 마저 주방으로 들어가 냉장고를 열었다.
“저녁 먹었어요?”
“어, 네.”
왠지 ‘네’라 대답하기 직전에 잠깐 고민한 흔적이 진실일 것만 같은데. 그래서 냉장고 안을 들여다보던 시환의 눈이 잠시 가늘어진 채 리희에게로 향했다.
“친구는, 잘 만났고?”
“……네.”
이번에도 대답하기 직전의 한 템포가 진실인 걸까.
“아까 친구 전화 내가 받았었는데, 그 얘기는 하던가요?”
이제는 대답없이 고개를 끄덕이기만 한다. 슬쩍 미간을 좁혀 여자를 바라보던 시환이 불쑥 물었다.
“뭐 할 줄 아는 거 있어요?”
“네?”
“멍하니 앉아 있지만 말고, 와서 나 좀 도와요. 집에도 못 가게 했으면 적어도 배고픈 사람 배는 채워줘야 하는 거 아닙니까?”
나이 서른 먹은 다 큰 남자가 아이처럼 배고프다고 툴툴거리고 있다니. 뭣보다 그런 사람이 평소엔 절제된 행동, 그 이상은 보여주지 않던 박시환 팀장이라는 사실에 잠시 벙쪄 있던 리희가 다음 순간 풋 하고 웃음을 터트렸다. 그러자 신기하게도 그때까지 몸을 달달 떨리게 하던 한기가 사라져갔다.
울다 웃으면 어디에 뿔이 난다던데. 그만큼 분명 바보 같은 얼굴이겠지. 담요를 두고 일어난 리희가 시환이 있는 주방으로 가 그와 함께 냉장고 안을 살폈다.

"이 정도면 배를 못 채울 정돈 아닌 것 같은데요."

아까 뭐 별거 없다고 하지 않았어? 기본적인 밑반찬부터 채소며 과일까지 깔끔하게 정리되어 있었다. 음료가 물 아니면 술인 게 흠이라면 흠이긴 하지만.

"뭣보다 저도 그냥 먹어야 해서 해먹는 정도라 그냥 시키는 게 나을 수도 있어요."

남의 주방을 막 쓰기가 뭐해서 둘러댔더니 시환이 냉장고를 탕, 닫으며 시큰둥하게 물어왔다.

"시키라고? 아깐 돈 쓴다고 뭐라 하더니."

이 남자 은근 뒤끝 있단 말이야.

"……그냥 나가 계세요. 어서요."

"왜요. 배도 고픈데 빨리해서 먹는 게 낫죠."

"혼자가 편해요. 그래봤자 다 있고 차리기만 하면 될 것 같은데."

얄궂게 구는 시환 때문에 결국 리희가 그의 등을 밀어냈다.

"그럼 차리는 김에 리희 님 것도 차려요."

"왜요?"

"왜라뇨."

선선히 물러나주는 듯하던 그가 주방을 벗어나기 직전에 우뚝 멈춰 섰다. 그러면서 반쯤 고개를 돌린 시환이 대수롭지 않게 말했다.

"같이 먹자는 거지."

"……."

그때 문득 리희가 그의 등에 얹고 있던 손을 떼어냈다. 그리고 그 양손을 내려다보았다.

'그럼 '어쩌다 그렇게 된 데이트'라고 하면 되겠네.'

왜 하필 그 순간 설희의 말이 떠올랐는지는, 정말로 알 수가 없는 노릇이었다.

간단할 거라 생각했던 식사 준비는 예상보다 꽤 오랜 시간이 걸리고야 말았다. 뭐 할 줄 아는 게 있냐고 했을 때부터 의심해 봐야 했는데, 냉장고 조명발에 완전 속은 것이다. 본가에서 사람을 보내 채워 놓았다던 음식들은 막상 꺼내보니 거의가 상해 있어서 도저히 식탁 위에 올릴 수가 없었고 이 남자는 라면 따위도 구비해놓지 않고 있었다. 그래서 리희는 어쩔 수 없이 버티고 버티다 시들해진 채소들을 지지고 볶아 오므라이스와 맑은 국을 끓여냈다.

그리고 시환과 마주 앉아 시시콜콜한 이야기를 하며 밥을 먹던 리희는 문득, 정말 문득 한 가지를 깨달았다. 굳이 밥을 해달라고 한 그의 의도가 혹 제게서 다른 생각을 할 겨를을 거두려던 건 아니었을까 하는.

"일을 하자고 할 순 없으니까. 뭐, 영화라도 볼래요?"

"……네, 좋아요."

식사를 마치고 나오자 그가 식사 준비를 하느라 더러워진 그녀의 옷을 보고 새 옷을 꺼내주며 욕실엔 새 칫솔이 있을 거라고 알려주었다. 집이 바로 옆인데 무슨, 당연히 거절해야 했다. 하지만 그녀는 어쩐지 거절하고 싶지가 않았다. 제 소중한 보금자리가 더 이상 보금자리가 아닐지도 모른다는 사실이 두려웠기 때문이었다.

그래서 고분고분 답했다. 고맙습니다.

"가끔 머리 아플 때 지나간 영화를 틀어두는 편이라 몇 개 있긴 한데 졸릴지도 몰라요."

"괜찮아요."

아니, 더 솔직히는…….

얌전히 소파에 앉아 있던 리희는 DVD를 고르는 시환의 너른 등을 바라보았다.

"……시환 님."

"말해요."

이윽고 그녀의 작은 집엔 없는 커다란 TV 화면에 오프닝 영상이 띄워졌다. 그리고 그가 소파로 돌아왔을 때, 잔잔한 음악이 흐르는 사이로 리희가 작게 말했다.

"감사해요."

그러자 보조등을 제외하고는 어두운 거실, 혼자서만 밝은 TV의 빛을 받은 시환이 의아하다는 듯이 어깨를 으쓱였다.

"고맙다고 하라고는 했지만 그렇게 빚 갚는단 얼굴로 하란 소리는 안 했던 것 같은데. 뭣보다 나 지금 고작 영화 하나 틀었어요."

"아까 도와주신 거요. 정말 아무 생각도 안 나고 무섭기만 했는데 와주셔서……. 근데 어떻게 알고 오신 거예요?"

실은 저도 모르게 시환 님이 와서 붙잡아주신 덕에 버티고 서 있을 수 있었다는 이야기가 튀어나올 것만 같아서 말끝을 흐리던 그녀가 그를 올려다보며 물었다. 그러자 시환이 아 그거, 라는 말과 함께 대수롭지 않게 아까 전의 기억을 더듬었다.

"거실 불을 꺼뒀었는데 씻고 나와 보니까 빨갛고 파란 경보등이 거실 창에 비치길래, 그래서 내려다봤는데…….”

네가 있더라고.

4층에서 내려다보는 건데도 어쩐지 벌벌 떨고 있는 게 보이는 듯해서, 그는 젖은 머리칼을 수건으로 털다 별안간 피가 식는 것을 느꼈었다.

그런데 바로 다음 순간에 저는 리희에게 카디건을 벗어주고 있었다.

어떻게 내려갔던 거지. 그가 싹둑 잘려버린 기억에 새삼 놀라느라 그 뒤를 잇지 못하는 사이 시환이 갑자기 머뭇거리는 이유를 알 수 없던 리희는 그저 고개를 갸웃거릴 뿐이었다.

“……그러셨구나.”

조금 기다려봤지만 그가 끝내 꿀 먹은 벙어리가 되어버려서 대강 그러려니 하는 수밖에 없었다. 그래서 그녀도 시환의 시선을 따라 TV 쪽으로 다시 고개를 돌렸다.

영화는 ‘비포 선라이즈’, 단 하루만에 서로에게 완전히 녹아드는 두 남녀의 이야기. 리희도 언젠가 본 적이 있는 영화였다. 기차에서 처음 만난, 그러나 목적지가 달랐던 두 사람.

하지만 눈이 나쁜 리희는 말간 화면이 선명하게 보이질 않았다.

“감사해요.”

그래서 영화보다 옆에 앉아 있는 그에게 더욱 신경이 쓰였다.

“또 뭐가요.”

“경찰도 못 믿는 이야긴데 믿어줘서. 그래서 고마워요.”

거기까지 말하고 났을 때 리희는 팔을 한번 쓸어내려야 했다. 크고 두터운 후드 티를 입었는데도 갑자기 오한이 밀려왔다.

"적어도 그 사람들보다는 내가 리희 님을 더 잘 안다고 생각했으니까."

그때 그녀의 어깨 위로 담요가 덮어졌다. 그리고 바로 옆에 털썩 앉은 그가 시선은 영화에 꽂아둔 채로 뒤로 느슨하게 기대며 말을 이었다.

"아무리 많은 걸 시켜도 빠짐없이 다 해내는 사람인데 그런 걸 잊을 리가 없죠. 안 그래요?"

"……칭찬으로 들을게요."

참 예쁜 영화다. 비록 지금은 잘 보이지 않지만 러닝 타임 내내 여자 주인공을 향한 남자 주인공의 눈빛에 참 설레었던 영화라는 건 여전히 기억에 남아 있었다. 그렇다면 바로 옆에 앉아 있는 남자의 눈빛은 어떨까. 고개만 돌리면 볼 수 있을 텐데. 그녀는 고개를 돌리고 싶은 생각과 혹 그랬다가 곤란한 상황이라도 만들어지면 어쩌나 하는 생각 사이에서 깊이 갈등해야 했다.

"아까 안경점에서 듣기로 시력이 그리 좋은 편이 아니라던데."

"네?"

하지만 다음 순간 시환이 가볍게 그녀의 시선을 이끌어주었다.

"열심히 보는 척하고 있길래."

깊다. 깊은 눈을 가진 사람이었다. 화면으로부터 뻗어 나온 빛이 그 깊이를 이기지 못할 만큼. 그런 생각을 하는데 그가 갑자기 뒤로 기대어 있던 몸을 일으켜 그녀의 코앞까지 다가왔다.

"……!"

"렌즈도 안 꼈으면서."

설마. 혹시라도 제가 무서운 생각을 하지 않게 할 의도였다면

이 남자, 완벽하게 성공이다.

"이거 껴요."

"……."

리희는 멍하니 그가 눈앞에 들고 있는 안경 케이스와 남자를 번갈아 보았다.

"설마 이렇게 될 줄 알고 나한테 던져놓고 간 건가."

"아니, 그건 아닌데……."

"그러고 보니 친구분이 리희 님 잘 데려다주라고 했었는데, 그걸 못 지켰네요."

"제 친구가 쓸데없는 소릴 했네요. 제가 애도 아니고."

"애도 아닌데 자꾸 신경 쓰이게 하죠."

"……죄송해요."

혼내려는 게 아니야 이 여자야. 리희의 눈꼬리가 축 처지는 것을 본 시환은 제 마음 어딘가도 내려앉는 것만 같았다.

젠장. 어쩌다 이렇게 된 건지. 그저 지켜보다 보면 누구든지 대강은 파악할 수 있다고 생각했는데 왜 너에 대해서는 이렇게 궁금증만 커져가는 건지. 왜 묻고 싶어서 이렇게 입이 근질근질해지는 건지.

"아까 왜 이걸 굳이 사준 거냐고 물었었죠."

안경을 꺼낸 시환이 그것을 여자의 작은 얼굴에 대범하게, 그러나 조심스럽게 씌우며 말했다. 하얀 도화지 같은 얼굴에 화면이 비추는 알록달록한 색감들이 그대로 묻어난다.

아니 단 한곳, 도톰한 입술만은 오롯이 혼자 붉다.

"사실 리희 님은 안경을 쓰지 않는 편이 더 예쁩니다."

안경다리에 딸려 올라오는 잔머리까지 정리해준 그의 손가락이 아쉬움을 담고 그녀의 귓가에서 머뭇거리고 있었다. 그러다 충동적으로 후드를 푹 씌우자 처졌던 눈이 동그랗게 뜨였다. 그의 입술 끝이 길어진다.

"근데 그 사실을 나 말고 다른 사람이 아는 건 싫어서."

"……."

"일부러 제일 둔해 보이는 걸로 골랐는데도 싫다는 말 한마디 없고."

"아니, 그건……."

네가 사는 거였잖아요. 하지만 리희는 언어 능력을 상실해버린 것처럼 아무런 말도 할 수가 없었다.

"그렇게 가버려서 사람 이도 저도 못하게 해놓고는 다시 만났을 땐 또 울고 있고. 이러니 신경이 쓰이겠어요, 안 쓰이겠어요?"

"죄송해요."

"그 죄송하단 말! 말고, 내가 가르쳐준 거 있잖아요."

동그란 눈이 또 데구르르, 그의 시선을 피하려고 하기에 아직 잡고 있던 후드 끝을 조금 당기자 흠칫 놀라면서 그에게로 시선이 고정된다. 입이 마르는지 빨간 혀가 붉은 입술을 축인다. 거기에 닿은 그의 시선이 일순 농밀해졌다. 분위기란 것이 이렇게 사람을 원초적으로 만드는 것이다.

그리고 이 여자는 순진하게도 또 그의 굴에 들어와 있다.

"어 그게…… 고맙, 습니다?"

그 말이 끝나기가 무섭게 후드가 훅 당겨졌고, 중심을 잃은 그녀의 몸이 그대로 앞으로 무너졌다. 기다리고 있던 시환에게로.

그렇게 두 사람의 입술이 맞닿았다. 그녀의 후드 속으로 파고든 시환이 리희의 시야를 까맣게 점멸시키며 온 신경을 입술로 몰리게 만들었다.

'……그렇다면 내 굴에 들어온 이상 넌 정신 차려도 못 나갈 줄 알아.'

맙소사. 이번엔 류시환이 아니라 박시환, 꿈이 아니라 현실이다. 알콜 향이 아니라 무려 산뜻한 치약의 민트 향이 나는 키스라니. 그때 시환의 손이 콧잔등을 누르던 안경을 다시 벗겨냈다.

"그러니까 이건 내 앞에서만 벗어요. 알았죠?"

어쩌다 이렇게 된 건지도 알 수가 없다. 약간 잠긴 목소리가 벗으라고 말하는데 그 목적어가 무엇이든 상관없이 무조건 야릇하게만 들리는 거다.

"키스할 땐 이편이 좋으니까."

"……."

타액으로 번들거리는 리희의 입술이 무어라 답하지 못하고 벙긋거리기만 했다. 꼭 점령지를 보는 듯한 묘한 기분에 희미하게 웃은 시환이 다시금 그 입술을 집어삼켰다. 그가 고개를 약간 틀자 츄읍, 하는 소리에 리희는 귀가 뜨거워지는 것을 느꼈다. 그사이 후드를 당겼던 그의 손이 자연스럽게 그녀의 목과 어깨 사이로 내려가고, 그녀가 중심을 잡지 못하자 아예 허리로 내려가 감아 당기는데.

'넌 죽을 때까지 나한테서 못 벗어나.'

"……흡!"

그 순간 떠오른 기억 하나. 잘 잊었고 잘 지웠고 잘 버렸다고 생각했던 기억이 갑자기 벼락처럼 떨어진 것이다. 화들짝 놀란 리희가 온 힘을 다해 그를 밀어냈다.

"왜 그래요?"

'왜냐면 내가 너, 사랑하거든.'

"아, 아냐. 아니에요. 이건 아닌 것 같아요."

그때까지만 해도 자연스럽게 느껴졌던 어둠이 한기가 되어 그녀를 짓누르기 시작했다. 리희가 갑자기 바들바들 떨기 시작하자 당황한 시환이 그녀를 붙잡았다. 하지만 그가 차마 붙잡을 수 없는 그녀의 머릿속에서는 견고하게 쌓았다고 생각했던 댐이 순식간에 와르르 무너져 도저히 추억이라 부르기 어려운 기억들이 쏟아져 내리고 있었다.

"갑자기 왜…… 미안해요. 많이 놀랐-!"

"놔!"

뒤로 물러나던 작은 몸이 소파에서 떨어지고 말았다. 하지만 그녀는 일어나기는커녕 슬리퍼가 엉망으로 벗겨지도록 시환에게서 멀리 떨어지는 데에 급급해 보였다. 두 팔, 두 다리로 거의 기다시피 현관 쪽으로 도망치는 여자의 눈엔 이제 초점이 사라져 있었다.

"리희 님, 리희 씨!"

시환이 황급히 다가가 어깨를 붙잡자 정신없이 고개를 내저은 리희가 거세게 그를 뿌리치며 차가운 바닥에 주저앉아 두 손을 모으고 싹싹 빌기 시작했다.

"아냐, 아니 제발…… 제발 나 좀 놔줘요!"

"우리희!"

"제발……!"

그때 현관의 센서등이 마치 구원의 빛처럼 두 사람에게로 쏟아졌다. 그러자 금방이라도 숨이 넘어갈 것 같은 얼굴로 비명을 지르던 리희가 거짓말처럼 움직임을 멈추었다.

"……우리희."

천천히, 멀어졌던 초점이 돌아오자마자 그 눈에 담긴 것은 복잡한 얼굴로 그녀를 바라보고 있는 시환이었다.

"시, 시환…… 님."

누군가 인위적으로 피를 뽑아가버린 것처럼 하얗게 질린 얼굴, 공포로 물들었던 눈망울에 곧 무언가가 그렁그렁 차오르기 시작했다. 시환이 재빨리 리희의 앞에 한쪽 무릎을 꿇고 앉았지만 막상 손을 대도 되는 건지 몰라 잠시 고민하는 듯했다.

"괜찮아요?"

"죄송해요. 그게, 그러니까 시환 님한테 그런 게 아니라 그…… 죄송해요. 가볼게요!"

그 모습을 본 리희는 좌절해야 했다. 일 년 반. 어쩌면 이제는 괜찮아졌을지도 모른다고 생각했는데 철저히 도루묵이었으니까. 잠시나마 가슴 떨리게 했던 남자에게 추태를 보였으니 지금은 도망만이 답이리라. 그녀는 힘이 빠진 몸을 억지로 일으켜 현관으로 향했다. 그리고 열림 버튼을 눌러 문을 여는 순간.

"가지 마."

쾅, 다시 문을 당겨 닫은 시환이 리희의 발을 내려다보며 말했다.

"그러고 어딜 가려고."

그 말에 가느다랗게 떨리던 그녀의 고개가 떨어졌다. 한쪽에만 간신히 신겨져 있는 슬리퍼가 짝을 잃고 그녀를 원망의 눈빛으로 올려다보고 있었다.

하, 고개를 들 수가 없다.

"……갈래요. 집에 가고 싶어요."

"안 돼요. 안 보낼 겁니다."

핏줄이 불거질 정도로 손잡이를 잡은 손에 힘이 들어가 있었지만 시환은 리희에게 더 이상 다가가지 않고 그저 문을 지키고 서 있을 뿐이었다. 꼭 문고리가 그를 잡고 놓아주지 않는 것처럼.

"괜찮아요. 오늘 보고 들은 거 다 모르는 일로 해줄 테니까 울든 소리를 지르든 뭐든……."

"안 울어요. 안 울 거예요."

고집스럽게 말했지만 애석하게도 그렇게 말하는 순간 눈에서 뜨거운 무언가가 툭 떨어져 내렸다. 안 되는데. 울면 안 되는데. 울면 이보다 더 못나지는데.

"안 울 거예요. 이건 그냥……."

손등으로 훔쳐낸다는 게 그녀의 팔보다 훨씬 긴 후드 티 소매를 적시고 말았다. 물기를 머금고 짙어진 소매를 본 시환이 미간을 구겼다.

"아까! 아까 썬 양파 때문에. 양파가 너무 매웠는데 눈을 비비니까 아파서, 그래서 나오는 거예요."

"……압니다."

그러면서 그가 천천히 그녀의 앞으로 손을 내밀었다. 겁먹지 않게.

"근데 영화가 너무 감동적이어서, 그래서 안 멈추는 거예요."

"그것도 알아요."

머뭇거리는 그녀의 손을 잡은 그가 천천히 그 손을 끌어당겼다. 놀라지 않게. 아프지 않게.

"그리고 또 눈에 뭐가 들어가서, 그래서……."

그리고 벗겨진 후드를 도로 씌워 얼굴을 가려주었다. 창피해하지 않게.

"내 집에 먼지가 좀 많긴 해요."

그 아래로 눈물방울이 이제 여러 갈래로 흐르는 것이 보였지만 그는 모른 척 작은 몸을 당겨 품에 넣었다.

저녁으로 먹은 음식엔 양파가 들어 있지 않았다. 영화는 달달하고 잔잔한 영화였으며, 그의 집엔 항시 공기 청정기가 돌아가고 있었지만 그는 모른 척, 숨죽여 우는 리희를 안고서 그렇게 한참을 서 있었다. 그때, 그는 한 가지를 깨달았다.

어쩌면, 그저 흘러가버리지만 않으면 된다고 생각했던 그때 이미 그는 이 여자에게 흘러가고 있었을 지도 모른다고.

"아 정말, 열심히 경비 서는 사람 서럽게 그깟 음료수 하나가 뭐라고."

툴툴거리며 자그마한 경비사무실로 들어서는 야간 근무조 김 씨에게 CCTV를 돌려보던 오후 근무조 이 씨 역시 답답함을 토로했다.

"수상한 사람이 들어올 틈이 있었어야지. 웬만한 사람들 얼굴은 오며가며 나도 다 아는데."

"그러게나 말이야. 괜히 이 일로 입주자들 방 뺀다고 할까 봐 걱정이라니까."

"에잇, 모르겠다."

탁. 푸른빛이 강한 화면을 오래 본 탓에 흰자위가 충혈된 이 씨가 자리를 털고 일어나 근무복을 벗었다.

"CCTV는 암만 뒤져도 없어. 내일 다시 보든가 해야지."

그러자 지친 듯이 작은 소파에 기대어 앉은 김 씨가 중얼거렸다.

"안 그래도 아까 그랬더니 내부인 아니냐고 무섭게 따지는데……. 어후."

"내부인? 카드 키도 집집마다 다른데 어떻게 들어가겠어?"

"거기다 오늘 방문객이라고는 저 앞 부동산에서 집 보러 온 것 말곤 없었잖아."

"내 말이 그 말이야. 뭐 어쨌든 간에 저리 난린데 월요일에 업체 사람을 부르긴 불러야겠지?"

"그래야지. 나 퇴근해."

그러면서 잠시나마 눈을 감는 김 씨를 두고 겉옷을 챙겨 입은 이 씨가 사무실 문을 열려다 멈칫하고 무언가를 생각하다 돌아섰다.

"어이 김 씨, 아까 집 보러 온 사람들, 세 명이었지?"

"그럴걸? 자네가 따라 올라갔다 왔잖아."

"그랬지. 근데 막상 올라가서 집 볼 땐 몇 명이었는지 갑자기 기억이 가물가물해서."

"얼씨구? 아까 분명 그 쪼그만 집 보는데 뭔 사람이 그리 많이 왔냐고 했었잖어."

그러자 이 씨가 모자에 눌려 있던 머리를 긁적이며 멋쩍게 웃었다.

"그랬지, 참. 허, 시간 좀 봐. 이래서야 원, 내가 오후 조인지 야간 조인지 헷갈리는구만."

"얼른 들어가봐. 아무리 그래도 내일부터는 더 신경 써야 할 테니까 미리 쉬어두라고."

그 말에 알았다고 고개를 끄덕이며 사무실 문을 닫고 나오긴 했지만 이 씨는 건물을 나와서도 고개를 갸웃거렸다.

"올라가서도, 세 명이 확실했나?"

한 명은 화장실을 보고, 한 명은 방 안을 둘러보고…….

하도 꼼꼼하게 따지느라 그 작은 방을 보는 데도 한참이 걸려서 속으로 욕을 했던 기억이 났다. 그렇다면 다른 한 명은?

"내 옆이나 뒤에 있었겠지, 뭐."

그러나 이윽고 가볍게 결론 내린 이 씨가 서둘러 버스 정류장으로 향했다. 어느새 이 씨의 머릿속엔 가는 길에 소주와 안주나 사 가야겠다는 생각으로 가득 차 있었다.

#5

얇은 눈꺼풀을 투과해 스며드는 밝은 햇빛에 절로 눈이 뜨인 리희는 낯선 천장에 이곳이 시환의 집이라는 것을 금방 알아차렸다. 언제 잠에 빠져든 건지, 제가 지금 어떤 상태인지도 알 수가 없다. 아니, 눈꺼풀이 묵직하게 뜨이는 걸로 보아 한 가지는 확실하다. 눈 엄청 부었다.

어제 시환은 그녀를 안고 한참이나 다독여주었다. 울지 말란 소리도, 더 울란 소리도 하지 않고 정말 자신이 한 말처럼 그저 옆에 있어주기만 했다. 그래서 그녀는 마음껏 울었다. 정말 마음껏.

지나온 시간이 무색하게 깊이 패인 상처는 여전했고, 고통도 여전했다. 어쩌면 깊은 곳에서 곪다 못해 마그마처럼 끓고 있었는지도 모른다.

그렇게 울면서 그녀는 최초로 그 상처와 마주할 수 있었다. 거기에 얼마나 에너지를 소비했는지는 몰라도 그의 품을 다 적셨을 즈음부터는 기억이 없다.

소파엔 다행히 그녀 혼자 누워 있었다. 손을 들어 눈두덩을 만져보는데 손끝에 느껴질 정도로 부어 있다. 안 돼. 이 몰골을 그에게 보여줄 순 없다. 죽이 되든 밥이 되든 도망이다. 벌떡 일어난 그녀가 소파 아래에 무엇이 있는지도 모르고 힘 있게 다리를 내렸을 때였다.

"크헉!"

"꺄악!"

두 남녀의 비명이 아침의 고요한 공간을 갈랐다. 그리고 잠시간의 정적. 자다가 난데없이 그녀의 발길질을 고스란히 받은 시환이 고통에 찬 신음을 내뱉다 칭칭 감긴 눈을 뜨지도 못하고 중얼거렸다.

"고맙다고 할 땐 언제고 사람을 이렇게 밟을 수가……."

"아니, 그게. 못 봤어요. 많이 아파요?"

그러자 안절부절, 어떻게 하지도 못하고 소파 아래로 내려와 앉은 리희가 걱정스레 그를 살폈다. 그런데도 시환이 배를 감싸고만 있어 조심스럽게 그의 갈비뼈 부근에 손을 가져다 대려던 때였다.

"어디 부러진 거 아니에요…… 으익!"

걱정을 담은 채 허공을 배회하던 손목이 덥석 붙잡혔다. 그리고 그 손목을 붙잡은 시환은.

"또 도망가려던 건 아니고?"

언제 그랬냐는 듯 진지한 얼굴로 돌아와 있었다.

"아, 아닌데요?"

"그럼 왜 정곡을 찔린 얼굴인 건데요."

하지만 정말 아프긴 했는지 그가 다른 손으로 갈비뼈 어디매를 붙잡고 끙 하는 소리와 함께 상체를 일으켰다. 그럼에도 그녀의 손목은 단단히도 붙잡고 있어서.

"찔린…… 게 아니라 놀라서 그런 거예요, 놀라서!"

리희는 서둘러 변명을 해야 했다. 실은 완전 찔렸으니까.

"근데, 왜 여기서 주무시고 계셨어요?"

그러면서 그녀가 슬쩍 붙잡힌 손목을 빼내려 하자 시환이 의심의 눈길로 그녀를 바라보다 순순히 놓아주며 답했다.

"리희 님 도망갈까 봐서요."

실은 겨우 잠들었다가 또 나쁜 꿈이라도 꾸고 울까 봐서. 간밤에 어찌나 힘겹게 눈물을 쏟아내던지, 그는 제 가슴팍을 적시면서 우는 여자를 내려다보며 제 마음까지 젖어드는 것을 느꼈었다. 그리고 젠장, 저 퉁퉁 부은 눈에 이제 젖은 마음이 반응한다. 꼭 파블로프의 개가 된 듯한 기분에 그가 미간을 찌푸렸다.

"그러니까 도망가지 말고, 아침이나 먹으면서 대책을 강구해봅시다."

"대책이요?"

"그럼 누가 들어왔을지도 모르는 집에 그냥 들어가려고?"

"어, 가서 보조 키부터 하나 더 달아보려고요. 이사 왔을 땐 사정이 그래서 가장 좋은 걸로 못했었거든요. 일단은 그렇게라도 해야 마음이 좀 놓일 것 같아서……."

그러자 시환이 눈을 가느다랗게 뜨면서 무언가를 고민하는 듯했다.

"뭐, 일단 그보다 먼저 밥부터 먹고 생각해요."

하지만 금방 그 생각을 잘라낸 그가 고개를 저었다. 그러면서 멀쩡한 침대를 두고 딱딱한 바닥에서 잔 탓에 여기저기가 결리는지 않은 채로 어깨를 돌리는데 그게 또 미안해지는 거다. 그에 이래저래 폐만 끼쳐서 미안하다고 하려는데 리희는 픕, 하면서 웃음을 터트릴 수밖에 없었다.

"왜. 뭐요."

"아, 아니…… 크흡!"

여지없이 시환의 미간이 구겨졌다. 하지만 잔뜩 헤집어진 채로 눌린 머리는 그대로였기에 리희의 웃음소리는 더 커질 수밖에 없었다. 그러다 저도 모르게 뻗은 손이 그의 머리를 조심스럽게 매만졌다.

"머리가 많이 뻗쳤어요. 매일 깔끔한 모습만 보다 좀 의외여서……."

그러자 약간은 놀란 얼굴이면서도 그녀의 행동을 딱히 제지하지 않은 시환이 리희가 '잘 안 돼요. 아무래도 그냥 감아야 하나 봐요.'라고 할 즈음 작게 중얼거렸다.

"그러는 리희 님도 눈 뜨고는 못 볼꼴이십니다만."

"네?…… 악!"

놀란 그녀가 서둘러 후드를 뒤집어쓰고서도 얼굴을 꽁꽁 숨기자 이번엔 그가 낮게 웃었다.

"내 갈비뼈 걷어찬 대신에 아침도 해줘요. 난 씻으러 갑니다."

그리고 리희가 후드에 얼굴을 숨기고도 부끄러워서 오만상을 쓰는 사이, 그녀의 자그마한 머리통을 툭툭, 가볍게 쓰다듬은 시환이 일어나서 욕실로 들어갔다.

"내가 미쳐 정말!"

그렇게 쏴아- 하는 물소리가 들렸을 때서야 빼꼼히 고개를 내민 리희는 홀로 거실에 남아 소리 없이 발악해야 했다.

그리고 샤워가운 차림의 시환이 욕실에서 나왔을 때.

"……결국 도망이네."

식탁 위엔 노릇하게 구워진 토스트와 베이컨, 달걀오믈렛이 담긴 접시와 함께 <고맙습니다. 고맙단 말로 부족할 만큼. 티셔츠는 금방 돌려드릴게요.>라 쓰인 쪽지가 남겨져 있었다.

집으로 돌아오자마자 현관 거울이 비춘 제 모습은, 실로 사람의 그것이 아니었다. 리희는 거울이 힘겹게 담아내는 제 모습을 보고 경악 오브 경악을 금치 못하다가 후다닥 욕실로 들어가야 했다.

-야! 너 왜 휴대폰 꺼져 있던 건데. 전화는 와 있는데 정작 폰이 꺼져 있대서 얼마나 놀랐는 줄 알아? 이번에도 안 받으면 당장 터미널 가려고 했다고!

"아, 미안. 배터리가 나간 줄 몰랐어."

그리고 샤워를 마치고 나오자마자 잔뜩 성이 난 설희의 전화부터 받았다. 팬클럽 단톡방이 또 배터리를 다 잡아먹은 모양이었다.

-뭐 바로 못 받은 나도 잘못은 있으니까. 그래, 무슨 일 있었어?

"어…… 아니, 없었어. 그냥 잘 내려갔나 궁금해서."

어젠 정말 마음이 급해 설희에게 전화했었지만 지금에서는 괜한 걱정을 하게 할 것 같다는 생각이 들었다. 엄마보다 더 엄마 같은 친구에게 걱정을 실어줄 순 없지. 그녀는 충전기와 휴대폰을 잇는 선을 만지작거리며 말끝을 흐렸다.

-그럼 다행이고. 아침은 먹었어?

"아, 응. 먹었지. 시간이 몇 신데."

왜 어제부터 자꾸 밥을 먹었다고 거짓말이나 하고 있을까. 리희는 그런 실없는 생각과 함께 테이블 위의 시계를 바라보았다. 벌써 열한 시 반이 지나가고 있었다. 그의 집에서 오래 자기도 잔 거다.

-근데 어제 그 사람이랑은 왜 그렇게 빨리 헤어진 거야?

"어? 아…… 너, 너 생각나서 그랬지! 너 연락한다고 했었잖아."

-뭐어? 얌마. 나한텐 그냥 톡 하나만 남겨주면 될걸 남자를 버리고 오면 어떡해? 난 남자 버리고 오는 친구 하나도 안 반갑거든?

"야, 김설희. 여자 친구 있던 사람이었다니까?"

물론 그 여자 친구가 여자 친구가 아니라 여자 '사람' 친구였던 거지만. 하지만 어쨌든 설희는 아직 이 사실을 모르지 않은가. 자신을 어마무시한 샹년이라고까지 해놓고는 얼쑤 좋다고 하는 이 여잔 대체 뭐람.

-어쨌든 헤어졌다며!

"내가 곤란하게 만들었잖아!"

-하……. 우리희야.

그때 갑자기 진지해진 설희의 목소리가 건너왔다.

-솔직히 너 말고 다른 여자였으면 여자 망신 다 시킨다고 욕이란 욕은 다 해줬을걸? 근데 너니까, 우리희 너니까 두 팔 벌려 환

영하는 거야. 그렇게라도 고쳐지지 않으면 어느 세월에 그 새끼 잊고 새 출발을 하겠어? 사고라도 쳐야지.

"……."

-잘하고 있는 거야. 내가 아주 그 나쁜 새끼는 지옥불에 튀겨 먹을라니까 너는 이제 앞만 봐, 응?

"……고마워. 노력해볼게."

무릎을 모으고 앉은 리희가 작게 중얼거렸다. 방법이 다소 잘못되긴 했지만 이렇게까지 해서라도 자신이 행복해지길 진심으로 바라는 유일한 친구라니. 이쯤 되면 남자 복은 없어도 친구 복은 타고난 모양이었다.

-그래서, 오늘은 뭐 해? 그 사람 안 만나? 어젠 너무 일찍 헤어졌잖아.

"아니, 그 사람을 왜 만나. 그냥 뭐, 밀린 집안일 좀 하고 안경도 사러 가려고 했……."

'사실 리희 님은 안경을 쓰지 않는 편이 더 예쁩니다.'

엄마야. 왜 하필 지금 이런 게 떠오르고 난리니. 순간 움찔 놀란 리희가 부산스럽게 수건으로 머리카락을 닦아내기 시작했다.

-안경? 안경 잃어버렸어?

"아, 응."

-잘됐네. 너 그 뿔테 안경도 좀 어떻게 하고 기지배야. 예쁜 걸 사든지 아니면 이 언니가 돈을 보태주기라도 할 테니까 그 렌즈를 좀 맞추든가! 예쁘게 하고 다녀도 부족할 판에 너 또 싼 거 사려고 하는 건 아니지?

'이건 내 앞에서만 벗어요.'

실은 설희야. 그 사람이 안경을 사주긴 했는데…… 으악! 이 사태를 어떻게 말해!

"아냐. 좋은 걸로 살 거야. 예쁜 거!"

무어라 대답을 하긴 했지만 머릿속은 뒤죽박죽 엉망진창으로 뒤섞이고 있었다.

-그래. 여자는 가꿔야 해. 그날은 술김에 잔 거라며? 술김엔 다 예뻐 보이고 잘생겨 보이는 거야, 짜샤. 그러니까 신경 좀 써. 화장품도 좀 사고, 옷도 사고. 시간 날 때 얘기해. 쇼핑이나 가자.

"응. 뭐, 그러자."

-푹 쉬고. 툭하면 야근인 회사 다니는데 쉬라고 시간 줄 때 쉬어야지 언제 쉬겠어. 얼른 쉬어. 밥 잘 챙겨먹고. 내가 총대 메고 엄마 냉장고 털어갈 테니까 기다려라!

"너도 잘 쉬고 조심해서 와."

-오오냐!

뚝. 전화가 끊겼지만 리희는 설희에게 이야기를 다 해주지 못한 게 못내 마음에 남아 잠시 그대로 전화기를 손에 쥐고서 화면을 내려다보았다.

"그래 뭐, 다음에 만나서 차근차근 이야기해주면 되지. 근데 왜 얼굴이 이렇게 당기는…… 엄마야."

그러다 뒤늦게 얼굴에 아무것도 바르지 않았음을 깨달았다. 이게 아주 툭 하면 정신줄을 놓네 우리희. 언제부터야. 당장 어제도 반쯤은 정신이 나가 있던 늦은 오후. 그와의 식사. 그리고 함께 영화를 보려고 앉아 있던 소파…….

'키스할 땐 이편이 좋으니까.'

열심히 바른 크림이 무색하게 뺨이 다시 화르륵 달아올라 건조해지는 것만 같았다. 미쳤나 봐. 허둥지둥 다시 차가운 크림을 얼굴에 덕지덕지 바르다가 또 너무 넘치게 발라서 덜어내길 몇 번. 얼굴을 두드리며 화장품을 흡수시키던 그녀는 거울에 비친 자신을 바라보다 한숨을 포옥 내쉬었다.

아직도 부어 있는 눈. 말끔하게 씻고 나와서도 이 모양인데 아까 자고 일어나자마자 마주해야 했던 그 사람은 얼마나 충격적이었을까.

“왜 그 사람 생각만 하면…….”

이렇게 바보가 되는 걸까. 같이 있을 땐 더 심하지. 하아, 모르겠다. 모든 게 너무 갑작스럽게 밀려와서 그녀를 집어삼키려는 것만 같았다. 시선을 살짝 끌어올리면 벽에 붙은 류가 그녀를 바라보고 있다.

그래. 이 모든 오해의 시발점, 류시환.

“류, 너는 말이 없지. 내가 주는 애정을 받기만 하면 되잖아. TV에서 예쁘게 웃고, 멋지게 노래하면 그만인데…… 근데 그 사람은 있지, 날 보면서 말을 해. 너처럼 ‘팬 여러부운~’으로 나도, 쟤도, 걔도 다 싸잡아서 부르는 게 아니라 리희 님, 이렇게 날 정확하게 부른다고.”

그래서 숨을 수가 없다고. 먼저 키스까지 하는 걸 보면 부정할 수 없이 그가 다가오고 있다는 건데, 저는…….

‘넌 죽을 때까지 나한테서 못 벗어나.’

그때만 생각하면 숨부터 콱 막혀버리는걸. 순간 허리에 닿은 시환의 손길을 그때의 그 사람으로 착각해버린 것만 봐도 아직 멀었다.

그 사람은 그렇게 발작을 일으키는 저를 보고 무슨 생각을 했을까. 또 무슨 생각으로 아무것도 묻지 않고 저를 안아줬던 걸까. 의문만 늘어갈 뿐이었다. 모든 것들을 툭 터놓고 물어보면 좋겠지만 그러기엔 리희 자신부터 모든 것들을 털어놓을 자신이 없었다.

그렇게 거울 속 제 모습을 노려보다 힘없이 일어난 리희가 냉장고를 열었다. 곧장 눈에 들어오는 콜라 캔. 보기만 했을 뿐인데도 얇은 반팔 티셔츠 밖으로 드러난 하얀 팔뚝에 오소소 소름이 돋아나고 만다. 결국 몇 초 버티지 못하고 문을 닫아버렸다. 잠시나마 느껴졌던 허기가 구토감으로 변해 있었다.

"나오려면 아직이잖아. 이건 내가 못 본 걸 거야. 괜찮아, 우리희."

스스로에게 주문도 걸어보지만 그 일이 있고 나서 병적으로 철저해진 제가 이것을 못 봤을 리가. 단순히 콜라 캔 하나뿐이었지만 이미 확신으로 채워진 머릿속은 아닐 것이라는 합리화도 하지 못하고 있었다. 도망치고 싶다. 어쩌나. 다시 집을 옮겨야 하나. 휴대폰 번호부터 한 번 더 바꿀까.

"일단 보조 키. 보조 키부터 확실한 걸로 달고 다시 생각을……."

그때 침대 위에 올려둔 휴대폰이 또다시 류의 노랫소리를 뿌려대기 시작했다. 시환이었다. 받을까 말까. 받기에는 이전보다 더 민망해진 사이. 그렇다고 씹기엔 그 이후가 더 민망해질 것 같은.

"여…… 보세요?"

결국 받았다. 알면 알수록 민망해지는 이 관계는 대체 뭐란 말인가.

-잘 먹었어요. 남겨둔 쪽지도 잘 봤고.

“아 그 혹시, 상하진 않았던가요? 식빵 유통 기한을 안 보고 그냥 구운 것 같아서…….”

-아무렴 리희 님이 날 죽이려고 그런 건 아닐 테니까.

“설마요!”

그러자 수화기 너머에서 그가 낮게 웃는 소리가 들렸다. 귀를 열심히 기울이지 않으면 안 들릴 만큼 작게. 하지만 저도 모르게 이미 온 신경이 이쪽에 쏠려 있던 그녀에게는 그 작은 소리마저도 생생하게 들리고 있었다.

-그래서, 집에 들어가기 무섭진 않았어요?

“음, 실은 경비 아저씨 모시고 올라와서 문 열었어요. 안쪽까지 다 확인해주셨고요.”

-내가 같이 가려고 했는데.

“……네?”

-밥 먹으면서 대책을 강구해보자고 했는데 가버렸잖아요, 리희 님이.

약간 툴툴거리는 말투. 절로 웃음이 나게 하는 투정이었다.

하지만 다음 순간 그녀는 표정을 굳혔다.

“그게, 아무래도 폐만 끼치는 것 같아서요. 시환 님도 쉬셔야죠. 음, 그러니까 더는 신경 쓰지 않으셔도 돼요. 어제는…….”

-어제 내가 말했던 거 잊었어요?

“…….”

-제대로 해결도 못했는데 그렇게 가버리면 더 신경 쓰인다고.

“시환 님.”

-네. 말해요.

"아무것도 묻지 않으시면서, 어떻게 그렇게 무조건적으로 도우실 수가 있어요? 제가 정말 과대망상이 심해서 주변 사람들 피곤하게 만들고 있는 거면 어쩌시려고."

-흐음…….

통화 시간만 흘러갈 뿐 그에게서 바로 답이 돌아오질 않았다. 그렇게 속으로 7초쯤 셌을까. 혹시 전화가 끊긴 건지 확인해보려고 했을 즈음이었다.

-사실 리희 씨 친구분이랑 잠깐 통화했을 때, 리희 씨가 콜라를 좀 많이 싫어할 거라고 했어요.

"제 친구가요?"

김설희 이 지지배가 정말. 울컥 화가 치밀었지만 한편으로는 설희가 제게는 다 괜찮은 척, 별일 아닌 척해놓고 정작 본인은 아직도 크게 걱정하고 있다는 것을 증명한 것이나 다름없으니 도저히 뭐라고 할 수가 없는 거다.

-네. 처음엔 뭐 사람마다 기호가 있고 취향이 있으니 그럴 수도 있을 거라고 생각했는데 어제 경찰을 부른 이유가 그 음료 캔 하나 때문이었다는 걸 알았을 때부터는……. 좀 더 심각하게 받아들이긴 했습니다. 그게 고작 캔 하나라고는 해도 각자 가진 사연이 다르니 리희 님한테는 특히 더 남다를 수도 있다고 생각했죠. 그러니까 걱정하지 말아요. 과대망상이니, 뭐 그런 생각까진 안 했으니까.

"어, 그러니까……."

-네.

"궁금하신 것도 많을 거고 그래서 답답하시겠지만, 죄송해요. 음, 아 근데 한 가지 확실한 건 어제 그거요. 그거 시환 님한테 한 말은 절대로 아니었어요. 많이 당황하셨겠지만……."

'그거'라고만 지칭해도 그게 무얼 말하는 것인지 용케 알아들은 모양이었다. 상대 쪽에서 다시 말이 없었으니까.

어쩐지 이 사람에게는 제가 힘든 것만 잔뜩 보여주는 것 같아서. 이 남자는 미안하다는 말 대신 고맙다고 하라지만 그럴수록 리희는 더욱 미안해질 뿐이었다. 알게 된 지는 두 달이라고 할지라도 실제로 이렇게 사적인 것들을 나누게 된 지는 더더욱 얼마 되지 않기도 했으니까.

-아마 모르겠지만 나는 리희 님이 '절대'적으로 부정할수록 그 확신이 진짜인지 아닌지 파헤쳐서 끝까지 깨부수고 싶어지는 놈이에요. 더 물고 늘어지고 싶어진다고!

그때 다소 화가 난 듯한 시환의 목소리가 그녀의 귓가로 흘러들었다.

"그게 무슨……."

-공수표 날리듯 함부로 그런 말 하지 말라는 거죠. 사람 일에 절대적인 건 의외로 얼마 안 되니까.

"죄송해요. 그냥, 입에 붙어서……."

블랙보이즈의 노래 'Absolute'에 자주 나오는 '절대'라는 말 때문에 팬들 사이에서 유행이 된 버릇과도 같았다.

-……흥분해서 미안해요.

"아, 아니에요."

-한 가지만 물을 테니까 대답해줘요.

그때 잠시 말이 없던 시환이 낮게 말했다. 부탁하는 투였지만 그 목소리엔 대답을 하지 않으면 당장 쳐들어오기라도 할 듯 무거운 힘이 실려 있었다.

-혹시, 무슨 일이 있는 거라면. 내가 도울 수 있는 거라면 돕고 싶어요.

"네?"

-내가 돕게 해줘요.

"그러실 필요 없어요. 제가 반드시 혼자 해내야 하는 일이에요. 도와주시려는 마음은 정말 감사한데 제가, 제가 도움을 받을 여유가 없어요."

-……그거 상당히 설득력 없는 말이네요.

"도움도 받을 여유가 있어야 받는 거라고 생각해요. 말씀만이라도 감사하게 받을게요."

동정은 사양하고 싶었다. 리희의 기분이 급격하게 가라앉았다.

-난 말만 하는 거 아닙니다. 그러니까…….

"솔직히는."

그래서 단호하게 잘라버린 탓에 상대가 더 말을 이을 수가 없었다.

"시환 님이 제게 할애하시는 모든 것들이 부담스러워요."

-…….

"그래서 아직도 고맙단 말보다 죄송하다, 미안하다는 말이 먼저 나오는 거예요. 저한테 그걸 고맙다고 말할 여유가 없으니까."

-그럼 그냥 아무 말도 하지 말아요. 난 상관없으니까.

"네. 상관없어요, 시환 님. 저랑 상관없으니까 그냥…… 이제 그냥 회사에서 공적으로만 봤으면 좋겠어요."

-내가 그렇게 별 볼일 없는 놈으로 보여요?

결국 차분해졌던 그의 목소리가 다시 조금 더 커지고, 조금 더 짙은 감정으로 물들었다.

-리희 님이 좋아하는 사람이 내가 아닌 건 알겠는데, 그럼에도 불구하고 나는 이미 리희 님이랑 공적으로만 지내기는 어려워요. 적어도 나는 그래요. 공적으로 만날 여자랑 키스하는 놈은 더더욱 아니고.

여과되지 못해 깔끔하지도, 그렇다고 논리적이지도 못하지만 그만큼 더더욱 순도가 높은.

-그래서 걱정돼요. 무슨 일이 있다면 도와주고 싶습니다.

그의 마음이 전해져왔다. 낮은 목소리가 흔들리고 갈라져 불안정했다.

'네가 걱정돼서 따라온 거야. 걱정하는 게 잘못된 거야?'

그녀는 아무런 말도 할 수가 없었다. 숨도 쉴 수가 없었다. 덜컥 겁이 났다.

"……죄송, 해요."

쥐어짜듯 낸 단 한마디였다. 그나마도 상대가 들었는지도 확인하지 못하고 전화를 끊어버렸다.

'사랑해. 사랑한다니까? 근데 왜 무시해. 네 마음만 끝나면 다야? 어?'

툭. 둔탁한 소리와 함께 휴대폰이 떨어졌고, 그녀의 몸 또한 바닥으로 무너져 내렸다.

"주지 마. 그런 거, 마음 같은 거 주지 말란 말이야……."

아무리 귀를 막아도 자꾸만 들려오는 누군가의 목소리. 무너져 버린 둑 너머에서 쏟아지는 기억을 막을 길이 없었다. 그래서 리희는 젖은 머리칼이 엉망으로 말라가는 것도 알지 못한 채, 그렇게 한참을 웅크리고 있어야 했다.

"마지막으로 봤을 땐 얼굴 괜찮았는데 왜 또 야위었어."

"아, 요즘 일이 좀 바빠서 그랬나 봐요."

김 박사의 걱정 어린 말에 리희가 어색하게 웃으며 제 뺨을 매만졌다.

"일단 먹자. 약 처방하기 전에 밥 처방부터 해야겠어."

수저를 들며 손짓하는 김 박사의 재촉에 마지못해 수저를 들었다. 간혹 예전 일이 떠오르면 당장 입맛부터 사라져버리는 탓에 그녀는 지난 주말에 시환과 먹은 저녁을 마지막으로 아무것도 넘기지 못한 상태였다. 반차라도 쓰면 좋겠지만 당장 쉬기에는 일손이 부족하고, 또 시환에게 말할 자신이 없던 탓에 그러지도 못했다.

그렇게 궁여지책으로 점심시간에 찾은 사람이 김 박사.

"리희 씨 덕분에 간만에 병원 구내식당 탈출이네. 나 여기 밥 엄청 먹고 싶었거든. 많이 먹어. 먹고 싶은 사람이 사는 거니까."

그리고 김 박사는 저명한 이름만큼이나 환자를 배려할 줄 아는 의사였다. 병원으로 가겠다던 리희의 말에도 그녀는 굳이 회사 근처 식당, 그것도 룸으로 된 조용한 한식집으로 골라 찾아와주었으니까.

'리희 씨 한식 좋아하잖아요.'

문득 묻지도 않고 그녀의 취향에 따라 식당을 골랐던 시환이 떠올랐다. 하지만 주말 이후 다시 만난 그는 언제 그랬냐는 듯 차분한 박시환 팀장으로 돌아와 있었다. 필요한 말만 하고, 필요한 행동만 하는 그런 사람으로. 그 모습을 보면서 리희는 마음이 편해지는 것을 느꼈다. 아니, 그러다가도 불편해지는 것을 느꼈다. 참으로 아이러니한 일이었다.

"……잘 먹겠습니다."

"그래. 제발 잘 좀 먹어."

이 식당은 좀 이상해. 메인보다 사이드가 더 맛있다? 라며 한동안 김치나 계란말이, 전 등을 예찬하던 김 박사가 리희가 겨우 밥을 반쯤 비우고 수저를 내려놨을 즈음 자연스럽게 물어왔다.

"회사 일은 좀 어때?"

"좋아요. 야근이 좀 많긴 하지만 팀원들도 다 좋은 분들이고 팀장님도…… 좋은 분이시고."

"마음고생보다야 몸 고생이 낫지. 요즘 불은 제대로 끄고 자?"

"……아직 스탠드 하나는 켜야 마음이 놓여요."

"깊은 잠을 자야 몸도 마음도 개운할 텐데. 남자는, 더 이상 못 만나는 거야?"

"어, 그게……."

리희는 조금 뜸 들이다 부끄럽지만 최대한 담담하게 시환과 있었던 일을 털어놓았다. 그러자 김 박사도 차분하게 호응해주었다.

"그 뒤로는? 뭐 없어? 리희 씨가 마음을 주고받을 수 있게 되면 더 좋을 텐데."

"그 마음이…… 무서워요 박사님. 잘 잊고 있다고 생각했는데 갑자기 그때처럼 미친 듯이 쿵쾅거리면서 숨 쉬기가 힘들어져요."

"무슨 일 있었어? 그 사람이 리희 씨 보기에 비정상적인 행동을 했다거나."

"그건 아닌데 지난 주말에 외출했다가 집에 돌아와 보니 제집 냉장고에 콜라가 하나 들어 있었어요. 저는 분명히 넣은 기억이 없거든요."

"콜라?"

그러나 여기에는 김 박사도 조금 놀랄 수밖에 없었다. 그녀는 전후 정황을 상세히 물어본 뒤 아는 검사가 있다며 교도소에 있을 사람에 대해 알아봐주겠다고 약속했다.

"그래도, 리희 씨. 지금 리희 씨는 어떤 편견에 사로잡혀 있는 걸지도 몰라."

"편견이요?"

"응."

테이블이 정리되고 후식으로 식혜와 간단한 다과가 놓였다. 그 사이엔 또 일상적인 이야기로 돌려 다른 이야기를 하던 김 박사가 다시 말을 이었다.

"당시 쇼크로 생긴 후유증일 수도 있지만, 이건 어쩌면 리희 씨 스스로가 만들어낸 편견일지도 모른다는 거지. 모든 남자를 다 리희 씨를 괴롭혔던 그 사람과 동일한 선상에 두고 있잖아. 쟤도 사랑이 끝났을 때 날 못살게 굴면 어쩌나, 하면서. 무슨 근거로?"

하필이면 이런 때에. 리희는 당시에 겪었던 모든 요소에 트라우마를 겪고 있는 예민한 환자였다. 자연적으로 치유가 되고 있던 중요한 시기에 이런 장애물은 좋지 않다. 김 박사는 속으로 탄식하면서도 겉으론 부드러운 미소를 띠웠다.

"그래도 리희 씨 눈치가 둔치는 아닌가 봐?"

"네?"

"적어도 좋고 싫고를 떠나서 일단 리희 씨가 상대의 마음을 알아차린 거 아냐. 그러니까 고민하는 거고."

"아……."

애초의 계획이 무너지고 있었다. 잠잠해졌던 극도의 불안 증상이 갑자기 발현되는 것에 대해 상담 받고 약을 처방받으려고 했는데 이 자리에 나와서 또 박시환 그 사람을 생각하고 있다.

'걱정됩니다. 도와주고 싶고.'

그래놓고 그는 오늘 오전 내내 그녀에게 눈길 한 번을 주지 않았다. 언제 흐트러졌었냐는 듯이 정제된 사람으로 돌아와서는 또 차분한 박시환 팀장님이었으니까.

아니지, 그렇게 무례하게 끊어놓고도 저를 봐주길 기대하는 게 이기적인 거잖아 이 바보야. 동정 싫다고 거절한 게 누군데.

"그 남자는 어때? 영 별로야?"

"아니요. 그런 건 아닌데……."

영 별로였다면 아침에 일어나 헤집어진 그의 머리칼에 절로 손이 갔을 리가 없다. 그렇게 멍하니 그의 키스를 받았을 리도. 또 그의 품에 안겼을 리도…….

'넌 죽을 때까지 나한테서 못 벗어나.'

하지만 곧장 어림도 없다는 듯이 떠오르는, 서슬 퍼런 칼날 같은 기억 하나에 시환과 관련된 기억들이 퇴색되고 변질되어버리고 만다.

"……두려워요. 조금이라도 비슷한 말을 듣거나 비슷한 상황에 놓였을 때 떠오르는 그 기억들도 두렵고, 그 사람이 똑같이 변해갈까 봐 두려워요."

두렵다 말하는 아가씨를 바라보는 김 박사는 어쩐지 웃고 싶기도, 울고 싶기도 했다. 남자 하나 잘못 만나지만 않았어도 남들은 쉽게 사귀고 헤어지는 연애를 골백번은 더 했을 꽃다운 나이, 아니 어쩌면 요즘 시대에 조금 이르긴 해도 웨딩드레스를 입고 누군가의 아내가 될 수도 있는 나이.

아리다 아려. 이렇게 마음이 가는 환자들 때문에 그녀는 필요 이상으로 라포르를 형성하고 고생하는 의사가 되고 말았다.

"리희 씨."

충분한 치료가 됐다고 판단했었지만 마음의 병이란 그래서 무섭다. 암세포는 씨를 말려버리면 된다지만 마음의 병은, 트라우마란 머릿속에 묻어두는 플라스틱 같은 존재니까.

그래서 환자의 의지가 가장 중요하다. 김 박사는 테이블에 올린 채 작게 떨고 있는 리희의 손을 보고는 팔을 뻗어 그 가느다란 손을 따뜻하게 감싸 쥐며 말했다.

"리희 씨는 지금 어제를 사는 것도, 내일을 사는 것도 아니야. 오늘을 살고 있잖아."

"……."

"오늘을 행복하게 살아. 오늘 웃고, 조금 슬프면 그건 어쩔 수 없는 거지, 뭐."

일 년 하고도 반쯤 전 친구의 손에 이끌려왔던 이 아가씨를 기억한다. 눈을 마주치는 것조차 두려워하던 깡마른 아가씨. 지금은 가녀리다 정도로 합의를 봐준다 쳐도 그때는 정말, 의사인 자신이 환자를 안고 엉엉 울고 싶은 심정이었다.

"아이코, 시간이 벌써 이렇게 됐네."

김 박사가 가방에서 흰 종이 한 장을 꺼내 리희에게로 넘겨주었다. 처방전이었다.

"그럼 진료는 여기까지 하고, 이건 보험. 증상이 일시적이라 예전에 먹던 거랑은 달라. 못 참겠다 싶을 때, 혹은 이틀 이상 잠을 못 잤을 때만. 약 줄여나갈 때 해봤으니까 알지? 뭣보다 충분히 자고, 먹는 게 제일 중요해."

"네. 고맙습니다."

"고맙기는, 수납하셔야죠. 수납은 요 옆 카페에 가서 할까요? 이 아줌마는 오후만 되면 식곤증이 몰려와서 커피를 꼭 마셔야 하거든요."

"병원에는……."

병원 수납을 걱정하는 리희를 본 김 박사가 눈을 흘겼다.

"이 사람이? 나는 히포크라테스 선서를 한 사람이에요. 어디든 환자가 있다면 병원 안이든 밖이든 도와야 하는 거지. 뭐 해? 시간 없어. 나 달달한 케이크도 먹을 거란 말이야."

그렇게 결국 진지한 리희의 얼굴에 웃음을 피우는 것으로 오늘 진료는 마무리. 두 사람이 서로 좋아하는 케이크 종류를 꺼내놓으며 룸을 나서 계산대로 갔을 때였다.

"김 박사님?"

"어머, 유 여사님 아드님 아니야?"

"여기서 뵙네요."

왠지 익숙한 목소리에 처방전을 숄더백에 넣던 리희는 고개를 들자마자 일순 행동을 멈춰야 했다. 그리고 무심코 김 박사의 어깨 너머를 본 상대도 슈트 재킷 안쪽에서 지갑을 꺼내려다 잠시 멈칫하는 듯했다.

"……제 팀원이랑 식사하셨군요."

"어? 팀원?"

시환의 시선이 잠시 리희에게 와 닿았지만 이내 다시 김 박사에게로 돌아갔다. 멈칫했던 손은 금세 카드를 꺼내어 직원에게 내밀고 있었다.

"어머, 리희 상사가 이렇게 잘생긴 총각이었단 말야?"

그리고 김 박사가 화사한 미소를 띤 얼굴로 두 사람을 번갈아 보며 과장된 목소리로 말했다. 아뿔싸. 아까 회사 상사라고 말했는데. 이렇게 아는 사이일 줄이야. 리희는 도망가고 싶은 두 다리를 간신히 땅에 붙이고 서 있어야 했다.

그러면 무엇하나. 표정 관리가 안 되는데!

"리희는 내 친구 딸이거든. 그래서 지나가는 김에 밥이나 사줄까 해서 불렀지."

자연스럽게 환자와 의사의 관계를 숨긴 김 박사가 다시 한 번 미소 지었다. 아무래도 진료 과목이 신경정신과인 탓에 이렇게 종종 연기를 해본 듯했다.

"다음엔 제가 한번 식사를 대접해드려도 될까요? 어머니가 좋아하실 겁니다."

"그럼 나야 좋지. 이렇게 잘생긴 신사랑 식사라니, 환영이야 환영."

"네. 어머니께 말씀 드려서 한번 자리를……."

"어, 리희 님!"

그때 나타난 두 남녀 중 파스텔톤의 고급스러운 정장을 빼입은 여자가 리희에게 알은 체를 해왔다. 소혜였다. 남자는 마케팅 부서의 최석현 팀장인 듯했다.

"……상무님."

리희가 바쁘게 고개를 숙이자 소혜가 다가와 그녀의 팔에 덜렁 팔짱을 꼈다.

"소혜 님이라니까! 근데 리희 님도 여기서 밥 먹었어요? 아깝다. 안 그래도 내가 리희 님도 부르자고 시환 님한테 그렇게 말을 했는데!"

"우리 먼저 나가 있는다. 나와, 문소혜."

"아 왜, 나 리희 님이랑 인사할 건데!"

그러나 곧장 석현이 소혜를 데리고 나가준 덕에 다행히 더 민망해질 뻔한 사태는 모면할 수 있었다. 리희는 멍하니 두 사람이 사라진 문 쪽을 바라보았다. 오늘도 구김 없이 예쁜 문소혜 상무. 시환의 친구라고 했으니 저보다 나이도 있다는 소린데 어쩜 저렇게 '상큼하다'는 느낌이 들 수 있을까.

"그럼 먼저 가보겠습니다."

"그래. 연락해요."

"예."

그사이 계산을 마치고 계산 중이던 김 박사에게 인사를 건넨 시환이 리희 쪽은 보지도 않고 성큼성큼 걸어 그 문으로 나섰다. 순간 리희 저조차도 알 수 없는 서운함이 밀려와 어깨가 절로 처졌다.

"다 했어. 우리도 가자."

"네. 잘 먹었습니다. 박사님."

그러자 김 박사가 리희의 손을 제 팔에 끼우며 말했다.

"어허? 못 들었어? 우리 엄마 친구랑 친구 딸 사이잖아요."

"……네."

그러면 리희는 긴장했던 얼굴을 풀고 다시금 웃을 수밖에 없다. 한 번씩 과거에 얽매일 때마다 전혀 다른 사람처럼 웃음을 잃어버리고 마는 리희에게는, 참으로 귀한 미소였다.

"리희 님, 왜 이렇게 늦었어! 이거 제작사랑 이야기해주기로 했잖아."

남은 점심시간 내내 김 박사의 은근한 추궁을 받아야 했던 리희는 회사로 돌아오자마자 다시 일에 매진해야 했다.

"아, 네. 그거 이야기해봤는데……."

"아까 시제품 준다고 가지러 오라고 했는데, 리희 님이 좀 다녀와줄래요? 나 지금 당장 통화 좀 해야 해서."

"네. 다녀오겠습니다."

리희가 가방을 책상에 올려두기만 하고 곧장 사무실을 나섰다. 그리고 얼마 되지 않아 시환이 사무실로 들어섰다.

"시환 님 오셨어요?"

"네. 아, 지윤 님. 오전에 줬던 시안 말인데……."

직접 화면을 보고 지시할 생각으로 자리로 직접 다가가던 시환이 그만 리희의 자리에 아슬아슬하게 올려져 있던 가방을 떨어트리고 말았다. 그런데 하필 가방 속 내용물이 우르르 쏟아져 나온 탓에 시환이 미간을 좁히고는 무릎을 굽히고 앉아 가방을 정리해야 했다.

하필이면 여자 가방이라 뭐가 많기도 많았다.

"어, 제가 할게요!"

그의 난처한 얼굴을 봤는지 지윤이 잽싸게 내려오려고 했지만 그가 손을 들어 막았다.

"아닙니다, 지윤 님은 화면에 그 시안 좀 띄워놔주세요. 이건 제가……."

그러다 급하게 주운 종이 한 장이 얼핏 '처방전'이라 쓰여 있었던 것 같은데. 무심코 눈길을 준 시환이 거기서 익숙한 주치의의 이름을 발견했다.

"그게 뭔데요, 시환 님?"

"……아닙니다. 파일은 켜뒀어요?"

그러나 다음 순간 지윤이 그의 어깨 너머로 넘겨다보려는 낌새에 급하게 가방에 쑤셔 넣어야 했다.

"시환 님?"

그때 사무실로 돌아온 리희가 자리로 돌아왔다가 제 자리 옆에 무릎을 굽히고 앉아 있던 시환을 발견하고 놀란 얼굴을 해 보였다. 더 정확히는 그녀의 가방에 무언가를 담고 있던 그의 손에.

"아, 미안합니다. 내가 급하게 지나오다 실수로 떨어트려서 담고 있던 중인데…….”

“주세요. 제가 할게요.”

그의 손에 있던 가방을 제 쪽으로 황급히 빼앗듯이 가져온 리희가 아직 덜 주운 것들을 서둘러 가방에 쓸어 넣다시피 담았다.

“미안해요.”

그에 멋쩍어진 그의 손이 멀찍이 떨어져 있던 립스틱 하나를 주워 그녀에게로 건넸다.

“아니에요. 어설프게 둔 제 잘못이죠.”

하지만 그녀의 손은 탁, 그에게서 다소 매정하게 제 물건을 찾아갈 뿐이었다.

사실 리희는 혹여나 시환이 가방 속 처방전을 봤나 싶어 잔뜩 놀라 있던 중이었다. 기껏 김 박사님이 연기까지 해주셨는데. 설마 그것도 같이 쏟아져버렸을까.

그걸, 이 사람이 봤을까.

“시환 님, 이 시안 어디 말씀이세요?”

“아 그게…….”

약간 엉거주춤하게 일어났지만 여전히 그의 시선은 리희에게로 가 있었다. 그러나 그녀는 서둘러 자리를 정리하고 일어나서는 곧장 선호에게로 향했다.

“선호 님, 그때 손보자고 했던 카피요.”

“아, 네.”

하필이면 그녀에게 대시하고 싶어 했던 남선호 대리에게로.

“시환 님?”

그의 시선은 어느새 아까보다 더 날카로워진 채로 선호의 자리로 간 리희에게 단단히 꽂혀 있었다.

"……마음에 안 듭니다."

"네?"

"전부 다."

"이거 1차로 보셨을 땐 일부 수정 외에 오케이 하셨던 건데요."

그러다 퍼뜩 정신을 차렸을 땐, 야간작업까지 해가며 시안을 만들어냈던 지윤이 울상을 한 채 그를 올려다보고 있었다.

"아, 미안합니다. 잠깐 다른 생각이 나서."

그렇게 철두철미한 박시환의 일상이 엉망이 되어버렸다.

"다음 주에 워크숍 있습니다. 뭐, 워크숍 준비에 대해서는 이쪽에서 신경 쓸 일 없다고 하니까 우리는 다음 프로젝트만 준비하면 될 겁니다."

광고 하나에 각자 분담한 일들이 다르다지만 시환은 그 모든 일을 아우르는 사람이다. 당연히 더 피곤할 법도 한데 그는 늘 의연한 얼굴이었다.

"그게 더 무서운 말씀이세요, 시환 님."

그에 간혹 직원들은 피곤한 기색을 잘 보이지 않는 그가 철인은 아닐까 생각하곤 했다. 저렇게 퇴근하는 순간까지도 반듯했으니까. 이전의 팀장이 하루가 머다 하고 팀원들을 들들 볶았던 것에 비하면 천국이긴 했지만 오히려 시환은 언제 몰아칠지 모르는 고요한 바다 같은 사람이어서 더욱 긴장하게 했다.

"퇴근합시다. 오후 내내 회의하느라 고생 많았습니다."

"그러엄 시환 님, 우리 딱 맥주 한 잔만 하고 갈까요?"

지윤이 냉큼 그의 곁에 서며 슬쩍 떡밥을 뿌렸다. 그녀는 아까부터 시환에게 사적인 질문을 하고 싶어 입이 근질근질한 상태였다. 문 상무와 사귄다는 소문이 퍼지자마자 다시 결별설이 돌았기 때문이었다. 회사 인트라넷 커뮤니티에 이별의 뉘앙스가 풍기는 글이 올라왔고, 통신팀의 누군가가 그 아이피가 상무실에 있는 컴퓨터라는 말을 했다고 하니 여간 흥미를 끄는 것이 아니었다.

참고로 커뮤니티에 익명으로 올라온 글의 이야기는 이러했다.

<사귄 지 얼마 되지 않아 헤어졌어요. 왜냐면 남친이라는 놈이 너무 일밖에 몰랐거든요. 그놈을 흔드는 사람이 나타난다면 그분은 정말 대단한 사람일 거예요.>

평소 커뮤니티를 통해 직원들과 자유롭게 소통하는 문 상무였기에 그럴 수 있다고는 했지만 또 막상 지나치게 사적인 이야기가 왜 굳이 거기에 올라왔겠냐는 의견도 있었다.

"저도 좋긴 한데, 술자리 너무 자주 만들면 저 징계 먹습니다. 워크숍 준비 잘해준다니까 그때 마시기로 하죠."

그래서 더 궁금해죽겠는데 시환이 이리 완곡하게 거절을 해버리면 어쩔 도리가 없다. 그냥 워크숍 가서 분위기 좀 무르익었을 때 물어봐야지. 아쉽지만 괜히 들쑤실 순 없다고 판단했는지 지윤이 순순히 물러났다.

"그러고 보니까 시환 님 오시고 첫 워크숍이네요. 기대된다!"

"그래봤자 가둬두고 일시키는 것밖에 더 되겠어요? 꼭 그런 큰 건 앞두고 꼭 통조림 시키던데. 2팀은 기업 이미지 광고 토해내야 된다고 죽어난대요."

이런저런 이야기들이 오가는 사이에서도 리희는 조용히 엘리베이터 구석에 서 있을 뿐이었다. 저녁을 간단하게 먹고 들어갈까, 아니면 마트에 들를까. 맞다, 약국도 들러야 한다.

그렇게 광기 1팀을 모두 실은 엘리베이터가 1층에 도달했다. 몇몇 사람들이 내리는 틈에 리희도 냉큼 내리려는데 누군가의 손이 그녀의 팔을 붙잡았다.

"내 차 타고 가요."

그리고 시환의 나지막한 목소리가 그녀를 더욱 단단하게 붙잡았다.

"리희 님, 안 내려?"

"아, 저도-!"

"카풀입니다. 집이 바로 옆이라서."

그렇게 리희가 무어라 답할 타이밍까지 빼앗아간 그는 리희를 부러워하는 팀원들을 모두 보내고 지하 주차장으로 내려가 조수석 문을 열었다.

"타요."

"안 태워다주셔도 돼요. 갈 데가 있어서요."

"어디요?"

"어, 마…… 트요!"

오피스텔과 정반대 방향을 말하면 물러나주리라 예상했다.

"잘됐네요. 나도 가야 하는데."

하지만 시환이 아랑곳 않고 태연하게 고개를 끄덕이는 것이 아닌가.

"……마트에 가신다구요?"

"지난 주말에 내 냉장고 상태 봤잖아요. 빨리 타요."

그럼에도 리희가 주저하자 옅은 한숨을 내쉰 시환이 그대로 조수석에 앉으며 말했다.

"그럼 직접 운전해요."

"네?"

"내가 데려다주는 게 아니라 리희 님이 날 데려다주는 쪽으로 하자는 겁니다."

그 말과 함께 문을 닫은 그가 벨트까지 채우는 게 보여서, 리희는 머릿속에서 약국에 가려던 계획이 지워지는 것을 느끼며 운전석 쪽으로 향했다. 약국 문이 몇 시에 닫더라.

아까 가방 떨어졌을 때를 제외하고는 눈길도 안 주길래 역시 단순한 호기심이었나 보다고 생각했는데 왜 이러는 걸까. 리희는 시끄러운 머릿속, 그러나 더없이 조용한 차 안의 정적에 묘한 괴리감을 느끼며 조심조심 핸들을 틀고 페달을 밟았다.

"예상 밖인데."

그렇게 차가 버스로 서너 정거장쯤 떨어져 있는 마트에 다다를 때까지 잠자코 팔짱을 낀 채로 앉아 있던 시환이 입을 열었다.

"왜요?"

"리희 님은 차가 없으니까 면허가 있어도 운전을 능숙하게 하지는 못하리라는 게 내 예상이었고 그러면 시간도 없고 배도 고프니까 그냥 내가 하겠다, 라고 하려던 게 내 계획이었습니다. 근데 잘 해서."

긴장하고 있던 게 무색할 만큼 쉽게 분위기를 바꾸는 시환 때문에 결국 웃을 수밖에 없었다.

"이전 팀장님 차 운전을 좀 했었거든요. 그때 많이 배웠어요."

실은 이렇게라도 사적으로 만나는 일은 없었으면 좋겠다고 말하려 했다.

"많이 배울 정도면 한두 번 해본 게 아니라는 건데."

"그만두시기 직전까지는 집이 가까워서 자주 모셔다드렸죠. 아, 강요하신 건 아니었어요. 나이도 있으신데 임신까지 하셔서……."

"물론 부탁이었겠죠. 표면적으로는."

"그래도 시환 님의 예상을 뒤엎을 정도는 만들어주셔서 저는 외려 감사한데요."

부드럽게 주차까지 마친 리희가 싱긋 웃으며 차에서 내려섰다. 하지만 정작 여유롭게 헤드레스트에 기대어 있던 시환은 벨트를 푸는 사이 얼굴이 딱딱하게 굳어 있었다.

"……왜 하필 그걸 봐가지고 또 등신이 되는 거냐, 넌."

알프라졸람. 읽어놓고도 기억이 안 났으면 말았겠는데 내내 그를 따라다니는 기억에 결국 검색을 해보고 말았다. 불안 장애를 겪는 환자들에게 주로 처방되는 약이라고 했다.

입이 썼다. 꺼진 불도 다시 보자는 표어가 괜히 여기저기 쓰이는 게 아니다. 애써 꺼트린 불이 또 질기게도 피어올라 신경이 쓰이고 만다.

"후우……."

그때 똑똑, 차창을 두드리는 소리와 함께 리희가 무언가 모션을 취하는 것이 보였다. 시환은 그녀를 똑바로 바라보는데 그녀의 시선은 약간 엇나가 있다. 안쪽이 잘 보이지 않는 모양이었다.

"안 나오면, 혼자, 간다고?"

작은 손이 자신을 한 번 가리킨 후 입구 쪽으로 쭉 뻗어졌다. 그러고는 두어 번 눈을 깜빡이더니 정말로 돌아서버린다.

"이 여자 진짜 매정하네."

결국 서둘러 내려선 시환이 그녀를 따라잡아야 했다.

"……시환 님."

"네."

한동안 정신없이 사야 할 것들을 챙기던 리희가 문득 저를 따라 치약을 잡히는 대로 담는 시환과 그가 끌고 다니던 카트를 번갈아 보고서는 미심쩍은 얼굴을 해 보였다.

"쇼핑목록 같은 거 안 쓰셨죠."

"왜요?"

"지나치게 저랑 같은 것만 고르시는 것 같아서요."

개수만 다르지 대강 봐도 제가 골라 넣은 것들과 일치한 물건들이 그의 카트 안에 굴러다니고 있었으니까.

"나도 다 필요한 겁니다."

"……좀 전에 담으신 건 여성용품인데."

결국 그의 카트 한구석을 턱짓한 리희가 작게 한숨을 내쉬었다. 자연스럽게 그녀의 시선을 따라 제 카트 안을 내려다본 시환은 그 자리에서 석상처럼 굳어야 했고. 꼭 언제 넣었는지도 기억나지 않는 상자 하나가 볼이 빨개진 채로 그를 올려다보고 있는 듯했다.

"……카트가 바뀌었습니다."

"제 카트에도 있는 거예요."

"리희 님 말고 다른 사람 카트를 끌고왔다는 말입니다. 주인 찾아주고 올 테니 여기서 딱 기다려요."

마트에 들어왔을 때부터 내내 끌고 다닌 카트면서 어쩜 눈 하나 깜짝 안 하고 거짓말을 할 수가 있을까. 그렇게 생각하던 순간 돌아선 시환의 귀 끝이 붉은 것이 눈에 들어와 리희가 쿡쿡 웃음을 터트리고 말았다. 그냥 제 카트로 옮겨 담으면 될 걸.

그러다 문득 조금 더 놀려주고 싶은 생각에 그가 돌아오기 전 냉큼 과자 코너 쪽으로 자리를 옮겼다.

"까까, 까까!"

그리고 평소 좋아하던 것들을 하나둘 카트에 담고 있는데 웬 작은 아이가 근처 매대를 밟고 올라서서 무언가를 꺼내려 애를 쓰는 것이 보였다. 하나 꺼내줄까 하는 생각으로 다가가는데 하필이면 그때 자그마한 손이 어설프게 쌓여 있던 과자들 가장 아래쪽을 건드리는 바람에.

"어, 위험해!"

리희가 곧장 아이를 감싸 안고 고스란히 쏟아지는 과자 상자들을 몸으로 받아내야 했다. 질소를 사면 과자를 준다는 말이 있을 정도로 가벼운 상자들이었지만 모서리가 꽤 날카로워 아이가 다칠 수도 있기 때문이었다.

"괜찮아요? 아픈 덴 없고?"

"응!"

그러나 그녀의 품 안에 있던 아이는 천진한 얼굴로 과자를 하나 집어 들고 어디론가 뛰어가버릴 뿐이었다. 남은 건 쏟아진 과자들 뿐. 그녀는 하는 수 없이 혼자서 쏟아진 과자들을 주워 올려야 했다.

"어디 갔나 했더니."

그때 시환이 크흠, 하는 헛기침 소리와 함께 어디선가 나타나 커다란 손으로 한꺼번에 몇 개씩 주워 올려 정리를 도와주었다.

"아, 카트는 찾아주셨어요?"

리희가 웃음기 어린 얼굴로 묻자 결국 그의 얼굴이 구겨지고 만다.

"지금 놀리는 겁니까?"

"어디다 말도 못하고, 그렇다고 시환 님 성격상 아무 데나 두지도 못하셨을 거 아니에요. 꼭 제자리 찾아서 두고 왔을 것 같은데, 맞죠?"

물론 카트 말고 '그거'요. 그러면서 마지막 과자는 제 카트에 넣은 리희가 걸음을 옮기려 할 때였다.

"엄마, 여기!"

"어? 넌 방금……."

리희에게 난데없이 과자 세례를 맞게 하고서는 홀연히 사라졌던 꼬마아이였다. 역시나 그 과자를 손에 쥔 아이가 다시 나타나서 리희를 가리켰다.

"이 아줌마야!"

"뭐?"

나이 먹는 것도 서러운데 아줌마라니. 거기다 이번엔 시환이 쿡, 웃음을 터트리고 있었다. 그에 리희의 얼굴이 일그러질 즈음, 아이의 성화에 카트를 끌고 나타난 아이의 엄마가 두 사람에게 가볍게 목례하며 말했다.

"이게 뛰지 말라니까……. 아 그게, 제 아이가 은혜는 꼭 갚는 놈이라서요."

차도열. 누나한테 줄 거 있다며. 말투는 털털하면서도 아이에게 싱긋 웃으며 카트를 가리키는 엄마의 눈길에 아이가 까치발을 들고 카트 안에 작은 손을 넣었다가 무언가를 불쑥 꺼냈다.

"……아."

그런데 아이가 해사하게 미소 지으며 리희에게 건네 온 것은, 다름 아닌 콜라였다.

"이거 맛있어!"

"……."

"얘가 제일 좋아하는 거라 좋아하는 사람한테만 주는 건데, 누나가 마음에 들었나 봐요."

계산 다 마치고 나갔다가 이거 준다고 떼쓰는 바람에 도로 들어온 거예요. 라며 아이의 엄마가 받아주라는 얼굴로 리희를 바라보았다.

"아줌마 이거 먹어요!"

"어허, 딱 보기에도 누난데 어디서 아줌마래. 차도열, 다시."

"아줌마!"

"이 녀석이 또!"

"……."

시환이 슬쩍 리희를 바라보았다. 여지없이 그녀의 손끝이 가늘게 떨리고 있었다.

"아줌마, 콜라 싫어?"

'너 콜라 좋아하잖아. 내가 너 마시라고 많이 사왔어. 어때? 좋지?'

리희가 사색이 되어 있자 캔을 내민 아이의 얼굴에 금세 실망이 어리기 시작했다.

"차도열, 두 손으로 드려야지. 네가 한 손으로 주니까 누나가 버릇없다고 안 받아주는 거잖아."

그러자 이번엔 고분고분하게 꼬물거리는 손가락 열 개로 감싼 콜라가 다시 리희에게로 내밀어졌다.

"……고마씁니다."

자그마한 인사와 함께. 작은 아이의 커다란 눈망울에 담긴 자신은 아마도 파들파들 떨고 있겠지.

그때 시환이 말없이 그녀의 어깨를 한 손으로 짚어주었다. 묵직하고 따스한 온기가 전해져왔다. 두서없이 뛰던 심장이 차츰 제 박동을 찾아간다.

'오늘을 행복하게 살아.'

그리고 김 박사의 목소리가 데자뷰처럼 그녀의 귓가를 맴돌던 순간. 리희가 천천히 무릎을 굽히고 앉아 아이에게 떨리는 손을 뻗었다.

"나도, 고마워. 다치지 않아서 다행이야."

그리고 아이의 손을 차게 식히던 콜라 캔을 받아 들었다. 곧장 아이의 얼굴에 맑은 미소가 찾아왔다. 하지만 이내 부끄러운지 엄마에게로 뛰어가버리고 만다.

그렇게 두 모자가 눈인사와 함께 사라지던 순간까지 옅게 웃고 있던 리희가 그 자리에 주저앉아버렸다.

"……하."

뒤늦게서야 숨이 트였다. 콜라 캔 하나를 쥔 채로 숨을 토해내

다시피 몰아쉬는 그녀를 내려다보던 시환이 그저 무릎을 굽히고 앉아 그녀의 어깨를 토닥였다. 정말 일상이 아슬아슬한 여자였구나. 그렇게 생각하는데 리희가 들리지도 않을 만큼 작게 중얼거렸다.

"아이가 실망할까 봐서요."

"지금 누가 더 애 같은지도 모르고."

그 말과 함께 그가 그녀의 어깨를 힘주어 잡아 일으켜 세워주었다. 그때까지도 잠시 멍한 얼굴로 하얗게 질려 있던 리희가 용케 눈물을 참아내며 미소 지었다.

"사실 시환 님이랑 장보는 거 되게 불편했는데."

"되게 솔직하시네요."

"되게, 다행이었어요. 고마워요."

이번에도 옆에 있어줘서. 라는 말까진 하지 못한 리희가 한 박자 늦게 찾아오는 민망함에 서둘러 카트를 밀어 계산대로 향했다.

"……언젠 고맙단 말하기 힘들다고 했으면서."

그런 그녀의 뒷모습을 약간 멍하게 바라보던 시환도 이내 피식 웃고 말았다. 그리고 이번엔 제가 실수로 담은 것이 없는지 꼼꼼하게 확인한 후, 저만치 줄을 서 있는 리희에게로 다가갔다.

"문 한번 열기 꽤 번거롭겠는데."

리희가 주말에 설치한 보조키까지 도합 네 개를 여는 사이에 그 모습을 비뚜름하게 바라보던 시환이 결국 한마디를 던져왔다.

"적응돼서 괜찮아요."

하지만 띠리릭- 하는 소리와 함께 열린 문을 연 리희는 그저 어깨를 한번 으쓱일 뿐이다.

시환과는 입구에서 헤어질 생각이었는데 그가 월요일에 업체를 부른다고 했던 경비원과 이야기를 해봐야 하지 않겠냐고 하는 바람에 어쩌다 보니 이렇게 돼버렸다. 그래봤자 경비 사무실에서 얻은 것은 아무것도 없었지만, 리희를 보자마자 함께 올라가자고 나서주는 경비원을 만류한 시환이 이번엔 대신 집 안을 봐주겠다고 한 것이다.

"이제 괜찮을 것 같아요. 새로 단 건 진짜 비싼 거거든요."

그에 오히려 제3자가 아닌 지인이, 그것도 남자가 집 안에 들어온다는 게 약간 꺼려진 리희가 열린 문을 잡고 둘러댔다.

"광고팀에서 일하는 사람이 지금 비싸면 무조건 좋다는 말을 믿는 겁니까?"

그러나 시환이 아랑곳 않고 그 문을 힘주어 열면서 먼저 들어섰다. 문을 열자마자 기둥 하나 뒤쪽으로 침대가 가려져 있는 것을 제외하고는 집 안의 모든 것이 한눈에 들어오는 원룸이었다. 그가 그대로 욕실 안쪽까지 샅샅이 살피고 나와 마침내 만족스러운 듯 고개를 끄덕였다.

"안심해도 되겠네요. 잘 쉬고 내일 봐요."

리희가 어색하게 고개를 끄덕였다. 이대로 돌아서 가주면 참 고맙겠는데 뭔가 막 아쉽고 막…….

"아, 저기!"

그러다 그 마음이 제 생각보다 빠르게 입 밖으로 튀어나와버렸다. 그 목소리가 작기라도 했으면 좋았겠지만 시환이 이미 눈을 조금 크게 뜬 채로 이쪽을 바라보고 있었다.

그 눈을 마주 보기 전까지는 대충 아니라고 얼버무려야겠다고 생각했다.

"……식사하고 가실래요?"

문득 집에 혼자 남기 싫다는 충동이 불러일으킨 결과였다. 이건 뭐 '라면 먹고 갈래요?'도 아니고. 민망하긴 했지만 그녀는 굳이 이미 내뱉은 말을 주워 담진 않았다. 다만 얼굴이 빨개질 것 같다.

"어, 닭볶음탕 할 거거든요. 괜찮으시면 드시고 가세요."

지난번에 좀 부실하게 해드렸던 것 같아서……. 대신 쓸데없는 핑계를 덧붙이긴 했다. 우물쭈물거리는 리희를 바라보던 시환이 시큰둥하게 말했다.

"나는 매운 음식 못 먹습니다."

"네?"

"맵게 안 하면 좋을 것 같아서."

"아, 그렇게 할게요."

그러자 다시 들어선 시환이 슈트 재킷을 벗었다.

"뭐 할까요?"

그런데 거기서 그치지 않고 커프스 버튼까지 풀어서 바지 주머니로 찔러 넣는 것이었다.

"뭘 하시다뇨. 여긴 두 사람이 복작거릴 만한 공간이 안 돼요. 앉아 계세요."

"그럼 뭐, 여기 앉아서 리희 님만 보고 있을까요?"

그러자 식탁에 앉아 턱을 괴고 그녀를 바라보며 묻는 그의 말에 사온 것들 중 우선 식재료부터 바삐 꺼내던 리희의 손이 멈칫했다.

"아…… 그럼, 채소! 채소 다듬는 것만 도와주세요."

작은 원룸 안에서 멍하니 기다리고 있게 할 수도 없고. 역시 그냥 다른 방법으로 성의를 보이는 게 나을 뻔했다. 리희는 재빨리 손질하기 쉬운 채소들을 씻어 시환에게 건네준 다음 본격적으로 요리를 시작했다.

"친구가 결혼하고 나서부터 혼자 살았다고 했죠."

"네. 일 년 정도 됐어요."

그렇게 한 시간이 좀 못 됐을까. 리희가 시환이 얼기설기 잘라 놓은 감자며 다른 채소까지 골고루 큰 접시에 담아 작은 식탁 가운데에 놓으며 답했다. 꽤 적극적으로 도우려고 해서 요리에도 소질이 있나 했더니 그건 아니었다. 그래도 급하게 한 것 치고는 나쁘지 않다.

"다 됐어요. 드세……!"

그러면서 고개를 든 리희는 그제야 시환이 화장대 옆에 붙은 류의 포스터를 바라보고 있다는 것을 알아차렸다.

"이 남자가 '류'로군요."

"아, 네."

"흐음."

눈을 가늘게 뜬 시환이 왠지 포스터를 노려보는 듯하다가 깔끔하게 돌아서서 식탁으로 다가왔다. 뭔가 할 말이 많아 보였지만 말을 아끼는 듯했다.

"입맛에 좀 맞으세요?"

"네. 맛있습니다."

대신 지나치게 사무적이 되어버렸다. 시환 님, 지금 밥만 드셨는데요. 라 말하고 싶었지만 리희는 무어라 하지 못하고 그저 조심스럽게 수저를 들었다. 아무래도 저 포스터를 보게 하는 건 좀 아니었는데. 손 씻으라고 욕실에 들여보내놓고 빨리 떼어낼걸.

그런 생각 때문인지 새로 지은 밥을 입에 떠 넣었는데도 왠지 모래알이 굴러다니는 듯한 착각이 일었다. 왠지 식기가 내는 소음만 식탁을 채우다 식사가 끝날 것만 같았다.

“한 가지만 물읍시다.”

그때 기껏 만든 게 무색하게 밥만 우걱우걱 밀어 넣다 숟가락을 탁, 내려놓은 시환이 딱딱하게 굳은 얼굴로 물어왔다.

“그날, 진짜 난 줄 몰랐습니까?”

그 얼굴에 참다참다 묻는 티가 역력해서, 리희도 조심스럽게 수저를 내려놓아야 했다.

“죄송해요.”

그러자 시환의 한쪽 눈썹이 씰룩거렸다.

“얼추 기억난다면서. 그래도 아니었어요, 나?”

목소리는 더없이 낮아져 흡사 협박이라도 할 것만 같았다. 기억이 나긴 하지만 그 얼굴에 류의 가면을 씌워 놓은 모습이라고……는 못하지! 리희가 뭐라 해야 할지 몰라 절로 두 손을 모으고 움츠리자 결국 한숨을 내쉰 시환이 넥타이를 약간 느슨하게 풀어 내렸다.

“새삼 기분이 나빠서. 재주는 내가 부리고 리희 님을 알지도 못하는 저 자식이…….”

아니지. 이건 또 아니다 싶었다. 비록 리희가 저를 다른 사람으로 혼동하긴 했지만 엄연히 저 몸을 안은 건 또 자신이지 않은가.

그는 최대한 자연스럽게 다른 질문으로 이어갔다.

"그래서, 싫었습니까?"

하지만 그닥 자연스럽지 못했다. 갑자기 취조라도 하듯 엄해진 말투하며 '다나까'로 각까지 잡으려 했으니까.

"꿈에 좋아하는 연예인을 만난 줄 알았는데 사실은 그게 나여서……."

"아니, 그런 건 아니죠. 아니었어요."

노골적인 그의 물음에 리희의 얼굴이 화르륵 달아올랐다. 이 남자 밥상머리에서 못하는 말이 없다. 새삼 기분이 나쁘다니. 이미 사실을 알고 섭섭해서 하루 종일 그녀를 굴리지 않았던가. 어쨌든 그녀의 답이 나쁘진 않았는지 그가 한층 누그러든 투로 리희를 바라보았다.

"내가 원래 이런 걸 이렇게 깊게 생각하는 그런 사람은 아닙니다만……."

이미 깊게 생각하고 계신 것 같은데요. 토를 달아주고 싶었지만 그녀는 얌전히 그의 다음 말을 기다렸다. 그런데 그 다음이 의외였다.

"기억나는지 모르겠는데, 그날 나한테 저 연예인 좋아하는 이유 말했었습니다. 리희 님이."

"제가요?"

"네."

다음을 연달아 말하려던 시환은 약간 주저했다. 왠지 이 이상 저 여자를 파고 들어가면 돌아 나올 수 없을 것 같다는 직감이 뇌리에 꽂혔기 때문이었다.

"제가 류 좋아하는 이유야 뭐 잘생기기도 했고, 노래도 잘하고 또……."

"아니 그런 게 아니라."

하지만 그사이 종알거리는 그녀가 데구르르 눈을 굴리며 하는 말에 답답해진 그가 결국 그녀의 말을 끊어가며 주저하던 말을 꺼내놓아야 했다.

"내, 아니 류가 당신을 좋아하지 않아서. 그래서 류를 좋아하는 거라고. 누굴 좋아하는 이유라기엔 좀 이상하잖아요."

"그건 그냥 술김에……."

"리희 님 평소엔 충분히 생각하고 말하는 사람이라는 거, 압니다."

그러자 의아한 눈빛이 그에게로 향했다.

"말하기 전에 한 번 더 생각하면서 시선 한곳에 두지 못하는 버릇, 있잖아요."

그리고 이번엔 동그란 눈이 놀람과 함께 약간 더 커진다.

"……특히 진심과는 먼 이야기를 해야 할 때."

다물고 있던 도톰한 입술이 무의식적으로 약간 벌어지기까지.

"근데 그날은, 거기서는……."

'좋아해요. 많이.'

한 치의 흔들림 없는 눈으로 날 봤었잖아. 그 흔들림 없는 눈으로, 날 흔들었잖아.

하, 그제야 시환은 그때가 진짜 시작점이었다는 것을 알았다. 그 눈. 바로 저 눈 때문이었다. 좋아한다는 감정을 담고 말했던 그 눈빛이 제 것인 줄 알았는데 실은 타인을 향한 것이었다는 사실에 그 뒤로 내내 어린애처럼 시샘이나 하고 있던 것이다.

"달랐어요."

"……."

"사실 내내 궁금했는데 물어볼 기회가 없었습니다. 물론 답하고 싶지 않다면 안 해도 돼요."

그는 단순히 지식에 관해서 질문하거나 공적인 것에 대해 묻는 게 아니라면 상대가 누구인지를 불문하고 사적인 것은 거의 묻지 않고 살아왔다. 굳이 그럴 필요가 없었으니까. 왜냐하면 궁금증을 갖고 물어서 얻는 만큼, 그 사람의 사적인 영역을 알게 되는 만큼 책임져야 한다고 생각했기 때문이었다.

"……누군가 저를 좋아하는 게 무서워서요."

그때 리희가 어느새 초연해진 얼굴로 머그를 만지작거리며 답했다.

"눈치채셨을지는 모르겠지만 제가 예전에 사귀었던 남자에게서 스토킹을 좀, 심하게 당했었어요. 그래서……."

처음 사귄 남자였다. 그래서 충격이 더 컸던 것도 같다. 사랑의 끝이 이렇게 처참한 것이라면 평생 사랑하지 않겠노라 다짐했었다.

하지만 애석하게도 그녀는 사랑할 줄 아는 동물이었다. 의지할 곳이 필요했고 마음 줄 곳이 필요했다.

"그냥 사람이 다 무서워져버렸어요. 처음엔 집밖에 나가지도 못할 정도였는데 그건 시간이 지나니까 자연스럽게 나아지더라구요. 뭐 그렇다고 완전히 나은 건 아니었지만……."

세상에 남자가 반이라더라. 남들은 연애를 못할 때 자위하는 말로 심심찮게 내뱉는 말이었지만 리희에게는 당시 그 사실보다 더 큰 공포가 또 없었다. 퇴사와 이직이 잦아진 것 또한 당연한 일이었다.

그러다 시간이 흘러 조금 더 나아졌을 때 우연히, 정말로 운 좋게 합격한 회사가 지금의 NK그룹 마케팅연구소 내 광고기획팀이었다. 정말정말 어렵게 붙은 회사여서 남자 직원의 비율이 높다는 것을 알면서도 리희는 선택의 여지가 없었다.

"그러다 보니까 자연스럽게 찾았던 것 같아요. 살아 움직이면서, 내 마음을 받고도 끝까지 모를 수 있는 대상을."

하지만 매정한 세상은 그녀의 상처가 낫는 것을 쉬이 허락하지 않았다. 퇴근길에 만원 지하철을 탔다가 누군가 제 몸을 지분거리는 느낌에 경기를 일으키며 쓰러지기도 했었으니까.

그에 응급실로 실려 갔다 홀로 집으로 돌아오던 길이었다. 당장 남자가 운전하는 택시를 타는 것도 무섭고 그냥 세상 남자가 다 무서워 미친 여자처럼 엉엉 울면서 하염없이 걷는데 그때 길에서 우연히 들은 노래가 바로 류의 솔로곡이었다. 아이러니하게도 남자 목소리로 위로를 받았지만 그날 이후 그 노래가 귓가에 끊임없이 맴돌아 검색을 하다 덜컥 입덕을 하고 말았다.

류는, 그녀가 아무리 열렬하게 사랑해도 절대로 그녀 한 사람만을 바라봐주지 않을 테니까. 그래서 리희는 더욱 최선을 다해 류를 사랑했다.

실제로 류를 좋아하면서 약부터 완전히 끊을 수 있게 됐고 김박사도 특별한 경우가 아니라면 일상생활에 지장이 없을 거라는 진단을 내리기에 이르렀었다. 뭣보다 술김이라고는 해도 시환과 잠까지 자게 되어서, 그래서 정말로 다 괜찮아진 줄로만 알았다.

어쩌면 이성은 사랑을 거부하지만 본능은 사랑받고 싶은 여자이기에 그날 시환에게 적극적으로 어필했던 게 아닐까, 하는 생각도 했었다.

하지만 냉장고에서 그녀가 절대로 넣은 적 없는 콜라를 발견하는 순간 그녀의 착각은 산산조각 나고 말았다. 치료를 통해 애써 무뎌지게 만들었던 칼날이 그날 냉장고를 여는 순간 다시 시퍼런 빛을 띠며 그녀의 마음을 후벼판 것이다.

그 무딘 날이 만들어낸 상처는, 훨씬 잔혹한 고통을 일으켰다.

"여하튼 제 버릇은 제 절친도 모르는 건데, 눈썰미가 좋으시네요."

조심해야겠다. 중얼거리던 리희가 문득 생각났다는 듯이 덧붙였다.

"근데 그게 거짓말을 생각해내려고 그랬던 건 절대 아니에요. 그건 오해세요."

"……오해했다면 미안합니다."

시환은 제 표정이 드러나지 않기를 바라는 마음으로 커다란 머그를 들어 물을 마셨다. 심정 같아서는 그와 그녀 사이를 가로막고 있는 이 식탁을 치워버리고 리희를 꽉 안아주고 싶었다. 하지만 저 여자는 사람의 마음을 받는 일 자체를 두려워하고 있다. 그래서 그럴 수가 없었다. 그는 무릎 위에 놓인 손등에 핏줄이 퍼렇게 불거지도록 충동을 참아내야 했다.

"어, 탕이 식어버렸어요. 잠시만요. 얼른 데워올게요."

"괜찮아요. 물, 냉장고에 있죠?"

반쯤 몸을 일으켰던 리희를 말리며 고개를 저은 시환이 대신 일어나 가까이에 있던 냉장고를 열었다.

"거기 문에 있어요."

"……흐음, 이거나 마셔볼까요?"

그런데 그가 꺼내든 것은 물병이 아닌 아까 꼬마 아이가 그녀에게 주었던 콜라 캔이었다. 리희가 말없이 보고만 있자 물병대신 그것을 꺼내든 시환이 보란 듯이 치익- 소리가 나게 따 리희의 머그를 비우고 거기에 반, 그리고 제 잔에 반을 따랐다.

보기만 해도 목구멍이 아플 것 같은 탄산 기포가 타들어가듯 표면 위로 보글보글 떠오르는 것이 그녀의 눈에 보였다. 칠흑 같은 어둠 속에서 그녀의 몸을 적시던 기분 나쁜 액체가 바로 저 콜라였다. 무릎 위에 놓인 손이 잘게 떨리기 시작했다.

그때 시환이 긴장한 리희의 앞으로 잔을 약간 밀어주며 부드러운 어조로 말했다.

"원래 사람의 기억은 캔버스 위 유화물감 같은 거라서."

"……."

"완전히 지울 순 없지만 대신 그 위에 감쪽같이 새로운 그림을 그릴 수 있죠."

딱. 그리고 멍하니 검은 기포를 내려다보고 있던 리희의 눈앞에서 손가락을 튕겨 그녀의 시선을 이끌어갔다. 그가 옅게 미소 짓고 있었다.

"그러니까 앞으로는 콜라 보고 놀라지 말고 지금을 생각해요."

"지금이요?"

"네. 나랑 건배하는 지금 이 순간."

그러면서 제 잔을 든 시환이 가벼운 턱짓으로 그녀의 잔을 가리켜 리희가 얼결에 잔을 들었을 때.

"짠."

"……짠."

탁. 두터운 유리 머그끼리 부딪치는 둔탁한 소리가 나자마자 시환이 그녀를 바라보며 단번에 컵 안의 내용물을 들이켰고, 그 모습을 바라보던 리희도 용기를 내어 콜라를 한 모금 입에 담았다. 저도 모르게 긴장했는지 누가 보면 사약이라도 받는 것처럼 두 눈을 질끈 감고 마셨나 보다.

"어때요?"

눈을 떴을 땐, 흥미로운 눈으로 그녀를 바라보고 있는 시환이 있었다. 입 안에서 톡톡 튀는 탄산음료를 목구멍 너머로 꼴깍 삼킨 그녀가 입술을 달싹이다 작게 답했다.

"톡 쏘고."

"그리고?"

"……달아요."

그 답에 시환이 전보다 더 눈에 띌 정도로 환하게 웃었다. 그리고 리희는 생각했다. 앞으로 콜라를 보면 이 남자의 달달한 미소가 떠오를 것 같다고.

#6

"요즘 예술계 전반적으로 복고가 유행하고 있어서 우리도 예전 컨셉들을 재활용해보면 어떨까 합니다."

시환의 정직한 음성이 원탁을 메웠다. 리희는 쏟아져 나올 회의 내용을 감당하지 못할 것이 분명하기 때문에 처음부터 노트북을 켜놓고 키보드 위에 손을 얹어놓은 상태였다. 그러다 눈만 살짝 들어 시환의 얼굴을 살폈다.

정말 공과 사가 철저한 사람이다. 퇴근하면 그녀를 데려다주고, 거기다 바로 어제는 그녀의 집에서 밥을 먹기까지 해놓고 출근만 하면 거의 눈을 마주치지도 않았다. 걱정된다고, 신경 쓰인다고 해서 사람 미안하게 만들어놓고 저러면 이제 이쪽에서 당황스러운 거다.

"자, 윤주 님부터 갈까요?"

"저는 뮤직비디오요. 이벤트라면 이만한 게 없죠. 50주년 이름 박을 거면 섭외비용 투자 좀 하고 연예인 제대로 씁시다."

"어, 저도 여기 찬성! 지난 자료 꺼내보다가 넋 놓고 봤잖아요."

"흐음, 그때와 지금은 SNS가 있느냐 없느냐의 차이도 있으니 메이킹 영상 풀기도 좋고."

시환이 천천히 고개를 끄덕였다. 그러나 호응은 딱 거기까지였다.

"하지만 이미 뮤직비디오 콜라보는 많습니다. 게임 OST로도 발매되는 경우가 많아서 효과가 극대화될지는…… 글쎄요."

한마디로 50주년이라는 거창한 이름을 갖다 붙이기엔 부족하다는 말이었다. 어렵다. 리희는 제가 준비한 아이디어도 왠지 까일 것 같다는 생각으로 키보드를 두들겼다.

"리희 님."

그리고 리희의 차례가 돌아왔다. 부드러운 어조로 부르면서도 날카로운 그의 눈빛이 이쪽을 향하고 있었다.

"어…… 저는."

리희는 차분히 인쇄물도 아닌 손으로 적은 종이 한 장을 꺼내 들었다.

"영화를 만들어보는 건 어떨까 해요."

"영화? 그게 가능해? 어으, 시간도 없잖아요."

"그건 뮤직비디오도 마찬가집니다. 계속해요."

그러나 투덜거리는 지윤의 말을 단호하게 끊어가며 제지한 시환이 고개를 끄덕였다.

"음, 저도 예전에 뮤직비디오를 시리즈로 냈던 데서 착안했어요. 근데 이번엔 영화처럼 극적인 장면 몇 개를 각기 다른 장르로 구성해서 광고를 나누고 그것들을 연결했을 때 하나의 이야기가 되는 쪽으로 만들면 재미있을 것 같다는 생각을 해봤어요."

지난 주말 홀로 집에 처박혀 있다가 우연히 떠올린 아이디어였다. 물론 시환의 집에서 영화를 보던 기억을 되새기다 얻어걸리긴 했지만.

"여름을 겨냥해서 스릴러나 미스터리로 가도 좋고요. 제품 광고지만 제품은 PPL처럼 등장하는 그런, 그러니까 스토리에 중점을 둔 광고는 어떨까……."

"그거 좋은데요?"

그때 선호가 불쑥 리희의 의견에 호응해주었다.

"TV야 세미티저식으로만 내도 되고. 모바일이나 SNS 연동성도 좋을 거고요. 옴니버스 영화 하나를 쪼갠다고 보면 되는 건가요?"

"아, 네."

"어차피 음악 깔리면 뮤직비디오랑 별반 차이는 없겠지만…… 아! 아예 고전 패러디 식으로 가는 건 어때요?"

"고전 패러디는 바로 지난 시즌에 L사에서 시리즈로 나왔습니다."

오래된 것도 아닌데 타사 광고 체크 정도는 해두시죠, 선호 님. 시환의 나지막한 질책에 신나게 떠들던 선호가 넵, 하고 입을 다물었다. 하지만 정작 시환은 곧장 자신이 필요 이상으로 애꿎은 팀원에게 감정적으로 굴었다는 것을 깨달았다.

"……어쨌든 좋습니다. 잠시 쉬었다가 계속하죠."

그러자 두어 시간째 앉아 있느라 지쳤던 사람들이 너도나도 자리에서 일어나 허리를 쭉 펴기 바빴다.

어우, 파리지옥이 아니라 회의지옥. 어깨를 통통 두드리며 일어난 윤주와 지윤을 비롯한 팀원들이 하나둘 휴게실로 사라졌다. 시환 역시 몸을 일으켜 팀장실에 가기 위해 회의실을 나서던 참이었다. 하지만 리희는 회의록을 조금 더 꼼꼼하게 보강해두기 위해 홀로 자리에 앉아 키보드를 두드리고 있었다.

"리희 님."

"네, 선호 님."

"……."

아니, 왠지 밍기적거리던 선호가 아직 회의실에 남아 있었다. 시환은 그대로 회의실을 나서려다 갑자기 돌을 얹은 듯 무거워지는 발걸음에 회의실 바깥벽에 잠시 기대어 섰다. 이건 오래 앉아 있다 갑자기 일어나니 다리가 저려서 그런 거다. 다리가 저려서.

그러나 또 옆통수에 달린 귀는 안쪽 대화에 총력을 다해 집중하기 시작했다.

"오늘 끝나고 뭐 해요?"

"끝나고요?"

리희는 괜스레 주변을 한번 둘러보며 조심스럽게 물었다. 아무도 없다. 예전 같았으면 바로 긴장이 몰려올 법도 했지만 이제 남자와 단둘이 있다고 해도 크게 무섭거나 견디지 못할 정도로 불안함을 느끼진 않는다.

그리고 리희는 그게 아마도 시환 덕분일 거라고 생각했다.

"네. 오늘까진 일찍 끝날 것 같은데, 괜찮으면 저녁 같이할래요?"

하지만 이 급작스런 데이트 신청은 당황스럽단 말이다. 리희가 놀란 얼굴로 눈만 깜빡거리자 선호가 뒷머리를 긁적였다.

"아, 제가 아는 형한테서 레스토랑 식사권을 얻었는데 남자끼리 가기 좀 그렇기도 하고, 리희 님이랑 좀 더 친해지고 싶기도 해서요."

같이 일한 지 꽤 됐는데 서로 아는 것도 없고. 리희 님 완전 신비주의인 거 알아요? 선호가 선한 이름만큼이나 부드럽게 웃어보였지만 리희는 어색하게 웃을 수밖에 없었다.

"죄송한데, 오늘은 좀 어려울 것 같아요."

"식사권 이달 말까지 쓸 수 있는 거예요. 그럼 내일은요?"

이런, '오늘은' 빼고 말할걸! 리희는 또 눈을 데구르르 굴려야 했다.

"그게……."

"리희 님."

그때 누군가의 낮은 목소리가 어색한 공기가 돌던 회의실 안을 파고들었다. 깜짝 놀라 돌아보니 문가를 한 손으로 짚고 선 시환이 무표정한 얼굴로 이쪽을 바라보고 있었다.

"엊그제 나한테 줬던 전략 자료, 미안한데 한 부만 더 인쇄해줄 수 있습니까? 못 찾겠어서."

"아, 네. 금방 가져다드릴게요!"

드르륵 소리가 날 정도로 재빨리 일어난 리희가 선호에게 죄송해요, 라는 말만 남기고 회의실을 뛰어나왔다.

"그리고 선호 님은 뮤비나 영화 관련된 컨셉으로 나왔던 광고 뭐가 있는지 DB 검색 좀 해주세요."

"……네, 알겠습니다.

뭔가 떫은 감을 씹은 듯한 표정의 선호를 두고 시환은 여유로운 걸음으로 팀장실로 들어와 책상 위에 있던 자료 뭉치를 서랍 안에 집어넣었다. 그리고 사무실 가운데에 놓인 소파에 앉아 몸을 깊이 묻고는 한 박자 늦게 상사의 횡포와 갑질에 대해 깊이 자책해야 했다.

아니지. 어차피 회의 끝나고라도 시킬 일이었다. 조금 일찍 시킨 게 뭐 어때서.

"시환 님, 말씀하신 자료요."

그러던 와중에 빼꼼히 열리는 문소리. 그러나 그는 눈을 뜨지 않았다.

"책상 위에 올려둬요."

"알겠습니다."

그러다 보니 듣는 귀로 온 신경이 몰려들었다. 근래 주의 깊게 관찰한 결과 리희는 굽이 높은 힐을 신지 않는 편이라는 것을 어렵지 않게 알 수 있었다. 역시 또각거리는 날선 소리보다는 플랫슈즈가 바닥에 닿는 가벼운 마찰음만 톡톡 들릴 뿐. 그마저도 그가 눈을 감고 있으니 더욱 발소리를 죽이는 듯했다.

"그리고 그거 가져가요."

"네? 뭐 말씀하시는……."

책상 위엔 몇 가지 자료들이 좀 정신없이 흩어져 있겠지만 그중에 눈에 띄는 건 아무래도.

"거기, 리희 님 거."

안경 케이스일 것이다. 시환이 천천히 감았던 눈을 떠 리희를 바라보았다. 역시 그녀는 책상 앞에 멈춰 서 있었다.

"그거 돌려주기 한번 되게 힘드네."

낮게 중얼거리는 순간까지도 머뭇거리는 게 보여서 결국 몸을 일으킨 그가 리희의 곁으로 다가가 책상 끝에 걸터앉았다.

"설마, 일부러 계속 신경 써달라고 놓고 간 건가요?"

"아니에요!"

저도 모르게 큰 소리를 냈다고 생각했는지 리희가 곧장 입술을 안으로 말아 물고 고개를 가로저었다. 그러자 흐음, 하는 소리와 함께 팔짱을 낀 시환이 더욱 심각한 얼굴로 물었다.

"지금도 나보고 씌워달라는 의미로 가만히 있는 거고?"

"그럴 리가……!"

서둘러 케이스를 연 리희가 곧장 안경을 썼다 주춤하는 바람에 시환이 그녀의 팔을 붙잡아야 했다. 렌즈를 끼고 있던 것을 잊은 모양이었다.

"아으, 어질…… 없잖아요!"

순간 눈앞이 핑글핑글 도는 것만 같았다. 리희가 황급히 안경을 벗고 이마를 짚는 사이 시환이 쿡쿡 웃었다. 하지만 다음 순간 그가 낸 말은 꽤, 진지했다.

"알다시피 이건 리희 님밖에 못 쓰는 물건입니다. 설마 아직도 비싼 거라 부담스러워서 그러는 거면, 내 부탁 하나만 들어줘요. 비싼 부탁으로 할 테니까."

됐죠? 그럼 회의하러 갑시다. 제멋대로 그녀의 부담을 덜어준 시환이 리희가 가져온 자료를 챙겨들어 먼저 팀장실을 나가버린 탓에 리희는 그가 어떤 부탁을 할지 의심해보지도 못하고 따라 나와야 했다.

"어라, 리희 님 안경 다시 끼는 거야?"

"아, 렌즈는 좀 힘들어서요."

회의실로 다시 들어서자마자 들려온 윤주의 물음에 답하며 리희는 시환 쪽을 힐끔 바라보았다. 그는 언제 그랬냐는 듯 그저 자료 검토에 여념이 없었다.

"하긴, 하루 종일 렌즈 끼고 있긴 좀 힘들긴 하지. 그래도 리희 님 안경 벗으니까 되게 분위기 달라지고 그래서 난 좋았거든."

리희의 눈이 절로 시환을 의식한다. 그러나 그는 옆에서 전쟁이 나도 모를 것 같은 얼굴로 여전히 한곳에만 집중하고 있었다.

"분위기가 달라져요?"

흘러내리는 안경을 추켜세우며 동그란 눈으로 묻는 리희를 본 윤주가 싱긋 미소 지었다.

"밝아진 것 같아서. 뭐랄까, 그동안은 가끔 리희 님이 뿔테 안경 속에 갇혀 있는 것 같다는 생각이 들었거든. 그게 꼭 창문 같은 거 있지. 왜 아예 손잡이도 없는 유리창 있잖아."

기분 나쁘라고 하는 말은 아냐. 윤주가 따뜻한 커피를 한 모금 들이켜고서 말을 이었다.

"근데 요 며칠 렌즈 끼고 그러니까 보기 좋더라고. 다른 팀원들도 리희 님 안경 안 쓴 게 훨씬 낫다 그러고. 참, 지윤 님은 막 리희 님 예뻐졌다고 질투하고 그랬다니까?"

"아하하……."

"뭐, 둥근 테로 바꾸니까 안경 써도 나쁘진 않다. 이렇게 예쁜데 연예인만 좋아하지 말고 연애도 좀 하고 그래. 내 나이 돼봐라, 연애 더 못한 게 얼마나 후회되는 줄 알아?"

리희는 못들은 척 괜히 부산스러운 소리를 내며 눈앞의 자료를 뒤적이는 척해야 했다. 연애는 무슨. 연애의 'ㅇ'만 꺼내도 경기를 일으키던 게 바로 엊그제였으니까. 그러나 끈질긴 윤주가 슬쩍 상체를 리희 쪽으로 숙이며 소근거렸다.

"연애할 사람 없으면 안에서 찾아봐. 요즘엔 사내 연애하다 헤어진다고 누구 하나 나가고 그런 것도 아니잖아. 얼마나 프리해?"

"네에? 윤주 님도 참."

아까 저녁을 먹자던 선호가 생각나 뜨끔하고야 말았다. 거기다 눈앞의 시환이 계속 신경이 쓰이는 탓에 결국 리희의 얼굴 근육이 또 주인의 명령을 따르지 않고 어색하게 굳어버렸다.

"하여튼 요즘 보기 좋다고. 그러고 보니까 꼭 안경 때문만은 아닌 것 같고, 그냥 사람 자체가 숨통이 트인 얼굴이야."

"아……."

불안하면 불안했지 숨통이 트인 얼굴이라니. 아무래도 윤주 님 눈썰미가 그저 그런 모양이라고 생각하는 리희였다.

"어라, 리희 님 안경 다시 쓰시네요?"

선호까지 가세하니 리희는 새삼 없는 듯 살았던 자신에게도 존재감이라는 것이 있었던 걸까, 라는 생각을 할 수밖에 없었다.

"네. 아무래도 일하려면 렌즈보단 안경이 나아서요."

"흠, 뭐 바꾼 안경도 예쁘……."

"자, 다시 회의합시다."

그런데 선호가 무어라 하려던 그 순간에 시환이 자료집을 닫으며 조금 큰 소리를 내어 리희는 선호의 말을 끝까지 들을 수가 없었다.

-리희 씨, 지금 통화 괜찮아?

퇴근길에 걸려온 김 박사의 전화였다. 리희는 시환이 오늘도 카풀이라며 저를 억지로 차에 태웠을 때 울린 전화여서 잠시 고민했지만 김 박사 또한 시간이 여유로운 사람이 아니라는 것을 알기에 그냥 받기로 했다.

"네, 괜찮아요."

-얼마 전에 내가 알아봐주겠다고 했던 거 있잖아. 기억, 나지?

"아…… 네."

다행히 시동을 거느라 발생한 소음 덕에 그녀의 목소리가 갈라졌다는 것을 들키지 않을 수 있었다. 금세 거세게 뛰는 심장박동이 귓가에서 울렸다.

-그게, 가석방으로 곧 나온다나 봐.

"……!"

하마터면 휴대폰을 떨어트릴 뻔해서 자그마한 전화기를 두 손으로 붙잡아야 했다. 시환이 이쪽을 힐끔 쳐다보는 것이 느껴져서 리희는 가까스로 호흡을 가다듬었다.

"어, 언제…… 언제요?"

하지만 떨리는 목소리까지 정리하지는 못했다. 그녀는 그저 시환이 다시 운전에 집중하고 있길 바라며 통화 음량을 줄였다.

-아직 나온 건 아니래. 행실이 모범적이라 교도관들 의견도 좋

아서 허락된 모양이야.

사귀는 동안엔 저한테도 모범적인 남자 친구였어요. 리희의 눈꺼풀이 무겁게 감겼다.

-사죄하고 싶어서 편지 보냈는데 그게 자꾸 반송이 되니까 물어본 것 말고는 리희 씨에 대한 이야기도 일절 안 했다고 하고.

"……."

-리희 씨, 괜찮아? 혼자 있어?

"그럼요, 아니."

리희는 묵묵히 앞을 보고 있는 시환의 눈치를 살핀 뒤에 조심스럽게 답했다.

"혼자는 아니에요."

-다행이네. 저녁 꼭 먹고. 약은?

"그 뒤로 괜찮아서 아직이요."

최대한 시환이 의식할 만한 단어를 거르느라 대답이 뚝뚝 떨어졌다. 조용한 공간에 그나마도 작게 내려 노력하는 그녀의 목소리만 부각되고 있었다.

-엉뚱한 주소로 계속 편지를 보냈다는 거 보면 리희 씨 이사한 것도 모른다는 거잖아. 그러니까 너무 깊게 생각할 필요 없어. 그치?

"……네."

하지만 보기만 해도 식은땀이 나는 콜라를 제 손으로 냉장고에 넣어놨을 리가 없다. 시환과 밤을 함께했던 그날처럼 필름이 끊기지 않고서야. 그녀는 갑자기 몰려드는 두통에 습관적으로 이마를 짚었다.

-그럼 이만 끊을게. 곧 예약 진료가 하나 있거든.

김 박사는 리희가 동조하지 않게끔 최대한 가볍게 말하는 듯했다.

"고맙습니다 박ㅅ, 이모."

박사님이라고 하려다 이모라고 호칭을 바꾸자 전화기 너머에서 웃음소리가 들려왔다.

-옆에 누구 있는지 알겠다. 데이트?

"아뇨! 퇴근하는 길이에요."

-왜, 퇴근했으니 이제 데이트하면 되지.

그에 무어라 반박하기도 전에 어머, 오셨다. 끊을게! 라며 성급히 끊어진 전화에 리희는 대답할 기회조차 얻지 못하고 휴대폰을 귀에서 떼야 했다.

"이모님 전화를 되게 딱딱하게 받네요. 혹시 나 때문에?"

"네? 아뇨. 그런 건 아니고……."

차는 벌써 집 앞에 다다라 있었다. 운동 삼아 충분히 걸어다닐 수 있는 거리에 집을 구하기도 했지만 차로 움직이니 정말 순식간이었다.

"나 리희 님한테 이실직고할 게 있습니다."

입구 쪽에 내려주나 했더니 시환이 멈추지 않고 그대로 자신이 사는 오피스텔 건물 지하 주차장으로 들어가며 말했다.

"이실직고요?"

이 남자 참 말 안 하는 것도 많다, 라 생각한 리희가 가볍게 묻자 시환이 고개를 끄덕였다.

"리희 님이랑 마트 갔을 때 산 것들, 사실 리희 님 따라서 산 거 맞아요."

"아, 그거. 뭐 이실직고랄 것도 없죠. 어차피 생리대 넣으셨을 때부터……."

'여성용품'이라 완곡하게 표현한다는 게 직설적으로 튀어나와 버렸다. 그에 헛기침을 내뱉은 시환이 주차를 마치자마자 리희가 서둘러 벨트를 풀고 문을 열 때였다.

"크흠, 그래서 말인데, 리희 님이 그 생닭 좀 해결해주면 안 되겠어요?"

생닭? 리희는 이게 웬 생닭 같은 소린가 하면서도 곰곰이 생각해보니 이 남자, 저 따라서 포장된 생닭을 겁도 없이 카트에 넣었더랬다. 그런데 그걸 해결해달라고?

거기까지 생각했을 때 문득 머릿속으로 스쳐가는 것이 있었다.

"……설마, 이게 아까 말씀하신 부탁이에요?"

"네."

그리고 그의 대답도 간결했다.

"이걸로 하면 좀 늦어질 수도 있는데 괜찮으세요?"

"상관없어요."

손도 크다. 시환은 커다란 닭을 두 팩이나 사서 냉장고에 쌓아두고 있었다.

"그럼 이건 진짜로 도와주실 거 없으니까 다른 일 하고 계세요."

정장 치마를 입고 있었던 탓에 앞치마를 찾아 매는 리희가 웃음을 참는 얼굴로 시환에게 퇴장을 요구했다. 그도 그럴게 시환이 굳이 생닭을 해결해달라고 한 이유가.

"생닭 만질 건데, 무서우실 거잖아요."

얼결에 사긴 했지만 물컹거리는 촉감이 싫어서 도무지 어떻게 할 수가 없었다는 거다. 이쯤 되면 냉장고에 넣은 것 자체만으로도 칭찬해줘야 할 판. 그제야 리희가 웃는 이유를 알았는지 냉장고에 기대어 서 있던 시환이 눈썹을 씰룩였다.

"만지는 촉감이 싫다는 거지 보는 건 상관없는데."

"그래도 나가 계세요. 지금부터 닭을 살벌하게 토막 낼 예정이거든요."

시환의 부탁이 단순히 이 닭을 처리하는 거여서 최대한 빨리할 수 있는 요리를 할 생각이었다. 그런데 그때 보인 게 바로 오븐. 이사할 때 설치가 곤란해서 어쩔 수 없이 처분하고 와야 했던 그 오븐이, 이 좋은 집에는 쓸 사람도 없는데 버젓이 빌트인으로 들어가 있는 거다.

"아무리 생각해봐도 등가 교환으로 쳐주기는 어렵겠지만 최대한 노력해볼게요."

그래서 어떤 요리를 해도 스타 셰프가 아닌 이상 닭으로 이 안경값을 다하긴 어렵겠지만 리희는 최대한 맛있는 요리를 하기로 마음먹었다. 그녀가 블라우스 소매를 걷어 부치는데 시환이 물었다.

"피곤하진 않아요? 괜한 걸 부탁한 것 같기도 하고."

"괜찮아요."

"겸손한 것 치고는 요리 잘하는 것 같던데. 조예가 깊은 편인가 봅니다."

일을 할 때보다 눈에 띄게 밝아지는 얼굴을 몇 번이나 보고 나니 반쯤 확신이 들어 묻자 역시나 그녀의 얼굴에 빙그레 미소가 그려졌다.

“……조예라기보다는, 좋아하게 됐어요.”

원래는 언젠가 시환에게 말했던 것처럼 ‘먹어야 해서 해먹는 정도’가 맞았다. 하지만 혼자서도 야무지게 먹으려고 노력하다 보니 늘어 있는 게 또한 요리인지라. 머릿속을 비우고 싶을 때도 나름 좋은 방법이 되어준 덕에 그녀는 혼자서도 꽤나 많은 요리들을 했던 것 같다.

그리고 오늘도 무언가에 집중할 필요가 생겼을 때 마침 시환이 부탁 아닌 부탁을 해온 것이다.

“아까 내가 일 안 시켰으면.”

리희가 포장된 닭을 도마 위로 꺼내고 칼을 들었을 때였다. 이 남자는 번거롭게 닭도 백숙용으로 골랐다.

“남선호 씨랑 데이트했겠네요.”

탕! 닭의 날개가 분리되었다. 생각보다 대담한 칼질에 시환이 흠칫하며 느슨하게 기대어 있던 자세를 약간 바꾸었다.

“……네?”

“설마 아까 남선호 씨가 저녁 먹자는 게 무슨 의미인지 몰랐을 리는 없고.”

그러나 리희의 손에 칼이 들려 있다고 해서 하던 말을 멈출 생각은 없었다.

“제가 워낙 소심하게 굴어서, 그래서 친해지려고 그러셨겠죠. 윤주 님도 그렇게 말씀하셨잖아요.”

왜 변명을 해야 하는지는 모르겠다. 탕, 탕, 애꿎은 닭이 한 번 죽은 걸로도 모자라 잔혹하게 토막 나기 시작했다.

“그래서 리희 님도 친해지고 싶습니까? 남선호랑.”

선호 님도, 남선호 씨도 아닌 남선호라 말하는 시환의 목소리가 더욱 가라앉아 있었다.

"아니 뭐, 저야……."

"난 리희 님이 다른 남자랑 안 친해졌으면 좋겠는데."

물론 칼을 든 채로 천천히 고개를 돌리는 리희의 얼굴에 내심 긴장하고 있던 거지만.

"나랑만 친해지면 안 됩니까?"

탕. 떨어져 나온 조각 하나가 도마에서 굴러떨어지던 순간이었다.

"……왜 시환 님은."

하지만 그걸 주워 올리지도 못한 리희가 가까스로 물었다.

"항상 대답하기 곤란한 질문만 하시는 거예요?"

"곤란하라고."

지극히 태연하고도 단순한 대답에 순간 말문이 막힌 리희가 벙찐 채로 눈을 깜빡였다. 그러다 한 2초쯤 뒤에 말간 얼굴에 먹구름이 끼었다. 거기서 다시 1.8초쯤 뒤에는 '뭐 저런 돌 아이가 다 있나' 하는 노골적인 얼굴로 변했다.

뭔가, 뭔가 복수를 해주고 싶다.

"왜요? 저 좋아하기라도 해서요?"

그러자 시환의 눈빛이 한층 가라앉는 거다. 당연히 '리희 님 생각보다 자뻑이 심하시네요'라는 답이 돌아올 줄 알았다. 그런데 그가 몸을 일으켜 다가와 그녀의 손에 들려 있던 칼을 내려놓게 한 뒤에 내놓는 답은.

"네. 좋아합니다."

"……."

더욱 그녀를 곤란하게 만들 뿐이었다. 이게 아닌데. 되로 줬다고 생각했는데 이 남자는 트럭으로 몰고 와버렸다.

"그렇다고 해서 리희 님한테 뭘 요구하는 건 아닙니다. 지난번처럼 무리하게 스킨십할 생각도 없고."

그때 키스한 걸 사과할 생각은 더더욱 없고. 그런 생각과 함께 시환은 리희에게서 한 걸음 물러났다.

"그러니까 무서워할 필요 없어요. 그냥 알아두라고."

그리고 한 걸음, 두 걸음 더 물러난다. 그녀의 주문대로 아예 주방을 나가려는 것 같았다.

"저 남자가 왜 저러나, 싶을 때. 그때 내 모든 행동에 대한 답이 될 테니까요."

하지만 그가 남긴 말은 리희가 아무리 열심히 요리에 집중하려고 해도 내내 그녀의 주변을 빙글빙글 맴도는 것 같았다.

무슨 정신으로 요리를 하고, 무슨 정신으로 그와 마주앉아 무언가를 먹었는지도 모르겠다.

-오늘의 인터뷰는 충무로의 기대주 류시환 씨와 함께합니다! 와, 안녕하세요 류시환 씨! 우리 간밤 시청자 여러분께 인사 부탁드립니다.

-반갑습니다 간밤의 TV연예 시청자 여러분, 류시환입니다.

켜놓은 모니터엔 훤칠한 미남이 카메라를 향해 짓는 미소가 가득 채워져 있었지만 그걸 멍하니 바라보는 리희의 귀는 금방 들은 류의 목소리가 아닌 다른 누군가의 목소리를 다시 재생할 뿐이었다.

'네. 좋아합니다…….'

스크'류'바의 톡이 연달아 날아오느라 휴대폰이 요란하게 진동했지만 리희는 휴대폰 화면이 바닥을 향하도록 뒤집어놓으며 한숨만 폭 내쉴 뿐이었다.

"그래서 나는…… 아오, 나보고 어쩌라는 거야!"

좋다 싫다 대답을 하라는 것도 아니고 단순히 그가 할 행동에 대한 답이 될 거라니. 더 무섭잖아! 그녀가 머리를 헝클어뜨리는 와중에도 인터뷰는 계속되고 있었다.

-무대 위의 아이돌 '류'와 대본을 든 연기자 '류시환'은 사뭇 다른데요. 그러면서도 모두를 만족시키는 음악성과 연기력을 보여주고 계세요.

-하하, 과찬이신 것 같은데.

"넌 정신없는 와중에 봐도 잘생겼구나."

티 없이 매력적인 얼굴. 밝은 티셔츠 위에 재킷 하나만 걸쳤을 뿐인데도 테가 남다르다. 어, 그러고 보니까 저 재킷 팬페이지에서 서포트로 들어간 재킷 같은데. 어으, 센스 봐라.

-교과서적인 답변이신데 그게 정답인 것 같아요. 시환 씨는…….

류가 카메라에 비춰질 땐 잠시 다른 것을 잊다가도 리포터만 잡힌 화면에서, 그것도 '시환'이라는 이름이 나오면 저도 모르게 움찔하게 된다.

"……그때 그런 모습을 보였는데 어떻게 그래."

완전 미친 여자처럼 굴었잖아. 거기까지 생각하던 리희가 문득 떠오르는 당시의 감각, 그리고 한 박자 뒤에 밀려오는 기억에 절로 무릎을 모으고 앉아 고개를 묻었다.

'가석방으로 곧 나온다나 봐.'

안 돼. 곧장 두근거리고 숨이 조여 오는 이 무서운 시간이 길어지지 않게 하기 위해서는 다른 생각에 집중해야 한다. 잊고 다른 걸 생각하자. 인터뷰에 귀를 기울였다.

-그 수식어가 가장 과분하면서 감사하다고 생각해요. 처음부터 완벽한 사람은 없죠. 제가 연습생 기간이 꽤 길었는데, 그동안 제 스스로의 한계에 부딪치기도 하고 혼나기도 하면서 정말 힘들었어요. 회사를 옮겨 다니기도 하고, 선택을 잘못한 덕에 밑바닥을 경험해보기도 해서……. 하하, 갑자기 과거 이야기를 하려니 당황스럽네요.

-의외네요. '류시환'하면 귀공자, 황태자의 의미지를 먼저 떠올리곤 했거든요. 결국 그런 경험들이 지금 시환 씨의 겸손함을 만들어준 것 같아요.

뛰지도 않았는데 절로 호흡이 거칠어지는 것은 아직도 적응할 수가 없다. 약도 없다. 처방전을 받은 그날부터 시환이 주구장창 카풀을 해준 덕에 약국에 갈 틈이 없었기 때문이었다. 들어오면 피곤하다고 드러눕는 게 아니었는데. 어쩌다 보니 처방전의 유효기간인 7일을 넘기고 말았다.

기가 찼다. 약물치료도 하고 상담 치료도 해가며 다 잊었다고 생각했는데. 참 부질없다.

-여전히 부족하고 또 잊고 싶은 기억들도 있지만 말씀해주신대로 그 기억들, 그 경험들이 있어서 지금의 제가 있다고 생각해요. 그래서 가끔 저 스스로도 힘이 들 때. 혹은 멤버들이 힘들어 할 때 서로 이렇게 얘기해줘요. '지금 힘든 걸 잊으려고 하지 말고 똑바

로 마주해서 밟고 이겨내자'고.

"……잊으려고 하지 말고 이겨내자."

리희가 지친 얼굴로 중얼거렸다. 나도 이겨내고 싶어, 환아. 이런 만신창이의 모습으로는 누군가의 마음을 받기는커녕 주기도 힘들잖아. 일어나기도 전에 자꾸 넘어지잖아.

-와아, 좋은 말씀이에요. 시환 씨 나이가 상당히 어리신 편인데도 벌써 생각이 깊어요. 혹시 이런 깨달음을 얻게 된 특별한 계기가 있었나요?"

-저 말고도 누군가에게는 개인적인 이야기라 공개적으로 말씀드리긴 좀 그렇고, 그냥 그 일을 잊기 위해서 노력하다 어느 순간 의식적으로 잊기 위해서 그 기억들을 다시 꺼내보고 또 힘들어하는 저를 발견했던 것 같아요. 뭐 어쨌든 그냥 흘러가는 대로 두면 되는 걸 굳이 의식하고 굳이 또 상처받을 필요 없다는 겁니다. 받아들이다 보면 무뎌지고, 어느 순간엔 그것들을 밟고 일어설 힘이 생겨 있죠.

"……흘러가는 대로."

'오늘을 행복하게 살아.'

"오늘을 행복하게."

천천히 고개를 든 리희가 화면 안에서 부드럽게 웃고 있는 류를 바라보았다. 호흡이 점차 편하게 가라앉기 시작했다. 리포터가 놀란 기색을 띠고 무어라 칭찬을 말하면 그는 다만 머쓱하게 미소 지을 뿐이었다.

-그래서 멤버들도 저를……

"할배."

-……라고 불러요. 하하하.

화기애애한 분위기의 인터뷰도 막바지를 향해 가고 있었다. 리희는 영화를 홍보하며 웃는 류를 향해 손을 뻗어보았다. 손가락 끝에 닿는 것은 딱딱하고 차가운 디스플레이 화면뿐이었지만 그녀는 왠지 류가 남긴 말에서 온기가 느껴지는 것 같다고 생각했다.

"……일방적으로 내가 너를 좋아할 수만 있는 관계라고 생각했는데."

이렇게 불쑥불쑥 나를 위로하고 일으켜 세워주는구나, 환아.

"이러니까 출구가 없지."

-시환 씨, 마지막으로 간밤 시청자 여러분께 한마디 부탁드릴게요.

그러다 또 '시환'이라는 이름에 자동적으로 누군가가 떠오르고 만다.

-간밤 시청자 여러분, 제가 많이 좋아합니다.

'네. 좋아합니다.'

좋아한다고 하면서 정작 다가오기는커녕 한 걸음 물러나던, 그가.

"……어쩌지."

어째 오늘 밤도 마음 편히 잠들긴 그른 것 같다.

"어머니랑 같이 나올 줄 알았는데? 아, 아직 안 오신 거야?"

직원이 안내하는 룸으로 들어선 김 박사가 자리에서 일어나는 시환을 보며 의외라는 얼굴로 물어왔다.

"아니요, 안 오실 겁니다."

"응?"

김 박사는 더욱 궁금한 얼굴로 바라보았지만 시환이 말없이 의자를 빼주는 터에 마지못해 앉으며 가방을 내려놓았다.

"아니면 나랑 단둘이 뭐 긴히 할 얘기라도 있는 거야? 이 아줌마는 속물이라 잘생긴 남자라면 우리 아들이랑 남편 다음으로 환영이지만."

"일단 식사부터 하시죠."

간혹 봤을 때 약간 무뚝뚝한 총각이라고 생각은 했었지만 어쩐지 오늘은 더없이 딱딱하게 굳어 있었다. 뭘까.

"유 여사님은 정기적으로 내원하고 계셔. 요즘엔 거의 수다 떨다 가시는 쪽에 가까워졌지만."

"……어머니는 아버지를 통해서 많이 나아지셨다 들었습니다."

아하. 김 박사는 잘라 말하는 시환의 태도를 통해 어렵지 않게 혼자서도 짐작해낼 수 있었다.

"그럼 내 친구 딸에 관해 묻고 싶은 게 있는 거야?"

역시. 그의 정갈한 얼굴에 미세한 균열이 생기는 것이 보였다.

시환이 고민하다 입을 열었다.

"실은 박사님께서 리희 씨의 주치의라는 거 압니다. 처방전 봤습니다."

"그걸 리희 씨 동의하에 봤나요?"

일순 엄격해진 김 박사의 물음에 솔직한 청년은 갈등하다 결국 '아니요'라 작게 답하고 말았다.

"그렇다면 미안하지만 시환 씨가 아무리 맛있는 걸 사줘도 의사는 환자 프라이버시에 대해서 발설할 수 없답니다. 물론 지금 리희 씨 상태가 회사 생활에 지장이 없다는 진단서가 필요하다면 그거야 언제든 써줄 수 있지만."

"그건 아닙니다."

구미를 바짝 당기는 탱글탱글한 스시며 여러 음식들이 눈앞에 가득 놓여 있었다. 그러나 그는 식욕 한 점 없는 얼굴이었다.

"하지만 리희 씨 이모님으로서는 아시는 게 있지 않을까 생각했습니다."

"흠, 일단 먹으면서 이야기할까? 나 배고파."

왜 이 맛있는 음식들 앞에서 제사를 지내고 그래, 들어요. 붉은 생선살이 얹어진 초밥 하나를 입에 넣은 김 박사가 소녀처럼 감탄하며 말했다. 그러나 시환은 그저 물로 마른 입술을 축일 뿐이었다. 음식을 삼킨 김 박사는 그 모습을 보고 제가 아무리 맛나게 먹어도 궁금증을 해결해주지 않으면 저 잘생긴 청년은 단식 투쟁이라도 할 기세로 버틸 것 같다는 예감이 들었다.

"사실 난 오지랖이 넓은 의사고, 알다시피 리희 씨 주치의야. 알잖아, 환자 프라이버시 지키는 게 특히 중요한 진료 과목인 거. 워낙 어여쁜 아가씨라 어쩌다 보니 조금 더 친해져서 이모가 되어주긴 했지만."

"……."

"그래도 이모로서 이야기해달라는 거면, 그래. 난 주치의 타이틀 버린다고 치고 시환 씨는? 진단서가 필요한 게 아니면 직장 상사로서도 아닐 거 아냐. 혹시 보호자라도 돼?"

따뜻한 장국을 마신 김 박사가 시환의 그늘진 얼굴을 바라보며 물었다. 보호자. 그 단어 하나에 묘한 뼈가 담겨 있었다. 그걸 읽어 냈는지 그가 잠시 생각하다 짧게 답했다.

"아직은 아닙니다."

"아직?"

김 박사의 눈빛에 이채가 서렸지만, 시환은 여전히 시선을 테이블 위의 음식에 꽂아두고 있던 터에 그것을 알아보지 못했다.

"예. 하지만 그 여자에 대해 알고 싶고 또 아는 만큼……."

하지만 무얼 생각했는지 다음 순간엔 그가 풍기는 분위기가 사뭇 달라져 있었다. 눈을 들어 김 박사를 바라보는데 그 눈빛에 김 박사가 내심 놀랄 만큼.

"책임지고 싶습니다."

아주 단단하고 든든해서 믿음이 가는, 그런 눈빛으로 무장하고 있었기 때문이었다.

#7

"저 왔습니다."

본가로 들어선 시환이 너른 아파트 거실에 앉아 있는 아버지를 보며 인사를 건네는데도 아버지 현수는 돌아보지도 않고 그저 신문을 한 장 넘기며 혀를 찰 뿐이었다.

"파혼해버린 판에 계속 거기 다닐 필요가 있는 거냐?"

그리고 예상한 것처럼 거두절미한 지청구가 먼저 날아들었다.

"애초에 제 커리어를 위해서 입사한 거였습니다. 소혜와 헤어졌다고 해서 나올 이유는 없죠."

탁, 소리와 함께 테이블에 내던져진 신문, 그리고 그보다 큰 아버지의 목소리가 거실을 울렸다.

"그래서 지금 이 상황이 말이 된다고 생각하는 거야? 너는 엄연히 내 아들이고 RX컴퍼니의-!"

"시환이 왔니?"

그때 주방에서 나타난 유 여사, 정은이 온실 속에서 피어난 꽃처럼 약간은 건조하지만 상냥하게 미소 지으며 다가왔다.

"예. 식사는 하셨어요?"

"크흠!"

그 때문인지는 몰라도 현수가 못마땅하다는 얼굴이면서도 말을 다 잇지 않고 다시 신문을 펴 들었다.

"그럼. 요즘 봄나물이 맛있어서 그런지 잘 넘어가더라. 너도 갈 때 좀 가져갈래?"

그 말에 시환이 짧게 고민했다. 이미 보내신 것도 다 버렸어요, 라 말하기가 죄송스러웠기 때문이었다.

"그냥 지금 먹고 가도 돼요? 저 아직 저녁 전이라."

"뭐? 지금 시간이 몇 신데……."

"프로젝트 때문에요. 먹고 퇴근하기 어중간해서 그냥 나왔는데 어머니 봄나물 이야기하시니까 갑자기 배고프네요."

결정. 그냥 저녁을 한 번 더 먹기로 했다. 리희를 데려다주던 길에 들볶아서 오피스텔 상가에서 먹은 국수가 아직 위장에 남아 있겠지만.

"그럼 가볍게 나물에 국수 한 그릇 할래?"

"아뇨, 그냥 있는 반찬에 밥 조금만 주세요."

하지만 국수만 두 그릇은 좀 무리일 것 같다. 그렇게 말하며 일어나는데 신문을 접어 테이블 위에 탁, 소리가 나게 얹어놓은 현수가 낮게 말했다.

"먹고 가기 전에 서재로 좀 와라."

"……예."

무슨 이야기를 할지 뻔히 아는 상황에서 시환의 대답이 조금 늦어졌고, 답이 떨어지자마자 현수가 먼저 일어나 서재로 들어갔다.

"좀 더 줄까?"

"충분해요."

아까 국수를 큰 걸 시키는 게 아니었다 생각하면서도 시환은 열심히 밥을 넘겼다. 그리고 그의 앞에 앉아 이것저것을 챙기던 정은이 측은한 얼굴로 아들을 바라보다 작게 중얼거렸다.

"우리 아들이 결혼을 해야 밥을 안 굶고 다닐 텐데."

쿨럭. 결국 사레가 들리고야 말았다. 오늘 여러 번 불효자 되는구나. 시환이 다소 급하게 물로 음식물을 겨우 삼키는 와중에 정은이 아들의 물 잔을 다시 채우며 조심스럽게 물어왔다.

"소혜랑 그렇게 된 거, 혹시 어른들 때문이니?"

"아니요. 그냥 좀, 복잡한 일이 있었어요."

실은 맞다고 해야 했지만, 시환은 안 그래도 힘들 어머니에게 짐을 지우고 싶지 않았다. 그래서 서로 일에 집중하다 보니 소원해졌을 뿐이라고 덧붙였다.

"가십란 연예인들 결별 소식에나 뜰법한 상투적인 대답이구나."

그러나 유하던 어머니가 가끔은 이렇게 집요할 때가 있어서.

"……소혜는 저한테 여자가 아니어서요."

"너한테 '여자'로 느껴지는 사람이 생겼다는 말로 들리는데, 맞니?"

거기다 행간을 바로 읽어낼 줄 아는 어머니셔서.

"……네. 근데 도통 안 넘어오네요."

한숨처럼 고백하고야 말았다. 그러자 시든 꽃처럼 미소 짓던 정은이 언제 그랬냐는 듯 소녀처럼 해사한 얼굴로 흥미를 보여왔다.

"누구야? 응? 대체 어떤 아가씨가 우리 아들을 튕겨 내는데?"

평소대로라면 아닌 척했겠지만 오랜만에 어머니의 밝은 얼굴을 보고 있자니 시환도 경계 태세가 조금은 누그러드는 거다. 그러다 보니 자연스럽게 리희가 떠올랐다. 혼자 어떻게든 아등바등 이겨내려고 애를 쓰는, 고작 탄산음료 한 모금을 긴장하며 마셔야 하는 그녀가.

"있어요."

그래서 아무리 좋아도 함부로 다가갈 수 없는 그녀가.

"세상에. 우리 아들 눈에 그냥 예쁜 것도 아니고 예쁘고 예쁠 정도면 대체 얼마나 미인인 걸까. 우리 며느리보다 예뻐?"

딸이 없어 대신 죽은 첫째 며느리를 떠올린 정은이 자연스럽게 웃어보려는 듯했지만 여의치 않은 모양이었다. 시환이 무어라 답하는 대신 식탁 위로 손을 뻗어 그 고운 손등을 덮자 그의 어머니가 내가 또 주책이네, 라 중얼거렸다.

"너 그럼 요즘 더 집에 안 들어오는 이유도 그 아가씨 때문이야?"

"꼭 그런 건 아니에요. 그냥……."

말을 아끼는 아들의 얼굴을 본 정은이 잠시 주방 너머 서재 문을 바라보다 다시 고개를 시환에게로 돌렸다.

"아들."

그리고 그를 부르는 얼굴이, 무언가를 결심한 얼굴이었다.

"네."

"나, 박현수 씨랑 이혼하려고."

"네?"

"네가 어렸다면 좀 더 고민했겠지만 이제 이 집에 사는 사람은 박현수 씨랑 나뿐이잖니. 결혼할 때까지만 해도 내가 기대한 박현수라는 남자의 미래는 저런 모습이 아니었는데, 돈이 참 무섭구나 싶네."

말리지 마. 벌써 협의이혼합의서에 도장 찍어서 네 아버지한테 들이밀어 놨으니까. 나 그간 많이 참은 거 알지? 씩씩하게 말하지만 정은의 얼굴에 드리워진 그늘의 깊이를 읽어낸 시환이었던지라 무어라 말릴 수도 없었다.

"……아버지랑은 맞선으로 만나신 거 아니었어요?"

그러나 다시 한 번 생각해볼 여지를 놓아두기로 했다.

"아니야. 나름 연애결혼이었는 걸? 이렇게 찬밥 신세가 될 줄 알았으면 그때 아예 튕겨버리는 건데."

정은은 어느새 제 손보다 훨씬 커져버린 아들의 손을 부드럽게 매만지며 과거를 떠올리고 있었다. 그때 그 사람의 손도 이렇게 크고, 단단하고, 따뜻했다.

"네 아빠 많이 변하신 거 너도 알지? 지금은 조금만 늦어도 불같이 화내지만 그때는 진득하게 기다릴 줄 아는 사람이었어. 내가 튕겼는데도 목석같이 기다렸거든."

"기다려요?"

"응. 그냥 바보같이 기다리더라. 내가 포기하고 그 손 잡을 때까지 말이야. 더 들이댔으면 부담스러워서 피했을 텐데 그때 그 사람 나한테 한다는 말이 '밤길이 워낙 위험하니까 집에 데려다줄 수 있게만 해달라'는 거야. 나중에서야 그게 집 앞에서 기다리던 다른 남자들한테 '이 여자 내 여자다'라고 보여주려는 속셈인 걸 알았지만."

말끝에 정은이 쿡쿡 웃는 양을 본 시환은 정은이 왜 아버지와 이혼하려는 건지를 깨달았다. 어머니는 아직도 아버지를 사랑하고 계신다. 그래서 아버지를 되돌려놓기 위해 이혼이라는 최후의 카드를 꺼내 드신 거다.

"얼마나 오래 데려다주셨는데요?"

그래서 시환은 제가 관여할 일이 아니라 판단하고 단순히 가벼운 대화를 이어 나갔다. 문득 카풀을 하는 제 모습이 겹쳐 보이기도 하고. 거기까지 생각하던 그는 곧 어머니의 답에 기함해야 했다.

"일 년."

"이, 일 년이요?"

"어머, 그건 짧은 거지 얘. 사실 좀 더 두고 보려고 했는데 어느 날은 네 아버지가 그 추운 날에 팔을 다쳐서 깁스를 하고서도 엄마를 데려다주겠다고 온 거야. 그걸 보는 순간 왜 그렇게 눈물이 나던지. 그래서 결국 그 팔에 팔짱 끼고 식장에 들어간 거라니까."

소녀처럼 웃는 정은의 모습에 시환도 절로 미소 지었다. 역시, 제 생각이 틀리지 않았음이다.

"넌 밥 다 먹었으면 그만 일어나야지 뭘 하고 있는 거야?"

그러나 그때 서재 문이 열리고 나타난 아버지에 의해 다시 정은의 표정이 딱딱하게 굳어버렸다.

"군대도 아니고, 애 체하겠어요."

"아니에요. 잘 먹었습니다 어머니."

갑니다. 시환은 아버지를 따라 서재로 들어가며 깊은 숨을 들이쉬어야 했다.

"이것도 먹어봐."

"응, 근데 설희야 나 배가 부르…… 우업."

의아한 얼굴로 설희를 부르던 리희의 입 안으로 설희의 어머니표 김치가 욱여넣어졌다. 맛있긴 맛있다. 그사이 이런저런 반찬들을 냉장고에 차곡차곡 정리한 설희가 냉장고 문을 닫자마자 리희를 끌어다 앉히며 재촉했다.

"그래서, 너 이 언니 궁금해 죽으라고 연락도 안 한 거지? 그 사람이랑은?"

"아……."

그런데도 리희가 주저하자 설희가 버럭 소리를 질렀다.

"뭐어야아! 이 언니가 이 밤중에 달려왔는데도 너 그럴 거야? 3분 준다. 우리희 주임님, 브리핑 시작합니다."

팔짱을 끼면서 말하지 않으면 그 사람에게 전화해서 사실 관계를 요구할 거라며 협박까지 하는 터에 리희는 더듬더듬 시환과 있었던 일들을 늘어놓아야 했다.

설희가 명명한 '어쩌다 그렇게 된 데이트'부터 시작해서 '콜라 사건'까지. 여기서 설희는 왜 그 뒤에 전화했을 때 곧장 이야기하지 않았냐며 화를 냈지만 그래서 시환의 집에서 하루 잤다는 말엔 또 즉각 눈을 반짝였다. 그에게 있었다던 여자 친구가 사실이 아니었다는 말에는 손뼉까지 쳤다. 그러는 사이 잠시 발작을 일으켰던 이야기는 교묘하게 넘긴 리희가 이어서 마트에서 만난 꼬마 아이 덕에 이제 콜라를 보아도, 또 마셔도 괜찮아졌다는 설명을 덧붙였다.

설희에게 설명을 하면서 뒤늦게 깨달은 거지만, 짧은 시간이었지만 생각보다 그와 함께한 시간이 많았다. 그사이 그가 성큼 다가와 있었다는 것도. 제 입으로 정리를 해 나가면서 혼란스러웠던 머릿속이 점차 뽀송뽀송한 빨래를 개어나가는 것처럼 정돈되는 것을 느꼈다.

"나는 골려주려고 그렇게 물었던 건데 그 사람은……."

'네. 좋아합니다.'

그리고 마침내 그가 고백한 부분을 전하다 리희는 저도 모르게 흡, 하고 짧은 숨을 들이켜야 했다. 두근두근. 심장이 뛰는 것이 느껴졌다. 기억을 더듬을수록 그 순간순간에 그가 저를 어떤 눈으로 바라보고 있었는지, 그 눈빛이 어떻게 변해왔는지가 머릿속에서 파노라마처럼 재생되면서 그녀는 뒤늦게 당시 제가 느꼈던 감정들을 하나씩 되짚어볼 수 있었다.

"꺅! 완전 남자다, 남자야! 그래서 넌 뭐라고 했는데?"

"아무 말도, 못 했어."

"뭐? 너 그렇게 질질 끄는 것도 예의 아니다, 너?"

"다가오지 않겠대. 내가 무서워하지 않게 하겠대."

"세상에……."

리희의 흔들리는 눈이 얼굴 한번 본 적 없는 시환에게 감동한 설희의 눈과 마주했다.

"설희야."

그렇게 한차례 거센 감정의 폭풍이 지나가고 난 바다는 다시 잔잔해졌고, 속이 훤히 들여다보이는 깊은 물 안쪽엔 저도 몰랐던 우리희 자신의 모습이 드리워져 있었다. 저조차도 모르고 있던 제 마음을 들여다본 탓에 설희를 불러놓고도 말이 없던 리희가 한참 뒤에야 겨우 한마디를 꺼내놓았다.

"……나, 오늘을 살고 싶어."

그 말과 함께 리희의 뺨으로 한 줄기 감정의 결정체가 떨어져 내렸다.

'너라면 형이 하던 일도 곧잘 할 수 있을 게다.'

퇴근 러시가 끝나고 비교적 한산해진 도로 위를 달리는 시환은 시선을 앞에 둔 채 생각에 잠겨 있었다.

'제 나이가 몇인데요. 뭣보다 광고랑 투자는 다릅니다. 저 때문에 애써 키운 회사 망하게 하지 마시고 전문 CEO 고용하세요.'

형 내외가 불의의 사고로 죽은 지 2년. 그 전까지만 해도 당연히 형이 아버지의 사업을 물려받을 거라 생각했기에 시환은 깊게 생각하지 않고 하고 싶은 일을 하기로 마음먹었었다. 다른 집안은 형제 간 회사를 나누어가며 권력 다툼을 했지만 시환과 그의 형 시훈은 그렇지 않았으니까. 뭣보다 그리 큰 회사가 아니었기에 형 혼자서 충분할 거라 생각했었다.

'내 입에서 제수씨라는 말은 언제쯤 나올 수 있을까 동생?'

'시끄러워.'

아버지는 급작스럽게 커진 회사를 지켜내야 한다는 부담에 점점 예민해지셨지만 시훈은 의연했다. 늘 쾌활하며 위트 있는 사람이었고 당연히 아내 소진에게도 더없이 다정다감한 남자였다. 그의 부단한 노력 덕에 회사도 향후 10년 안에 대기업으로 지정될 수 있겠다는 평가까지 받고 있었는데.

'형이 책임져야 하는 직원들 밥줄이 수백이긴 하지만 형 목숨은 하나라고.'

'걱정 마. 절대 그럴 일 없어. 사위 타라고 새 헬기로 빌려주셨는데 뭘.'

그렇게 완벽한 사람이라 하늘이 일찍이 데려가버린 걸까. 급한 계약만 해결하고 그간 못한 부부생활을 하겠다며 소진과 함께 헬기에 올랐던 형은 그대로 하늘로 날아가버렸다. 시환이 대학 졸업 후 진로를 고민할 때에도 너는 하고 싶은 일 하라며 아버지를 설득해준 사람 또한 형이었기에 더욱이 의지할 수밖에 없던 사람이었다.

그 뒤로 시환은 '절대'라는 말을 잘 믿지 않았다. 그리고 누군가 호언장담하면 그 장담에 대한 반증을 내놓고 그 확신을 무너뜨리고 싶은 충동에 휩싸이곤 했다.

'네가 대학 때부터 주식으로 용돈 벌이한 놈인 걸 내가 몰라서 지금 이러는 것 같냐? 그 정도 감이면 충분해. 복수 전공도 했잖아. 미국에 대학원 알아봐줄 테니 출국 준비부터 해.'

'전 못합니다.'

'거 참! 내가 왜 친구 놈 회사에 멀쩡한 아들을 뺏겨야 해?'

"난 형만큼 잘해낼 자신이 없는데."

깊게 들이쉰 숨을 내뱉음과 동시에 진심이 튀어나오고 만다. 그때 저 멀리 신호가 노랗게 바뀌는 것이 보여 액셀에서 뗀 발로 부드럽게 브레이크를 밟는데.

"뭐야."

걸리는 느낌이 없다. 강하게 밟아보지만 차가 그대로 미끄러져 나가 당황하기도 전에 시환이 즉시 여유로운 차선으로 핸들을 틀면서 기어를 잡았다. D, 3, 2…… 1로 낮추려는데 젠장, 앞에 서행하는 차가 있어 결국 선택을 해야 했다. 아니, 선택을 할 틈도 없었다. 그가 핸들을 완전히 틀어 차선을 벗어나는 동시에 보도 위로 올라선 차가 쾅! 차체에 커다란 소음이 이는 동시에 단단하게 반응한 벨트가 그의 몸을 끌어안았고, 눈앞에서 에어백이 터져 나왔다.

"……."

주변에 차량이 많지 않아 다행이었다. 일순 긴장했던 시환이 숨을 뱉으며 휴대폰을 찾아 들었을 땐, 그의 차에 들이 받친 가로수가 그를 원망하듯 겨우 틔워낸 이파리를 차 위로 떨궈 내고 있었다.

"그럼 에피소드는 총 세 개. 간단한 기승전결로 구성된, 하지만 TV광고는 '기승전'까지만. 풀버전은 온라인으로 확인하게끔 가는 걸로."

윤주의 말대로 산 좋고 물 좋은 곳으로 와서도 역시 회의는 계속되고 있었다. 오히려 마케팅 연구부서 직원들까지 모여 더 커진 회의였기 때문에 각자 옷차림이 조금 편할 뿐이지 분위기는 더없이 진지했다.

“꼭 이렇게 간다는 보장은 없겠지만 그래도 전체적으로 무게감은 살려야 할 것 같아요. 적어도 하나는 가족애로 가면 어때요? 음…… 치매를 앓는 노인이 길을 잃고 헤맬 때 노인의 손에 워치가 있어서 다행히 가족이 찾아간다는, 뭐 그런 것도 괜찮고.”

리희도 고개를 끄덕이며 정신없이 노트북을 두드렸다. 이놈의 회의록 작성은 천년만년 제 일이 될 건가 보다. 그러다 슬쩍 마케팅 1팀의 최석현 팀장과 이런저런 이야기를 나누는 시환 쪽을 바라보았다. 슈트를 입지 않은 그는 평소보다 다섯 살쯤 어려 보였다. 맨투맨 티셔츠라니. 그것도 무려 로즈쿼츠, 핑크색이다. 문제는 저게 또 엄청나게 잘 어울린다는 것이다. 아까 지윤이며 다른 여직원들이 대학생인 줄 알았다며 꺅꺅거릴 정도로.

좋아한다고 고백씩이나 해놓고서 시환은 그 뒤로 그녀를 거의, 그래. 방치하고 있었다. 출퇴근길에 카풀을 해주는 게 사적인 만남의 전부였으니까. 그런 와중에도 대화가 없거나, 하더라도 그저 일 이야기뿐이어서 리희는 다시 그와 어색해지는 것을 느꼈다. 특이한 점이라면 타던 차에 결함이 생겼다면서 수리하는 동안 그날그날 기분에 따라 타고 싶은 차를 렌트했다는 것 정도.

노래 제목에도 있던가. 이럴 거면 그러지나 말지. 왜 저러나 싶을 때가 아예 없잖아. 그냥 평소의 박시환 팀장과 별반 다를 게 없는데 이건 뭐 밀당도 아니고…….

“……!”

혹시, 식었나? 좋다고 했던 마음이? 고백하자마자 후회됐나? 그래서 다음 날부터 모른 척? 카풀은 해놓은 말이 있어서 어쩔 수 없이 해준 거고? 갑자기 명치 언저리가 쿵 내려앉아 찌르르 울리는 것만 같았다.

"어차피 워크숍와서 하는 일이 다 형식적인 건데 이렇게 열심히 해주시니까 자주 오자고 건의라도 해봐야 하나 싶습니다. 그럼 회의는 이쯤하고, 저녁 먹으러 갑시다."

그녀의 마음을 아는지 모르는지, 시환은 웃으며 회의를 정리하고 있었다. 역시 리희 쪽은 보지도 않는다.

"크으, 드디어!"

"특별히 최고급 한우로 준비해주셨다니까 맛있게들 드시고, 지나치게 과음하지만 말아주세요. 각자 컨디션 조절은 알아서 해주실 거라 믿습니다."

"대애박. 빨리 가요 빨리! 시환 님, 어서요!"

지윤이 시환의 곁에 들러붙다시피 그를 떠밀어 회의장을 나서고 있었다. 그러다 리희와 눈이 잠깐 마주쳤지만 그는 이내 시큰둥한 얼굴로 지윤과 회의장을 빠져나갈 뿐이었다.

"……."

결국 리희의 얼굴이 시무룩해지고 말았다. 그리고 밑도 끝도 없이 섭섭해졌다.

좋아한다고 툭 던져놓기만 하면 단가. 그래놓고 상대가 얼마나 신경 쓸지는 생각도 안 하는 거지? 어떻게 해야 할지 모르겠으면서도 그 뒤로 아침마다 얼마나 화장에 신경 썼는데, 자기 전에 뭘 입을까 얼마나 고민했는데! 부루퉁해진 그녀의 입술이 삐죽하게 튀어나왔다. 시기를 노려 저도 뭔가 답을 해주고 싶었는데 도무지 그럴 틈이 나질 않았다.

"아까 막 출장 뷔페 차도 올라오던데. 그거 우리 차일까?"

"진짜요? 여기 우리밖에 없잖아요."

"안주가 좋으니 고량주를 들이켜도 살아남겠다, 야."

직원들이 너 나 할것 없이 우르르 회의장으로 쓴 소강당을 빠져나갔지만 노트북이며 빔 프로젝터를 정리해야 하는 리희는 공허해진 마음에 잠시간 더 앉아 있다가 느릿하게 일어났다.

"리희 님, 빨리하고 밥 먹으러 가요."

그때 선호가 그녀를 도와 자료들을 정리해주기 시작했다.

"아, 네."

"리희 님이 낸 큰 컨셉이 워낙 좋아서 그런지 아이디어가 막 나오던데요?"

"좋다면 다행이지만, 그보단 다들 열심히 해주시는 거겠죠."

소강당 안 커다란 원을 그리고 있던 책상 양쪽 끝에서부터 정리해나가던 와중에 선호가 아, 하는 소리와 함께 리희가 좋아할 만한 이야기를 꺼냈다.

"살짝 들어보니까 이번 시즌 모델, 남자는 '류'로 좁혀지는 것 같던데."

"정말요?"

"네. 상부에 기획안 올렸을 때 반응이 좋아서 대세 남녀 연예인 하나씩은 꼭 쓸 것 같다더라고요."

"대박!"

덕계못(덕후는 계를 타지 못한다)이라더니, 잘만 하면 촬영 현장에 나가 구경을 할 수도 있다! 혼자 상상의 나래를 펼치느라 눈을 초롱초롱하게 빛내는데 그런 그녀를 본 선호가 조금 의외라는 얼굴을 해 보였다.

“와, 리희 님 뭐에 그렇게 극단적으로 좋아하는 거 처음 봐요.”

“네?”

“연예인 좋아한다는 건 알았지만 이 정도일 줄이야. 사실 그동안은 뭐랄까. 좀 건조했잖아요.”

“아…….”

금세 짜게 식는 표정을 바라보던 선호는 리희가 좋아할 만한 떡밥을 조금 더 던지기로 했다.

“저 아는 형이 엔터 쪽에 일해서 원하면 사인CD 같은 것도 얻어다줄 수 있는데, 부탁해볼까요?”

그러자 동그란 눈이 감격으로 더욱 커진다.

“저야 당연히……. 아니요, 괜찮아요.”

하지만 순수하게 ‘무조건 호! 호!’를 외치는 표정과는 달리 대답은 반대였다.

“왜요? 아, 팬이라고 했으니까 이미 있으려나. 아니면 뭐 티켓 같은 건 안 필요해요?”

“티케엣! 도 괜찮아요. 티켓팅했거든요.”

1열 중앙 연석으로다가. 하지만 양일 전부는 못해서 어쩌면 일요일 티켓은 받을 수도 있을 것 같지만…… 속 쓰리니까 그만 유혹하세요, 선호 님. 리희는 그렇게 외쳐주고 싶은 대신 더욱 바쁘게 움직였다.

그렇게 선호와 거의 가운데에서 만나기 직전이었다.

“아, 하긴 그렇겠구나. 그래도 혹시 뭐 필요한 거 있으면…… 어, 시환 님.”

"……!"

선호가 '시환 님'이라 부르는 소리에 리희가 깜짝 놀라 고개를 들었다. 그리고 문가에 서 있는 시환과 눈이 마주쳤다.

"……밖에 준비 다 됐다니까 대강 해놓고 식사들 하세요."

"네."

그러나 그는 이내 가까이에 있던 책상 위 자료만을 들고 다시 유유히 나갈 뿐이었다.

'난 리희 님이 다른 남자랑 안 친해졌으면 좋겠는데.'

그래서 지난번엔 일부러 일 시킨 거였다며. 이제 그런 것도 상관이 없다는 걸까.

이놈의 '시환'이라는 남자들 때문에 꼭 롤러코스터를 타는 기분이 들었다. '류'시환 덕에 좋았다가, '박'시환 때문에 나빴다가. 들었다 놨다, 들었다 놨다. 놨다, 놨다, 놨다…….

"그럼 지난번에 대답 안 해준 거 있잖아요, 그건요?"

그때 가운데서 만난 선호가 다시 물었다.

"나랑, 따로 저녁 한번 먹지 않을래요?"

"아, 그거……."

잠시 머뭇거렸지만 리희는 시환의 생각이 어떤지는 몰라도 여지를 두어서는 안 된다고 생각했기에 더 이상 고민하지 않았다.

"죄송해요. 저 좋아하는 사람 있어요."

당연히 덧붙이는 것도 잊지 않았다.

"물론 연예인 말고요."

리희는 식사 시간 내내 여직원들에게 둘러싸여 있는 시환을 보는 게 껄끄러워 결국 재빨리 식사를 마치고 한적한 산책로로 나와 있었다. 그러다 문득 집에 전화한 지가 꽤 됐다는 사실이 떠올라 즉시 가볍게 '이모'로 저장된 번호를 눌렀지만 막상 통화 버튼 위에서는 잠시 고민해야 했다. 하아. 한숨과 함께 이내 손가락을 떨어트리듯 액정을 터치하고는 휴대폰을 귓가로 가져갔다.

뚜르르. 스무 살부터 자취를 시작했으니 벌써 8년째 이어지는 기계적인 생존 신고와도 같았다. 뚜르르. 처음엔 일주일에 한 번, 그러다 이주에 한 번, 그러다 삼주에, 한 달에…… 지금은 두어 달에 한 번.

……달칵.

"저예요, 이모."

-리희구나.

부모님이 돌아가신 이후 리희를 키워주신 분들. 그만큼 간혹 통화를 하면 애틋함이 먼저 밀려올 법도 한데 벌써부터 할 말이 떠오르질 않았다. 기분 탓이라 하고 싶지만 거의 매번 이랬다.

"잘 지내셨어요? 아직 날씨 오락가락하잖아요."

-우리야 뭐, 너는?

"……저도 뭐."

별말 아닌데도 순식간에 '우리'라는 범주 밖으로 밀려난 기분이 들었다. 아무리 혈육이라고 해도 리희는 이모의 조카지 '딸'은 아니니까.

-회사는 잘 다니고 있고?

그럼에도 이모가 가볍게 물어온 말에 리희의 얼굴은 금세 밝아진다.

"그럼요. 야근 때문에 힘든 거 빼면 사람들도 좋고, 다 좋아요. 이번에 50주년 기념 프로젝트 아이디어 낸 게 있는데, 그게 좋다고 해서 이번에 제 아이디어로 큰 광고도 잡혔어요."

그래서 이렇게 구구절절 늘어놓게 된다. 마치 기다렸다는 듯이. 왜냐면 혈육이 걱정해주는 게 좋아서. 반가워서.

-그래? 잘됐구나. 그러면…….

하지만 이모의 다음 말은 집에 보내는 돈을 좀 더 늘릴 수 있겠냐는 내용이었다. 이모부가 정년퇴임 이후 열었다던 가게 수익이 그저 그렇다는 이야기를 지난 통화에서 듣긴 했었다.

"근데 지난번에 이사하느라 대출받은 게 있어서 당장은 어려울 것 같은데."

-얼마짜리로 옮겼다고 했지?

그에 월세고 보증금 얼마에 월 얼마라는 말을 하자 전화기 너머로 한숨이 들렸다.

-넌 간도 크다. 어쩜 그렇게 큰일을 저지르면서 상의 한번을 안 하니?

"전에 살던 데가 치안이 별로여서 선택의 여지가 없었어요."

-이래서야 원, 대기업 다닌다는 딸 덕 좀 보기가 이렇게 어려울 줄이야.

리희의 기억으로 이모는 용돈이 필요하실 때마다 그녀를 '딸'이라 칭하셨던 것 같다.

"죄송해요. 올 연말부터는 인센티브도 있을 테니까……."

-됐다. 이제 3월인데 연말은 무슨.

"여유 내볼게요."

언젠가 설희는 '법정 대리인'이기만 하면 그렇게 일수 찍듯이 돈을 요구해도 되는 거냐며 버럭 화를 냈었다. 대리인 필요 없는 어른이 됐으니 이제 돈 줄 필요도 없지 않냐고. 하지만 리희 입장에서는 10여 년간 '입혀주고, 먹여주고, 재워준' 이모를 마냥 무시할 수도 없었다.

-네 이모부 가게가 요즘 힘들어. 그래서 그러니까 돕는다고 생각해라.

"……네."

아무리 그래도 훗날 버진 로드를 걸을 때 손잡아줄 가족이 있는 게 어디냐고, 리희는 설희에게 했던 말 그대로 스스로를 설득해보았다. 그래. 그때를 위한 투자라고 생각하자.

하지만 가끔은 친부모도 없이 이모의 'ATM'이 되어버린 제 자신의 삶이 참, 서글퍼지기도 하는 거다. 스무 살 이후로 자취를 시작하고 리희가 몇 번 내려가긴 했지만 단 한 번도 리희가 사는 집에 와보지 않은 '가족들'이었다.

하지만 리희는 중간에 일을 쉬던 그때도 퇴직금을 나누어 꼬박꼬박 이모에게 송금했었다. 그렇게라도 해야 가족이라는 울타리 안에 들어가 있는 것 같았으니까.

그제야 리희는 제가 스토킹으로 입은 상처보다 더 오래되고, 꽤 깊은 상처가 있다는 것을 뒤늦게 알아차렸다.

"네, 들어가세요."

상투적인 인사말과 함께 전화를 끊은 리희가 도돌이표처럼 또 한숨을 내쉬었다. 가족과 통화하고도 공허한 심정을 느껴도 되는 걸까.

"왜 네가 생각나니, 설희야."

차라리 설희에게 전화를 해볼까, 생각하던 무렵이었다.

"리희 니임!"

웬 여자의 목소리가 저를 우렁차게도 불러와 돌아보니.

"……소혜 님."

"한참 찾았잖아!"

소혜였다. 아까 시환과 단둘이서 일이 있었다며 따로, 그것도 꽤 늦게 도착해서 직원들이 한쪽에서 소혜와 시환의 결별설에 대해 역시 아니었나 보다고 떠들었었다. 그래서 리희의 기분이 이미 꽁기해져 있던 건 비밀. 그렇다고 나서서 저 두 사람 사귀는 거 아니래요! 라고 아는 척할 수도 없어서 한쪽에서 답답한 가슴만 퍽퍽 쳤더랬다.

"저 찾으셨어요?"

"당근이지!"

헉헉거리면서도 씨익 웃은 소혜가 리희의 팔짱을 끼어와서 흠칫 놀란 리희가 아무말이나 생각나는 대로 내뱉었다.

"왜, 아 혹시 기획안 때문에 뭐 하실 말씀이라도……."

"헐. 혹시 박시환 닮아가요, 리희 님?"

괜히 뜨끔해서 고개를 가로젓자 빙그레 웃은 소혜가 리희를 이끌고 천천히 걸음을 옮겼다.

"아니이, 나는 리희 님이랑 겁나게 친해지고 싶은데 박시환 그자식이 자꾸 훼방을 놓잖아요."

"시환 님이 훼방을 놓는다구요?"

"일전에 내가 장난쳤던 거 있잖아요. 그거 때문에 그러나 봐요.

으휴, 재미없는 놈."

소혜 역시 캐주얼한 차림이었다. 마치 연예인의 공항 패션을 보는 느낌이랄까. 퍼스널 쇼퍼의 조언에 따른 게 아니라면 꽤 감각이 있어 보였다.

"장난…… 아, 저한테 헤어졌다고 하셨던 거요."

왜 거짓말하셨어요. 순간 높디높은 상무와 낮디낮은 주임의 관계를 잊은 리희가 조금 뾰족하게 물었다. 그러나 정작 소혜는 재미있다는 듯 웃을 뿐이었다.

"헤어진 거 맞아요."

"네?"

"그때 제대로 헤어진 거였죠."

"제대로요?"

리희의 눈이 놀람으로 커졌고 소혜가 고개를 끄덕였다.

"환이가 해명했을 거 아니에요?"

"어, 그러니까 10년도 더 된 친구라고 하기는 했는데……."

"맞는데, 더 설명은 안 해줬죠?"

"네."

"흐음, 아마 리희 님이 회사 사람이라서 더 설명은 못했을 거예요. 환이랑 나, 애초에 서로 좋아서 만난 게 아니었거든요."

거기에 무어라 답을 해야 할지 몰라 리희는 그저 눈만 깜빡일 뿐이었다.

좋아서 만난 게 아니라면 설마.

"정략결혼 상대였죠. 시환이 형이랑 우리 언니도 그렇게 결혼했었거든요."

결혼했었다. 지금은 아니라는 말일까.

"언니랑 형부도 처음엔 데면데면해도 결국 잘살길래 우리도 그렇게 될 줄 알았어요. 근데……."

소혜는 낮게 가라앉은 어둠에 시선을 둔 채로 생각이 깊어지는 듯했다.

그러다 어느 순간 고개를 든 그녀가 웃음기 섞인 소리를 냈다.

"근데 난 속도 없나 봐. 나한테 좋아하는 사람이 생긴 거예요."

"그래서 유치하게 그놈을 좀 자극하려고 환이한테 졸랐어요. 뒷일은 나한테 맡겨라, 대신 소문만 좀 나게 해달라고. 그때 마침 환이도 입사하자마자 너무 인기가 많으시다고 피곤해할 때였거든요. 근데 뭐 소문나면 감히 상무랑 사귄다는데 어떤 여직원이 들이대겠어요. 그 덕에 연애 사업엔 티끌만큼도 관심 없던 환이가 훗날 생각은 안 하고 덥석 동의를 해준 거죠. 사실 그땐 나도 이런 일이 생길 줄은 모르고 무턱대고 부탁하기도 했고."

"……그러셨구나."

뭔가 중간에 말을 돌린 것 같은데 그렇다고 꼬치꼬치 캐묻기도 그래서 리희는 그저 수긍할 수밖에 없었다.

"아, 이건 혹시라도 그 녀석이 내 생각한답시고 말 안 해서 리희님 오해하게 했을까 봐 알려주는 거니까 어디 가서 말하면 안 돼요?"

"어, 그럼요."

물론 시환과 저는 이런 걸로 오해하고 따질 사이도 아니었지만 리희는 더 이상 아무런 말도 할 수가 없었다.

그 복잡한 와중에도 리희는 마음의 짐을 덜어내는 기분이 들었다. 시환은 아니라고 했지만 혹시나, 소혜는 시환에게 감정을 갖고 있었을 수도 있으니까.

이른 봄의 찬 공기가 그녀의 뺨을 식혔지만 어쩐지 그녀는 마음에 불이 지펴지는 기분이 들었다.

"어디 갔다 와요?"

숙소 건물로 들어서려던 때, 마침 입구에서 시환과 마주치고 말았다.

"산책로 좀 돌았어요. 소화가 잘 안 되는 것 같아서."

"여자 혼자 돌 만큼 안전해 보이지 않던데."

더없이 낮게 깔린 목소리에 리희는 흡사 저승사자라도 만난 것처럼 등골이 서늘해지는 것을 느꼈다. 하필 절묘한 타이밍으로 건물 앞쪽에 설치돼 있던 조명이 픽 나가버렸다. 이제 두 사람 위에 있는 센서등이 전부였다.

"괜찮았어요. 좀 전에 소혜 님 만나서 같이 걸었거든요."

"문소혜?"

"네."

리희가 고개를 끄덕이는데 시환은 못마땅하다는 얼굴을 해 보였다.

"그 녀석이 쓸데없는 소리했을 거 같아서 말하는 거지만."

"……."

"걸러들어요. 영양가 없는 소리니까."

당신과 함께 해도 좋다는 상무님의 말이, 영양가 없는 소리라고요?

"……신경 안 써요. 걱정 마세요."

아무래도 너무 늦은 모양이었다. 제가 고민하는 사이 시환은 파도처럼 밀려왔다 멀어져간 모양이었다.

그런데 뭔가, 저 속의 뭔가가 꿈틀거리는 게 느껴졌다. 마음 깊숙한 곳에 갇혀 이십 년이 넘도록 억눌려 있던 것이 말이다. 사실 신경 쓰인다고 말하고 싶다. 밀당이라도 하는 거냐고, 그래서 데면데면하게 구는 거냐고 묻고 싶었다.

"저기……!"

하지만 그 순간 움직임이 없는 두 사람 때문인지 센서등이 꺼졌고, 갑작스레 어두워진 탓에 리희가 반사적으로 어깨를 움츠렸다. 콜라도 괜찮아졌고, 사람 겪는 것도 정말 많이 나아졌지만 아직도 급습, 엄습하는 어둠의 공포엔 도무지 당해낼 재간이 없다. 김 박사와 오래도록 진행했던 인지 치료에서도 가장 효과가 없어 반쯤 포기하고 살았을 정도로. 그저 팔만 조금 흔들어도 센서가 다시 불을 켜줄 것인데, 깨어 있는 채로 가위라도 눌리는 것인지 의지대로 팔이 들리질 않았다.

"말해요."

그때 다행히 시환이 몸을 일으키며 귀찮은 듯 긴 팔을 위쪽으로 살짝 들어 올렸고, 그 덕에 즉각 리희에게 빛이 쏟아졌다. 고개를 들어 보니 그가 조금 더 가까이 서 있었다.

"……아니, 아니에요."

하, 아직도 고작 어둠이 무서운 팔푼이 주제에 뭘 말하려고 했니 우리희야. 아직 나 좋아하냐 물어보기라도 하려고? 그렇다 하면 어쩌게. 설마 좋다고 고백하면서 연애라도 하게? 어떻게 감당할 건데. 내내 이별할까 봐, 그 이후에 해코지라도 할까 싶어 벌벌 떨 거면서!

그렇게까지, 사랑이 하고 싶니?

“괜찮으니까 말해요.”

아니라며 대충 얼버무리려는데 역시 눈치 좋은 시환이 놓치지 않고 집요하게 굴어 리희는 재빨리 머리를 굴려야 했다.

“어, 누구 기다리는 중이셨어요?”

그러자 아무런 말없이 그녀를 내려다보던 그가 이내 피식 웃으며 고개를 끄덕였다.

“네.”

“그러셨구나…….”

그게 나였냐고 묻고 싶은데, 그랬다면 처음부터 ‘리희 님 기다리던 중이었어요.’라고 말해주지 않았을까. 그녀는 시선을 바닥에 떨군 채 나름 궁리하다 손에 쥔 휴대폰을 꺼내 들었다.

“그, 제가 아는 분이면 불러드릴 수 있는데.”

그러자 그가 작게 웃음을 터트린다.

“아니에요, 기다려볼게요. 올 때까지.”

그러면서 센서등이 꺼지지 않게 한 번 더 팔을 휘저은 시환이 들어가라며 그녀의 등을 떠밀어 건물 안으로 들여보냈다.

“들어가요. 잘 자고.”

“네. 시환 님도…… 푹 쉬세요.”

리희가 건물 안쪽으로 사라진 뒤, 결국 계단 난간에 걸터앉은 시환은 긴 한숨을 내쉬었다.

“……너 기다린 거야, 이 여자야.”

근데 남자 무서워하는 게 맞긴 해? 아까 남선호랑은 왜 그렇게 잘 떠들어? 홧김에 나와버렸는데 숨어서 뭐라고 떠드나 좀 더 엿들을걸 그랬나.

"넌 왜 하필 저렇게 어려운 여자를 좋아해서……."

어지러웠다. 머릿속에서 그를 압박하는 수많은 것들이 빙글빙글 돌면서 그를 혼란스럽게 하고 있었다.

그렇게 푹푹 쏟아지는 그의 한숨을, 차가운 가운데 봄 향기를 머금고 있던 밤공기가 한참이나 말없이 받아주고 있었다.

"역시……."

한편 숙소의 커다란 창과 거의 혼연일체가 되어 바깥을 내다보던 리희가 이내 어깨를 축 늘어트리며 침대로 가 풀썩 몸을 뉘였다. 아무도 없는 방으로 올라온 직후부터 그녀는 내내 창밖만 보고 있었다. 시환이 누굴 기다리고 있던 건지가 궁금했던 탓이었다. 그리고 그는 지금.

"소혜 님 기다렸던 거구나."

깡충깡충 뛰면서 그와 어깨동무를 하려는 문 상무와 함께 다시 멀어지고 있었다. 아무리 친구여도 이성인데 저렇게 스킨십 해도 되나. 입술이 삐죽 튀어나온다.

"과음하지 말라고 해놓고 또 술 마시러 간 걸까…… 아냐, 그만. 생각 그만!"

샤워를 마치고 나와서도 내내 둥둥 떠다니는 생각들이 눈에 보이는 것만 같아 괜히 허공을 휘저은 리희가 침대 위로 벌러덩 누워 신경질적으로 시트를 파고들었다. 이런 망상이 루머를 만들고 오해를 만들어낸다는 것을 분명히 잘 알고 있음에도 그녀의 비뚤어진 생각은 그칠 줄을 몰랐다.

"잘된 거야. 어차피 받아줄 수 있는 상황도 아니었잖아, 너."

방 안에 훤히 켜진 불을 바라보며 중얼거리던 리희가 커다란 베개 하나를 끌어안았다. 하지만 데워지지 않은 시트 속은 포근했던 그의 품을 떠올리게 했고, 소혜가 어깨동무하던 모습을 떠올리고 질투하게 했다. 좋았으면서 왜 밀어낸 거야 우리희. 그놈의 편견은 왜 만들어내서 왜 색안경을 낀 거냐고!

"하아, 잠이나 자자. 잠이나."

항상 후회는 늦는 법이다. 그녀는 <이 스탠드는 끄지 말아주세요.>라는 메모를 침대 옆 스탠드 조명 옆에 잘 보이게 둔 다음 눈을 감고 오지 않는 잠을 청하기로 했다.

그리고 몇 시간 후.

"아으…… 뭐야, 밝으면 나 잠 못자는데."

신나게 마신 지윤이 방에 들어와 세안만 마치고 대충 누우려다 인상을 찌푸리며 도로 일어났다. 오랜 다이어트로 잔뜩 예민해질 대로 예민해진 탓인지 그녀는 촤라락, 힘주어 커튼까지 닫고 돌아서서는 미처 리희가 남긴 메모를 보지 못하고 환히 켜진 스탠드 조명을 툭 꺼버렸다.

"이래야 푹 자지."

그래서 지윤은 어둠 속에서 반쯤 잠들어 있던 리희가 그대로 지독한 악몽 속으로 빨려들어가는 것을, 막아줄 수가 없었다.

#8

이별은 누구에게나 그렇듯 처음 설레었던 감정이 무색하리만치 처참하고, 또 처절하게 다가왔다. 여느 노래 가사에서도 그랬다. 좋은 이별이란 세상에 없는 일이라고.

하지만 리희에게 있어 처음이자 마지막으로 겪어본 이별은 남들보다 조금 더 무섭고 충격적인……. 그래, 공포 영화와도 같았다. 여운이 지나치게 긴 그런 공포 영화.

하필이면 그날은 설희가 출장으로 집을 비운 날이었다. 여지없이 초주검이 되어 불이 꺼진 방 안으로 들어온 리희는 불을 켜고 돌아서는 순간 기절할 듯 놀라고 말았다.

"왜 이제 와?"

침대에 비스듬히 누워 있던 한 남자 때문이었다.

"어떻, 어떻게 들어온 거예요?"

그러나 그는 그저 싱긋 웃을 뿐이다.

"오늘도 예쁘네. 혹시 연애해? 그래서 나랑 다시 안 만난다고 했던 거야?"

"말했잖아요. 오빠 다시 만날 자신이 없다고. 이제 마음이 없어요."

"핑계는. 어떤 새끼야?"

"오빠 제발! ……나가줘요. 아니면 신고할 거예요. 아무리 사귀었던 사이더라도 이건 용납 못해요."

그렇게 말하며 리희가 가방에 손을 넣었을 때였다.

"너 지금 휴대폰 꺼내면, 나 죽을 거야."

"오빠!"

"네 집에서 죽는다고. 그러면 네가 죽인 거나 다름없잖아. 안 그래?"

그가 천천히 일어나며 이불 속에 숨겨두었던 날카로운 과도를 꺼내 들었다. 그리고 리희의 눈앞에서 제 목에 가져다대는 거다.

"사랑해. 사랑한다니까? 근데 왜 무시해. 네 마음만 끝나면 다야? 어?"

"그, 그거 내려놔요!"

"몰랐어. 여전히 네가 좋다는 걸 몰랐어. 몰랐던 건데 넌, 이제 마음이 없어?"

리희가 그 자리에 무릎을 꿇듯 주저앉았다. 다리에 힘이 풀린 것이다.

"그거부터 내려놓고 얘기해요. 제발, 응?"

"이거 아니면, 네가 내 얘길 안 들어주잖아."

스토킹으로 신고도 해보았다. 하지만 어떻게 된 건지 경찰 쪽에서 받아주질 않았다. 남자가 꽤 잘사는 집안이라는 걸 알고는 있었지만 그녀의 생각보다 훨씬 영향력 있는 집안이라 쉽게 건드릴 수가 없는 모양이라고 그저 짐작만 해볼 뿐이었다. 그래서 차선책으로 이사도 해보고, 번호도 바꾸어봤지만 어떻게 귀신같이 알고 찾아와 그녀를 괴롭혀댔다.

"다시 만나달라고 해서 만났잖아요. 근데 또 지겹다며, 꺼지라며!"

그때 맞은 뺨이 아직도 아리게 느껴질 만큼 리희에게는 커다란 충격이었고 고통이었다. 그러나 그렇게 헤어지고 얼마 뒤, 또다시 남자가 찾아왔다. 도무지 헤어 나올 수 없는 미로에 갇힌 기분이 들었다.

"네가 날 사랑하지 않아서, 예전처럼 날 쳐다봐주지 않아서 미쳐버릴 것 같았어. 그런 널 좋아하는 내가 지겨웠던 거야. 네가 지겨운 게 아냐, 아니라고!"

그가 힘주어 쥔 칼이 부들부들 떨리며 그의 목에 붉은 선을 그리고 있었다. 안 돼. 간담이 서늘해진 리희가 떨리는 입술로 그를 설득했다.

"아, 알았어요. 알았으니까 그 칼만 내려놔요. 내가 갈게요."

후들거리는 다리에 겨우 힘주어 침대로 다가간 리희가 그의 손을 붙잡고 뜯어말려서야 칼을 저만치로 던져버릴 수 있었다. 하지만 정작 그녀는 그의 손아귀에서 벗어날 수 없었다.

절망의 밤이었다.

"……여긴."

다시 눈을 떴을 때 리희는 직감적으로 제집이 아닌 곳에 있다는 것을 알아차렸다. 머리가 띵했다. 잠들기 직전에 그가 마시라며 챙겨줬던 물에 뭔가 들어 있던 걸까. 주변을 둘러보려 했지만 눈을 뜨나 감으나 별반 차이가 없는 까만 어둠, 탁하고 습한 공기 말고는 당장 알 수 있는 것이 없었다.

"일어났어?"

그때 평소라면 듣기 좋다고 생각했을 법한 그의 목소리가 지척에서 들려왔다.

"여기가, 어디에요?"

기실 그녀를 두렵게 하는 것은 칠흑 같은 어둠보다도 두 손을 묶어놓은 무언가였다.

"너랑 떨어져 있기 싫어서. 아, 목마르지 않아?"

어둠에 익숙해지는 눈이 남자의 형태를 그려냈다. 그리고 그 형태가 커졌다.

"너 콜라 좋아하잖아. 내가 너 마시라고 많이 사왔어. 좋지?"

치익-. 그의 손에서 벌려진 틈으로 탄산이 빠져나오는 소리가 음습한 공간을 찢었다.

"풀어줘요."

"풀어주면 또 도망갈 거잖아. 넌 손 쓸 필요 없어. 내가 다 해줄게."

입가에 차가운 금속이 닿아왔다. 리희가 고개를 젓자 억세게 잡힌 턱에 강제로 음료가 들이밀어졌다. 단단한 이와 철제캔 사이에서 짓이겨진 입술에서 아릿한 통증이 일었다.

"싫, 싫어…… 으읍!"

"마셔. 나 좋아할 때처럼 맛있게 마시라고."

입 안으로 채 들어오지 못한 차가운 액체가 턱을 타고 흘러내려 그녀의 얇은 슬립을 적셨다. 부글부글한 탄산이 살갗을 자극하는 감촉이 소름 끼치도록 선명했다. 결국 사레 들린 리희가 입 안을 채우는 액체를 다 넘기지 못하고 토하듯 켈록거렸다.

그러자 그녀의 입가를 그가 대신 닦아주는데 그 손길이 좀 전보다 조심스러워서.

"이러지 말아요. 굳이 이러지 않아도 나 다시 돌아갈 테니까, 응?"

리희는 갈라지는 목소리로 겨우 그를 설득하려 했다.

"안 돼."

하지만 따스한 손길에 비해 돌아오는 답은 냉정했다.

"네가 다른 새끼들이랑 같이 있는 게 싫어. 나랑만 살자. 나랑 결혼해줘, 리희야."

"제발……!"

묶여 있는 리희의 손을 잡은 그가 펴지 않으려는 손가락을 억지로 펴 그 손에 반지를 끼우려 했다. 억세게 잡힌 손가락이 꺾여 그녀가 소리를 질렀지만 그는 개의치 않았다.

"아무한테도 너 보여주기가 싫어. 다른 새끼들이 눈에 담을까 봐 벌써부터 화가 나거든. 리희야, 나랑 살아."

숨이 턱 막혀왔다. 아무런 말도 할 수가 없었다. 어둠 속에서도 그녀를 바라보고 있을 그의 눈빛이 피부에 소름을 일으켰다. 꺾인 손가락은 어딘가 잘못됐는지 비명을 질러대고 있었고, 아직도 억지로 탄산을 삼킨 목구멍이 아파 제대로 된 목소리도 낼 수가 없었다. 짓이겨진 입술을 깨물자 겨우 멎었던 피가 입 안으로 스며들어와 비릿한 맛이 났다. 역겹다. 토기가 밀려와 눈을 질끈 감은 리희가 말없이 절로 솟은 눈물을 떨궜다.

한때는 열렬히 사랑했던 남자가, 이제 무서워져버렸다.

"무서워요. 오빠 이러는 거, 무섭다고!"

켈록켈록, 잔기침을 쏟아내는 리희의 턱이 다시 잡혔다. 고개를 틀고 싶었지만 그의 악력이 너무나도 거대하게 느껴졌다. 조금만 내려가면 그녀의 목을 조를 수도 있다.

"무서워? 나랑 있는 게 왜 무서워? 내가 널 지켜줄 건데."

"가두고 묶으면서 그게 지키는 거야? 싫어. 놔-!"

짜악. 눈앞에 번쩍하는 빛이 지난 뒤에 남은 것은 화끈거리는 뺨, 그리고 씩씩거리는 남자였다.

"넌 죽을 때까지 나한테서 못 벗어나."

그가 제대로 정신을 차리지도 못한 그녀를 일으켜 억지로 품에 넣으며 속삭였다.

"왜냐면 내가 너!"

"……."

"……사랑하거든."

그녀의 허리에 감긴 그의 팔이, 리희의 숨을 옥죄는 듯했다.

헉 하는 짧은 숨을 들이쉬는 동시에 눈을 뜬 리희가 반사적으로 주변을 살폈다. 눈물이 고여 있던 눈이 읽어내는 하얀 공간은 어젯밤 잠들었던 숙소도, 꿈속의 그 지옥 같던 방도 아니었다. 자잘한 무늬가 들어간 커튼으로 벽이 세워진 공간. 눈이 읽어내는 정보 외에도 커튼 바깥쪽에서부터 난잡하게 들어오는 소리가 많아 귀가 반응했고, 코를 찌르는 약품 냄새엔 절로 미간이 찌푸려졌다.

"하아……."

그런데 이 모든 것이 언젠가 그곳을 도망쳐 나와 겨우 누군가에게 구조 요청을 하고 쓰러졌던 그 이후의 상황과 너무 비슷해서 리희는 제 양 손목부터 확인해보아야 했다. 다행히 줄에 묶였던 자국 같은 것은 없었지만 왼쪽 손등에 주삿바늘이 꽂혀 있다. 아니구나. 순간 긴장했던 탓인지 띵한 어지러움이 밀려와 리희가 눈을 감았을 때.

"네, 박사님."

누군가의 낮은 목소리가 부산스러운 소음보다 더 크게 들려와 다시 눈을 떠야 했다. 소리가 들리는 방향으로 고개를 돌리자 누군가가 얇은 커튼 바로 바깥쪽에 서 있는지 약하게 흔들리는 커튼에 검은 그림자가 드리워졌다 사라지기를 반복하고 있었다.

"다른 증상은 없는데 유독 열이 많이 올랐습니다. 해열제 놓고 기다리니까 어느 정도 내리긴 했는데……. 예. 그러면 박사님이 이쪽 주치의와 통화를 해보시는 건 어떨지……."

다음 순간 커튼이 걷히고 시환이 안쪽으로 들어오려다 멈칫하는 것이 보였다. 그의 눈길이 하루 새 상해버린 리희의 얼굴, 결국 눈가를 타고 흐르는 눈물에 와 닿았을 땐 그 눈빛이 한층 가라앉았지만 누워 있던 리희는 그것을 알아차리지 못했다.

"……네. 깨어났습니다. 잠시만요."

리희가 몸을 일으키려 하자 그가 황급히 그녀의 어깨를 누르며 고개를 저었다.

"김 박사님인데, 통화해볼래요?"

"김 박사님이요?"

하지만 이어지는 그의 말에 리희는 억지로라도 일어나 앉을 수밖에 없었다. 당혹스러운 눈으로 그를 바라봤지만 시환은 굳은 얼굴로 휴대폰을 들어 보일 뿐이었다.

"네. 저예요."

그래서 일단 전화를 받아 들었다.

-리희 씨. 갑자기 열이 많이 났다던데 괜찮아?

"네. 괜찮아요."

사실 어지러웠다. 하지만 시환이 앞에서 보고 있는 탓에 무어라 할 수가 없었다.

-또, 그때 일이 꿈에 나오기라도 한 거야?

"……네."

그때 통화하는 데 방해가 된다 생각했는지 시환이 바깥을 가리키며 일어나 자리를 비켜주었다. 안 돼요. 리희는 어떻게 된 상황인지 제대로 파악도 하지 못한 와중에 덜컥 혼자 남겨지는 것 같아 그를 붙잡고 싶었지만 입이 떨어지질 않았다.

-지금은 어때? 약 필요한 것 같아?

그 말에 리희는 조금 전 커튼이 걷히고 시환이 모습을 드러내기 전까지 잔뜩 예민해져 있던 자신을 떠올렸다.

"아니요."

리희가 힘없이 이마를 짚었다. 따끈한 손, 따끈한 이마. 아무래도 오랜만에 꾼 꿈 때문에 또 열이 난 것 같긴 한데, 이번엔 뭔가 다르다.

"견딜 만해요. 약은 괜찮아요."

후폭풍이 덜하다. 그냥 악몽이어서 다행이다 싶은 생각뿐. 이건 확실히 달랐다.

-리희 씨. 우리 다시 치료해야 할 것 같아. 아무래도 그때는 리희 씨가 빨리 나아버려야 한다는 강박 때문에 임시방편으로 대충 그 기억을 가려뒀던 게 아닐까 해. 간혹 이런 무의식이 방어기제로 작용할 수도 있는 거라…….

"박사님."

-응. 말해봐.

리희의 시선이 시환이 나가고 홀로 흔들거리는 커튼에 머물렀다.

"시환, 아니 우리 팀장님이 혹시 아세요?"

-어?

"팀장님이 왜, 왜 박사님께 전화해서 제 다른 증상을 묻는 건지……!"

"환자분 바이탈 체크……. 어, 깨셨네요."

"……아니에요."

그때 커튼이 걷히는 소리와 함께 간호사가 나타나 리희는 그냥 시환에게 직접 묻겠다며 전화를 끊으려 했다.

-리희 씨 잠깐만. 끊기 전에 이거 하나만 들어줘.

하지만 김 박사가 마지막으로 남긴 말 때문에 그녀는 통화가 끝난 뒤에도 한동안 전화기를 내려놓을 수가 없었다. 오죽하면 혈압을 재던 간호사가 통화는 자제해달라고 했을 만큼.

"주치의 말로는 열만 내리면 퇴원해도 괜찮을 것 같다고 하는데 좀 어때요."

그리고 그사이 주치의를 만난 시환이 돌아와 그녀가 어떻게 병원에 왔는지에 대해 짧게 설명해주었다.

아침에 일어난 지윤이 리희를 깨우려는데 리희가 온몸이 불덩이인 채로 벌벌 떨고 있었다고 했다. 아마 깨어나지 못하는 와중에 리희는 그 꿈을 반복해서 꾸고 있었겠지. 그래서 다른 직원들은 먼저 서울로 출발하고 시환만 그녀를 데리고 근방에 있는 대학 병원 응급실로 와 있는 것이라고 했다.

차분하게 듣던 리희가 시환이 이야기를 끝맺을 때 조심스럽게 입을 열었다.

"저 때문에 고생 많으셨어요. 죄송해요."

"멀쩡하게 자러 들어갔던 사람이 갑자기 아프다니까 좀 놀란 것 말고는 고생이랄 것도 없었어요. 누워요."

"시환 님."

시환이 다시 그녀를 눕히려 하자 핏기 하나 없어 창백한 안색이면서도 버티고 앉은 그녀가 제법 다부진 눈을 했다.

"알아요. 무슨 얘기하려는지."

그러자 시환이 대충 눈치챘다는 듯이 먼저 선수를 쳤다.

"김 박사님은 지난번 식당에서 어머니 친구분이라고 하셨던 게 생각이 나서 연락드렸어요. 가족들한테 먼저 알려야 할 것 같아서."

구렁이 담 넘어가듯 거짓말이라니. 리희는 바짝 마른 입 안에 침이 고이는 짧은 사이에 생각을 정리해 다음 순간 좀 더 가지런해진 목소리를 꺼내놓았다.

"그럼 다른 증상이 없다면서, 그래도 혹시 모르니까 여기 주치의와 통화를 해보라는 건 무슨 말이었어요?"

그 말에 드디어 태연하던 시환의 얼굴에도 당황이라는 감정이 스쳐 지나가는 듯했다. 무엇이든 답할 준비가 돼 있을 것만 같은 그의 입술이 일자로 굳는 게 보였으니까.

"그건 '이모'라고 소개했던 분한테 할 만한 말이 아니잖아요. 꼭 김 박사님이 내 주치의라는 걸 아는 것처럼 말하시던데."

"……."

"혹시 시환 님 전에 제 가방 떨어트리셨을 때, 그때 보셨어요?"

그렇게 묻는 리희의 눈을 본 시환은 차마 거짓을 말할 수가 없었다.

"네. 봤습니다."

차라리 화를 내면 좋겠는데 화가 난 건지 어떤 건지를 도저히 읽어낼 수가 없는, 초연한 눈이었으니까. 거짓을 말했다간 상황이 더 좋지 않게 될 것만 같았다.

"미안해요."

하지만 난 이미 마음먹었어. 너에 대해 아는 만큼 내가 할 수 있는 한 최대한 책임지기로. 시환의 깊은 눈이 리희에게로 향했지만 애석하게도 그녀는 두 손에 얼굴을 묻고 있었다.

"……그래서 그랬던 거구나."

그녀가 작게 중얼거렸지만 손바닥을 사이에 두고 뭉개져버린 발음에 시환이 제대로 듣지 못했다.

"그게 무슨……."

"아니에요. 아, 회사 일에는 지장 없을 거예요. 필요하면 진단서 떼다 보여드릴까요?"

그러자 이번엔 시환의 얼굴이 약간 신경질적으로 굳었다.

"필요 없습니다. 그런 거."

리희가 또 제 시선을 피하고 있었다. 겨우 자연스레 마주할 수 있게 된 그녀의 시선이 또 멀어져가고 있는 것이다.

"그럼 이 약 다 들어갈 때까지만 좀 더 누워 있을게요. 아니다. 먼저 가셔도 돼요. 저 제 가방만 있으면 혼자서도 갈 수 있거든요."

말을 다 끝내기도 전에 리희가 시환을 등지고 누워버렸다. 울컥 솟은 눈물에 팔을 들어 이마를 가리려는데 하필 왼손인지라 링거 줄이 당겨 욱신거렸다.

'시환 씨가 나한테 와서 물은 건 리희 씨가 앓던 병에 대한 이런 저런 게 아니라 그냥 딱 하나였어.'

이미 끝난 통화였음에도 김 박사의 말이 귓가에 선명하게 맴돌았다.

'어떻게 하면 리희 씨가 다시 사랑할 수 있을지.'

거기에 정신이 팔려 시환이 한숨을 쉬는 것도 듣지 못했다.

'아니, 어떻게 하면 리희 씨가 다시 사랑받을 수 있을지.'

그랬던 그가 다시 공적인 태도만 취한다는 건 아무래도, 제가 너무 늦은 탓인 걸까.

"누워요. 좀 더 자요."

그런 그녀의 심정을 아는지 모르는지 그의 목소리는 지나치게 사무적이었다.

반대로 그녀를 다독이는 손길은 너무나도 다정해서 리희는 그만 혼란에 휩싸이고 말았다.

"그리고 리희 님 가방까진 챙길 겨를이 없었어요. 아마 다른 사람이 챙겨서 다음 주에 회사로 가져올 겁니다."

그러면서 시환이 시트를 덮어줘야 하나 말아야 하나 고민하는데 갑자기 벌떡 일어난 리희가 그를 있는 힘껏 밀어버리는 것이 아닌가. 그에 시환은 얼결에 엉덩방아를 찧듯 의자에 주저앉아야 했다.

"……리희 님?"

"이럴 거면 왜 그랬어요, 왜!"

거기다 조금 전까지 다 쓰러져가던 여자가 갑자기 큰 소리를 내는 거다. 절로 황당해진 시환이 리희를 보는데.

"우리희."

울고 있다. 왜, 왜 우는 건데? 시환이 이번엔 멍청한 얼굴로 벙쪄버린 사이 리희가 손등으로 눈물을 훔치려다 걸리적거렸는지 링거를 잡아 뽑으려 한 탓에 그는 황급히 그녀의 손부터 붙잡아야 했다.

"무슨 말인지 알아듣게 좀 말하고 울든…… 아니, 울지 말고 눈물부터 그치고 말해요. 대체 뭐가?"

그렇게 양 손목을 붙잡힌 채로 리희가 눈물만 뚝뚝 떨구는 데 시환은 이제 애가 타다 못해 재가 될 지경이었다. 이 여자는 가만히 앉아서 사람을 롤러코스터에 태우는 재주가 있다. 하지만 그 순간 그는 저라도 침착해야겠다 싶어 천천히 숨을 깊게 들이쉬며 생각을 정리했다.

"그래. 미안해요. 정리하다가 우연히 본 거였는데……!"

"좋아해요."

"그런 건 어차피 좋아해서…… 뭐?"

하지만 아무리 생각을 정리한들, 아무런 소용이 없지 않겠는가. 저도 모르게 리희의 손목을 세게 잡았는지 리희가 아파요, 라며 손을 비틀어 빼려고 해서 그제야 시환이 그녀를 놓아주고 자세를 바로 했다.

그래. 바로 했다. 이번엔 의자가 아니라 환자 침상에 걸터앉아 그녀와 좀 더 가까운 거리에서.

"지금, 뭐라고 했어요?"

"……좋아한다구요."

머리칼에 가려졌지만 그녀는 여전히 울고 있는 게 분명했다. 하얀 시트 위로 계속 무언가가 뚝뚝 떨어지고 있었기 때문이었다.

"좋아하게 됐는데 시환 님은 그날 이후로 갑자기 말도 없고, 나쳐다도 안 보고."

"……."

"진짜 나한테 왜 이래요. 이랬다저랬다 하면서 사람 바보 만들 거였으면 좋아한다는 말은 왜 했냐구요, 왜……!"

결국 품에 넣어야 했다. 힘없이 무너지는 여자를 단단히 안은 시환이 눈을 감았다. 작은 등에 감은 손바닥으로 뼈가 만져질 만큼 마른 몸이어서 화가 났다.

"참느라 그랬어. 다가가면 너 도망갈까 봐!"

그 순간 꼭 그의 목소리가 세상에 남은 단 하나의 소리인 것처럼 그 소란스럽던 응급실의 잡음이 모두 가시고 박시환, 그와 저만 남았다. 흡. 제 숨소리조차 잡음처럼 느껴져 리희가 저도 모르게 숨을 참았다.

"아팠던 거? 무슨 상관이야. 어차피 그런 것들 일일이 신경 쓰면서까지 좋다 아니다 판단할 정신없었어. 그만큼 네가 좋았으니까, 아니."

"……."

"네가 좋으니까."

처음엔 지극히 정연하던 일상이 흔들려서 당황스러웠지만 돌이켜 보면 당황할 겨를도 없이 빠져들고 있었다. 근데 뭐? 쳐다도 안 봐? 굳이 눈이 아니더라도 널 볼 수 있는 방법은 많았다. 그만큼 온 신경이 너한테만 쏠려 있었는데 사람 섭하게.

약간의 틈을 두면서 흥분을 정리했는지 그가 약간 차분해진 투로 다음을 이었다.

"여전히 좋아하고 있어. 그러니까 걱정하지 말고 천천히 와. 기다리고 있으니까."

그 말이 이 말이었나 보다. 그가 기다리던 사람이 바로, 저였나 보다. 바보. 바보 우리희. 맥이 탁 놓이는 느낌이 지나가고 터져버린 눈물에 어깨가 가늘게 떨리기 시작했다.

"울지 마요. 겨우 열 내렸어."

아까까지만 해도 열이 펄펄 끓어서 얼마나 사람 미쳐버리는 줄 알았냐고도 말하고 싶었지만 시환은 말을 아꼈다. 대신 그녀의 등을 토닥였다. 그러자 리희가 작게 중얼거렸다.

"안 울어요. 이건 그냥, 눈이 건조해서."

"알아요."

렌즈도 안 꼈으면서. 그제야 그의 입가에 허탈한 미소가 걸렸다. 그렇게 얼마간을 안고 있었을까.

"우리희."

"네."

숨죽이며 울던 그녀가 고개를 끄덕이는 것과 동시에 작게 답했다.

"열 다 내리면……."

품에서 꺼낸 여자의 흐트러진 머리칼을 손수 정리한 시환이 발갛게 물든 그녀의 눈을 바라보며 말했다.

"우리, 시작하자."

그에 대한 리희의 답은 단순히 '네'나 '좋아요' 같은 언어로는 설명할 수 없는 것이었다. 그저 그 동그란 눈이 제게로 향해 있을 뿐. 하지만 시환은 그걸로 충분하다고 생각했다. 내민 손에 그녀의 작은 손이 올라오는 것. 그것만으로도 정말 충분했다.

"……미쳤나 봐."

이 얼굴로 좋다고 말했나 보다. 차에 타자마자 선바이저를 내려 몰골을 확인한 리희가 경악하며 두 손으로 얼굴을 가렸다. 그러자 보닛을 돌아 차에 올라탄 시환이 그녀의 이마를 짚으며 물었다.

"왜, 아직 아파요?"

"아니요……."

"그럼."

이마는 그저 미지근한 정도인데 왜 이러나 싶어 그가 상체를 숙여 가까이 다가가려 하자 리희가 급하게 창 쪽으로 몸을 돌리며 중얼거렸다.

"그게 아니라, 두 눈 뜨고는 도저히 못 봐줄 꼴이라서요."

"아, 난 또."

그런데 시환의 반응이 지나치게 당연하다는 거다. 원래 이렇게 말하면 예의상이라도 '안 그래요.'나 '괜찮아.'라고 해줘야 하는 거 아냐? 더군다나 서로 좋다고 한 지 이제 고작 두어 시간밖에 안 됐는데!

"서울까지 가려면 시간 좀 걸릴 거니까 눈 감고 먹고 싶은 거나 생각해봐요."

아침은커녕 점심도 못 먹었잖아요. 그런 리희의 마음을 아는지 모르는지, 시환은 그저 피식 웃으며 팔을 뻗어 벨트를 당겨와 대신 채워줄 뿐이었다. 그래서 차가 주차장을 빠져나가는 내내 리희는 고집스럽게 창밖만 보고 있었다.

그러다 언뜻 주차요원과 눈이 마주쳤는데, 무표정하던 남자의 얼굴이 귀신이라도 봤다는 듯이 화들짝 놀라는 거다. 그제야 그녀는 시환이 예의상이라도 빈말을 해주지 않은 이유를 깊이 깨닫게 되었다. 나 진짜 심각하구나.

"취소하고 싶어요."

"뭘?"

"시환 님 좋아한다고 한 거……."

끼익-! 말이 끝나기가 무섭게 미끄러지듯 움직이던 고급 승용차가 아무리 신호를 받았다곤 해도 다소 과격하게 멈춰 섰다.

"왜, 뭐 때문에?"

그리고 그의 목소리도 갑자기 심각해졌다. 하지만 잔뜩 부어 있을 게 분명한 눈으로는 저를 바라보고 있을 그와 마주할 수가 없었다.

"어떤 여자가 이런 몰골로 고백을 하겠어요. 안 돼요. 절대로 안 돼요."

맨 얼굴에, 뭣보다 열로 끙끙 앓느라 땀은 또 얼마나 흘렸게? 거기다 맨발이다. 한마디로 '맨발의 광년이'란 말씀. 제길슨, 왜 하필 후드 티가 아닌 맨투맨을 입었을까. 리희는 팔에 마비가 오는 한이 있어도 끝까지 얼굴을 가리고 가야겠다고 다짐했다.

"의외네요."

그런 그녀의 모습을 바라보던 시환이 나지막하게 말했다.

"뭐가……!"

그리고 다음 순간 너무나도 쉽게 그 다짐이 깨지고 말았다. 얼굴을 가려야 할 손 하나를 시환에게 빼앗긴 것이다. 으아, 리희가 급하게 남은 손으로나마 팅팅 부은 두 눈을 가리는 사이 잡힌 손가락 사이사이엔 그의 긴 손가락이 끼워졌다.

"리희 님 의외로 자신감이 넘치는 사람인 것 같아서."

"자신감이라뇨!"

자신감이 넘쳤으면 이러고 있지도 않겠죠! 라고 받아치려고 했다.

"꽃단장하고 다시 고백하면, 누가 받아준대요?"

하지만 이 말을 듣고서는 도저히 그럴 수가 없잖아.

"아……."

리희가 너무 빠르게 수긍했는지 시환이 참지 못하고 푸스스 웃음을 터트렸다.

"낙장불입. 그리고 그 얼굴은 면역돼서 괜찮아요. 말했잖아, 그런 거 일일이 신경 써가면서 리희 님 좋아하는 거 아니라고."

"시환 님 되게, 낯 뜨거운 말 잘하시네요."

"못할 말 빼고는 다 하는 편이라."

"그래도 이건 아니에요. 하물며 결혼한 친구도 일 년이 다 되도록 아직도 집에서 매일 화장한다고 했단 말이에요."

그러면서 잡힌 손을 다시 빼내려고 하는데 그가 요지부동이었다.

"그렇다고 취소라니. 리희 님은 마음 주는 일이 그렇게 쉽게 취소가 되는 겁니까?"

손은 꼭 잡고서 지극히 사무적인 어투라니. 결국 리희의 얼굴에 스멀스멀 미소가 번졌다. 안 돼 우리희. 이 얼굴로는 무표정이 그나마 제일 사람 같다고. 웃지 마!

"그만큼 생얼은 보여주고 싶지 않다는 거죠. 여자의 무기가 눈물이라고 하는데 그거 다 잘못된 거예요. 진짜 무기는 화장품 파우치라고요."

울어도 화장한 얼굴로 우는 게 훨씬 낫지, 암. 그냥 다른 거 다 차치하더라도 립스틱 하나라도 있으면 소원이 없겠다 싶은데 지금 리희에게 립스틱은 무슨, 신발도 없다. 생각해본 적은 없었지만 그래도 두 번째 남자와의 시작이 이렇게 초췌할 줄은 상상조차 하지 못했단 말이다.

그때 흐음, 하는 소리와 함께 고속도로로 향하려던 차를 돌린 시환이 말했다.

"앞으로 나한테 '절대'라는 말로 선 안 긋는다고 약속하면 그 상태 해결해줄게요."

"이미 뭔가 실행하시려는 것 같은데요?"

"리희 님 답에 따라서 그 방향이 달라질 거라."

"어떻게요?"

“일단 배가 고파서 어디든 들어가서 밥부터 먹고 싶은데…….”

“할게요! 절대로 ‘절대’라는 말 안 할게요!”

그게 딱히 중요한 건가 싶었지만 우선은 이 얼굴을 한 사람에게라도 덜 보여주는 게 훨씬 중요했다. 사실 시환에게 보여준 시점에서 이미 망했지만.

“한 가지만 더.”

“으익, 사람 얼굴 가지고 이렇게 딜하는 사람은 시환 님밖에 없을 거라구요.”

“가감 없이 말해요.”

“……네?”

“속으로 생각하는 건 많은데 겉으로 꺼내놓는 건 너무 적은 것 같아서.”

“그게 일반적인 거 아니에요?”

“우린 특별해졌으니까.”

신호가 걸린 사이 무심하게 휴대폰으로 무언가를 검색하면서 전혀 무심할 수 없는 말을 툭 내뱉는 시환이어서.

“노력…… 해볼게요.”

리희도 아닌 척, 긍정의 대답을 내놓았다.

“오케이.”

그에 검색하던 무언가도 만족스러운 결과를, 그리고 리희에게서도 만족스러운 대답을 얻은 시환이 부드럽게 액셀을 밟았다.

“근데 이 차도 시환 님 차예요?”

그러다 차 안에서 여자가 쓸 법한 향수 냄새가 나는 것을 느낀 리희가 물었을 때 시환이 고개를 저었다.

"급해서 문 상무한테 빌렸어요."

"아……."

"왜요?"

"아니, 아니에요."

얼버무리는 대답에 시환이 힐끔 옆을 살폈다. 뭔가 할 말이 있는 얼굴인데 입을 꾹 다물어버린다.

"혹시나 해서 말하는 건데."

그래서 그는 모른 척 넘겨짚어보기로 했다.

"네?"

"가감 없이 말해달라고 한 지 이제 겨우 1분 정도 지났어요."

"아, 네. 그럼요."

저도 알아요. 꿍얼거리는 소리와 함께 시선이 창밖으로 넘어가버린다. 그렇게 얼마쯤 지났을까.

"……저기."

"네."

무심코 고개를 돌린 시환은 하마터면 웃음을 터트릴 뻔했다. 리희가 궁금해 죽겠다는 얼굴을 하고 있었기 때문이었다.

"그, 혹시 어제 소혜 님이랑 늦게 오신 거. 그거 개인 사정으로 늦었다고 하셨는데…… 그게 뭐였는지 물어봐도 돼요?"

"……."

"아, 곤란하면 꼭 말하지 않아도 되는데 그냥. 그냥 조금 궁금해서……."

그가 쉽게 답하지 않자 리희가 혼자 안절부절못하면서 고개를 푹 숙여버렸다. 역시 그냥 직구로 물어보거나 아예 입을 열지 않는 게 나을 뻔했다.

"어제, 형이랑 형수님 기일이었거든요."

그때 그의 대답과 함께 그녀의 머리 위에 그의 한 손이 올려졌다. 꼭 잘했다고 강아지의 머리를 쓰다듬는 느낌이긴 하지만 그의 대답이 장난스러운 분위기를 이어가기엔 어려운 내용을 담고 있어 그녀는 아무런 행동도 할 수가 없었다.

그러고 보니 어제 소혜가 말해준 것이 기억이 났다. 이 남자의 형과 소혜의 언니가 결혼했었다고.

"아, 어제 소혜 님한테서 들었어요. 시환 님 형수님이 소혜 님 언니분이시라고……."

결혼'했었다'는 점에 의아해했던 게 이렇게 풀릴 줄은 몰랐지만.

"맞아요. 근데 둘이서 백년해로하겠다고 해놓고는 2년 전, 결혼하고는 3년 만에 헬기 사고로 같이 가버렸죠."

"죄송해요. 어려운 이야기면 묻지 않는 게 나았을 텐데."

"어차피 언젠가는 알게 될 이야기였으니까."

괜찮아요. 나지막이 말하는 그의 목소리가 어쩐지 조금 쓸쓸하게 들렸다. 그래서 잠자코 열심히 고개를 끄덕이는데 시환이 아, 하는 소리와 함께 화제를 돌렸다.

"노파심에 덧붙이는데 소혜랑은 진짜……."

"그것도 들었어요. 그냥…… 친구 관계시잖아요."

"……네, 뭐."

리희가 답지 않게 그의 말을 잘라 말하고 나서 잠시간 좁은 차 안에 정적이 몸집을 불렸다.

"혹시 내 이성 친구 때문에 불안해요?"

"네? 아, 아니 뭐 꼭 그런 건 아닌데……."

말끝을 흐리는 리희의 답에 시환이 웃음기 어린 얼굴로 차근차근 설명했다.

"사실은 이성 친구이기도 했지만 그전에 정략결혼 상대였어요."

"그것도……."

"들었겠죠. 친구 앞길 망치기 싫은 누구한테서."

"……네."

"근데 형이랑 형수 그렇게 되고 나니까 각자 생각이 좀 많아진 거예요. 단순한 결혼이 아니라 그 연결고리에 비즈니스라는 게, 결국은 돈이라는 게 걸리니까 회의감이 들기도 하고."

부모님들이 형이랑 형수 사고 때문에 떨어지는 주가를 더 걱정하시더라고요. 시환은 그 모습을 보며 자연스럽게 소혜와의 사이에 벽이 세워지는 걸 느꼈노라고 고백했다.

"그래서 굳이 말하지 않아도 각자가 최선을 다해 순수한 친구관계를 유지하기 위해 노력하게 된 거예요. 그걸 대외적으로 드러내게 된 건 소혜가 말했는지는 몰라도 각자의 필요에 의해 역으로 그걸 이용하고자 했던 이유에서였고."

이제 다시 무심한 얼굴로 앞을 보며 설명하는 시환이었다. 그 모습을 보는 리희는 언젠가 시환이 소혜의 프라이버시를 위해 말을 아끼던 것을 떠올렸다. 그때에 비하면 지금은 확실히…….

"고마워요."

"뭐가."

"다 이야기해줘서요."

이 남자가 저를 믿고, 아끼는구나 싶다. 그게 대화의 내용, 어조, 말투에서까지 다 느껴지는지라 리희는 그거 하나로도 충분히 시환을 믿을 수 있겠다고 생각했다.

"나도 고마워요."

"뭐가요?"

"다 이해해줘서. 그리고 그때 굳이 헤어진 척한 건 미안."

"아니에요. 제가 잘못한 거였는데요 뭐."

이야기를 나누는 사이 어느새 어느 건물 앞에 도착한 시환이 그녀의 안전벨트를 풀어주며 물었다.

"자, 이제 더 궁금한 건 없고?"

"네."

"그럼 가볼까?"

"여기가 어디에요?"

창밖을 두리번거린 리희가 물었을 때 시환이 시큰둥하게 답했다.

"어디긴."

"……."

"호텔이죠."

"네에?"

"어차피 주말인데, 좀 쉬다 가죠 뭐."

그러나 그녀가 무어라 말하기도 전에 그는 이미 앞서간 뒤였다.

"……이게 다 뭐예요?"

"약속 받은 대가."

시환이 향한 곳은 근처의 호텔이었다. 들어오자마자 욕조에 뜨거운 물을 받아 입욕제를 풀어주면서 쉬라기에 한참 노곤한 몸을 담그며 씻긴 했는데, 신나게 씻고 나니 슬슬 긴장이 되는 거다. 너무 빠른 거 아닌가. 그렇게 생각하며 가운을 단단하게 여미고 나왔는데 나오자마자 보인 것은 그가 아니라 커다란 침대 위에 놓인 여러 쇼핑백들이었다.

"시간이 없어서 대충 골랐어요."

로고만 훑어봐도 화장품이며 갈아입을 옷일게 분명했다. 오면서 신발 하나만 사자고 사정하는데도 듣는 둥 마는 둥 하더니, 저건 신발 브랜드 로고다.

사실 그녀를 정말로 놀라게 한 것은 옷이며 신발이 브랜드가 정확히 일치하진 않아도 묘하게 평소 제가 입던 스타일의 그것이라는 점이었다.

"대충이 아니잖아요. 어떻게 알았어요?"

고개를 들어 시환을 다시 보았을 때, 그제야 그도 옷을 갈아입었다는 것을 알았다. 하지만 그는 작게 어깨를 으쓱일 뿐이었다.

"그간 리희 님을 쳐다보지도 않았다는 말에 대한 항변이랄까."

참 사람 할 말 없게 철저한 남자다. 그 번잡한 상황에 아무렇게나 던진 말을 일일이 기억하고 있었다니. 리희는 그가 거르지 말라고 했지만 앞으로 더욱 걸러서 말해야겠다고 생각했다.

하지만 리희가 생각하고 있는 그 짧은 사이에도 그녀의 머릿속이 궁금한 시환은 절로 눈이 가늘어졌다. 그냥 생각할 틈을 주지 말아야겠구나.

"남자랑 단둘이 있는 데서 그렇게 가운 차림으로 계속 있어준다면 나야 땡큐긴 한데……."

"이, 입을게요, 입는다고요!"

어려운 여자인줄 알았는데 의외로 쉬운 구석도 있고. 그의 말 한마디에 리희가 허둥지둥 쇼핑백들을 챙기는데 젖은 머리에 감아놓은 수건이 슬슬 흘러내리는 것이 보였다. 의외로 빈틈도 많고. 시환이 웃음을 참는 낯으로 다가가 그녀의 손에 들린 것들을 내려놓고 수건으로 그녀의 머리칼을 닦아주며 말했다.

"룸서비스 시켜놨으니까 옷 갈아입고 나와요. 밥 먹고……."

말끝을 늘이자 궁금했는지 그녀가 고개를 들어 그를 바라본다. 조금 붓긴 했지만 여전히 예쁜 눈이다.

아, 키스하고 싶다. 하면 놀랄까. 뭣보다 키스에서 그칠 자신이 없다. 그런 음흉한 생각을 한 시환이 아쉬운 대로 하얀 이마에 버드키스를 콕 찍고는 깜짝 놀란 그녀에게 씩 웃으며 말했다.

"우리, 나가서 연애하자."

"뭐 먹을래요?"

해가 저물어갈 무렵 급하게 잡은 리조트 내의 레스토랑으로 들어온 시환과 리희가 메뉴판을 살폈다.

"아까 전에 케이크 먹었으니까 간단하게 먹을까요? 근데 배고픈 것도 같은데."

"아까 전에 먹었으니까 배고프겠죠. 제대로 먹어요."

모든 게 다 좋았다. 서울로 곧장 올라가지 않고 아예 더 아래로 내려와 어떻게 생겼는지 까먹을 뻔한 바다도 보고, 차를 타고 지나가다 아무 이유 없이 끌리는 곳이면 내려서 손잡고 걸으며 시시껄

렁한 이야기도 나누고.

그러다 문득문득 의무적으로 주말마다 예능 프로그램을 켜놓고 웃던 그런 게 아닌 절로 터져 나오는 웃음이 있어 리희는 매 순간마다 마치 꿈을 꾸는 것만 같았다. 꼭 영화에서 뿌옇게 처리한 화면을 보는 듯한 느낌이랄까.

"어……."

왜냐하면 온종일 렌즈도, 안경도 없이 돌아다녔기 때문이었다. 일하는 것도 아니고 운전이야 시환이 해서 딱히 불편한 것은 없었지만 굳이 꼽자면 바로 이렇게 자잘한 글씨가 쓰인 메뉴판을 볼 때는 조금 불편할 수밖에 없었다. 그래서 리희가 메뉴판 속으로 빨려 들어갈 기세로 고개를 숙이자 시환이 작게 웃으며 물었다.

"잘 안 보여요?"

"아, 약간요."

"종일 불편하지 않았어요?"

그 말에 리희가 고개를 들었다. 하지만 또 생각을 하는 듯해서 뭔가 싶었는데 돌아온 그녀의 답에 시환은 조금 놀라고 말았다.

"시환 님이 옆에 있어서 아무렇지도 않았어요. 음, 정확히는 불편한 걸 못 느꼈어요. 하나하나 다 챙겨주셨잖아요."

"호오."

"왜요?"

시환이 장난기 없는 얼굴로 순수하게 감탄하자 리희가 눈을 동그랗게 떴다.

"고작 한나절 사이에 많이 늘었구나, 싶어서. 앞으로도 다 말해줘요. 특히 섭섭한 건 더 바로바로. 꼭 혼자 생각하다 거기서 오해가 생기니까."

뜨끔. 혹 시환이 소혜에게 마음이 있던 건 아닐까 생각했던 과거의 우리희가 민망해지던 순간이었다. 그런 리희의 속을 아는지 모르는지 시환은 그저 기획안을 훑듯 메뉴판을 살피고 있었다. 아마 한식을 좋아하는 리희에게 부담이 되지 않을 메뉴를 고르고 있을 것이다.

"……고마워요."

"뭐가."

"그냥 다요. 다."

이런 나를 좋아해줘서. 라는 조금 낯 뜨거운 말은 아직 어려웠기에 리희가 뭉뚱그려 말하자 시환이 피식 웃으며 별말씀을, 이라 시큰둥하게 말하며 손을 들었다. 그리고 부드러운 스테이크를 메인으로 한 코스 요리와 그에 어울리는 와인까지 고른 시환이 종업원이 다시 멀어져갔을 즈음에 나직이 말했다.

"나도 고마워요."

"……뭐가요?"

"다요. 다."

굳이 짚어주지 않는 것은 조금 전 그가 궁금했던 심정을 저도 한번 느껴보라는 복수였을까. 아마도 그 의미가 맞는지 시환이 웃음을 참는 얼굴로 잠깐 화장실, 이라며 일어났고 홀로 남은 리희는 그가 시야에서 사라지자마자 두 손으로 양 뺨을 감쌌다. 열은 벌써 다 내렸는데도 하루 종일 얼굴이 화끈거린다는 건 그만큼 들뜬 기분을 대변하고 있음이리라.

"미쳤어."

이별, 그리고 그 이후가 두려워, 하고 싶은 말도 하지 못했던 바로 어젯밤의 우리희라면 여전히 마음 한구석에서 벌벌 떨고 있을지도 모른다.

하지만 '오늘'을 사는 우리희는 그저 지금이 너무 행복해서, 그의 말처럼 덧칠해버린 그림이 너무 좋아서. 어제를, 그리고 숨겨진 그림을 떠올릴 겨를이 없었다. 오히려 그가 봐버린 제 어두운 면을 잊어버리게끔 더 밝고 더 예뻐 보이고 싶을 뿐이었다.

"아, 진짜 불편하네."

거기까지 생각했을 때 거울을 한 번 봤으면 싶어졌는데 가방이 없다. 그래서 화장실이라도 가야겠다 싶어 몸을 일으킨 리희가 시환이 오기 전에 빨리 다녀오려 다소 급하게 화장실로 들어섰을 때였다.

"앗!"

"……뭐야 이건?"

"죄송합니다."

엄연히 부딪친 사람을 사람 취급조차 하지 않는 상대의 언행에 당황스러워하기도 전에 리희가 황급히 고개를 숙였다. 사과를 했음에도 부딪친 어깨를 털어내는 노골적인 손짓이 보였지만 엄연히 잘못이 이쪽에 있기 때문이었다.

"에잇, 정말……. 아니, 잠깐."

그런데 그 목소리가 어딘가 모르게 익숙하다고 느끼던 순간, 상대가 나갈 때까지 아직 고개를 숙이고 있던 리희의 시야 안에 또각거리는 소리와 함께 반짝이는 구두의 앞코가 드리워졌다.

"너, 고개 좀 들어봐."

"……!"

그 순간 리희는 아무래도 너무 들뜨지 말았어야 했다고 생각했다. 너무 좋아하면 안 됐는데. 하늘은 여전히 무심했고 그녀의 일이라면 더욱 빌빌 꼬아버릴 테니까.

"하! 세상에, 이게 누구야."

도저히 상대를 똑바로 바라볼 수가 없었다.

'고개 좀 들어봐라 너. 내 귀한 아들 찬 바닥에 자게 한 여우 같은 년 면상 좀 보자고!'

귓가에서 절로 재생되는 목소리의 주인이 분명했다.

"내 아들 감옥살이시켜놓고 넌 아주 잘 지내는 모양이다? 리조트에 여행을 다 오고."

"……."

그저 한 번 더 고개를 숙이는 것이 최선이었다. 절대로 '안녕하세요.'나 '그간 잘 지내셨어요?' 따위의 인사를 할 수 있는 사이가 아니었으니까.

"요망한 년. 또 남자 꼬드겼니?"

꽤 커다란 화장실 파우더 룸을 지나치던 다른 여자들이 중년 여자의 강한 어투에 놀라 힐끔 쳐다보는 것이 느껴졌다.

"……악!"

역시 말을 섞지 않는 게 좋겠다 싶어 다시 한 번 묵례만 하고 지나치려던 리희의 팔이 억 소리가 날 정도로 강하게 붙잡혔다. 자비 없는 손길이었다.

"대답 못하는 거 보니까 맞나 보네. 그 주둥이는 내 아들 범죄자라고 나불거릴 때만 열리더니 이제 보니까 남자 꼬실 때 더 열심히 일하는 모양이지? 왜 말을 못하니?"

"가보겠습니다."

"그래, 가보자. 네가 홀린 남자 얼굴이나 한번 보자고. 가서 네가 내 아들 꼬드겨서 데리고 놀다가 감옥 보냈다고도 얘기를 해줘야지. 응?"

"이러지 마시고-!"

"이러지 말라니. 네가 한 짓은 생각 안 해? 네가 먹칠한 우리 집안은 어떻게 할 건데!"

언성이 높아지자 결국 이목이 집중되기 시작했다. 안 돼. 남자 화장실이 너무 가깝다. 리희가 바짝 말라버린 입술을 깨물었다.

"내 멀쩡한 아들 스토커로 몰아넣고 너는 룰루랄라 아주 잘 지냈나 보구나. 팔자가 폈니? 그땐 거지 같은 몰골로 나타나서 판사한테 동정심이나 유발하더니……."

"제발 그만 좀 하세요!"

하지만 결국 고급스러운 타일로 빼곡하게 메워진 화장실에 리희의 목소리가 크게 울렸다.

"이게 어디서 큰소리야!"

"그 사람은 마땅한 죗값 치른 거예요, 제가 용서할 수 있는 범위를 넘어섰으니까요!"

당시 그녀의 진술에 대해 증언해주기로 약속했던 사람들이 갑자기 발을 빼버리는 탓에 그의 유죄를 입증하는 데에 정말 애를 먹었었다.

다행히 도망쳐 나온 그녀를 가장 처음 발견했던 노파가 '죽을 날도 얼마 안 남았는데 돈 같은 거 받아서 뭐할꼬.'라며 리희의 편을 들어주어 가까스로 증언을 얻어낼 수 있었다. 그나마도 검사가 구형한 형량을 모두 받진 못했지만.

"그 사람, 그 사람은 감옥살이했다고 하셨죠. 근데 저는요!"

잘 접어 갈무리했다고 생각했던 감정이 터져 나오는 것을 어떻게든 정리하려 했지만 결국 서러운 마음이 목소리보다 더 크게 새어 나오고 말았다.

"……지옥살이했어요."

그 사람은 감옥의 찬 바닥에나마 몸을 뉘일 수 있었겠지만 아이러니하게도 리희에게는 그런 바닥조차 허락되지 않았다. 매일매일 지옥의 무저갱으로 떨어져 내리는 끝없는 공포에 갇혀 살아야 했으니까. 교도소 밖 세상이 오히려 감옥처럼 느껴진 그녀에게 자유란 없었다. 사랑했던 사람을 재판정에 세운 그 시점에 이미 그녀의 마음은 넝마가 되어버렸기 때문이었다.

하지만 이제는 다르다. 타인에 의해 엉망으로 칠해졌던 그녀의 캔버스 위에 드디어, 겨우 제 그림을 그리고 싶어졌다. 미래를 두려워하지 않고 그 끝이 어떻게 되든 상관없이 그저 자유롭게.

당당해지자. 고개 숙이지 마, 우리희. 너 잘못한 거 하나도 없어.

굳이 찾자면 처음 그가 되돌아왔을 때 그를 내치지 못했던 제 약해빠진 마음, 바로 그것이었다. 그리고 그게 가장 큰 잘못이었다는 것도 안다.

"그리고 조금 전에 하신 말씀들, 모욕입니다. 충분히 고소할 수 있어요."

"이게 보자보자하니까. 너 아주 멀쩡한 사람 감옥 보내보고 나니까 이제 눈에 뵈는 게 없구나?"

처음부터 거절했다면 그 남자가 조금은 달라질 수 있었을까. 그런 생각을 수백, 수천, 수만 번은 했던 것 같다. 하지만 이미 벌어진 일에 그런 후회는 참으로 부질없는 짓이었다. 리희의 목소리가 낮게 가라앉았다.

"스토킹으로도 부족해 결국 납치하고 감금하는 사람을 멀쩡하다고 보시는군요."

"이게 정말!"

여자의 팔이 들렸다. 저 손에 따귀를 맞았던 지난날이 주마등처럼 스쳐 지나갔다. 아니야. 어떻게 각오한 오늘인데. 거기까지 생각했을 때 무슨 힘이 나왔는지 굵은 반지가 끼워진 손이 제 뺨으로 내려쳐지던 순간 리희가 용케 그 손목을 붙들었다.

"그게 제가 할 수 있는 전부니까요!"

"……."

"돈으로 증인들 회유할 만한 힘이 없는 제가 유일하게 할 수 있는 게, 고소라서요. 법에 매달리는 일뿐이라서요!"

피를 토하는 심정으로 내뱉었음에도 개운할 수가 없었다. 그 일이 있은 이후에 다니던 직장을 그만두고 새로 일을 찾으려 했을 때 기분 탓이라고 하기엔 지나치게 대놓고 취업이 어려웠었다.

어차피 다 지난 일이지. 어쨌든 NK에 용케 입사했고 그 사람도 만나게 됐으니 전화위복이라 생각하자. 리희는 있는 힘을 다해 고르지 못하던 숨을 가다듬었다. 한 번이라도 잘못 내쉬었다간 그 숨에 눈물이 터질 것만 같았다.

"아무리 그래도 부모 되신 입장에서는 제가 좋게 보일 리 없다는 거 충분히 알아요. 그러니 앞으로는 그냥……. 그냥 무시해주세요. 좀 전에 제가 성급하게 행동했던 점은 분명히 사과드립니다."

보는 눈이 많습니다. 저는 그 댁에 먹칠할 생각이 없으니 부디 그만해주세요. 바들바들 떨리는 여자의 손목을 놓아준 리희가 작게 덧붙이며 고개를 숙이고는 입구까지만 들어섰던 화장실에서 도로 돌아 나왔다.

"잘했어. 잘한 거야……."

다리가 후들거렸지만 똑바로 걸으려 애썼다. 잠깐만 바람 좀 쐬고 들어갈까. 아냐, 그를 걱정하게 할 수도 없다. 그래서 이를 악물고 레스토랑으로 돌아갔을 땐 시환이 홀로 세팅 된 테이블에 앉아 와인의 향을 음미하고 있었다.

"오래 기다렸어요?"

혹시라도 그가 들었을까 눈치를 살피는데 시환은 그저 은은한 미소와 함께 느릿하게 고개를 저으며 향이 좋네요, 라 중얼거릴 뿐이었다. 다행이다. 하지만 아무리 의식하지 않으려 해도 아까 화장실에서 봤던 사람들이 저를 흘끗거리는 것만 같아 모든 행동이 자연스러울 수는 없었다.

"어디 불편해요?"

그래서 결국 시환의 눈썰미에 걸려들고 말았다.

"네? 아뇨."

정말 괜찮다는 듯 크게 썬 고기 한 점을 입에 넣고 씹었지만 고기를 씹는지 고무덩어리를 씹는지 분간이 되질 않았다. 그래서 대충 씹은 것을 억지로 삼킬 때 리희는 직감할 수 있었다. 이렇게 다 먹다간 분명 체하고 말 것이라고.

"난 불편한데."

"네?"

접시만 노려보고 있던 리희가 그제야 고개를 들었을 땐 시환이 식사엔 흥미가 없다는 듯 와인 잔의 목을 쥐고 가볍게 흔들며 그녀를 바라보고 있었다.

"일전에 우리팀 팀원들 식성에 대해 말해준 적 있었죠?"

"아, 네."

"그중에 마지막, 잡식이 나예요. 사실 그때 당연히 리희 님이 난 어디에 속하냐고 물어봐줄 줄 알았는데."

"아……."

금세 미안한 얼굴을 하는 리희 때문에 시환이 그게 아니라는 뜻으로 고개를 저었다.

"내 말의 요점은, 잡식인 내 입맛에도 별로일 만큼 식사가 그저 그렇다는 거예요. 역시 바이럴 마케팅을 믿는 게 아니었는데. 그러니까 억지로 먹지 마요."

"……티 났어요?"

"완전. 일어나요. 뭐 다른 거 먹을까 아니면……."

그때였다. 무시무시한 기세로 레스토랑에 난입한 웬 중년의 여자가 다짜고짜 두 사람이 앉아 있던 테이블로 다가와 섰다.

"누구……!"

그리고 리희가 단 한 모금도 마시지 않은 와인 잔을 그녀의 머리 위에 쏟아버린 것은 바로 다음 순간에 벌어진 일이었다.

"독한 년. 뭐? 그냥 무시해? 너 같으면 하나밖에 없는 귀한 아들을 엄한 년 때문에 감옥에 보냈는데 그냥 무시가 되겠냐고!"

"지금 뭐 하시는 겁니까!"

뚝뚝 떨어지는 자색 와인을 둘러쓴 채로 굳어버린 리희를 본 시환이 여자가 팔을 들었을 즈음 결국 언성을 높여야 했다. 그러자 여자가 날카로운 눈으로 시환을 위아래로 훑어보며 코웃음 쳤다.

"어, 그래, 너도 잘못 걸린 거야. 이년 엄청난 물건이거든. 댁도 갖고 놀다 질릴 즈음 무고한 죄 뒤집어씌워서 감옥 보낼 년이라고!"

"뭔가 대단히 큰 착각을 하시는 것 같은데."

시환이 천천히 걸음을 옮겨 리희를 가리고 서서 여자를 싸늘하게 바라보았다.

"아무나 무고한 죄 뒤집어씌울 수 있을 정도로 수사 기관이 그렇게 무능한 것도 아니고, 설사 그렇다 해도 세 번에 걸쳐 재판 받다 보면 대부분의 무고함이 드러나게 될 텐데요."

"네가 저년이 울고불고하면서 수사관들한테 매달리는 모습을 봤어야 된다고! 아니지, 콩깍지가 씌여서 뭘 제대로 보기나 하겠어?"

"죄송하지만 이런 건 콩깍지가 아니라 지식이라고 합니다. 그리고 그 지식에 기대어 한 가지 조언을 드리자면 조금 전에 하신 행동이나 언행으로 충분히 모욕죄나 명예 훼손죄가 성립될 텐데 괜찮으시겠습니까?"

"허, 뭐야? 이것들이 아주 쌍으로-!"

"쌍으로 봐주셔서 감사합니다만, 피해자인 이 사람에게 따질 게 아니라 당시 변호를 맡았던 변호사를 찾아가 따지시는 게 좋겠군요. 말씀하시는 그 '무고죄' 하나도 벗기지 못할 만큼 무능력한 변호인 같으니까요, 혹은."

시환이 비릿한 웃음기마저 지운 냉혹한 얼굴로 여자를 내려다보았다.

"마땅히 받아야 할 벌을 받고 있는 아들을 모친 되시는 분께서 믿지 못하고 남의 집 귀한 딸에게 또 다른 피해를 주고 계시는 거라든가."

"믿지 못하다니, 내 말이 진실이야!"

아, 왜 굳이 여기까지 와서 이런 행패를 부리는 것인지를 알게 되는 순간이었다. 그러니까 단순히 리희를 미워해서가 아니라.

"그럼 재심이라도 해서 아드님의 무고함을 증명해보십시오. 그렇지 않고서야 저는 지금 말씀하시는 그 '사실'에 대해 단 1%도 믿을 수가 없으니까요. 왜요, 설마 제가 여자 친구를 두고 초면인 분의 말을 조금이라도 믿을 거라고 생각하셨습니까?"

시환에게 의심을 심어 그녀를 버리게 할 속셈이었던 것이다. 기가 찼다. 그에 무어라 반박하려 고개를 든 리희는 그제야 제 눈앞에 다가와 있던 그의 손을 보았다. 그 사람의 어머니를 가리고 서서 뒤로 그녀에게 내민 그의 손이.

하지만 그 순간 리희의 눈에는 그게 꼭 호랑이를 피해 하늘로 도망갈 수 있는 동아줄인 것만 같아 오히려 그 손을 잡기가 망설여졌다. 벌써 이 사람을 이토록 난처하게 만들었는데 내가 정말 이 손을 잡아도 되는 걸까.

"일어나요."

그때 돌아선 그가 덥석 그녀의 손을 잡고 일으켜 냅킨으로 젖은 머리와 얼굴을 닦아주었다.

"아 그리고 하나 더. 가석방으로 나온다는 그 아드님이 혹시라도 이 여자 눈에 띄지 않을 수 있게 도와주셨으면 합니다."

가자. 걸치고 있던 재킷을 리희의 어깨에 덮은 시환이 불청객을 지나쳐 나오려던 때였다. 자조적으로 웃던 여자가 혼잣말처럼 중얼거렸다.

"귀한 딸? 웃겨 정말. 쥐꼬리만 한 재산 때문에 겨우 이몬지 뭔지가 거둬준 딸도 귀하다고 해주나 봐?"

그 말에 리희의 손이 떨리기 시작했고 그 떨림이 그녀를 잡고 있는 시환의 손으로 전해져왔다. 그가 리희를 입구 쪽으로 슬쩍 밀면서 다정하게 말했다.

"손 씻어야겠네. 가서 손 씻고 있어요. 계산하고 나갈 테니까."

"시환 님."

"어서."

그렇게 머뭇거리는 리희를 보내놓고 돌아선 시환은 폭풍의 눈과 같은, 무섭도록 고요한 얼굴을 하고 있었다.

"아뇨. 틀리셨습니다. 귀한 아들, 귀한 딸 있기 전에 사람 귀한 줄을 아셔야죠."

그리고 여자에게만 들리게끔 약간 더 다가선 시환이 나지막이 말했다.

"부디 앞으로는 이런 질 낮은 행동하지 마시고 잘 처신하셨으면 좋겠습니다. 제가 인심이 좀 좋은 편이라 되로 받으면 말로 갚아주는 사람이거든요."

"뭐야? 너 뭐야. 뭐 하는 놈이야!"

그에게 삿대질을 하려는 여자에 반해 그는 여전히 팔짱을 낀 여유로운 태도로 일관하고 있었다.

"그 귀한 아들 잘 지키라고 조언드리는 겁니다. 귀하다면서 정신 감정 받아보라는 변호사 조언도 체면 때문에 무시하셨던데, 이거 흥미롭군요. 그깟 체면이 귀한 아들보다 중요하신가 봅니다?"

"너, 너……!"

여자가 내는 데시벨에 반해 시환의 목소리는 워낙 낮고 작았기 때문에 주변에 잘 들리지 않을 것이었다. 그가 조소했다.

"왜요, 모욕으로 고소라도 하시게요? 네. 기꺼이 받겠습니다. 그런데 제 목소리가 워낙 작아서 제대로 증언해줄 증인이 있을까 모르겠습니다. 저는 부인하면 그만일 텐데 말이죠."

결국 여자의 얼굴이 붉으락 푸르락거리기 시작했지만 시환은 거기서 멈추지 않았다. 그의 긴 손가락이 톡톡, 제 관자놀이를 두드렸다.

"범죄는 이렇게 머리를 써서 저지르는 겁니다, KD물산 조안희 사장님. 돈이 아니란 말입니다."

"……너 누구야. 날 어떻게 아는 거지?"

"누구긴."

테이블에서 계산서를 들어 올린 시환이 가볍게 어깨를 으쓱였다.

"저 여자 책임지는 사람이죠."

그럼 이만. 그가 성큼성큼 걸어 레스토랑을 빠져나가고 얼마 지나지 않아 제 화를 이기지 못한 여자가 테이블을 엎기라도 한 듯 커다란 소란이 일었다. 그러나 시환은 여유롭게 계산을 마친 후 리희를 데리고 엘리베이터로 향할 뿐이었다.

"저기."

그에 리희는 안절부절못할 수밖에 없었다. 갓 사귀기 시작한 타이밍에 이런 일이라니. 하지만 그는 잔뜩 굳은 얼굴을 하고서도 부드럽게 말했다.

"쉿. 나 지금 절호의 기회를 잡은 것 같아서 생각이 좀 필요해."

"절호의…… 기회요?"

"네."

"그게 뭔데요?"

리희가 의아하게 물었을 때, 엘리베이터에 올라타서는 거의 그녀를 끌어안다시피 한 시환이 가볍게 답했다.

"와인에 젖은 여자를 내 손으로 벗길 수 있는 기회랄까."

"네에?"

복도가 울릴 정도로 깜짝 놀란 리희의 답에 시환이 드디어 옅게 미소 지으며 객실 문을 열었다. 아까 잠깐 들렀던 호텔의 작은 방과는 비교 되지도 않을 만큼 크고 좋은 고급 룸이었다.

"그러니까 내 계획이 다 서기 전에 빨리 욕실로 도망가는 게 좋을걸."

"시환 님."

하지만 내내 마음을 졸이던 그녀가 결국 울 듯한 얼굴을 했을 때는 그의 얼굴에서도 미소가 사라져 있었다.

"신경 안 써. 그러니까 걱정하지 말고 조금 전 일까지 다 씻어버리고 나와요."

그의 단호한 말에 무어라 하려던 말을 입 밖으로 꺼내지 못한 리희가 이내 천천히 고개를 끄덕이며 욕실로 향했다. 그리고 시환은 그녀가 완전히 들어가는 소리를 듣자마자 신경질적으로 발코니문을 열고 나가 서늘해진 공기를 들이마셨다.

"……빌어먹을."

후우. 피우지 않는 담배가 절실하게 필요하다고 생각한 시환은 그렇게 한동안 허공에 한숨을 불어넣어야 했다.

"어?"

잠시 후, 오늘만 두 번째 샤워를 마친 리희가 아예 머리까지 말리고 밖으로 나오다 침대 위에 놓인 것을 보고는 그대로 멈춰 섰다. 분명 다른 직원이 챙겨서 가지고 갔다던 그녀의 가방이 거기에 있었기 때문이었다.

"이게 왜……."

"거짓말했어요."

그래서 이게 뭐냐 물으려던 순간이었는데 한쪽에 마련된 미니바에서 와인을 고르던 시환이 태연하게 이실직고를 하는 거다.

"왜?"

"나무꾼의 심정으로."

"……."

"아까는 주면 그대로 집에 가버릴 것 같아서 트렁크에 숨겼었는데 생각해보니까 여자한테는 특히 필요한 물건이 많기도 할 텐데 불편하겠다 싶어서 도로 가져온 거예요. 생각이 짧았지."

"설마, 신발도?"

"당연히."

"박시환 씨!"

"왜, 그 덕에 업고 안고 스킨십 꽤 해서 난 좋았는데."

"방 하나 더 잡아야겠어요."

가방에서 지갑을 꺼낸 리희가 문가로 향하자 그 앞을 막아선 시환이 그대로 팔을 벌렸다.

"그러지 말고 이런 나무꾼 한 번만 갸륵하게 여겨서 먼저 안겨 주면 안 돼요?"

"……하."

참 할 말 없게 하는 사람이다. 딱딱하고 깐깐한 박시환은 대체 어디로 간 걸까. 그런 생각을 하면서도 리희는 결국 그 품에 가 안겼다. 새 옷 냄새와 그의 체향이 섞여 그녀의 코끝을 간질였다.

왠지 그의 눈을 보고 있자면 도저히 하지 못할 것 같아 리희는 그 품에 안겨 눈을 감은 상태로 작게 말했다.

"사실 시환 님 얼굴도 못 보겠어요."

"왜요."

"조금 더 예뻐 보여도 아쉬울 판에 내 최악만 자꾸 보여주는 것 같아서."

미안해요. 아까도 너무 난처하게 했어요. 그렇게 말하는데도 시환에게서 반응이 없어 리희가 빼꼼 고개를 들 무렵 그가 말했다.

"최악일 때의 나를 견뎌내지 못한다면 최상일 때의 나를 가질 자격도 없다."

"마릴린 먼로가 한 말이잖아요."

"리희 님이 '최악'이라고 해서 생각났어요. 근데 아까 그게 최악이라면 뭐, 생각보다 양호한데?"

그 말에 웃어야 할지 울어야 할지를 고민하는데 다음 순간 시환의 말에 리희는 숨을 삼켜야 했다.

"사실 그보다 앞서서 그 여자 만난 거 알아요."

"……."

"잘했어. 그때 난 어떡하나, 여자 화장실에 난입이라도 해야 하나 고민했거든."

그래놓고 돌아와서 아무렇지도 않은 척 열심히 음식을 욱여넣던 이 여자의 모습이 떠올랐다. 그렇게 다 먹었다간 분명 또 한 번 응급실에 실려 갔을 거다. 그녀의 몸을 두 팔로 꼭 감아 안은 그가 그녀의 향긋한 머리칼에 얼굴을 묻으며 말했다.

"부서질 것처럼 아슬아슬할 때 꼭 단단한 여자가 돼. 그게 리희님 매력인데 아나 몰라."

품 안으로 따스한 숨결이 스며든다. 잔뜩 장난기 어린 말을 하지만 사실 시환의 얼굴은 그리 부드럽지만은 않았다.

"우리희의 최상은 어떤 모습일지 기대가 돼."

"……."

"그 최상일 때의 우리희를 가지려면 이 정도야 뭐, 아무것도 아니지. 그러니까 걱정하지 마."

이런, 얇은 티셔츠의 가슴팍이 젖어드는게 느껴진다. 울리려고 한 말은 아니었는데. 머리칼을 쓰다듬다 눈을 마주하니 오뚝한 코끝이 빨개져 있다. 그의 양손이 그녀의 양 뺨을 부드럽게 감싸자 눈물을 머금은 눈이 일렁이며 그에게로 향했다.

"그런 눈으로 보면 키스하고 싶어지는데."

하지만 이번만큼은 리희가 웃지 않는다.

"나 생각보다 더 보잘것없는 여자예요. 불 끄고 자는 게 무서워서 불도 켜고 자야 할 정도로 겁쟁이인 데다가……."

"좋은 정보야. 잘 때 옆에 있어야겠네."

"……가끔은, 약 먹어야 할 정도로 불안해요. 그래도 괜찮겠어요?"

말간 눈물이 뺨을 타고 흐르자 그의 손가락 하나가 그 눈물을 닦아냈다.

"말했잖아요. 나 이미 제정신 아니라고."

그 말에 드디어 그녀의 얼굴에 희미하게나마 미소가 떠올랐다. 그리고 떨리는 손이 천천히 그의 뺨에 와 닿았다. 하루 동안 면도를 하지 못한 턱이 까슬거렸다.

"나도, 박시환의 최상을 가질 수 있는 자격을 갖출게요."

"듣던 중 반가운 소리네."

그녀의 말을 들은 그의 입가에 호선이 그려졌고, 그의 입술이 천천히 리희의 입술 위로 내려앉았다.

더 이상 최악이 떠오르지 않는 최고의 키스가 그녀의 캔버스 위에 그려지던 순간이었다.

#9

"리희 님, 정말 괜찮은 거야?"

"죄송해요. 다들 놀라게 해드려서……."

"그으래애! 갑자기 열이 펄펄 끓었대서 얼마나 놀랐게."

주말이 지나고 돌아온 평일 아침. 리희는 사무실에 들어선 이후로 출근하는 팀원들 모두에게서 걱정 어린 인사를 받는 것으로 일과를 시작했다. 물론 윤주가 리희의 얼굴을 보고는 그새 얼굴이 좀 상한 것 같다며 시환이 들으면 섭할 소리를 늘어놓는 통에 그가 들어오나 싶어 힐끔 사무실 입구를 살펴야 했지만.

다행히 마케팅 팀에 들른다던 그는 아직 오지 않고 있었다.

"리희 님!"

그때 지윤이 높은 하이힐을 신고도 용케 뛰어와 리희의 손을 붙잡았다.

"아침에 깨우려는데 막 사람이 핫팩처럼 뜨거워서 진짜 깜짝 놀랐잖아요. 그래서 사람 부르니까 시환 님이 뛰어오셔서 리희 님을 번쩍 안고 나가는데 세상에 얼마나 멋있던지……. 아, 그러면 그날 시환 님이랑 단둘이 서울로 온 거예요?"

아니요, 그날 안 왔는데요. 시환 님이랑 나랑 주말에 둘이 어디서 뭐 했는지 알면 지윤 님 깜짝 놀라다 못해 뒤로 넘어갈 텐데요.

하지만 정작 리희의 대답은 간단했다.

"네, 그랬죠."

"좋았겠다아. 시환 님 운전도 잘하시죠? 지난번에 윤주 님은 같이 출장갔다가 운전하는 옆모습에 유부녀 심장 콩닥거렸다고 하시던데!"

"저야 뭐 그런 거 볼 겨를이……."

새삼 두근거려서 쳐다도 못보고 그 남자의 손만 꼭 잡고 있었다고는 말 못하지. 암.

"하긴 아프셨으니까……. 아, 맞다. 나중에 봤는데 불 끄지 말라고 쪽지 남겼던 건 뭐였어요?"

"네?"

그 말에 웃고 있던 리희의 얼굴이 대번에 굳어졌다. 하지만 그 사이 가방을 내려놓고 팩트를 꺼내 화장 상태를 체크하던 지윤은 리희의 표정 변화를 볼 수가 없었다.

"리희 님이 남긴 거 아니었어요?"

"아 그거…… 제가 불을 켜고 자는 습관이 있어서요."

"그랬구나. 근데 제가 좀 예민해서 완전히 불을 꺼야 잘 수 있거든요. 그래서 그날 커튼까지 다 치고 잤는데. 그거 고치는 게 좋을 걸요? 불은 끄고 자야 깊이 잔다고 전문가들도…….”
“고칠 수 있었으면 진작 고쳤어요.”
“네?”
싸늘하게 튀어나온 리희의 목소리에 퍼프를 톡톡 뺨에 두드리던 지윤이 눈을 동그랗게 뜨고 고개를 돌렸다.
“……아 그게, 저도 고쳐보려고 했던 건데 잘 안 됐거든요. 미안, 좀 예민한가 봐요. 여튼 그날은 걱정하게 해서 미안했어요, 지윤 님.”
사실 더욱 놀란 사람은 리희 본인이었다. 분명 제 마음과 입술 사이엔 수많은 필터가 있다고 생각했는데 마음에 있던 생각이 불쑥 여과 없이 튀어나오고 말았으니까.
하지만 더 이상 과거에 구애받지 않기로 결심했기에 이런 변화를 부정적으로 받아들이지 않기로 했다. 스스로에게 솔직해지는 것부터가 중요한 거니까.
“좋은 아침입니다.”
“아, 시환 님! 들어가시기 전에 이것 좀 봐주실래요?”
“그러죠.”
평소의 리희와는 사뭇 다른 표정과 말투에 지윤이 당황해할 무렵 타이밍 좋게 나타난 시환 덕에 리희는 재빨리 자리에 앉아 일을 시작할 수 있었다.
하지만 그가 굳이 지윤과 리희의 자리 가운데에 서서 무어라 이야기를 나누는 통에 이번엔 옆이 신경 쓰여 뭘 제대로 할 수가 없었다. 회사 밖에서의 박시환에 대해서는 저만 안다는 기묘한 쾌감이 그녀를 두근거리게 했다.

"이 부분은……."

"히익!"

그때 뒤로 뻗은 그의 손이 리희의 손등을 톡톡 두드려 화들짝 놀란 리희가 고개를 들자 그가 미묘하게 웃으며 말했다.

"리희 님이 같이 봐야 할 것 같아서."

"아, 네."

언뜻 그가 작게 웃는 것 같았지만 기분탓이라 생각한 리희가 시환이 서 있는 반대쪽으로 자리를 옮겼다.

아무래도 사내 연애란 생각보다 더, 짜릿할 것만 같다.

-리희 씨. 급하게 상의할 게 있는데 지금 시간 괜찮아?

며칠간은 정말 정신이 하나도 없었다. 일하랴 틈틈이 김 박사와 치료하랴. 그래서 역시 바쁘게 일하던 중에 받은 김 박사의 전화였다.

"상의하실 거요?"

어차피 상담할 때 볼 텐데 따로 무얼 상의하려는 건가 싶어서 리희가 어깨에 걸쳐서 받고 있던 휴대폰을 고쳐 쥐었다.

-이걸 리희 씨 주치의로서 말해야 하나 어쩌나 고민스러운데, 그래도 내가 판단할 사항은 아닌 것 같아서. 얼마 전에 내가 알아봐줬던 거 기억나지?

"……네."

가석방으로 곧 나온다고 했었지. 안 되겠다. 자리에서 일어나 슬쩍 휴게실로 가는 복도 안쪽 비상구로 향했다.

-근데 리희 씨한테 꼭 사죄하고 싶다고, 편지 한 통만 전할 수

있게 해달라고 요청을 했대.

"편지요?"

-응. 검사 통해서 받을 거라 리희 씨가 어디에 있는지는 알려지지도 않을 거고 깊이 반성하고 사과하고 싶을 뿐이라고……. 먼저 검열해봐도 좋다고도 했다더라고.

용서. 범죄 피해자들을 트라우마에서 벗어나게 하는 치료 방법이기도 하다. 그래. 다 끝내고 당신을 만나기 전의 내 모습으로 돌아갈 수만 있다면 빚을 내서라도 해줄 수 있어, 용서 같은 거. 리희가 힘없이 차가운 벽에 기대어 섰다.

-리희 씨. 듣고 있어?

"듣고 있어요. 그냥 잠시 생각 좀……."

하지만 괜찮을까. 그 편지 한 장으로 당신과 나의 이 구질구질한 관계를 정말로 다 청산할 수 있을까.

-그럼 이건 어때? 일단 내가 보관하고, 우리 치료 다 마치고 리희 씨 마음의 준비가 되면 꺼내보는 거.

절로 고개가 끄덕여졌다. 당신은 그 편지에 속 시원히 마지막을 털어 넣었겠지만 내겐 아직 상처가 남아 있으니까. 그래서 쿨한 마음일 수가 없을 것 같다.

"그게 좋겠어요."

-아니면 언제라도 내키면 말해.

"네. 고맙습니다."

-고맙긴. 끊을게. 진료 날 봐.

"네."

통화가 끊겼음에도 그녀는 바로 사무실로 돌아가지 못하고 잠시 멍하니 그 자리에 서 있었다.

그러나 창밖으로 매일 평범하게 저물어가는 해가 오늘따라 왠지 하늘을 활활 불태워버리는 것처럼 보여서. 그 최후의 작열이 남긴 붉은 빛이 불길처럼 창에 스며들어와 그녀의 발목을 붙잡는 것만 같아서 저도 모르게 뒷걸음질친 그녀는 그대로 돌아서 서둘러 사무실로 돌아와야 했다.

"쉬어요."

"네."

오피스텔 앞에 차를 세운 시환이 그녀의 손을 한 번 꽉 잡았다 놓아주며 아쉬움의 인사를 건넸다. 어차피 들어가서 잠드는 순간까지 통화할 거면서.

사실 시환은 아예 그녀의 집을 매일 확인해주려 했으나 전보다 보안이 훨씬 강화되기도 했고, 뭣보다 사과를 하고 싶다고까지 했으니 더 이상의 의심은 정신 건강에 이롭지 않을 거라 판단한 리희가 거절했다. 실은 점점 난장판이 되어가고 있는 집이 더 문제라면 문제였다.

물론 아직 마음 한편에 의심은 남아 있었다. 그 콜라 캔은 대체 뭐였을까. 정말로 제가 기억을 못하는 걸까. 하지만 그게 무서워 의지한답시고 그에게 괜한 걱정을 끼치고 싶진 않았다.

"아, 내일 뭐 해요?"

그래서 웃으며 차 문을 여는데 시환이 불쑥 물어왔다.

"내일……."

대망의 콘서트! 1열 중앙! 하지만 시환은 동명이인인 류에게 유감을 갖고 있지 않은가. 그래서 말을 고르며 그의 눈치를 살피는데 부쩍 수척해진 얼굴이 눈에 들어왔다.

"근데 혹시 어디 아픈 건 아니죠? 안색이 너무 안 좋은데."

그러자 제 얼굴을 한 번 쓸어내린 시환이 눈을 가늘게 뜨며 말했다.

"왜, 아프다고 하면 간호해주려고?"

"진짜 아파요? 어디 좀 봐요."

하지만 농담을 진담으로 들은 리희가 펄쩍 뛰며 그의 이마에 손을 얹으려고 해서 오히려 당황한 그가 몸을 슬쩍 뒤로 빼야 했다.

"장난이에요. 그냥 좀 피곤한 건데."

"그럼 얼른 들어가요. 오늘은 전화도 하지 말고 그냥 푹 자요."

그러면서 리희가 황급히 내리려 하자 그의 눈썹이 씰룩거렸다.

"내일 뭐 하냐니까."

그런데 아까부터 묘하게 이 여자가 제 눈치를 살피는 거다. 왜? 뭐?

"아, 내일…… 오후에 친구랑 콘서트 가기로 했는데."

"콘서트?"

아, 몇 주 전에 혼자 사무실에 남아 티켓팅을 했다고 했었다. 그러니까 이 여자 지금.

"류 콘서트에 간다는 거지?"

역시 시선을 피하며 조심스럽게 고개를 끄덕인다. 흐음, 내키진 않지만 더 질투하다가는 완전히 바보가 될 것 같았다.

"몇 시 공연?"

"오후 일곱 시요."

"그럼 나랑 브런치 먹어요. 데려다줄 테니까 친구랑은 저녁 먹고 들어가면 되겠네. 두어 시간이면 되나? 오는 길에 나랑 또 야식 먹고. 괜찮네."

"아, 아니에요! 혼자 갔다 와도……."

난감했다. 굿즈 줄 서려면 점심이 뭐야, 오전부터 가 있어도 인기 품목은 일찍이 떨어지고 말 거다. 언젠가 게시판에서 연애하는 덕후는 늘 선택의 기로에 서야 한다는 말을 읽은 기억이 났다. 그때는 당연히 저와 상관없는 이야기라 대충 넘겼지만 이렇게 현실이 되어버린 탓에 리희는 잠시 갈등해야 했다.

"……가 아니라, 좋아요. 밥 먹어요."

굿즈 포기. 콘서트 가게 해주는 게 어디야. 여차하면 스크류바에게 부탁하고 대신 맛있는 걸 사주는 것도 나쁘지 않을 것 같다.

"근데 피곤하지 않겠어요? 같이 밥 먹는 건 좋은데 왔다 갔다 운전해줄 필요까진……."

"글쎄, 이런 게 콩깍지가 보지 뭐."

잘라 말한 시환이 피식 웃으면서 들어가보라고 해서 드디어 차 문을 열고 내려선 리희가 손을 흔들었다. 그러자 차창을 내린 그가 굳이 전화하자는 의미로 엄지와 새끼손가락만 세워 귀에 가져다 댔다.

"알았어요. 들어가요."

그러면 일찍 씻고, 내일 콘서트 갈 준비를 후다닥 마친 다음 짧게 통화하는 게 좋겠다. 그렇게 경비원에게 눈인사를 하는 와중에도 머릿속으로는 해야 할 일들을 정리한 리희가 엘리베이터에 올라 문을 닫으려 할 때였다.

"잠시만요!"

누군가가 뛰어오는 소리에 반사적으로 열림 버튼을 누르자 다행히 닫히던 문이 기민하게 반응해주었다.

"고맙습니다."

다시 열린 문으로 트레이닝복에 캡 모자 차림의 남자가 편의점 봉투를 들고 올라타면서 꾸벅 인사를 해왔다. 그에 리희가 마주 고개를 숙이고 일어났을 땐 엘리베이터 문이 스르륵 소리를 내며 안팎을 단절시키고 있었다.

"야근하셨나 봐요."

"아, 네."

"아까는, 남자 친구?"

그런데 유달리 특출난 친화력을 가진 사람인 건지 불쑥 당황스러운 질문을 해오는 것이었다.

"……네?"

그에 리희가 너무 경계심 어린 눈을 했는지 남자가 봉투를 쥔 손까지 휘저으며 해명했다.

"그게, 편의점에서 나오는데 제가 진짜 좋아하는 차가 앞에 서 있길래 저도 모르게 좀 쳐다봤거든요. 원래 남자들 차 좋아하잖아요. 근데 거기서 내리신 거 같아서. 네이비색 SUV 아니었어요?"

"아 그러셨구나……."

네, 맞아요. 그에 대충 대답하면서 괜스레 엘리베이터 안쪽의

CCTV를 의식하는데 그사이 봉투를 뒤적인 남자가 음료수를 하나 꺼내 그녀에게 내밀었다.

"하나 드실래요?"

"……."

많고 많은 음료수 중 하필 또 콜라였다. 리희가 멈칫하자 남자가 그녀의 손에 떠넘기듯 건네주며 사람 좋게 웃어 보였다.

"제가 며칠 전에 이사왔거든요. 떡 대신이라고 생각해주세요."

"……감사합니다."

뭐 이제 그리 공포감은 없지만 뭐랄까, 무조건 반사처럼 일단 움찔하는 건 어쩔 수 없나 보다. 리희가 멍하니 손에 쥔 캔을 내려다보는 사이 11층에서 멈춘 엘리베이터가 입을 벌려 바깥의 공기를 들이마시고는 날숨처럼 남자를 뱉어냈다.

"그럼 먼저 내립니다."

"안녕히 가세요."

드르륵. 문이 닫히고 참 사교성이 좋은 사람이네, 라 생각하는 짧은 사이에 12층에 도착한 엘리베이터가 그녀에게도 문을 열어주었다.

늦은 시각인 탓에 차가운 대리석으로 마감된 고요한 복도에 그녀의 발걸음소리가 보다 선연하게 울렸다. 그래서 최대한 살금살금 걸어 문 앞에 선 리희가 비밀번호로 한 번, 지문으로 한 번, 열쇠로 찰칵 소리가 나게 연 다음 마지막 카드 키 인식까지 마치고 문을 열었을 때.

"엄마야."

갑자기 주머니에서 지이잉 하고 울리는 진동벨 소리에 가슴을 쓸어내려야 했다. 시환이었다.

"네."

-지금쯤 들어갔을 것 같아서.

"시환 님은요?"

재빨리 복도에 누가 없는지 확인하고 문을 닫은 리희가 스피커폰 버튼을 눌렀다.

-나도 주차하고 올라가는 중.

방 안은 역시나 엉망. 며칠 새 그녀의 주의가 얼마나 산만해졌는지를 여실히 보여주는 듯했다. 그럼에도 휴대폰을 든 채 욕실 안쪽부터 살피고 난 리희가 소리 나지 않게 안도의 한숨을 쉬는데 수화기 너머로부터 기침 소리가 터져 나왔다.

"시환 님?"

-크흠, 미안. 사레가 들려서.

잠시 갈라졌던 목소리가 '들려서'라 할 즈음에 정상적으로 돌아왔다. 그도 현관문을 열었는지 삐리릭 하는 소리와 문이 닫히는 소리가 연이어 들렸다.

"얼른 씻고 자요. 일하지 말고."

-일 안 해요. 할 것도 없어.

"아까 차에 노트북이며 자료 챙겨놓으신 거 봤는데."

-……귀신이네.

귀신이라 말하는 그의 목소리가 어쩐지 매끄럽지 못해 바닥을 굴러다니는 옷가지들을 주워 올리던 리희가 테이블 위에 있던 휴대폰을 들어 귓가로 가져갔다.

"임원 PT도 끝났고 그렇게 급할 게 없는……. 아, 설마 벌써 다음 프로젝트 기획하시는 거예요? 그럼 제가 뭐라도 도울게요. 지금 갈까요?"

-아니, 괜찮아요. 이건 그냥……. 개인적으로 공부하는 거라.

"그렇구나. 근데 시환 님 진짜 목소리도 안 좋아요. 아무래도 내일 그냥 푹 쉬는 게 어떨……."

-걱정해주는 건 좋은데 아픈 사람 취급은 사양이야. 내일 봐. 열한 시.

뚝, 전화가 끊겨버렸다. 멍하니 화면을 바라보던 리희가 잘 자라는 문자를 보내놓고 어질러진 주변을 다시 치우려다 문득 한 가지를 깨달았다.

"나 요즘 옷 엄청 샀네."

요즘 매일 집에 들어오며 받은 택배 상자만 서너 개씩은 된 것 같다. 이것도 변화라면 변화라고 해야 할까. 예전엔 굿즈 사느라 옷 사는 돈을 아꼈다면 요즘은 오히려 굿즈를 포기하고 옷을 사는 데 혈안이 되어 있었다.

"역시 시환이들이 문제라니까."

혼자 쿡쿡 웃던 리희가 이럴 때가 아니라고 중얼거리며 서둘러 욕실로 향했다.

아무리 류가 저를 봐주지 않더라도 1열 중앙을 가진 자라면 예쁘게 하고 가야 할 의무가 있으니까!

"고마워요."

차에서 내리려던 리희가 미안한 얼굴로 그의 손을 잡는데 시환이 고개를 저었다.

"끝나면 바로 전화하고. 15분이면 오니까."

"괜찮은데……."

하지만 거절하려다가도 그저 말없이 바라보는 그의 눈을 보고 있자면 도저히 거절할 수가 없는 거다.

"알았어요. 좀 이따 연락할게요."

시환은 차에서 내린 그녀가 저만치에서 누군가를 만나 폴짝폴짝 뛰는 것까지 보고서야 시동을 걸었다. 빨리 집에 가서 잠깐이라도 누워야겠다. 머리가 지끈거렸다. 내내 두들겨 맞은 것처럼 온몸이 쑤시는 통에 리희가 검색했다며 데려간 브런치 레스토랑에서도 무슨 맛인지도 모르고 그냥 쑤셔 넣었던 것 같다.

촌각을 다투게 바쁜 회사 일, 고민 중인 아버지 사업, 그리고 우리희와 관련된 모든 것. 리희는 알지 못하겠지만 그는 요 근래 동원할 수 있는 전신의 촉이란 촉은 모두 날카롭게 세운 채 철인처럼 움직이고 있었다.

고의인 듯 고의 아닌 우연처럼 벌어지는 일련의 사건들. 뭣보다 시환은 거기에 굉장한 책임감을 느끼고 있었다. 왠지 리희가 자신을 만난 이후부터 그런 일들을 겪는 것만 같아서. 꼭 두 사람이 만나는 것을 낱낱이 지켜보는 누군가가 맞든 말든 상관없는 돌을 경고처럼 던지는 것만 같아서. 그래서 그녀가 점차 여유를 되찾아가는 데 반해 그는 하루하루 날을 세우며 예민해져가고 있었다. 마치 보이지 않는 벽이 사방에서 옥죄어오는 듯한 느낌에 저도 모르게 숨이 턱 막혀 그는 현관을 열다 말고 잔기침을 내뱉어야 했다.

그렇게 집에 들어서자마자 침대에 몸을 던지듯 누운 시환이 손등으로 열이 오르는 눈가를 지그시 눌러 덮었다. 하필 이즈음 연례 행사처럼 지나가는 감기와 맞물려버렸다. 약을 먹고 누웠어야 했는데 누워버리고 나니 몸이 흐물흐물 녹아내리는 기분에 일어날 수가 없었다. 지난밤도 거의 뜬눈으로 지새운 탓이었다.

"알람."

하지만 뻗은 손에 기어코 휴대폰을 붙잡아 알람은 맞추고 만다. 두 시간 반만 자고 일어나 샤워하고 데리러 가는 거다. 자꾸 목소리며 얼굴이 안 좋다고 걱정하는 리희 때문에라도 빨리 나아야 할 텐데.

"그냥 링거를 하나 맞고 올걸 그랬나……."

그렇게 반쯤 잠에 빠져 있던 때였다. 삐리릭, 하면서 현관이 열리는 소리에 다시 눈을 뜬 시환이 머릿속으로 방문객이 누구일지 예상해보았다.

도우미? 매주 월요일과 목요일 두 번 오기로 되어 있으니 패스. 어머니? 가능성은 있지만 연락을 주고 오실 텐데……. 까지 생각하던 그는 순간 털끝이 서는 기분에 휴대폰을 찾아 쥐고 몸을 일으켰다. 이 시간에 여길 멋대로 들어올 사람이 없는 탓이었다.

소리나지 않게 문으로 다가선 시환이 바깥에서 들려오는 소리에 귀를 기울였다. 바스락거리는 비닐 봉투 소리가 툭, 놓인 이후로 멎더니 이쪽으로 다가오는 누군가의 발걸음 소리……. 그 소리가 더욱 가까워졌을 때 그가 기습적으로 문을 열었다.

"엄마야!"

"……우리희?"

그리고 깜짝 놀라 뒤로 넘어진 리희와 마주해야 했다. 그러고 보니 며칠 전 서로 오피스텔의 키를 복사해서 나눠 갖긴 했다. 하지만 공연장에 있어야 할 사람이 왜. 그가 얼른 다가가 일으켜주자 그녀가 절로 앓는 소리를 냈다.

"자고 있는 줄 알았는데……."

"왜 도로 왔어. 공연 취소됐어요?"

그러자 이번엔 언제 울상을 지었냐는 듯 날카로운 눈으로 그의 얼굴을 살피며 덥석 그 이마에 손을 얹는 것이었다.

"이것봐, 끝까지 아닌 척. 이렇게 아프면서 난 좋아서 소리나 꽥꽥 지르라고 보내준 거였어요? 열나잖아요."

리희는 아까 이 남자의 창백한 얼굴을 보던 순간 잠을 설칠 정도로 부풀어 있던 콘서트에 대한 기대감이 차갑게 식는 것을 느꼈다. 이 남자 분명 아프다. 그 사실을 깨닫자마자 스크류바에게 당장 티켓을 양도할 사람을 구해달라고 연락하는 손가락에 망설임이란 없었다.

"기다리던 공연이었잖아."

근데 이 미련한 남자는 끝까지 이러고 있다. 결국 눈이 세모꼴이 된 리희가 막무가내로 그를 침실로 끌어당겨 침대에 눕히고는 그가 일어나지 못하게 어깨를 양손으로 누르며 말했다.

"사실 아까부터 언제쯤 아프다는 말하나 기다렸어요. 안색 안 좋은 거 가리려고 모자 쓰고 나온 거였잖아요."

누굴 진짜 바보로 알아. 무어라 답할 틈도 주지 않고 일어난 그녀가 커튼을 쳐 방 안을 어둡게 하고, 그에게 약은? 하고 물었다. 그가 말없이 고개만 가로젓기에 다시 방을 나가 약과 물을 가지고 들어왔다.

"나 괜찮은데."

말은 부정하면서도 제 몸보다 낮은 체온의 서늘한 손길이 좋아서 시환은 리희가 시키는 대로 물을 한 모금, 그리고 입술로 밀어 넣어주는 약을 얌전히 받아 삼켰다.

"거기까지 갔던 건 티켓 줘야 해서. 잠깐 기다려달라 할까 했는데 그랬다간 이렇게 아픈 거 숨기려는 분이랑 거기서 싸울 것 같았어요. 어제 정색했잖아."

아버지를 닮은 탓이었다. 약한 모습을 누구에게도 보이지 않으려는 분이셔서 그런 아버지를 보며 자라온 시환이나 그의 형까지 괜히 아파도 아프지 않다고 고집을 부리는 구석이 있었다.

"걱정하는 게 싫었으니까."

"그렇다고 아프다는 말 한마디를 못해요? 이쯤 되면 독립심이 아니라 미련한 거라구요."

미련한 거 하난 누구랑 똑같네. 힘없이 웃은 리희가 모자를 쓰고 있다 눌린 그의 머리칼을 매만지다 편히 자라며 몸을 일으켰다.

"푹 자고 일어나서, 같이 저녁 먹어요. 잡식이라고 하셔서 내 마음대로 부드러운 반찬할 만한 거 이것저것 사…… 앗!"

그런데 그때까지 고분고분하던 그가 팔목을 잡고 강하게 끌어당겨 얼결에 그의 위로 쏟아지듯 넘어지고 말았다.

"왜, 왜요?"

"자자. 같이."

반은 잠긴 목소리로, 거기다 뜨거운 숨을 섞어 내뱉는 그여서 정말 아프긴 아프구나, 하다가도 그녀를 품 안으로 당겨 가는 힘은 또 어마어마한지라 리희는 약간 당황하고 말았다.

“저기, 나 뭐 많이 사왔어요. 당장 시작해도 시간 없는데.”

“안 먹어도 돼. 이편이 더 좋아.”

“시환 님 회사 안이랑 밖에서 엄청 다른 거 알아요? 그렇게 갑자기 반말할 때 엄청 다른 사람 같다구요.”

“싫어?”

“……아니요.”

“그럼 자자.”

제발 자자. 잠은 몰려오는데 품 안에서 무어라 계속 종알거리는 리희 때문에 깨어 있고 싶기도 해서 시환은 딱 미칠 지경이었다. 오늘따라 예쁘게 하고 와서는. 그러니까 류 그 자식 보여주려고 이렇게 신경을 썼단 말이지? 밀려오는 괘씸함에 숨 쉴 틈만 겨우 주고서 꽉 안았더니 버둥거리던 그녀가 마침내 항복을 외쳤고 그 상태로 같이 쿡쿡 웃다가 눈을 감았다.

그런데 한동안 조용해서 약을 먹은 저보다 잠들었나 싶을 무렵 리희가 거의 속삭이듯 작게 중얼거렸다.

“나 생각보다 시환 님 많이 좋아하나 봐요. 손잡았는데 평소보다 뜨거운 거 느껴지자마자 콘서트 1열이고 뭐고 아무 생각도 안 나는 거 있죠. 역시 어제 가볍게 생각하는 게 아니었는데.”

어쩐지 손을 자주 잡으려 하더라니. 눈꺼풀이 무거워지는 와중에도 그의 마른 입술이 길게 늘어졌다. 아무래도 제가 자는 줄 아는 모양이었다.

“시환 님이 아픈 건 싫은데 나도 잘해주고 챙겨줄 기회가 생기는 건 좋아요. 맨날 받기만 해서. 그러니까 이럴 때라도 나한테 기대줬으면 좋겠어요."

"……."

"덕분에 내 캔버스에 예쁜 그림 그리고 있거든요."

이 말을 듣던 순간 시환은 마음속에서 무언가가 뭉근하게 퍼지는 느낌을 받았다. 이런 걸 감동이라고 하는 거겠지.

"안 그래도 감기 옮길까 봐 조마조마한데 자꾸 키스하고 싶게 할 거야?"

그러면서 흠칫 놀라는 그녀의 이마에 입술을 꾹 누르는 것으로 대신하려는데 곧이어 입술에 닿는 말캉한 것이 있었다.

"그럼 나도 약 먹고 자면 되죠."

"……이렇게 갑자기 훅 들어오는 리희 님도 엄청 다른 사람 같습니다만."

그러자 품 안에서 푸스스 터지는 웃음소리가 들려왔다. 그 웃음이 멎을 때 조심스럽게 머금은 그녀의 입술은 순간 지끈거리고 쑤시던 근육통도 잊게 할 만큼 매력적이고 매혹적이었다.

그의 예민했던 신경을 차분하게 가라앉힐 정도로.

"잘 자요."

"잘 자자."

그녀의 손길과 약기운에 이끌려 눈을 감는 순간 그는 생각했다. 이 여자가 완성할 그림을, 꼭 봐야겠다고.

리희가 눈을 떴을 땐 벌써 해가 저물어버린 뒤였다. 커튼까지 쳐놓은 탓에 사위가 온통 캄캄했다. 시환이 잠들고 나서 바로 일어나야겠다고 생각했는데 어느 순간 저도 까무룩 잠이 들어버린 모양이었다.

이를 어쩌나. 마트에서 사온 게 한 짐인데. 뭐부터 할까. 어둠속에서 바쁘게 고민하던 그녀는 순간 시환이 자고 있다는 것도 잊고 아, 하는 소리를 내고 말았다. 소름일까 전율일까. 아마도 둘 다인 것 같았다.

그렇게 얼마간 그대로 누워 있던 그녀가 조심스럽게 그의 팔을 걷어내고 자리에서 일어나 밖으로 나왔다. 그리고 거실 창으로 들어오는 어스름한 빛이 전부인 거실을 서성거리다 휴대폰을 찾아 누군가에게 전화를 걸었다.

-어, 리희 씨. 주말에 웬일이야?

"……박사님."

-응. 무슨 일 있어?

김 박사의 목소리를 듣자마자 눈 안쪽 깊은 곳부터 뻐근해지는 것과 동시에 왈칵 눈물이 쏟아질 것 같았지만 그녀는 조금 전 그의 품속에서 푹 잠들었던 저를 떠올리며 가까스로 숨을 골랐다.

"저, 그 편지 읽어볼게요."

그와 함께라면 어둠이, 더 이상 두렵지 않아졌기 때문이었다.

"리희 씨 요즘 점점 예뻐지는 것 같아."

"네?"

진료를 마무리할 즈음 김 박사가 흐뭇하게 웃으며 낸 말이었지만 사실 아까 회사에서 윤주도 같은 말을 했던 탓에 리희는 어색하게 제 뺨을 매만져야 했다. 역시 여자는 꾸미기 나름이라던가.

"요즘 화장도 더 신경 써서 하지? 흐음, 내가 말은 안 했지만 스타일도 약간 달라진 것 같고. 스커트 안 입었던 것 같은데."

"요즘 옷을 좀 사게 되더라고요."

"예뻐. 좋은 변화야. 오늘이 제일 젊은 거 알지? 하루라도 어릴 때 더 과감한 스타일도 시도해보고 그래."

김 박사는 어서 일상으로 돌아가야 한다는 강박으로 제 트라우마 위에 덜렁 가면을 썼던 이 아가씨를 기억했다. 숨조차도 그저 쉬어야 해서 억지로 쉬는 것처럼 보였던 그때.

"그 잘생긴 팀장님이 잘생긴 만큼 잘해주나 봐."

"……네."

잘생긴 만큼 잘해주다니. 남자 친구로서의 시환을 표현하기에 더할 나위 없는 말이라 리희는 고개를 끄덕일 수밖에 없었다.

"좋아."

그 말과 함께 김 박사가 책상 위 펜꽂이 아래에서 꺼낸 열쇠로 서랍 하나를 열고서는 리희의 앞에 하얀 봉투 하나를 꺼내주었다.

"아……."

봉투에는 단 두 글자. '리희'라고만 적혀 있었다. 그것이 그 사람의 필체임을 리희는 알고 있었다. 오랜 외국 생활로 한글도 영어 필기체처럼 쓰는 사람이었으니까. 그 사실을 상기하자마자 심장이 두방망이질했지만 그녀는 두 손으로 봉투를 무릎 위로 가지고 와 다시 한 번 제 이름을 눈에 담았다. 왠지 낯선 이름을 대하는 것 같은 생경함이 들었다.

"음, 집에 가서 읽어볼래?"

"아뇨, 여기서……. 저 사실 충동적으로 결정한 거였어서 조금 떨려요."

"그럼 내가 잠깐 자리를 비켜줄 테니까……."

"같이 있어주세요, 박사님."

그러자 김 박사가 차분하게 고개를 끄덕이고는 의자에 등을 기대며 읽어보라고 턱짓했다. 리희는 두근거리는 심장이 조금 가라앉기를 기다렸다 조심스럽게 봉투를 열고 잘 접힌 편지지를 꺼냈다. 두 장이었다. 들숨에 종이를 펴 들었고, 날숨과 함께 시선을 머리말에 가져다 대었다.

<나야 태영이. 너한테 편지 한 장 써본 적이 없었는데 이렇게 쓰게 되네. 못 쓰는 글씨 쓴다고 연습도 많이 했는데 역시 어렵다. 놔두고 그냥 쓸게. 아무리 노력해도 안 되는 것들이 있는데 나한텐 그게 바로 이 악필이 아닐까 해. 니가 한 말이 생각난다. 안 이상하다고. 놔두라고.

영영 못 볼 거라 생각하니까 마음이 아프다. 원치 않아도 내가 원한다면 언제나 오케이 해주던 너라서 내가 고마운 걸 몰랐나 봐. 히로인. 넌 내 인생의 히로인인데. 내가 사랑하는 법을 몰랐던 거겠지. 거칠게 없었으니까. 야망 같은 게 없어도 날 때부터 손에 쥔 게 많아서 너도 쉽게 가질 수 있을 거라고 생각했던 내가 바보였지.

잊어야 하는데 여기서 지내다 보니 널 참 많이 생각하게 되더라. 지나온 시간들 그 속에 내가 무심히 지나쳐온 너를 되새겨보기도 하면서 나 정말 반성 많이 했어. 마지막으로 봤던 너의 모습이 눈에 선하다. 너는 어떻게 지내고 있을까. 의식은 널 생각해서도 안 된다고 하지만 무의식이 끊임없이 너를 말해. 처음 너를 보았을 때의 상냥한 그 얼굴이 더욱 또렷하게 떠올라. 음, 그때 너 되게 이상한 안경 쓰고 있었는데. 과하게 큰 것 같아서 바꿔주려고 했는데도 너 그 안경 많이 아꼈지. 끝끝내 그것도 못 바꿔줬네. 은연중에 이런 것만 자꾸 생각난다. 나란 놈이 잘못했던 것들. 야속하게 굴었던 것들.

미안해. 치졸한 나였어서 미안해. 게으름 따위 모르고 부지런하게만 살던 너에게 큰 상처를 줘버렸어. 그만큼 많이 아팠을 거 생각하면 또 마음이 아파. 리희야. 워낙 이기적인 나였어서 정말 몰랐어.

곧 이곳을 나가게 됐지만 너와는 같은 하늘 아래에 있다는 것에 만족해야겠지. 보고 싶지만 참아볼게. 자연히 만나게 된다면 인사라도 할 수 있으면 좋겠다. 안녕.>

"끝났어?"

"……네."

차에서 기다리던 시환이 힘없이 걸어 나오는 그녀를 보고 곧장 내려서서 다가와 그녀의 안색을 살폈다. 민망함에 고개를 들 수가 없었다. 엉망으로 번져버린 화장을 최대한 고치긴 했지만 제발 몰라줬으면 해서 그대로 그의 품으로 들어가 안겼더니 그가 말없이 그녀의 등을 토닥여주었다.

안녕. 그 두 글자에 펑펑 울어버렸다. 그 눈물에 태영에 대한 감정을 모조리 담아 흘려냈다. 그의 비뚤어진 사랑에 서로가 괴로웠던 시간들을 흘려냈고 원망했던 마음을 흘려보냈다. 당신과 나의 어긋난 관계를 끊어내는 일이 그 한마디로 가능했던 거구나 하는 생각에 허무했지만 한편으로는 후련하기도 했다.

"고마워요."

리희가 시환의 허리를 끌어안으며 중얼거렸다. 그 사람을 비워낼 수 있는 용기를 갖게 해줘서 고마웠고 잊고 편해질 수 있다는 걸 가르쳐줘서, 저도 행복해질 수 있다는 걸 알게 해줘서 더욱 고마웠다. 내가 당신 때문에 변해가나 봐요. 차마 말로 다 형용할 수 없는 감정이 밀려와 또 눈물샘이 터져버릴 것만 같았다. 또 울까 싶어 최대한 명랑하게 말을 이었다.

"나 이제 콜라 그거 봐도 진짜 괜찮아요. 원래 탄산 자체를 별로 좋아하지 않아서 마시진 않지만……. 아! 또 밤에 불 꺼도 잘 자요."

"다행이네."

하지만 그 마음이 그에게 전해진 걸까. 그의 가슴에서 울리는 그의 목소리가 평소보다 더욱 낮고 묵직하게 느껴졌다.

"사랑해요."

그래서 조금 더 용기를 내어 그에게 사랑을 말했다. 거르지 말고 말해달라던 그였으니까. 그제야 생각하건데 사랑이란 참, 거르고 걸러도 물처럼 걸러지지 않고 참기 어려운 감정이다.

"그 말을 병원 주차장에서 듣게 될 줄은 몰랐는데."

"사실 그게 뭔지도 몰랐는데 이제 조금은 알 것 같아서요."

"어때? 사랑이라는 거."

그 말에 곰곰이 고민하던 리희가 더없이 해사하게 미소 지으며 답했다.

"말로는 도저히 표현할 수 없는 거요."

그만큼 시환 님이 좋은 거요. 그랬더니 전염이라도 된 듯이 같이 미소 지은 시환이 그녀의 어깨를 감싸 안고 차로 향하며 중얼거렸다.

"카피라이터였으면 리희 님 자질 부족이었겠는데."

그러자 리희가 물끄러미 그를 올려다보았다. 사랑 고백씩이나 했는데 돌아오는 게 없냐는, 조금은 서운한 눈빛이었다.

"말로는 도저히 표현할 수 없는 거라며."

그에 차에 올라탄 시환이 리희가 당기던 벨트를 대신 채워주며 말했다.

"그래서 나는 몸으로 표현하려고."

"몸으로…… 요?"

"오늘 우리 집에서 자고 내일 같이 출근하자."

"네? 아니, 그게……."

시동을 걸고 시선을 앞에 두는데도 옆에서 안절부절못하는 것이 느껴졌다. 이럴 줄 알았지. 그는 소리 내어 웃고 싶은 것을 참으며 단호하게 물었다.

"왜, 싫어?"

"그건 아닌데……. 아, 집에 들렀다 가면 안 돼요?"

"싫은데."

1분 1초가 아까워서 말이지. 그러면서 시환은 잠시 한 집에서 매일매일 같이 출퇴근하는 일상은 어떨까하고 생각했다.

"위아래가 다르단 말이에요……."

"뭐?"

그때 작게 중얼거리는 리희 때문에 신호가 걸린 참에 손을 잡으며 물었더니 그녀가 애매하게 시선을 피했다.

"……속옷이요."

그리고 더 작게, 거의 들리지도 않게끔 답하는데 그걸 용케 알아들은 시환은 결국 웃음을 참지 못했다.

"웃지 말아요!"

"무슨 상관이야."

기습적으로 다가가 붉어진 뺨에 버드키스를 남긴 시환이 그녀의 귓가에 속삭였다.

"누가 속옷 보려고 벗겨? 리희 님 속살……."

"시, 시환 님. 부부부, 불 바뀌었어요!"

그러자 그를 있는 힘껏 밀어내며 소리치는 리희 때문에라도 그는 쿡쿡 웃으며 반드시 곧장 집으로 가야겠다고 생각했다. 실은 치료받느라 고생했을 것 같아 그저 지난 주말처럼 끌어안고 잠만 자려고 했는데 말이다.

왠지 오늘 밤이 길어질 것 같다 예감한 시환이 의미심장한 미소를 지으며 액셀을 밟았다.

"먼저 출발합니다."

"네, 이따 봬요!"

시환이 빠르게 사무실을 나서려다 멈춰 섰다. 같이 가고 싶지만 리희는 동시 진행하고 있던 다른 일을 마무리 지어 넘겨야 했기에 한 시간쯤 뒤 윤주와 함께 출발하기로 했다. 사실 외부 업무를 보는 사람이 주로 팀장인 시환이나 대리인 윤주였기에 굳이 리희까지 갈 필요는 없었지만 이번 시즌 광고의 남자 주인공이 류로 낙점된 상황인지라 시환이 굳이 리희에게 일을 줘가며 촬영장에 올 수 있게 힘을 써준 것이었다.

그럴 수밖에. 얼마 전엔 저 때문에 무려 류의 콘서트 제일 앞줄까지 포기하고 달려오지 않았나. 그가 휴대폰을 꺼내 메시지를 남겼다.

[리희 님.]

역시 그녀가 보기 전에 용건까지 남기진 않는다.

[리희 님.]

[네?]

한 번 더 불렀을 때서야 화면을 본 리희가 얼결에 대답해놓고서 화면을 한 번, 그리고 아직 나가지 않고 서 있는 그를 한 번 올려다보고는 고개를 갸웃거렸다. 시환이 어깨를 한번 으쓱이며 짧은 용건을 전송했다.

[사랑해.]

예상치 못한 말에 그녀의 눈이 커진다. 그러다 뒤로 누가 지나가는 탓에 화들짝 놀라 휴대폰을 뒤집는데 그 모습이 시환의 눈에는 더없이 사랑스럽게 비춰졌다.

[저녁에 좋은 데 예약해뒀으니까 기대해.]

[미리 얘기 좀 해주지. 왜 항상 기습이에요.]

입술 삐죽거리는 것도 보인다니까. 그가 사무실을 나서며 다시 액정을 두드렸다.

[그래야 이벤트니까. 왜, 약속 있어?]

[아뇨, 그런 건 아닌데…….]

[그럼, 또 집에 들러야 하는 사정?]

아, 이렇게 보내면 또 어떤 표정으로 바뀔지 궁금한데 그것만 보고 나올걸. 엘리베이터 버튼을 누르는 그의 손가락에 잠시 갈등이 머물렀지만 시간이 없었다.

[충분히 예뻐. 이따 봐.]

[♥]

"아, 내가 이렇게 쉬운 사람이 아닌데."

고작 하트 하나에 무너지는 사람이 아닌데 무너지고 만다. 절로 올라가는 입꼬리를 제어할 힘이 부족했다.

"네가 도발한 거야 우리희. 나 지금 레스토랑 말고 방도 잡을 거라고."

그렇게 지하로 내려가는 엘리베이터 안에서 시환의 손이 그 어느 때보다 바빠지기 시작했다.

"리희 님, 얼른 가자!"

"아, 네!"

윤주가 겉옷을 챙기며 부르는 시점에 무사히 일을 끝낸 리희가 황급히 가방을 챙겨 자리에서 일어나는데 지윤이 리희 님, 하고 그녀를 멈춰 세웠다.

"어제 외부 PT하고난 USB 리희 님이 가져가셨었죠?"

"아 그거 가방에…… 엄마야."

가방을 뒤적이던 리희가 그대로 굳어버렸다. 어제 저녁에 정해 둔 옷이 변덕이 죽 끓듯 하는지 아침에 갑자기 마음에 안드는 거다. 그래서 급하게 갈아입고 가방도 바꿨는데 그때 USB를 흘린 모양이었다. 반드시 챙겨야 하는 거라고 속주머니에 넣어놓고 막상 급해서 거기까지 열어서 챙기지는 못한 듯했다.

"없어요? 아, 그거 없으면 안 되는데."

"미안해요. 집 가까우니까 빨리 다녀올게요. 아, 윤주 님 먼저……!"

"왜, 무슨 일이야?"

"제가 집에 USB를 놓고 와서요. 아무래도 윤주 님 먼저 가셔야 할 것 같아요."

"일단 나가자. 리희 님 집, 차로 10분이면 가지 않아? 뭐가 문제야."

"그래도 될까요? 시간 빠듯할 것 같은데……."

리희가 걱정하며 발을 동동 굴리자 엘리베이터 버튼을 누른 윤주가 에이, 괜찮아. 라며 리희의 어깨를 툭 쳤다.

"어차피 우리 가서 할 일도 별로 없는데, 뭐. 내가 시환 님 어시로 외근 담당이었지만 사실 나가봤자 일은 시환 님이 다 했다니까."

그렇게 올라탄 윤주의 차가 회사를 빠져나갔을 즈음이었다.

"리희 님."

"네."

"요즘 연애하지."

"……에?"

집에 들어갔다 나오는 길에 냉장고에서 뭐 꺼내올 만한 게 있나 생각하고 있다 기습을 당하고 말았다. 하지만 그것은 전초전에 불과했다.

"그것도 시환 님이랑."

"네에? 아니 그게, 그러니까 그……."

멀쩡히 사귀고 있는데 아니라고 하기도 뭐하고, 또 맞다고 하기엔 그간 말하지 않은 것에 대해 윤주가 배신감이라도 느낄까 싶어 무어라 말을 해야 하나 고민하던 때였다. 윤주가 라디오에서 나오는 곡에 맞춰 손가락으로 핸들을 리드미컬하게 두드리며 명랑하게 말했다.

"한물간 명언이라고 광고 카피는 당연하고 드라마 대사로도 안 쓰는 게 있는데, 난 아직도 좋아하는 말이 있어."

"……."

"사랑과 기침은 숨길 수 없다는 말. 리희 님이랑 시환 님, 완전 티 나거든."

어째서? 회사에서는 아는 척도 잘 안 할 정도로 잘 숨겼다고 생각했는데!

"유독 리희 님만 팀장실에 들어가면 한참 걸리는 것부터가 수상했지. 원래 시환 님이 그렇게 사람 길게 붙잡고 뭐라 하는 사람이 아니잖아."

그냥 어제 밤을 새워서라도 야근하고 오늘 그 사람과 같이 출발했어야 했나.

"사실 이런저런 증거들 다 차치하고 두 사람 눈빛이 그래. 회의 시간에 시환 님이 리희 님 쳐다보는 눈빛이 그냥, 사랑이더라고."

거기다 리희 님은 시환 님 지나가기만 해도 괜히 어쩔 줄을 모르던데? 모르면 몰라도 감 잡은 사람 눈에는 딱 보이는 법이지. 거기까지 말한 윤주가 여기서 좌회전이지? 하고 물어와 어벙벙하던 리희가 맞다고 대답하는데 마침 신호가 뚫려 대기 신호를 받지 않고도 빠르게 오피스텔에 가까워질 수 있었다.

"뭣보다 워크숍 때 리희 님 안고 나가는 시환 님 얼굴에서 다 뽀록났지, 뭐. 무섭게 차분해져서는 알아서 병원으로 데리고 갈 테니까 나보고 팀원들 챙겨달라고 하는데 내가 볼 땐…… 그래. 딱 겁먹은 얼굴이었거든. 리희 님 어디 잘못되기라도 할까 봐 돌겠는 얼굴."

그 사람이 겁을 먹다니. 리희로서는 상상도 해보지 못한 일이었다.

"여하튼 이제 NK 공공의 적이네, 리희 님."

"고, 공공의 적이요?"

"지난 워크숍 때 저녁 먹는데 시환 님이 문 상무랑은 이제 그냥 친구 사이라고 한 뒤로 우리 회사 여직원들 완전 소리 없는 전쟁 중이었던 거 몰라? 당장 지윤 님 봐라, 그렇게 시환 님한테 들이댔었는데. 아마 한동안 리희 님 은따나 안 시키려나 몰라."

"아……."

바보 우리희. 그날 일찍 일어나지 말고 좀 더 앉아 있을걸. 제 머리를 콩 때려주고 싶은 걸 꾹 참아야 했다.

"뭐 어쨌든 참전 자격 없는 나는 얌전히 관전이나 하렵니다. 입 다물고 응원할 테니까 잘해봐."

"……고맙습니다."

윤주가 워낙 입이 가벼운 편인지라 차라리 일찍이 몰매를 맞을 각오를 하는 게 낫겠다고 생각하면서도 리희는 일단 진심으로 그 응원에 감사를 표했다.

그사이 윤주의 차가 오피스텔 앞에 다다라 있었다. 숙련된 솜씨로 부드럽게 정차한 윤주가 리희가 벨트를 푸는 사이 눈을 가느다랗게 뜨고는 반쯤 놀리듯 물어왔다.

"근데 시환 님 허우대만 좋아서 연애는 영 못할 것 같은데 어때? 잘해줘?"

그 말에 문을 반쯤 열고 몸을 내밀던 리희가 멈칫했다. 하지만 그다음 순간 윤주는 리희에게서 굳이 답을 듣지 않아도 그 답을 알 것 같다고 생각했다.

"……저한테 과분할 정도로요."

리희의 얼굴이, 지금껏 본 중에 가장 행복해 보였기 때문이었다.

광고 촬영 현장의 일사불란한 분위기 속에서도 시환은 그저 가만히 서서 어느 한 지점을 뚫어져라 바라, 아니 이제 거의 노려보고 있는 중이었다. 그 시선의 끝엔 훤칠하게 잘생긴 남자 배우와 하얗고 마르고 작다, 정도로 표현 가능한 여자 배우가 감독과 함께 촬영 전에 콘티와 대본을 두고 동선을 맞춰보고 있었다.

"……네가 그 류란 말이지."

그렇게 중얼거릴 즈음 줄곧 제게 꽂혀 있던 시선을 느꼈는지 류가 무심코 이쪽을 바라보았다. 그러나 시환은 그를 노려보는 눈에 힘을 더하면 더했지 뺄 생각이 전혀 없던 탓에 급작스럽게 두 남자의 까닭 없는 눈싸움이 시작되었다.

"박 팀장님! 팀장님 차 네이비 SUV 맞죠?"

"아, 네."

하지만 하필 그때 시환을 부르러 온 웬 스태프 하나 때문에 어이없게 끝나고 말았다. 시환이 류에게 두던 시선을 그대로 스태프에게로 돌리자 스태프가 흠칫하며 보다 더 조심스럽게 용건을 토해냈다.

"당장 촬영 트럭이 들어와야 해서요. 차를 좀 옮겨주셔야 할 것 같은데 키 주시면 제가……."

"아뇨, 제가 하겠습니다."

"박 팀장!"

스태프를 따라 반쯤 돌아서는데 조금 전 그가 보고 있던 곳에서 그를 부르는 소리가 들려오는 거다. 고개를 돌리니 김동운 감독이 그를 향해 손짓하고 있었다. 아무래도 류가 무어라 말한 모양이었다.

"팀장님, 차……."

그에 시환이 어쩔 수 없이 주머니에서 키를 꺼내 스태프에게 맡기고 감독 쪽으로 다가갔다. 지난 모임에서 리희의 임기응변 덕에 겨우 안면을 튼 이후로도 어렵게 섭외한 감독이었던지라 차를 핑계로 무시할 수가 없던 것이다.

"박 팀장, 이쪽은 류랑 연지수 씨."

시환이 짧게 고개를 숙이고 나자 김 감독이 두 배우에게 그를 소개했다.

"이쪽은 이번 시즌 모델로 두 사람을 강력 추천한 NK 광고 기획팀 박시환 팀장님이셔. 인사 잘하라고."

"어라, 시환? 저랑 이름이 같으시네요. 반갑습니다. 류시환입니다."

그리고 예상했던 반응이 돌아왔다. 시환은 탐탁지 않은 얼굴로

나마 억지로 웃으며 류가 내미는 손을 마주 잡았다. 하지만 이럴 때 리희가 옆에 있었으면 그 여잔 아마 뺨이 붉어졌겠지, 하는 생각을 할 즈음엔 그의 미소가 사뭇 부드러워져 있었다.

"아까 저 무섭게 노려보고 계시길래 제가 마음에 안 드셔서 그런 줄 알았어요."

"……그럴 리가요. 관심 있게 지켜보고 있던 겁니다."

어린 게 눈치는 빨라서. 엄연히 류가 저보다 7년은 늦게 태어났으니 이 이름에 대한 지분도 제가 7년쯤 더 오래 가져온 것이란 말이다. 이런 놈이 어디가 좋다고? 새삼 임원 회의 때 류를 추천한 제 과거를 매우 패주고 싶어지는 시환이었다. 그땐 고만고만한 조건들이라면 이왕 리희가 좋아하는 배우로 낙점하는 게 좋겠다 싶어 고민하지 않고 추천했던 건데, 다시 생각해보니 조금 있다가 도착할 리희가 이놈만 보고 있을 생각을 하니 속이 뒤틀렸다.

"단순 광고가 아니라 촬영이 좀 고되실 것 같은데."

"저야 좋은 경험이 될 테니까요. 추천해주셔서 감사합니다."

"별말씀을."

아니다. 한편으로는 이 녀석이 저와 같은 이름을 쓰지 않았다면 리희와 그렇게 연을 쌓을 수도 없지 않았겠는가. 리희에 관해서라면 상당히 단순해져버리는 시환이 이내 가볍게 표정을 풀고 잘 부탁한다며 격려하다 어디선가 또 그를 부르는 소리에 멀어져갔을 때 그의 뒷모습을 바라보던 류가 작게 중얼거렸다.

"……아까 분명히 죽일 듯이 노려봤던 것 같은데."

[오는 중?]

리희가 급하게 뛰어 들어가 엘리베이터에 탔을 때 짧게 진동한 휴대폰이 시환의 문자메시지를 보여주었다.

[잠깐 집에 들렀어요. USB를 놓고 와서. 글쎄 어제 자기 전에 잊지 말자고 가방에 넣어놓은 거 확인까지 해놓고서 정작 아침에 가방 바꾸다 놓고 간 거 있죠.]

보내놓고 잠시 기다리는데 바쁜 건지 바로 답장이 오지 않아 리희가 연달아 하나를 더 보냈다.

[그래서 그거 다시 회사에 가져다주고 출발이에요. 메일 전송되는 파일이면 좋겠는데 하필이면 기밀이라 윤주 님만 번거롭게 할 것 같아요.]

그럼에도 그녀가 가장 좋아하는 두 시환이들을 모두 만날 생각에 절로 흥얼거려지는 건 비밀. 저도 모르게 웃음이 나는 차에 그의 답장이 도착했다.

[일 바쁘지 않으니까 윤주 님 운전 천천히 하시라고 해. 조심해서 와.]

넵! 이따 봐요…… 까지 쓰고 있는데 그의 메시지가 하나 더 화면에 떠올랐다.

[그리고 렌즈 안 돼.]

뭐라고? 삭제 버튼을 누르는 손가락이 분주해졌다.

[왜요?]

[내 앞에서만 벗으라니까.]

그에 리희는 혼자 헤실 웃고 말았다. 아닌 척 류에게 질투하는 모습이라니.

[그래놓고 연지수 예쁘다고 하기만 해봐.]

[예뻐.]

"뭐라는 거야 이 남자가 지금?"

무어라 두다다다 쳐서 보내려는데 얄궂은 엘리베이터가 12층에 도착해 문을 열고 있었다. 그 문이 다 열리기도 전에 빠져나가서 아무도 없는 복도를 걸으며 다시 액정을 들여다보는데 때마침 문자 하나가 더 도착했다.

[네가 훨씬 더.]

엄마야. 이 남자 갈수록 표현에 거침이 없다. 하지만 그녀는 아직 거침이 좀 있는지라.

[시환 오빠도 잘생겼어요.]

이게 한계다. 알아서 알아듣겠지. 주섬주섬 키를 꺼내는데 그의 답장이 도착했다.

[천천히 빨리 와.]

"바보. 천천히 빨리가 뭐야."

그러면서도 그녀의 행동은 조금 더 분주해졌다. 그녀의 말을 알아들어준 것 같아서 마음이 벅차올랐다. 하지만 그녀의 집 문을 굳게 걸어 잠근 키만 네 개. 그리 불편함을 느낀 적이 없었는데 그에게 빨리 가고 싶은 지금은 이것보다 더 불편한 게 없는 거다.

"하나 정도는 떼버려도 될 것 같기도 하고……."

됐다! 마침내 문을 벌컥 열고 들어간 리희가 아침에 대충 던져 놓은 가방을 찾아 USB를 꺼냈을 때였다.

"생각보다 일찍 왔네."

"……!"

들려서는 안 될, 들릴 이유가 없는 목소리가 그녀의 뒤편 침대

쪽에서 들려왔다.

환청일까. 환청이었으면. 아니, 환청이어야만 했다. 하지만 천천히 돌아선 리희는 손에 들고 있던 것들을 모두 떨어트리고 말았다.

"안녕. 오랜만이야."

다시는 볼 일 없을 거라고 생각했던 그 남자가 그녀의 침대에 비스듬히 기대어 그녀를 바라보고 있었기 때문이었다.

"이…… 태영."

탁. 그 순간 곧바로 나가기 위해 약간 열어뒀던 문이 또 다른 침입자에 의해 철컥 닫히고 말았다.

#10

"시환 님!"

"아, 윤주 님."

촬영장에 들어선 윤주가 시환에게 다가오면서 여러 스태프들과 인사를 나누는 사이 시환은 윤주의 뒤를 살피고 있었다. 그에 윤주가 다 안다는 얼굴로 씨익 웃었다.

"그렇게 아쉬워요?"

"예?"

"리희 님 안 오는…… 어, 시환 님한테 연락 안 했어요?"

안 오다니. 연락이라니. 시환이 곧장 휴대폰을 꺼내 확인했지만 부재중 통화 기록은 물론 메시지 하나도 없었다.

"네. 아까 집에 들렀다 출발한다고 문자한 것밖엔……."

젠장. 그에 생각 없이 무어라 말을 하려다 입을 다문 시환이 속으로나마 욕을 내뱉었다. 여윤주 대리는 아직 모르고 있었으니까.

"저 다 압니다, 시환 님. 이 연륜을 어떻게 보시고?"

저만 아니까 걱정 마시고요, 라며 그의 팔을 한번 툭 친 윤주가 혼자 온 이유를 설명했다.

"근데 그게, 리희 님 집 앞에 차 대놓고 기다리는데 전화가 오더라고요. 먼저 가셔야 할 것 같다고."

"왜요."

그 다음까지 어련히 설명을 할 건데도 시환이 성급하게 끊고 들어와 윤주는 약간 당황하면서도 나머지를 이었다.

"USB 때문에 들른 건 아시죠?"

"네."

"그거 그냥 집에서 메일로 보내려고 열어보니까 파일이 망가져 있더래요. 그래서 그거 다시 하러 회사 들어가 봐야 할 것 같다고 먼저 가라던데."

"……메일로 보내려 했다고요?"

"네. 데려다준다니까 아예 철야할 준비하고 들어가야 해서 샤워하고 옷 갈아입고 간다고……."

그 말에 시환의 얼굴이 무섭게 굳어버리는가 하더니 그가 휴대폰을 꺼내 어디론가 전화를 걸었다. 하지만 한참 전화기를 들고 있는 걸 보니 상대가 받지 않는 모양이었다.

"왜 안 받아."

"안 받아요? 일하느라 바쁜가……."

그렇게 생각할 만도 하지만 연인이자 상사인 시환에게 연락이 오지 않았다는 게 묘하게 윤주를 찜찜하게 했다. 뭣보다 당장 눈앞에 시환이 눈에 띄게 불안해하고 있으니 덩달아 그녀도 불안해질 수밖에.

"윤주 님, 미안한데 회사에 전화해서……."

"바로 할게요."

눈치 빠른 윤주가 얼른 지윤의 번호를 누르는 와중에도 시환은 계속해서 리희에게 전화를 걸고 있었다. 하지만 달칵하고 걸리는 것 없이 계속 이어지기만 하는 통화음이 한 번씩 울릴 때마다 그의 초조함도 증폭되는 듯했다.

"어, 리희 님…… 안 왔다고?"

그 순간 아직 받지 않는 리희에게 계속 전화를 걸던 시환과 윤주의 시선이 허공에서 부딪쳤다.

"……어, 알았어."

"윤주 님, 제 대신 여기 일 좀 부탁합니다."

"네, 근데 시환 님."

말을 하면서 한 번 더 전화를 거는 시환의 팔을 잡은 윤주가 의아하게 물었다.

"왜 그렇게 불안해하시는 거예요? 단순히 연락할 겨를이 없는 걸 수도……."

"그 파일, 기밀이었습니다. 분명 기밀이라 USB 찾아서 회사에 다시 가야 한다고 했던 사람이란 말입니다."

"네? 기밀인데 왜 메일로……."

산업 스파이들의 해킹에 대비해 중요한 자료는 컴퓨터에 저장하지 않는 것이 기본이었다. 근데 그걸 뻔히 아는 리희가 왜? 그제야 윤주가 얼이 빠진 얼굴을 했고, 시환은 반듯하게 매어져 있던 넥타이를 신경질적으로 잡아 내렸다. 감이 좋지 않았다.

"일부러 거짓말을 해야 하는 상황에 놓여 있었다면요."

"리희 님이 왜 거짓말을 해야……!"

"가봐야겠습니다. 여기 좀 부탁합니다."

불안한 예감이 신호탄이 되어 그를 튕겨 나가게 했다. 아무리 생각을 해봐도 리희가 갑자기 사리분별력을 잃을 가능성보다는 그녀에게 무슨 일이 일어났을 가능성이 더 컸기 때문이었다. 마치 그것이 기밀임을 아는 사람에게 전달되기를 바라는 듯한…….

"안 돼."

그의 걱정은 반드시, 모두 기우여야만 한다.

하지만 그녀는 여전히 전화를 받지 않고 있었다.

"말 잘 듣네."

리희가 통화 종료 버튼을 누르자마자 그녀의 휴대폰을 빼앗은 태영이 부드럽게 미소 지었다. 하지만 전보다 날카로워진 얼굴선 때문인지 그 미소가 긍정적으로 비춰지진 않았다.

"못 본 사이에 더 예뻐졌네. 이제 안경 안 써?"

부디 누구라도 그녀의 신호를 알아차려주길. 애석하게도 윤주는 그 USB의 용도를 알지 못했다. 이렇게 된 이상 스스로 빠져나가기 전까지는 그녀의 거짓말을 알아챈 누군가가 오기를 기다리는 수밖에. 천천히 숨을 가다듬은 리희가 태영을 똑바로 바라보며 물었다.

"여긴 어떻게 들어왔어요?"

"아아, 까다롭게 잠가뒀더라. 근데 뭐 어차피 잠긴 건 열라고 만들어놓는 거니까. 안 그래?"

"그렇죠."

대답은 리희의 뒤쪽에서 들려왔다. 그녀의 냉장고에서 자신이 줬던 콜라 캔을 꺼내어 마시고 있는 남자. 얼마 전 엘리베이터에서 마주쳤던 그 이웃 남자였다. 얇디얇은 블라우스 속 피부에 오소소 소름이 돋는 것이 느껴졌다. 그녀가 열어뒀던 문을 태연히 닫고 들어와 밖에서 누군가가 기다리고 있다며, 보내야 하지 않겠냐고 해서 윤주에게 전화를 하게 만든 이도 바로 저 남자였다.

윤주에게 구조 요청을 할 수도 있었겠지만 남자의 손에 칼이 들려 있었다. 그때 뭐라고 했더라. '네 이웃을 사랑하라고 하던데, 이웃을 죽일 순 없죠'라고 했던가. 리희는 자꾸 바짝바짝 마르는 입안을 축여가며 적당한 질문거리를 찾았다.

"혹시 아무도 없는 이 집 냉장고에 콜라를 넣어놨던 것도 그쪽인가요?"

"아 그거, 집 보러 왔다가 손 풀 겸? 걱정 말아요. 훔쳐간 건 없으니까."

하. 기가 차서 말이 나오질 않을 정도로 당당한 태도였다. 그때 무언가가 부욱, 찢기는 소리에 고개를 드니 태영이 류의 포스터를 뜯어내고 있었다. 이미 반 토막이 났는데 그걸로도 부족했는지 완전히 산산조각을 낸 그가 그녀를 바라보며 말했다.

"내가 없는 사이에 네가 다른 놈들한테 무슨 일이라도 당할까 봐 사람 써서 지켜봐달라고 했어."

그게 바로 범죄라고요! 리희는 혀끝까지 튀어나온 말을 가까스로 삼키며 물었다.

"교도소에 있었는데…… 어떻게요?"

"뭐가 문제야. 들어오는 사람이 있고, 나가는 사람이 있는 곳인데."

일 년 넘게 하려니 돈 꽤 들더라 그거. 그러던 태영이 그녀에게 다가와 손가락으로 하얀 얼굴을 느릿하게 쓸어내렸다.

"근데 너, 난 너랑 다시 만날 날만 손꼽아 기다렸는데 넌 다른 남자나 만나고 말이야. 네 남자 친구는 나잖아."

"순애보네, 순애보."

이번에도 반응한 사람은 리희가 아니라 콜라를 마시던 남자였다. 놀리기라도 하듯 그녀를 바라보며 키들거리는 남자의 행동에 반해 리희는 피가 차게 식는 것이 느껴졌다.

'아까는, 남자 친구?'

확인하려고 했던 거다. 시환과 제 관계를. 흔들리던 그녀의 눈빛이 단호해졌다.

"아뇨, 이태영 씨랑 나는 이제 아무런 관계도 아니에요."

"……뭐?"

"편지요. 이태영 씨가 보낸 편지를 내가 읽는 순간 당신과 나는 완전히 끝났다고요."

"편지…… 그래. 근데 난 거기에 우리가 끝이라는 말은 한 적이 없는데. 곧 보자라는 말이면 몰라도."

"거짓말 말아요. 그런 말은 없었어!"

그러자 태영이 소리 내어 웃었다. 마치 재미있는 개그 프로그램이라도 본 듯한 웃음소리가 적막하던 공간을 괴이하게 채워 나갔다.

"아니, 썼어 난."

그러다 갑자기 그녀의 옷깃을 억세게 잡아당긴 그가 그녀의 귓가에 속삭였다.

"똑똑한 여자라 바로 알아볼 줄 알았는데 실망이네. 넌 영원히 내 거라는 말도 분명히 써넣었다고."

그런 말은 없었다. 리희는 편지를 다시 한 번 읽어보고 싶었지만 편지는 이미 폐기됐을 것이었다. 김 박사에게 버려달라 부탁했기 때문이었다.

"……이태영 씨."

"오빠라고 해야지."

천연덕스럽게 말하는 그에게서 짙은 담배 냄새가 훅 끼쳐왔다. 정말로 이태영이구나, 싶었다. 연애할 때 리희가 태영을 만나고 들어오는 날이면 설희가 그런 배려심 없는 골초랑 어떻게 연애를 하느냐며, 그러다 네 폐가 먼저 상하겠다고 했던 말이 떠올랐다.

"내가 당신을 만나기 전까지는 제대로 된 남자를 만나본 적이 없어서 몰랐는데요."

리희를 보아온 것만 몇 년이었지만 태영은 그 순간 그런 눈빛은 처음이라고 생각했다. 늘 온순하게 그만을 담던 눈이 아니었으니까.

"아직도 나 사랑해요?"

"그래서 다시 돌아온 거잖아."

"……아니야."

그 눈 안에 분명 제가 들어 있음에도, 이태영은 우리희 안에 없었다.

"사랑은 이렇게 사람을 묶어놓고 강요하는 게 아니에요."
그리고 그녀는 단호하게 사랑이 아니라 말하고 있었다.
"뭐?"
"사랑하는 사람 앞에서 죽는다고 자해하는 모습을 보여주지도 않고요."
"우리희."
"납치하고, 감금하고 때리지도 않는다고…… 아악!"
"닥쳐!"
흥분한 남자의 커다란 손이 리희의 가느다란 목을 붙잡고 조르기 시작했다.
"어라, 혀, 형. 그건 아니죠."
그에 뒤에 있던 남자가 태영을 말리기 시작했지만 그는 막무가내였다.
"사랑이 다 같아? 지랄 말라고 해! 내가 널 사랑하는 한 변하는 건 없어. 그 새끼도 내가 죽여버릴 거야. 그 새끼 죽이면 넌 다시 돌아오게 돼 있다고!"
"흐읍, 이…… 태영, 그거…… 사랑 아니야."
하지만 그녀의 문장이 가까스로 완성되던 순간 그것이 주문이라도 된 듯 그녀를 죽일 듯이 조이던 손에서 힘이 빠져나갔다.
"아니, 사랑 맞아."
그럼에도 그는 여전히 고집스러웠다. 그러나 남자가 태영을 말리는 힘에 밀려 뒤로 쓰러진 리희도 만만치 않았다. 그녀는 간신히 트인 숨에 켈록거리면서도 하고 싶었던 말을 먼저 뱉어냈다.

"난 그냥 네 장난감이었던 거야. 갖고 놀다 질리면 버리고, 아쉬우면 주워오는 그런 인형이었던 거라고!"

날 때부터 손에 쥔 것이 많았다던 그의 편지글에 리희는 뒤늦게 깨달았다. 가까스로 첫사랑이라 포장해보려고 했던 지난날 그에게서 받은 마음이, 그나마도 사랑이 아니었다는 것을.

"넌 사랑을 받을 줄만 알지 할 줄은 몰랐던 거야. 근데 난, 난 사랑이라는 걸 받아본 적이 없어서 몰랐거든. 그래서 단순한 네 흥미가, 진짜 사랑인 줄 알았어."

그래서 거기에 감사하면서 네가 하자는 대로 다 했던 거야. 바보 같이. 결국 핏줄이 선 그녀의 눈시울이 붉어졌다.

"그러니까. 그러니까 너도 나도 더 망가지기 전에 그만하자. 그만해요 태영 씨. 여기까지만 하면 나도 그냥 다 덮을 테니까-!"

"인형?"

그때 그녀를 거칠게 일으켜 앉힌 태영이 비릿하게 웃었다.

"말 잘했어 우리희. 그럼 적어도 인형 목이 부러져서 어쩔 수 없이 버려야 할 때까진 놀아줘야겠네."

"……!"

리희가 경악한 얼굴로 그를 바라봤지만 태영은 그 얼굴에 언제 화를 냈냐는 듯 희미하게나마 미소까지 얹어놓고 있었다. 도무지 상식적인 대화가 불가능해 보였다.

"아차, 슬슬 자리를 옮겨야지? 그 새끼가 혹시 살아 돌아올지도 모르니까 말이야. 뭣보다 담배가 고파 죽을 것 같기도 하고."

"……살아 돌아오다니 그게 무슨 말이야?"

설마 박시환 그를 말하는 건가 싶어 바짝 정신을 차린 리희가 눈을 부릅떴을 땐 태영이 손을 털고 일어나 있었다. 마치 거대한 벽을 만난 느낌이 들었다.

"아, 겁주면 떨어져 나갈 줄 알았는데 꽤 강심장이더라, 그거."

"제대로 말해. 누굴 건드린 거야 당신!"

"이제 그런 별 볼일 없는 새끼는 생각할 필요 없어. 우리희, 내가 돌아왔잖아."

리희가 혼비백산한 사이 그를 말리던 다른 남자가 지척에 다가와 있었다.

"이태영-!"

"잠깐 실례."

그리고 무어라 더 말하기도 전에 뒷목에 가해진 강한 충격과 함께 그녀의 눈앞이 까맣게 암전되고 말았다.

-예, 강남 아나스빌 B동입니다.

"거기 한 시간 전쯤에 1215호 사는 여자 혼자 들어갔는데 보셨습니까?"

통화가 연결되자마자 쏘아진 시환의 말에 상대가 잠시 당황하는 듯했다.

-예? 어디십니까?

"1215호, 우리희 씨 남자 친굽니다."

상대적으로 여유가 있는 도로로 차선을 바꾸면서 액셀을 더 세게 밟은 시환이 인내심을 발휘해 전에 있던 일과 함께 그녀의 차림새를 설명하자 곧장 답이 돌아왔다.

-아, 예. 봤습니다. 급하게 들어가시던데.

"나오는 것도 보셨습니까?"

-어, 아니요. 그 뒤엔 제가 지하 주차장 공사하는 데 잠시 내려가 보느라…….

"왜 하필!"

빠앙-! 하는 클락션 소리가 차체 내외로 크게 울려 퍼졌다.

"거기 들어간다고 연락했던 사람이 지금 연락 두절입니다. 혹시 지금 바로 올라가셔서 사람 있는지 확인해주실 수 있겠습니까? 확인하시고 제 번호…… 이쪽으로 바로 연락주십시오. 부탁드립니다."

-아, 예. 알겠습니다.

경비원이 리희의 집을 확인하는 사이 시환은 다시 한 번 회사에 전화를 해봤지만 여전히 리희는 아직 오지 않았다는 답변뿐이었다.

"예. 확인해보셨습니까?"

-해보긴 했는데 벨을 눌러도 보고 두드려도 봤는데 반응이 없어서…….

끝내 경비실에서도 좌절할 만한 이야기만 내놓았다. 극에 달한 조급함에 그가 액셀을 더욱 세게 밟았다.

"혹시 CCTV는요?"

-그게, 새벽부터 데이터가 저장되는 컴퓨터가 꺼져 있던 바람에…….

"일단 지금 바로 가겠습니다."

단순히 제가 예민하게 반응한 것이길 바랐건만. 하나의 의심이 둘로, 셋으로 늘어나더니 결국 그의 머릿속에서 경고음이 시끄럽게 울리기 시작했다. 피가 거꾸로 솟는 기분이 바로 이런 것일까.

"제발 집에 있어, 제발."

그렇게 체감상 천 리 길보다 멀게 느껴졌던 거리를 주파해 드디어 오피스텔이 있는 방향으로 들어선 시환이 신호를 보고 브레이크를 눌러 밟았을 때였다.

"……!"

얼마나 기절해 있던 건지도 모르겠고 시간 감각을 잃어버린 지는 더욱 오래였다. 무언가가 그녀의 눈을 가리고 있었기 때문이었다. 남은 감각이 허락한 것은 희미한 빛, 지독한 담배 냄새. 그리고 투닥거리는 키보드 소리. 제집이 아니었다.

겨우 무뎌졌던 과거의 기억이 또다시 그녀를 좀먹으려는 듯했지만 있는 힘껏 털어낸 리희가 침착하게 말했다.

"태영 씨. 나 정말 괜찮다고, 아무렇지 않다고 얘기할 테니까 그만해요. 응?"

눈을 뜬 순간부터 사정했지만 태영은 그녀의 풀어달라는 말에만 반응하지 않고 있었다. 극심한 갈증에 물을 달라 할까 했지만 태영에게 기대고 싶지 않아 그녀는 억지로 침을 삼키며 참아냈다. 메스껍고 어지러운 느낌에 숨도 겨우 쉬고 있었지만 그마저도 들이쉴 때마다 역겨운 냄새가 폐부를 찌르는 느낌에 차라리 숨을 참는 게 나을 것 같았다.

"리희야. 우리 제주도 내려가서 살까? 여기 내 명의로 된 땅이 좀 있거든. 거기다 집 짓고 살자. 짓는 동안엔 제주 별장에서 지내도 좋고, 아니면 호텔에서 지내도 좋고."

리희가 제 풀에 지치기를 기다리는 걸까 아니면 이 상황을 즐기고 있는 걸까. 태영의 목소리는 어딘가 기대에 찬 아이 같았다.

"결혼식은 따로 하기 귀찮으니까 그냥 간소하게 하자. 어차피 우리 이미 반지도 나눠 꼈으니까……."

그러던 그의 분위기가 달라진 것은 아마도 그녀의 빈손을 본 직후였을 것이다.

"반지, 어쨌어? 내가 끼워준 거."

두 사람 사이에서 흘렀던 검은 시간들은 모조리 무시한 뻔뻔한 말이었다. 매캐한 공기만큼이나 탁해진 그의 목소리가 더없이 음산하게 들렸다.

"이태영 씨. 왜 아직도 혼자 과거에 살아, 왜!"

"말해."

악! 거칠게 잡힌 머리채에 강제로 고개가 들리는 동시에 눈을 가리고 있던 무언가가 쑥 벗겨졌다. 갑작스럽게 눈을 파고드는 날카로운 빛에 그녀가 눈을 찡그리는 사이 태영은 아랑곳하지 않고 제 왼손을 들어 네 번째 손가락에 끼워진 반지를 그녀의 눈앞에 들이밀고 있었다.

"내가 끼워줬던 반지 어디 있냐고!"

"그게 지금까지 있을 리가 없잖아!"

"버렸어? 내가 준 반지를?"

끝까지. 이쯤 되면 질린다기보다는 포기해야 한다. 그녀는 본능적으로 확보할 수 있는 정보들을 최대한 눈에 담으며 건조하게 답했다.

"잘라냈어."

"뭐?"

담배를 문 태영의 목소리가 더욱 낮아졌지만 리희는 연락을 취할 수 있는 수단을 찾는 데 혈안이 되어 있었다. 빛이라고는 책상 위에 놓인 두 대의 노트북 화면에서 나오는 인위적인 빛이 전부인 데다가 그가 피워대는 담배 연기가 천장에 자욱하다 못해 시야가 흐릿할 정도였다. 거기다 여기저기 쓰레기통으로 들어가지 못한 쓰레기들이 그녀의 후각을 공격하는데 일조하고 있었다.

정신 차려 우리희. 살 수 있어. 당장 제 손에는 연락할 수단이 없지만 태영이나 저쪽에서 노닥거리는 남자에게 있지 않겠는가.

"네가 강제로 반지 끼웠을 때 손가락이 꺾여서 인대를 다쳤었어."

감정 한 점 없는 목소리에 그녀를 붙잡고 있던 태영의 손에서 다시금 힘이 빠져나갔다. 그 틈에 뒤로 물러난 리희가 벽에 기대어 한숨처럼 덧붙였다.

"……그 상태로 방치돼 있다가 부어오를 대로 부어올라서 어쩔 수 없이 끊어낸 거라고, 그 반지."

과거를 책 읽듯이 읽어내는 그녀의 눈은 고요했다. 아무것도 없었다.

"너랑 나는 그때 이미 끝난 거야. 반지를 빼버리지도 못하고 끊어내야 했던 그 시점에 정말로 끝났어."

"반지야 새로 사면 돼."

"제발……!"

"제기랄, 끝이라는 소리 좀 하지 마!"

그때 두 사람이 심각하든 말든 한쪽 구석에 누워 휴대폰을 만지작거리던 남자가 슬그머니 일어나 문 쪽으로 향했다.

"그, 형. 나 잠깐 나가서 바깥 상황 좀 보고 올게요."

"……눈에 안 띄게 잘해. 그리고 경비들 빨리 치워. 나가게."

경비원? 목의 통증을 이겨가며 고개를 돌린 리희는 그제야 이곳이 고작 제집에서 한 층 내려온 또 다른 집이라는 것을 깨달았다. 빌트인 가구며 현관이 그녀의 집과 같았기 때문이었다.

이제부터는 완전한 시간 싸움이다. 그녀가 집에서 사라졌지만 건물 밖으로는 나가지 않았다는 것을 알게 되면 어떻게든 이곳이 발각될 테니까.

하지만 안타깝게도 대다수의 거주자들이 직장인인 이곳에서는 이 소란을 들어줄 사람이 없는 듯했다. 재택근무자들의 안락한 작업 공간을 위해 특히 방음에 신경 썼다던 중개인의 말이 머릿속으로 스쳐 지나갔다.

"왜, 그 새끼가 여기로 찾아오기라도 할까 봐?"

눈을 굴리며 시간을 끌 궁리를 하는 그녀를 본 태영이 필터까지 타 들어간 담배꽁초를 아무 곳에나 짓눌러 끄며 피식 웃었다.

"그 자식 차에 내가 무슨 짓을 해놨는지 알면 깜짝 놀라겠네."

뭐? 그제야 리희의 눈이 따가운 것도 잊고 크게 뜨였다. 기절하기 직전의 상황을 잊고 있었다.

"대체 너 그 사람한테 무슨 짓을 한 거야!"

제가 무어라 할 땐 돌 보듯 하던 여자의 눈에 감정이 담기는 것을 본 남자가 이죽거렸다.

"한 번 경고를 했는데도 무시하길래, 이번엔 좀 더 강력하게?"

"이태영!"

"죽거나 반 죽거나 둘 중 하나라도 걸리라고 브레이크 건드려 놨었는데 운 좋게 살았다더라고."

"……하."

마음 한구석이 철렁 내려앉았다. 그런 줄도 모르고 아까도 그에게 도와달라는 신호를 보냈는데. 그랬는데. 리희의 턱이 잘게 떨리기 시작했다. 미쳐버릴 것만 같았다.

"근데 이번엔 하나야. 그냥, 죽어라."

하지만 그 순간 가장 끔찍한 것은 그를 죽이려 했다는 말을 그저 어린아이가 친구 놀리듯 내뱉는 태영이었다. 그가 손가락으로 제 목을 가로로 긋는 시늉을 해 보였을 때 리희의 머릿속에서 무언가가 펑 터지고 말았다.

"미쳤어. 너 미쳤다고!"

"그래 나 미쳤어. 너한테 접근하는 새끼들 다 죽여버리고 싶을 정도로 너한테 미쳤다고. 이제 알았어?"

그때 창밖에서 희미한 앰뷸런스 소리가 비집고 들어와 그럴 리 없다고 생각하는데도 불안감이 풍선처럼 부풀어 오르기 시작했다. 아냐, 아닐 거야. 눈을 감으면 눈앞의 태영은 피할 수 있지만 귓가에 이명처럼 남은 사이렌 소리는 피할 수가 없었다. 결국 시선을 떨구는 그녀의 눈빛에서 '빛'이 사라졌다. 그 빛이 눈물이 되어 떨어지는 모습에 태영은 조바심을 느꼈다.

"……오빠."

그래서 들릴 듯 말 듯 작게 새어 나온 그녀의 처연한 목소리에 너그럽게 반응했다.

"그래, 리희야."

"나 물 좀 주세요. 너무 목이 마르네."

물병이 냉장고에 있어서 태영이 일어나야 했다면 그사이 무기가 될 만한 것을 찾아봤겠지만 애석하게도 태영의 손이 닿는 거리에 물병 하나가 놓여 있었다.

"마셔."

입술에 닿는 병의 입구에 문득 지난날 콜라를 억지로 먹이려 했던 이 남자가 떠올랐다. 그녀가 천천히 입술을 벌려 액체를 받아들였다. 정말 찢어질 듯 말라가던 목구멍으로 간신히 물을 넘긴 그녀가 한 모금은 입 안에 남겨둔 채로 고개를 저었다. 그리고 태영이 가까이 다가와 그녀의 입술을 닦아주려 하던 순간.

"……읏!"

그의 눈에 머금고 있던 물을 뿌리는 동시에 있는 힘껏 그의 얼굴을 들이받았다. 구부리고 앉아 있던 다리를 스프링처럼 튕겨 만든 추진력 덕에 건장한 남자가 뒤로 벌러덩 넘어지며 한차례 소란이 일었다. 무작정 머리로 받았더니 그의 코를 다치게 한 모양이었다. 태영이 코를 감싸 쥐고 잠시간 아무런 소리도 내지 못했다.

하지만 그녀는 여전히 묶여 있는 손발 때문에 중심을 잡기가 어려웠다. 태영이 괴로움에 바닥을 구르는 사이 리희는 정신없이 목표물을 향해 몸을 던졌다. 일인용 간이침대에서 남자가 갖고 놀던 나이프. 재빨리 다가간 그녀가 뒤로…… 잡았다. 이제 줄을 잘라내야 하는데 잘 보이지 않아 제대로 잘리는지도 알 수가 없었다. 제발! 욱신거리는 고개를 최대한 돌린 그녀가 뒤를 보며 줄을 잘라내는데…….

"아아악!"

억세게 잡힌 머리채에 두피가 벗겨질 듯한 고통과 함께 등 뒤와 손 어딘가에서 아찔한 통증이 동시에 찾아들었다. 손바닥으로 뜨거운 무언가가 흐르는 것이 느껴졌다.

"어딜 도망가려고. 말했잖아. 너 못 보낸다고!"

왜냐고 물으면 태영의 입술은 또 잔인하게 사랑을 말할 것이다. 사랑이라는 잔인한 올가미를 만들어 그녀를 고통스럽게 할 것이었다. 머릿속에서 자꾸만 아까의 사이렌 소리가 웅웅거리는 와중에 박시환, 그 이름 석 자가 간신히 목에 힘을 주게 했다.

그 사람만큼은 다치면 안 돼.

"지긋지긋해!"

결국 눈물과 함께 터져 나온 리희의 발악에 태영이 눈을 잔뜩 찡그린 채 멈췄다.

"네가 말하는 그 사랑이라는 거, 내가 죽으면 끝나겠어?"

"……뭐?"

거기에 잠시 멍해진 사이 여자의 손에 힘이 들어갔다.

"더 이상 다른 사람 다치지 않게 내가 죽어버리면 그만둘거냐고!"

여유롭던 태영의 얼굴에 드디어 당혹감이 스몄다. 언제 끈을 잘라낸 건지 리희가 피칠갑을 한 손으로 제 목에 칼을 대고 있었기 때문이었다. 그런데 그 눈에 또, 공허가 가득하다.

"목이 부러질 때까지 놀아주겠다며. 왜, 내가 못 할 것 같아?"

"안 돼. 넌……!"

하얀 목에 붉은 실선이 그려지는 것이 태영의 눈에 불길처럼 번졌다.

"우리희!"

칼날이 더 깊게 들어가기 직전 그녀의 손목을 잡아 비튼 태영이 무어라 외쳤을 때 현관이 벌컥 열리는 소리와 함께 누군가 뛰어들어왔다.

"우리희! 리희야!"

그런데 뜻밖이었다. 바깥 상황을 보고 온다던 남자가 아니라 박시환. 그가 눈앞에 나타난 것이다.

"네가 어떻…… 크헉!"

"내가 분명히 경고했지."

분노를 숨기지 않은 그가 태영을 발로 차 넘어뜨린 뒤 그대로 멱살을 쥐고 그 얼굴에 주먹을 날렸다. 그의 무사함을 눈으로 확인한 리희가 무어라 입을 벙긋거리기도 전이었다.

"다시는 이 여자 근처에 나타나지 말라고!"

타격 한 번에 고개가 꺾여 돌아갔음에도 또다시 시환의 주먹이 내리꽂혔다. 그러나 태영이 몸을 틀어 시환을 가격하면서 싸움이 벌어지고 말았다.

"그만해요!"

리희도 두 남자를 말리기 위해 몸을 일으키는데, 그때 그녀의 눈에 들어온 것은 시환이 이성을 잃고 주먹질을 하는 사이 아래에 깔려 있던 태영이 집어 든 나이프였다.

"……안 돼."

제 피가 묻은 그 칼날을 보는 순간 아무런 생각도 할 수가 없었다. 리희는 반드시 생각하고 행동하던 제 오랜 습관도 무시한 채 두 남자 사이로 뛰어들었다.

"제발 그만!"

눈을 한 번 감았다 뜨는 시간보다 짧은 틈에 벌어진 일이었다. 시환을 찔렀다 생각했는지 태영이 히죽 웃었다.

"어때, 이제 후회가 좀 되지? 우리 사이에 끼어든 잘못이 얼마나 컸는지…… 리희야."

하지만 이내 제 칼끝이 향한 곳이 리희라는 것을 알아챘을 때는 그대로 패닉 상태에 빠지고 말았다. 가늘고 여린 손가락들이 시퍼런 칼날을 쥔 채 바들바들 떨리고 있었다.

"너, 너……!"

하얗게 질린 얼굴, 손가락 사이로 스며 나오는 붉은 피가 이질적이었다. 붉게 물든 칼이 바닥으로 떨어져 내리고 남은 그녀의 손은 넝마와도 같았다.

"……왜, 내가 다치니까 이제야 아차 싶어?"

이를 악물고 고통을 참아낸 리희가 얼이 빠진 태영에게 손을 뻗어 보였다. 손가락이며 손바닥에서 흐르는 피가 손목을 타고 흐르고 있었다.

"이까짓 거? 아무것도 아니야. 너 때문에 내 마음은 이거보다 훨씬 더…… 처참하게 찔리고 다쳤어."

"리희야. 난 널……."

"사랑한다고 하지 마, 소름 끼쳐!"

절규 어린 소리가 자욱하던 담배 연기를 밀어내고 공간을 쨍하게 채웠다.

"'네 사랑'이 중요한 거였잖아. 내가, 내 마음이 중요한 게 아니라! 내 마음이 거적때기가 되든 말든 넌 네 마음만 중요했던 거라고. 그 사랑을 받는 사람이 괴롭고 고통스러운데, 그게 어떻게 사랑이야 어떻게!"

피로 물든 손으로 가슴을 치던 그녀가 그대로 무너져 결국 투명한 눈물을 쏟아냈다.

"……그러니까 나 보면서 그 입에서 절대로, 사랑한다는 말 꺼내지 마. 그 예쁜 말 더럽히지 마. 끔찍해."

하지만 놀란 시환이 다급히 그녀를 부축하는 와중에도 그녀는 끝끝내 떨리는 입술로나마 가슴에 맺힌 말들을 꺼내놓았다. 그때 우르르 쏟아져 들어온 경찰들이 난장판이 된 상황을 수습하기 시작했다.

"부상자 발생! 당장 구급차 불러!"

"저 사람 붙잡아!"

"우리희, 왜 네가…… 왜, 왜!"

태영이 엉망이 된 얼굴로 울부짖었다. 리희에게 다가가려 발악했지만 다수의 손에 의해 바닥에 처박힌 채 제대로 걷지 못하는 그녀를 다른 남자가 안고 나가는 것을 황망하게 바라볼 수밖에 없었다.

"리희야……."

잠시 잠깐 마주친 그녀의 처연한 눈에서 계속 떨어지는 눈물이 태영을 무력하게 했다. 끔찍해……. 둔기로 머리를 거세게 얻어맞은 듯한 충격에 등 뒤에서 수갑이 채워지고 경찰이 그에게 무어라 말했지만 아무것도 들리지 않았다.

"내가, 내가……."

무슨 짓을. 내가 네게 무슨 짓을. 사랑하는 네게 무슨 짓을.

'이태영, 그거 사랑 아니야.'

물속에 잠겨 주변의 모든 소리들이 먹먹하게 멀어져가는 듯했지만 그녀의 목소리만 유독 귓가에 선명했다. 공허한 눈빛. 일말의 감정도 담기지 않았던 목소리.

"일어나!"

누군가 몸을 거세게 일으켰다. 하지만 그의 의식은 여전히 바닥에 짓눌려 더러운 쓰레기 위를 구르고 있었다.

아, 멍청하게도 이제야 깨닫는다. 너무 더러운 곳에 너를 데리고 왔었구나. 이 고약한 악취가 너를 괴롭게 했겠구나. 나는 너랑 같이 있다는 사실 그 자체가 좋아서 아무것도 느끼지 못했는데. 너와 다시 만났다는 사실에 그저 아무 생각이 안 들었는데.

하지만 우리희, 넌 이곳에 있었지만 이곳에 없었다. 내 곁에 있었지만 내 곁에 없었다. 너를 잡고 있었지만 너는 내게 마음이 없다고 했던 그때부터 이미 내 손에 잡히지 않고 있었다…….

"……그래도 난 사랑이었어."

경찰차에 타려다 눈앞에서 멀어져가는 앰뷸런스를 바라보던 태영이 자조적으로 중얼거렸다. 세상엔 의지대로 되지 않는 일도 있다는 것을 최초로 깨닫는 순간이었다.

수술실 앞을 서성거리던 시환이 이내 힘없이 벽에 기대어 섰다.

"빌어먹을. 그러면 안 됐는데……."

"저기, 괜찮으세요?"

그때 지나가던 간호사 하나가 그를 보고 깜짝 놀라 물어왔다. 손이며 하얀 와이셔츠를 적신 핏자국 때문이었다.

"네. 저는 괜찮습니다."

뜨겁던 피는 이제 검붉은 흔적만을 남기고 말라 있었지만 어쩐지 평생 그의 뇌리에 강렬하게 남아 있을 것 같은 예감이 들었다. 한동안 제 손을 내려다보던 그가 그 손으로 얼굴을 가리며 그대로 미끄러져 내렸다.

"박시환 씨 되십니까?"

고개를 드니 굳이 묻지 않아도 형사일 것 같은 남자 둘이 그를 내려다보고 있었다. 자리에서 일어난 시환이 고개를 끄덕였다.

"네. 맞습니다."

"사건 조사를 맡은 강남서 강력 2팀 형사 신광현입니다. 피해자…… 우리희 씨는 상태가 좀 어떻습니까?"

작은 수첩을 꺼내 든 남자가 가슴 포켓에서 펜을 꺼내며 물었다.

"손을 깊게 베여서 수술 중입니다."

시환의 눈빛이 무겁게 가라앉았다.

"그, 아시다시피 피의자가 가석방 중이라 그 전에 몇 가지 여쭙고 싶어서요."

"말씀하세요."

"피의자 쪽에서는 우리희 씨가 피의자를 유인한 거라고……."

"말도 안 됩니다!"

하지만 곧장 복도가 쩌렁쩌렁 울릴 정도로 크게 번진 시환의 기함에 형사가 흠칫 놀란 표정을 했다. 그러다 흠흠, 하는 헛기침을 내뱉으며 말을 이었다.

"그럼 당시 상황을 좀 더 자세히 알 수 있을까요?"

"그게……."

피곤한 기색이면서도 눈빛만큼은 형형한 시환이 한 손으로 이마를 짚으며 불과 몇 시간 전의 기억을 꺼내왔다.

오피스텔 앞에 다다랐을 때 본 소방차와 앰뷸런스 때문에 시환은 그녀에게 무슨 일이라도 일어난 건가 싶어 덜컥 머릿속이 텅 비어버리는 것을 느꼈다. 다행히 사이렌을 켜지 않고 그저 지나가던 중인 듯했지만 극도에 치달은 불안감 때문에 그는 이미 이성을 제대로 유지하기가 어려워져 있었다.

"우리희!"

그대로 오피스텔 앞에 거칠게 차를 세운 그가 12층에 올라가 그녀의 집에 도달해 키를 꺼내 들었지만 자동 잠금키를 제외하고는 문이 제대로 잠겨 있지 않았다. 리희는 외출을 하든 안 하든 꽁꽁 잠가두는 사람인데 말이다.

"하……."

그럼에도 집 안에 있기를 바랐건만 역시 아무도 없었다. 그곳에서 그가 발견한 것은 어수선한 방 가운데에 떨어져 있는 그녀의 가방, 그리고 잃어버려서 찾아야 한다던 USB였다.

Rrrr. 그때 제것이 아닌 진동음에 고개를 드니 테이블 위에 아무렇게나 놓인 그녀의 휴대폰이 부르르 온몸을 흔들고 있었다.

"우리희 씨 휴대폰입니다."

-어? 시환 씨?

“네, 박사님. 접니다.”

-그, 내가 급하게 전할 말이 있어서 그러는데 리희 씨는? 옆에 있어?

“……아니요.”

-아 지금 일하는 중이지? 회사에 있는 거지? 어, 그러면 회사든 어디든 리희 씨 절대로 혼자 있게 하지 마. 아휴, 내가 이걸 왜 이제야…….

“박사님.”

-리희 씨 자리로 돌아오면 나한테 바로 전화 좀 달라고…… 응?

“없어졌습니다. 우리희가, 증발해버렸어요.”

-뭐?

시환은 그 말을 하면서 그녀가 사라졌다는 사실을 분명히 인정해야 했다. 없다. 어디 있는 거야 너. 제발 아무렇지 않게 나타나서 이 모든 상황이 오해라고 해줘.

-……이태영이야.

“예?”

잠시간 말이 없던 김 박사가 평소보다 낮고 진지한 어조로 말했다.

-그 자식이 가석방되면서 리희한테 사죄하겠다고 편지를 남긴 게 있었는데. 그냥 읽어서는 리희도 나도 몰랐어. 거기에 암호가 숨겨져 있었다는 걸.

리희는 버려달라 했지만 혹시 몰라 보관하다가 문득 생각이 나 열어봤다고 했다. 그리고 김 박사는 거기서 드디어 발견한 것이었다. 사죄하는 문장들의 첫 글자로 이어 만든 무서운 집착을.

-당장 검사한테 가석방 취소해야 한다고 했는데 벌써…….

안 돼. 빼근한 눈을 감은 그가 천천히 숨을 들이쉬자 방 안을 부유하던 그녀의 달콤한 향이 그의 폐부 깊숙이 파고들었다.

그래. 당장 너를 볼 순 없지만 여전히 너는 여기에 남아 있다. 돌아버릴 것 같던 순간 그녀의 향기가 그를 어루만지는 듯 뒤죽박죽이던 생각들이 차근차근 제자리를 찾아 들어가기 시작했다.

"제가 반드시 찾을 겁니다. 찾는 즉시 연락드리겠습니다."

"아가씨 집에 없습니까?"

그때 뒤따라 올라온 경비원이 노심초사한 얼굴로 물어와 대강 통화를 마무리한 시환이 간신히 이성을 챙겨 상황을 되짚었다.

"CCTV, 고의가 아니라 오류가 확실한 겁니까?"

"정확히는 모르겠습니다. 침입인가 싶어서 경비실 내부 CCTV 따로 돌아가는 것도 다 뒤져봤는데 그건 케이블에 문제가 있는지 노이즈가 심해서 영……."

"정확히 언제부터 녹화가 안 된 건지는 아시죠?"

"네. 그게 오전 담당이 순찰할 때부터 아까 전화주셨을 때까지니까……. 어?"

무심코 방 안을 둘러보던 경비원의 얼굴에 떠오른 의아한 기색에 그 시선을 따라간 시환이 멈칫하기도 잠시 천천히 몸을 움직였다. 작은 식탁 위, 그 위에 놓여 있던 콜라 캔 하나 때문이었다.

"그 아가씨 콜라 캔 때문에 그 난리를 쳤었…… 아니, 그 신고도 했지 않아요? 안 마신다고, 아예 사놓지도 않는다고 했던 것 같은데."

약간 힘주어 잡았는지 조금 구겨진 채로 아슬아슬하게 서 있는 캔이 덩그러니 놓여 있었다.

손을 뻗어 캔을 잡으려던 시환이 허공에 손을 멈춘 채 미간을 구겼다.

"……아무래도 누군가 들어온 게 확실한 것 같습니다."

어디로 가야 할까. 그 자문에 튀어나온 자답은 조안희 사장 소유의 별장이었다. 나름 조사했던 바로는 부동산에 관심이 많은 조 사장이 국내에 둔 별장만 총 셋이라고 했다. 본래 네 채나 됐지만 하나는 과거 사건이 있는 이후로 급하게 처분했으니……. 일단 그 주소지들이 적힌 자료가 있는 제 오피스텔부터 가야겠다고 생각한 시환이 문을 잠그고 나와 경비원과 함께 1층으로 내려가려는데 엘리베이터가 바로 한 층 아래에서 멈춰 섰다.

"새끼야 넌 그걸 왜 이제-!"

그리고 신경질적으로 전화를 받던 남자가 열리는 문 안쪽에 있던 시환과 경비원을 보고 흠칫 놀라는 것이 보였다.

"뭐 됐고, 나 지금 가니까 너도 빨리 튀어와. 어. 끊어."

그러면서 대충 끊은 전화를 주머니에 쑤셔 넣으며 올라타는데 남자에게서 풍겨오는 짙은 담배 향에 절로 눈살을 찌푸리게 했다. 하지만 시환은 소혜에게 전화해서 당장 움직일 수 있는 사람들을 부탁하는데 여념이 없었다.

"……어. 부탁한다."

그가 통화를 마치고 또 지나치게 느리게 느껴지는 엘리베이터 모니터를 바라보는 사이 경비원은 남자에게 말을 걸고 있었다.

"저, 며칠 전에 이사 오셨지요?"

"예? 아, 예."

"11층, 1108호?"

그러자 남자가 약간 경계하는 눈빛으로 경비원을 바라보았다.

"예. 왜요?"

"아, 입주자분들 얼굴 익혀놓으려는 거죠. 택배 온 거 바로바로 드리기도 좋고."

경비원이 즉시 넉살 좋게 답했지만 남자는 아아, 네. 하고 고개를 끄덕이면서도 어쩐지 찜찜한 얼굴이었다.

"근데 오늘 자주 나가시네요."

시환은 잔뜩 초초한 와중에도 경비원이 조금 끈질기다고 생각했다. 남자의 표정이 거의 대놓고 귀찮다는 듯했기 때문이었다.

"저 오늘 처음 나가는데요."

"아 그러세요? 제가 잘못 봤나 봅니다."

그렇게 1층에서 문이 열렸을 때 남자는 거의 뛰다시피 오피스텔을 나섰고, 역시 시환이 빠르게 걸어 나가며 뒤따르는 경비원에게 리희가 들어오면 바로 연락을 달라고 했을 때였다.

"네, 근데 그…… 아까 그 콜라 말입니다."

"예?"

"그거 그 아가씨가 사들고 들어간 게 아니라면 방금 그 1108호 남자가 준 게 아닐까 해서요."

경비원의 목소리에 확신이 없었음에도 시환의 걸음이 우뚝 멈춰섰다.

"……그걸 어떻게 아십니까?"

"아 그, 1215호 아가씨는 그런 일도 있었고 하니까 아무래도 좀 더 신경을 쓰게 되지 않았겠어요? 특히 그날은 제가 하루 야간으로 바꿨던 날이라 확실히 기억이 나는데, 그 아가씨가 엘리베이터 탔을 때 조금 전 1108호 사람이 뛰어 들어가는 게 보여서 엘리베이터 CCTV를 좀 봤죠."

허허. 요즘 뭐 워낙 세상이 흉흉하니까. 별로 큰 도움이 되지 않는다고 생각했는지 경비원이 어색하게 웃으며 모자를 고쳐 썼지만 시환의 생각은 달랐다.

"기억나는 대로 다 말씀해주세요."

'혹시'라는 단어가 갖는 힘이 생각보다 훨씬 크다는 것을 알기 때문이었다.

"어…… 그냥 뭐, 들리는 건 없으니까 자세히는 몰라도 남자가 말을 붙여보려는 것 같았죠. 그러다 그 총각이 들고 있던 봉투에서 뭔 음료수를 하나 꺼내서 주고 내렸는데 그게 색깔이 아까 그거랑 같은 것도 같고…… 그건 데이터가 있으니까 찾아보면 될 겁니다."

"두 사람이, 아는 사이인 것 같았습니까?"

"글쎄, 아마 아닐 겁니다."

흐릿한 기억을 되짚던 경비원은 문득 그날 CCTV를 힐끗 올려다보던 여자를 떠올렸다. 분명 경계하는 듯한 행동이었는데 그 순간엔 카메라를 통해 눈이 마주쳐서 훔쳐보는 느낌이 들었었다.

"근데 그 총각 집 보러 왔을 땐 담배 안 핀다던 사람이 뭔 담배를 그리 많이 피우던지…… 아, 그거!"

"예?"

시환의 반문에 경비원이 무언가 생각났다는 듯이 눈을 약간 크게 뜨며 말했다.

"CCTV 녹화는 안 됐지만 그건 있습니다. 로그 기록."

"로그 기록은 업체가 와야 한다고 하지 않으셨습니까?"

"그때 컴플레인 주신 이후로 아예 실시간으로 볼 수 있게 해뒀거든요. 그래서 아까 CCTV 녹화 안 된 거 보고 바로 확인했었는데, 이게 들어오는 것만 카드를 찍고 들어오고 나갈 땐 그럴 필요가 없는 거라 별 도움이 안 될 거라고 생각했죠. 근데……."

자신이 보안을 담당한 건물에서 정말로 실종 사건이 벌어진다면 큰 책임이 따를 거라 생각했는지 경비원이 급하게 사무실로 들어가 컴퓨터 앞에 앉아 파일 하나를 열었다. 그리고 무언가를 찾는 듯하더니 그래, 여기. 하면서 시환에게 화면을 가리켰다.

"보세요. CCTV 녹화가 안 된 시간만 훑어봤었는데, 아침엔 어차피 다들 출근하니까 찍히는 게 거의 없단 말이죠. 근데 여기, 1215호 찍히기 한 시간쯤 전에 1108호가 한 번 찍혀 있더라고요. 그 말은 한 번 나갔다 왔다는 뜻인데, 아까 같이 들었잖습니까? 처음 나가는 거라고."

긴가민가했는데 맞네. 설마 이것도 오류인가. 고개를 갸웃거리는 경비원의 옆에서 화면을 보던 시환이 한숨을 내쉬었다. 머릿속에서는 벌써 온갖 상상이 굴러다니고 있었다. 또 어두운 곳에 갇혀 울고 있는 건 아닐까.

"동거인이 있거나 누군가 호출해서 열어줬을 수도 있잖습니까."

"그랬으면 제가 말을 했겠어요? 호출이면 여기, 이렇게 호수 옆에 'call'이 뜨잖습니까. 근데 아까 1108호 기록은 그냥 카드 찍고 들어간 거라니까?"

그 말에 드디어 시환이 동요하기 시작했는지 어디론가 전화를 걸려던 그가 그대로 굳은 채 화면을 응시하기 시작했다. 그사이 경비원은 아예 모자를 벗고 머리를 긁적이며 고민하다 혹시 모르니까, 하는 생각에 조심스럽게 말했다.

"그리고 사실 내가 그날 말을 못한 게 있는데……."

"그날이라면, 경찰이 왔던 날 말씀하시는 겁니까?"

"예. 그날 외부인이라고는 방 보러 온 사람들뿐이었고, 그것도 내가 따라올라갔어서 확실하다고 생각했었는데 다시 생각하다 보니까 계속 마음에 걸리는 게 있어서."

"뭡니까."

순간 내내 깍듯하던 시환의 말투가 날카로워졌는지 경비원이 그의 눈치를 살피며 답했다.

"그, 그날 방 보러 온 사람이 1108호 그 총각이었거든요. 덩치 산만 한 남자들 셋이서 중개인이랑 보러 왔길래 아니 이 작은 방에 셋이서 뭐 사무실을 차리려나 했지."

친구들이 같이 봐주는 거라고 하니까 별생각을 못했지요. 선명하진 않은 기억에 절로 경비원의 눈이 가늘어졌다.

"근데 그날 셋 중 둘은 좀 유난스럽다 싶게 집 안을 꼼꼼하게 살펴대는데 한 사람…… 어 그래. 방금 저 총각. 그 총각은 집주인이면서 정작 뒤로 빠져가지고는 이상하게 제대로 안 보더라고."

"그게 그러니까."

그때 소혜에게서 전화가 걸려왔지만 시환은 그저 혼란스러운 얼굴을 감추지 못하고 입술을 달싹일 뿐이었다. 경비원이 조심스럽게 덧붙였다.

"그러니까, 내가 같이 보긴 했는데 그네들이 하도 뭘 물어봐 대서 알려주는 사이 한 사람은 어딜 갔을 수도 있다, 이 말이죠."

"그걸 왜, 지금에서야 말씀하시는 겁니까!"

결국 분노를 감추지 못한 시환이 한 손으로 책상을 내리치며 소리쳤다. CCTV를 막아둔 사이 당연히 그녀를 오피스텔 밖으로 데리고 나갔을 거라 생각하고 있었기 때문이었다.

"아니, 그때도 말했다시피 이상하잖습니까. 그때는 집을 보고 그냥 가버려서 뭘 어떻게 할 수도 없었고……."

"키. 1108호 키 주세요. 경비실에 하나씩 갖고 있잖습니까."

"그, 근데 이게 또 애먼 사람 잡는 거면……."

"주거 침입이든 뭐든 문제 생기면 내가 다 책임질 테니까 주세요, 당장!"

그러자 경비원이 한숨을 내쉬고는 주머니에서 열쇠를 꺼내 굳게 잠겨져 있던 서랍을 열고 카드 키를 한 장 꺼냈다.

"당장 경찰에 연락부터 해주세요."

그리고 시환에게 건네자마자 그는 이미 경비실을 나서고 있었다.

#11

리희는 홀로 멍하니 침상에 앉아 붕대로 칭칭 감긴 양손을 내려다보고 있었다. 정확히는 손에 걸쳐지듯 들려 있는 휴대폰.

'친구보다는, 이모님께 먼저 연락 드리는 게 좋을 것 같아.'

시환의 조언 때문이었다. 차라리 그녀가 이런 고민을 할 틈 없게 말을 걸어줄 다른 환자가 있는 다인실이면 좋겠는데, 1인실이라 더욱 생각의 골이 깊어졌다.

그래서 아까부터 '이모'라는 이름이 띄워진 화면만 내려다보고 있었다. 화면이 꺼질 즈음 급하게 톡 치면 다시 뜨는 가족의 이름.

"이모 저예요. 다름이 아니라 제가 병원에 입원을…… 하, 바보야. 이모가 상사도 아니고 '다름이 아니라'가 뭐야."

아니, 가족이랑 전화하려고 연습하는 사람부터가 이상한 거겠지. 한숨을 폭 내쉬는데 순간 이렇게 고민하는 제 모습이 한심해

웃음이 났다.

"바보야. 웃으면서 우는 사람이 어디 있어."

병원으로 오는 차 안에서 리희는 시환의 앞에서 손이 아프다는 핑계로 펑펑 울었었다. 그런데 아직도 울 일이 남아 있었던 걸까.

"울지 마. 그 사람 귀신이라 눈 부은 거 다 알아차리는데."

눈물을 참으려 눈을 크게 뜨고 단조롭게 꾸며진 천장을 바라보다가도 됐다 싶어 다시 시선을 내리는 순간 뚝 떨어져버리고 만다.

"……엄마."

엄마가 계시면 얼마나 좋을까. 아프다고, 나 너무 힘들었다고 말하고 싶은데. 그 충동으로 붕대 끝에 겨우 나온 손가락으로 다시 한 번 화면을 누른 리희가 드디어 이모라는 이름 옆 통화 버튼을 눌렀다.

-리희야.

"……."

하지만 정작 통화가 연결된 이후에 리희는 그 어떤 말도 하지 못했다. 그저 자잘하게 떨리는 숨을 내쉴 뿐이었다. 다행이었다.

-……너 우니?

"아뇨. 아니에요."

수화기 너머에서 들려온 이모의 목소리에 리희가 까슬한 붕대로 급하게 눈물을 닦아냈다.

-지금까지 그랬던 거야?

"네?"

하지만 다음 순간 드르륵, 하는 소리와 함께 열린 병실 문. 그리고 모습을 드러낸 이모의 모습에 깜짝 놀라고 말았다.

"……이모."

"아파도 아프다 말 한마디 안 하고 혼자 그렇게 울었던 거냐고."

"여긴, 여긴 어떻게……!"

"바보 같은 기집애."

병실 안으로 들어선 이모, 재선이 침대로 다가와 리희의 등을 철썩 내려쳤다.

"주치의 만났다. 그래도 비실비실한 애는 아니어서 다행이라고 생각했건만 대체 이게 다 뭐야?"

"아니 이, 이건 그냥 촬영장에서 일하다 사고로-!"

"이것아. 정신과 주치의 만나서 다 들었어!"

"……!"

눈이 커진 리희가 무어라 말을 잇지 못하는 사이 재선이 그녀의 등을 모질게 때렸다. 차라리 등이 아파서라도 툭 터놓고 울라는 의미였지만 그때 리희는 그 사실을 알아차리지 못했다.

"이 미련퉁이. 그런 일이 있었으면서 왜 말을 안 해. 그러면서 돈만 가져가는, 이 남보다도 못한 사람을 가족이라고 챙기고 싶디?"

그러자 입술을 깨물어가며 울음을 참던 리희가 고개를 들었다.

"……네. 그러고 싶었어요."

처음으로 서글픈 고집을 부렸다. 마지막으로 봤을 때보다 조금 더 성숙하면서도 어딘가 모르게 아이 같은 얼굴이었다.

"가족이잖아요."

작게 기어들어가는 소리가 눈물과 함께 뒤섞였다. 재선의 언성이 더욱 높아졌다.

"우리가 정 붙이고 살진 못했어도 필요할 땐 불렀어야지. 너, 나한테 돈 많이 줬잖아. 최소한 그 값만큼은 부모 대신으로 써먹었어야지 이것아!"

그제야 재선은 리희가 독한 아이가 아니라 그저 아파도 꾹 참고 의연한 척했던 여린 아이라는 것을 깨달았다. 한 번 더 내려치려던 두툼한 손이 결국 리희의 등을 어루만지기 시작했다.

"이모, 저 아파요……."

"아가씨 손이 이게 뭐니 정말."

붕대를 감은 손으로나마 혈육의 허리를 끌어안는 아이의 머리칼을 어색하게나마 쓱쓱 쓰다듬던 재선이 결국 눈시울을 붉혔다.

"변명 같은 거 안 해. 미안하다고도 못한다."

언니 부부가 갑작스레 세상을 떠나고 얼결에 조카를 떠안았을 때 자신은 이제 막 결혼한 지 얼마 되지 않은 새댁이었다. 처음엔 당연히 안쓰러운 조카를 보듬었지만 시댁의 등쌀에 시달리다 보니 자연스레 없는 살림에 입 하나 더 얹는 조카가 눈엣가시가 되어갔고 친자식이 생긴 뒤로는 아예 눈길조차 가지 않았다.

다행히 생활력 좋은 언니를 닮아 혼자서도 잘 자라기에 어서 혼자 살 수 있는 나이만 되어라, 했건만.

"나나 바깥사람이나 이 정도밖에 안 되는 사람들이야. 갑자기 좋은 가족 못 돼."

다시 생각해보니 아이는 훨씬 일찍부터 혼자 사는 것이나 다름이 없었다.

"괜찮아요."

혹여 뿌리칠까 싶었는지 재선의 허리를 감은 팔에 힘이 들어갔다.

"그냥 나한테도 가족이 있구나, 그 생각만 할 수 있으면 돼요. 충분해요."

두 팔로 감싸 안은 조카의 몸이 생각보다 너무 가늘어서 죄책감이 밀려왔다. 하지만 갑자기 미안하다며 용서를 구하는 것이 오히려 리희에게 상처가 될 것임을 알기에 재선은 차라리 끝까지 뻔뻔해지기로 마음먹었다.

"……미련한 것. 후회나 하지 말어."

"나보고 연락하라고 해놓고 어떻게 먼저 했어요?"

예상은 했지만 역시나 이모님께 연락한 사람은 시환이었다. 단체 예약 때문에 당장 가게 문을 닫을 수가 없어 재선이 홀로 부랴부랴 올라왔을 때 역까지 마중을 간 것도 그였다고. 다만 재선을 데려다주고도 처리해야 할 일들이 많아 하룻밤이 지난 뒤에야 차분하게 얼굴을 마주할 수 있었다.

"안 할 것 같아서. 친구는 임신했다며. 놀랄까 봐 당연히 안 했을 거고 이모님은 걱정하신다고 안 할 것 같으니 별수 있나."

근데 네가 손을 못 쓰니까 좋네. 이렇게 넣어줄 수도 있고. 재선이 자리를 비우기 전에 깎아준 과일 한 조각을 리희의 입술 안쪽으로 쏙 집어넣은 시환이 그녀가 입 안의 것을 다 삼키기 전에 먼저 고민하던 말을 꺼냈다.

"김 박사님은 이모님 모시고 들어오다 우연히 마주쳐서 어쩔 수가 없었어. 미안해."

그에 리희는 가만 고개를 저어야 했다. 사실 걱정하는 것은 따로 있었다.

"많이 놀랐죠."

"너보단 덜."

그러나 역시 유연하게 답해오는 시환이었다.

"그, 뭔가 수를 써뒀다고 했었어요. 그래서 저는 시환 님 어떻게 되는 줄 알고……."

"그냥 너 겁주려고 했던 말이겠지. 문제없었어."

"내가 모르는 사이에 뭔가 더 있었던 거잖아요."

하지만 리희의 다음 말에는 그의 눈빛이 약간 낮게 가라앉았다. 촬영장에서 급하게 출발하려다 노파심에 윤주의 차를 빌려 탄 것은 그야말로 신의 한 수였다. 트럭이 들어와야 해서 옮겨놓는다던 차가 지나치게 외진 곳으로 옮겨져 있었기 때문이었다.

"언젠가 차에 결함 있다고 했던 거, 그거 맞죠?"

"그거? 난 그냥 엔진에서 이상한 소리가 나길래 전체적으로 점검 맡겼던 건데."

하지만 그 입술은 또 여유로운 말만 내놓아서.

"거짓말."

결국 리희가 녹녹한 분위기를 깨가며 더욱 심각한 얼굴을 해야 했다. 그러자 시환이 침대로 올라와 그녀를 부드럽게 당겨 안았다.

"그만. 그렇게 하나둘 따지기 시작하면 내 부주의로 너 다치게 한 것까지 다 따져야 하는데, 그렇게 할까?"

"……아뇨."

그의 어깨에 기대는 그녀의 머리칼에 입술을 맞춘 시환이 피곤한 눈을 감았다.

"더 이상 걱정하지 마. 불안해하지도 마."

"……."

"이제 다 끝났으니까."

다 끝낼 거니까. 거기까지 생각하던 시환이 눈을 뜨고 약간 부어 있는 리희의 눈과 마주했다.

"그러니까 넌 최선을 다해서 이 손 낫는 데만 집중해. 알았어?"

그의 손가락이 두껍게 감긴 붕대 위를 톡톡 두드렸다. 그제야 그녀가 작게 미소 지으며 고개를 끄덕인다. 그러나 시환은 여전히 못마땅한 얼굴이었다.

"우리희."

그녀의 눈이 의아함을 담고 약간 커졌다.

"내가 이 손, 빨리 낫게 해줄까?"

"……어떻게요?"

그러자 그가 주변을 둘러보더니 펜 하나를 찾아와 그녀의 손을 잡고 조심조심 만지작거리기 시작했다. 더듬더듬, 이쯤이 중지니까 다음 손가락이 약지겠지. 그러던 그가 펜 뚜껑을 입으로 빼 문 다음 가려져 있는 손가락 위로 선을 그어 드러난 손톱과 이어지게 만들고 다음엔 약지가 있음직한 부근에 가로선 두 개를…….

"……시환 님."

딱 봐도 손가락과 반지를 그리고 있음이리라. 리희가 웃음기를 머금은 얼굴로 그를 부르는데도 그는 미간을 좁힌 채 없던 예술혼을 불태우는 듯했다. 그런데 생각보다 디자인이 디테일하다. 두 개의 물결선이 엇갈리다 만나는 지점에 박힌 작은 보석.

"어때?"

그가 뿌듯한 얼굴로 묻는 결과물을 본 리희가 웃음을 터트렸다.

“이게 뭐예요, 애들도 아니고.”
“마음에 안 들어?”
“아뇨.”
손을 들어 세심하게 살펴본 리희가 밝게 미소 지었다. 신기하게도 진통제를 맞아도 욱신욱신하던 통증이 정말로 가신 듯한 기분이 들었다.
“마음에 들어요. 디자인도 예쁘고.”
드레싱하러 오실 간호사 선생님께는 좀 부끄럽긴 하겠지만.
“귀여워요. 근데 이거 좀 부끄러워서라도 빨리 나아야겠……!”
하지만 다음 순간 손을 내리면서 시환을 본 리희는 깜짝 놀라고 말았다.
“다행이네.”
손을 내리자마자 보인, 그의 손에 들려 있는 진짜 반지 때문이었다. 다시 손을 들어 비교하게 만들 정도로 그 생김새가 비슷, 아니 같았다.
“이거…….”
“빨리 나아줘. 이걸로 끼워주고 싶으니까.”
그런데 어쩐 일인지 리희의 웃음이 멎어 들어갔다.
“리희야.”
뭔가 낌새가 이상하다 느낀 그가 나지막이 부르자 그녀가 고개를 저으며 애써 웃었다.
“좋아요. 너무 좋은데…….”
아니, 애써 웃는 게 아니라 애써 눈물을 참는 것이었다. 이 여자는 눈물이 날 때 눈도 빨개지지만 입술은 더 붉어지는 걸 알까. 시환이 차분하게 얼마간을 기다렸을 때 크게 숨을 들이쉬며 눈물을 참아낸 그녀가 담담하게 내려놓았다.

"그냥, 너무 좋아하거나 행복해하면 안 될 것 같아서요. 나는 그러면 안 될 것 같아서……."

또 말을 고르며 그의 시선을 피한다. 그의 손가락이 그녀의 뺨을 감싸 천천히 그 얼굴에 빛이 드리워지게끔 당겨 올렸다.

"안 되겠네."

네가 그리는 그림을 그저 옆에서 지켜보고 싶었는데, 안 되겠어.

"우리희가 버거워할 정도로 행복하게 해줘야겠어. 행복해서 미쳐버릴 것 같다는 말이 나올 정도로."

"지금도 충분히……."

"아니, 더 못 참게 만들 거야. 욕심내서 더 많이 행복하고 싶게 해줄 거야."

네가 그려가는 그림을 같이 그려야겠어. 네 물감을 예쁜 색으로만 채워주고 싶어.

"사랑해."

묵직한 마음이 담긴 목소리가 리희의 마음에 커다란 울림을 만들어냈다. 메아리처럼 울리는 감정은 전염이라도 되는 걸까. 리희가 저도요, 라 답했을 때였다.

"너 전에 최상의 박시환을 가질 자격을 갖추겠다고 했었지."

"네. 그랬죠."

하지만 시환은 거기서 그치지 않았다.

"그럼 우리, 결혼하자."

"……!"

"네가 가장 행복한 신부가 될 때, 나도 최상의 박시환이 될 수 있을 것 같거든."

그렇게 우리희만의 그림이 아닌 너와 나, 우리의 그림을 그릴까 해.

"같이 행복하자는 말이야. 네가 행복해야 나도 행복할 텐데, 그래도 조금만 행복할 거야? 최상의 박시환을 보고 싶은 생각은 없어?"

"그럴 리가……."

없잖아요. 떨리는 입술이 겨우 만들어낸 문장에 시환의 입술이 길게 호선을 그렸다.

"이른 거 알아. 근데 그냥 연애 말고 '결혼을 전제로 한 연애'를 하자는 거야. 매일 최상을 기대할 수 있게."

콩, 이마가 닿고 코끝이 닿았다. 서로의 숨결이 섞이고 있었다.

"벌써부터 행복해서 벅찬 것 같아요."

"흠, 난 좀 부족해. 네가 키스해주면 행복해질 것 같은데."

두 입술이 맞닿기 직전까지 다가간 그가 낮게 중얼거린 소리에 푸스스 웃음을 터트린 리희가 천천히 그의 입술을 머금었다. 첫 맛은 짭조롬한 눈물맛, 그러나 곧 달큰한 과일 향이 맴도는 키스가 이어졌다.

"이모님, 하고 부르는데 감이 오더라. 예사 남자 친구가 아니구나."

"아……."

결혼을 전제로 만나는 사람이라는 말을 한 직후였다. 재선의 답에 붕대가 감긴 손을 조심스럽게 카디건에 끼워 넣던 리희가 소매 끝으로 튀어나오는 손, 거기에 그려진 그의 그림을 보며 미소 지었다.

"건실하게 잘생겼던데. 깍듯하고, 예의바르고. 다윤이는 목소리밖에 못 들었으면서도 난리였어."

"……저한테 과분하죠."

"무슨 소리야 그게?"

옷매무새를 정리하던 리희가 뾰족한 재선의 말에 놀라 고개를 들었다. 퇴원을 위해 가방을 정리하던 재선이 이쪽을 보고 있었다.

"네? 아니, 워낙 빠지는 데가 없는 분이니까……."

"너는 뭐 어디가 빠져서? 너 충분히-!"

똑똑. 그때 병실 문에서 들려온 노크소리에 두 모녀가 고개를 돌렸을 땐 이미 문이 열리고 있었다.

"1인실이라, 팔자 한번 좋구나."

그리고 태영의 어머니 조안희 사장이 들어섰다.

"얘기 좀 해야 하지 않겠니?"

조금 전까지 수줍게 웃던 리희가 무섭게 표정을 굳힌 것은 당연한 일이었다.

"저는 할 말 없습니다."

그러나 조 사장은 아랑곳 않고 구두소리를 내며 병실 안으로 들어섰다. 비서로 보이는 사람에게 밖에서 대기하라는 말을 남긴 채였다. 재선이 있든 말든 신경도 쓰지 않는 여자 때문에 결국 리희가 재선에게 잠시 자리를 피해줄 것을 부탁해야 했다. 그에 못마땅하다는 얼굴의 재선이 밖으로 나가자마자 조 사장이 매끈한 백에서 하얀 봉투를 꺼내 테이블 위에 툭, 소리가 나게 내려놓았다.

“2억. 이거 받고 다시 진술해. 아는 동생 집에 놀러온 태영이랑 우연히 만난 거였다고. 그걸 네 남자 친구가 보고 화가 나서 우발적인 싸움이 난 거였다고. 진술 잘하면 1억 더 얹어주마.”

유독 ‘우연히’와 ‘우발적인’에 힘주어 말하는 조 사장의 언행에 리희는 기가 찼지만 인내심을 발휘했다.

“필요 없습니다. 돌아가주세요.”

“3억이 부족하다?”

그 말에 리희의 눈에 경멸이 스쳐갔다. 아마 오피스텔 경비원의 진술까지 더해져 수습이 어려운 모양이었다. 그래서 이렇게 돈 봉투를 들고 찾아온 것이겠지.

“KD물산을 팔아서 주신다고 해도 싫습니다. 저는 이태영 씨가 있는 그대로 처벌받기를 원해요.”

“뻔뻔한 것도 유분수가 있지!”

“돈 봉투 들고 오신 분께서 하실 말씀은 아니라고 생각합니다.”

“우리 애를 그렇게 만든 게 넌데 그럼!”

“제발 그만해달라고, 그만 만나자고 사정하고 빌어도 봤어요. 도망도 쳤어요. 번호 바꾸고 이사를 가고, 회사를 옮겨도 쫓아온 건 그 사람이었다구요!”

“처음부터 시작도 하지 말았어야지. 네까짓 게 신기해서 만나준 우리 태영이한테 들러붙질 말았어야지! 어차피 돈 노리고 만난 거였으면 곱게 받으면 될 일을 이렇게 키우는 심보가 대체 뭐야?”

"돈 노리는 소리 하고 자빠졌네!"

다음 말은 리희의 것이 아니었다. 눈 깜짝할 새에 들어온 재선이 주저없이 조 사장의 머리채를 휘어잡았다.

"이모, 이모!"

다급하게 말리려 했지만 양손이 자유롭지 못한 리희는 이러지도 저러지도 못하고 발을 동동 굴려야 했다.

"네까짓 게 뭔데 내 자식한테 '네까짓 게'래. 뭐? 돈을 노려? 그래서 네년은 우리 가게 건물 사들여서 월세 올려가며 야금야금 우리 돈 뜯어가매 못살게 굴었니? 어?"

"놔! 이게 지금 무슨 무식한 짓…… 아악!"

"무식? 그래, 무식한 년 손에 한번 당해봐. 네 꼬라지는 뭐 얼마나 고급스럽고 교양이 넘쳐서 다 늙어서까지 다 큰 아들이 싼 똥이나 치우고 다닌다니?"

"이모, 제발!"

"넌 가만히 있어! 우리 리희, 어화둥둥 키우진 못했어도 네 년 주둥이가 이년 저년 할 애 아니야. 어디 한 번만 더 이딴 식으로 몰상식하게 나와봐 아주!"

"기, 김 비서. 김 비서!"

"이모……."

얼이 빠진 리희는 재선의 손아귀에 이리저리 휘둘리는 조 사장을 망연하게 바라볼 수밖에 없었다. 조 사장의 명품 정장이 볼품없이 구겨지고 우아하던 머리가 산발이 되고 있었다.

"김 비서고 나발이고 왜, 교양 있는 사장님께서는 이 아줌마 힘 하나 이기지도 못해서 그 썩을 돈으로 막니?"

"이게, 이거 못 놔!"

"사장님!"

우당탕. 결국 쥐고 흔들던 여자를 패대기친 재선이 손을 털 즈음 뒤늦게 간호사들이며 조 사장이 애타게 찾던 김 비서가 나타나 황급히 조 사장을 부축했다.

"너, 너……!"

붉으락푸르락한 얼굴로 분노에 벌벌 떠는 조 사장이었지만 재선은 흥, 하고 콧방귀를 뀔 뿐이었다.

"추하다 정말. 아들 교육 잘못 시켜서 이 사달을 냈으면 부모로서 부끄러운 줄 알고 사과를 해야지!"

그러자 조 사장이 몸을 털고 일어나며 조소했다.

"웃겨 정말. 다시 한 번 말하지만 피해자는 이쪽이야. 왜, 이제와 부모 노릇이라도 해보시겠다는 거야, 뭐야?"

"그래, 나 조카 등골 빼먹으며 살았다. 그래서 네 말대로 이제라도 부모 노릇 하려고 네 머리채부터 잡았는데 뭐, 피해자가 그쪽? 하! 지나가는 동네 개가 다 웃겠네."

그러면서 재선은 테이블 위 봉투, 거기서 꺼낸 수십 장의 수표를 박박 찢어 조 사장의 면전에 흩뿌려 모두가 경악하게 만들었다.

"필요 없으니까 주워 가. 이런 데 뿌릴 돈 있으면 가서 우리 리희 고생하게 한 그 버러지 같은 자식 교육이나 더 시키라고!"

그에 재선을 노려보며 겨우 일어난 조 사장이 뒷목을 잡으며 소리쳤다.

"김 비서, 의사 데려와. 당장 진단서 떼서 고소-!"

-……2억. 이거 받고 다시 진술해. 아는 동생 집에 놀러온 태영이랑 우연히 만난 거였다고.

그러나 어디선가 들려온 제 목소리에 조 사장은 다음 말을 채 잇지 못하고 소리의 근원지를 찾아야 했다.

"이게 지, 지금 뭐 하는 짓이야!"

조 사장이 소리치는 와중에도 리희가 손에 얹어놓은 휴대폰에서는 끊임없이 녹음된 목소리가 흘러나오고 있었다.

-화가 나서 우발적인 싸움이 난 거였다고. 진술 잘하면 1억 더 얹어주마.

"뭐 해, 저거 잡아!"

조 사장이 부들부들 떨며 부축하던 남자에게 명령을 내렸지만 재선이 눈을 부릅뜨고 리희의 앞을 지키고 서 있는 탓에, 뭣보다 다른 사람들의 이목이 쏠려 있는 탓에 섣불리 행동할 수가 없었다.

"지난번 리조트에서 이렇게 녹음해두지 못한 게 두고두고 한이 될 것 같아서요."

리희가 조 사장을 똑바로 바라보며 건조하게 말했다.

"저는 오늘 하신 말씀 못 들은 걸로 하고 싶습니다. 이것도 지우고 싶고요."

그 말 속에 담긴 의미는 명확했다. 아마 뒤늦게 구경하기 시작한 사람들도 대강은 이해했을 것이었다.

"하지만 이 이상으로 제게 거짓 진술을 강요하신다면 저는 제가 오랫동안 트라우마에 시달렸다는 것을 증명하는 진단서와 이 녹음본을 검찰에 제출할 수밖에 없습니다."

이모, 가요. 그에 가방을 마저 챙겨든 재선이 조 사장을 한 번 더 힘주어 노려보고는 리희와 함께 병실을 나섰다.

"……이모."

리희가 엘리베이터에 올라타자마자 재선을 부르지만 재선은 아직도 화가 난 얼굴이었다.

"너 일주일 정도 쉰댔지? 아예 집으로 같이 내려가. 네 이모부 밖에서 기다린다."

"정말, 정말 이모한테까지 해코지 했어요? 그랬어요?"

"그래서 너한테 받은 돈으로 월세 낸 거 아니야!"

조금 전까지 고래고래 소리를 지른 탓인지 결국 갈라진 목소리가 희미한 소독약 냄새로 채워진 엘리베이터 안을 울렸다. 그걸 스스로도 느꼈는지 재선이 작게 기침했다.

"최근까지 몰랐어. 유독 우리 가게에만 박하게 굴어서 이상하다 싶었지만 그게 그래선 줄은 몰랐지. 뭐 그래봤자 네가 준 돈으로 다 막았으니까 미안해할 필요 없다."

어차피 가게도 내놨어. 이달까지만 하고 옮겨갈 거야. 사뭇 누그러든 투로 나머지 말을 잇던 재선이 1층에서 멈춘 엘리베이터의 문이 열리기가 어색한 표정을 감추며 걸음을 옮겼다.

"……왜 말씀 안 하셨어요."

"몰랐다니까."

"이모."

그렇게 대충 얼버무리며 리희보다 한 걸음 앞서 저쯤에 세워진 차로 다가가는데 리희가 덥석 그 몸을 끌어안았다.

"얘가 징그럽게 길에서 뭐 하는 거야?"

"……이모 덕분에 버텼어요."

"그러게 그런 것들은 나이 불문하고 머리채부터 확 잡아야지 왜 버티고 서 있어, 서 있기를!"

단호하게 잘라 말한 재선이 물끄러미 리희를 바라보다 한숨을 내쉬며 짐을 든 손을 바꿔 그녀의 등을 감쌌다.

"이모라고 불리는 값어치나 해준 거니까 고마워할 필요 없다. 미안하다는 말도 하는 거 아니야. 그냥 앞으로는…… 혼자 앓지 말고 말이나 해. 하물며 집을 옮겨도 말이나 해줘야 알 거 아니니."

"……네."

"가자."

"근데 이모."

"왜 또."

다시 본 혈육의 얼굴에 슬며시 미소가 번지고 있었다.

"속이…… 시원해요."

아까 머리채 잡아주신 거. 그 말에 결국 재선도 아닌 척 웃어야 했다.

"나 참, 네 이모부한테 말이나 하지 마. 건물주 머리채 잡는 무식한 세입자 너밖에 없을 거라고 욕할라."

"안 할게요."

"뭐, 먹고 싶은 건 없고?"

무뚝뚝한 듯 다정한 그 말에 왜 울컥 눈물이 솟았는지는 또 알 수 없는 노릇이었다. 하지만 리희는 울지 않고 대신 시환이 알려준 대로 '거르지 않고 말하기'를 실천하기로 했다.

"음……."

그래서 평소였다면 '아무거나 전 다 괜찮아요.'라고 했겠지만.
"김치찌개요. 얼큰한 걸로."
처음으로 조금 더 솔직해지기로 했다.
"그리고 고기 넣어주세요."
"고기?"
"네."
그러자 재선이 기가 찬다는 듯이 웃었다.
"서다윤은 참치, 넌 고기? 느이 이모부는 두부 안 넣으면 뭐라시는데 어휴 정말, 취향은 또 하나같이 제각각이어가지고는……."
타기나 해, 이것아. 리희에게 뒷문을 열어준 재선이 앞자리에 올라타며 말했다.
"여보, 잊어버리기 전에 미리 말하는데 내려갈 때 마트 좀 들르게. 고기 사야 해."

"언니랑 형부 그렇게 됐을 때부터 대충 예상은 했지만, 아쉽네."
찻잔을 내려놓은 소혜가 시환이 꺼내놓은 사직서를 흔들며 섭섭함을 표했다. 그러나 그녀의 아쉬움은 단순히 '같이 점심 먹을 사람을 떠나보내는 것'에 기인한 것이었다.
"몸으로 때워야지 별수 있나. 나 때문에 손해가 이만저만이 아니라는데."
그래서 시환도 대수롭지 않게 찻잔을 들 수 있었다. 다만 씁쓸한 것이 있다면 복잡한 이해관계가 얽혀 있는 재계에서 시환 때문에 KD물산과 척을 지게 된 RX컴퍼니가 감수해야 하는 손해들 때문이었다.

그러나 KD물산은 더 큰 손해를 보게 되었다. 오늘자 신문엔 KD물산 조안희 사장이 '조세 천국'이라 불리는 영국령 버진 아일랜드에 설립한 페이퍼 컴퍼니를 통해 비자금을 조성하고 외아들에게 편법으로 재산을 증여하려 했다는 정황이 포착되어 압수수색 및 검찰에 소환됐다는 기사가 실려 있었다.

물론 엎친 데 덮친 격으로 아들 태영에 관한 기사도 실렸다. 이미 전 여자 친구를 지속적으로 스토킹하는 것으로도 모자라 결국 납치, 감금 및 폭행한 혐의로 유죄 판결을 받고 수감된 이력이 있는 그가 가석방된 이후 이번엔 같은 교도소에 수감됐던 동기들을 돈으로 매수, 또다시 피해자에게 상해 및 기타의 유해를 가해 결국 가석방이 취소되고 다시금 재판을 통해 더욱 무거운 처벌을 받게 되었다는 내용이었다. 이 사건이 뒤늦게 재조명되면서 조안희 사장의 갑질 논란과 결부되어 예상 밖의 큰 비난이 몰아치고 있었다.

때문에 태영의 형량을 줄이려던 조 사장의 노력이 물거품이 됨은 물론 가석방 심사 자체에서도 문제가 있었던 것은 아니었냐는 의혹까지 살을 붙이면서 조안희 사장 모자는 돌이킬 수 없는 타격을 입고 말았다.

거기다 시환이 지난 사고 이후 차에 따로 설치해두었던 또 하나의 블랙박스로 덜미가 잡힌 '태영의 친구들'까지 차례로 검거되면서 태영의 죄목에 살인 교사 등이 추가될 수 있었다.

"바로 들어가서 아버지 일 돕는 거야?"

"아니."

'당연히 들어와서 메꿔놓을 생각이니까 그렇게 당당한 거겠지?'

그러나 시환의 아버지 현수는 화를 내기는커녕 기꺼워했다. 이 일을 빌미로 시환을 붙잡아둘 요량이었기 때문이었다. 그리고 이를 각오한 시환이었던지라 고개를 끄덕일 수밖에 없었다.

"대학원 준비하고 있어. 다시 시작해야지. 다행히 아버지 아직 젊으시니까."

"어디로 가게?"

"미국. RX컴퍼니 미국 지사로 들어가야 해서."

시환의 답에 소혜의 눈이 휘둥그레졌다.

"미구욱? 리희 님은 어쩌고? 너 설마, 결혼으로 리희 님 직업을 '아내'로 바꿔서 데려갈 생각은 아니지?"

우리 회사의 소중한 인재를! 소혜가 시환에게 삿대질까지 해가며 타박하는데 이번에는 시환의 얼굴에 약간의 쓸쓸함이 내비쳐졌다.

"같이 가서 공부하자고 하긴 했는데……. 아직 답이 없네."

그러면서 시환이 퇴사하더라도 오후 아이디어 회의는 해야 한다며 자리에서 일어났을 때였다.

"근데 박시환."

"뭐."

마주 일어난 소혜가 가느다랗게 뜬 눈으로 그를 바라보며 물었다.

"검찰에 조안희 사장 비자금 조성 찌른 익명의 제보자, 너지?"

그러나 시환은 표정 변화 하나 없이 태연하게 응수해왔다.

"익명의 제보자라니. 검찰 내사로 잡은 거라며."

"내사도 빌미가 있어야 시작되는 거 몰라?"

소혜의 끈질긴 질문에도 그저 어깨를 으쓱일 뿐.

"뭐, 나랑은 상관없는 일이니까."

그는 차 잘 마셨어. 라는 말만 남겨두고 소혜의 사무실을 나섰다.

"시환 님."

시환이 책상을 정리하고 있을 때 노크 소리가 나기에 누군가 했더니 리희였다. 조심스럽게 문을 닫은 그녀가 이쪽으로 다가왔다.

"아까 수정하라고 하신 거랑, 기획안 새로 보여드릴 게 있어서요."

"새 기획안?"

"네."

"주세요."

올라올 기획안이 없을 텐데. 정리하던 책상 끝에 대충 걸터앉은 시환이 건네받은 자료를 열어 빠르게 훑어 내리고 고개를 끄덕인 뒤 새 파일을 펼쳤다가…… 고개를 들어 리희를 바라보았다.

"이게 뭐야?"

회사에서는 엄격하게 존대하는 시환이었지만 이번만큼은 그럴 수가 없었다.

"말씀드렸잖아요, 기획안이라고."

"그러니까 이게 무슨 기획안이냐고."

약간은 다그치듯 되묻는 시환을 본 리희가 입술을 달싹이다 차분하게 답했다.

"우리가 떨어져 있을 2년 동안 저 혼자 여기서 할 일들이요."

말만 기획안이지 사실은 회사, 개인적인 공부, 거기다 운동까지 꼼꼼하게 채워진 '우리희 2년 생활 계획표'나 다름이 없었다.

"나랑, 안 간다는 말이야?"

광고 공부라면 이곳보다 미국이 훨씬 나을 것이라 판단했기에 시환이 적극적으로 추진한 일이었다. 그런데 리희의 반응은 그렇지 않았다.

"회사, 또 포기하고 싶지 않아요. 경력 못 채우고 그만둔 게 한두 번이 아니다 보니까 이것 봐, 나 아직도 주임이잖아요."

"그럼 NK 해외근무파견 신청은…… 아."

젠장. 경력 부족. 시환이 결국 미간을 구기는 사이 리희가 한 걸음 더 다가섰다.

"뭣보다."

더 가까이 가고 싶지만 이곳은 회사, 거기다 블라인드가 걷어진 상태라 바깥 사람들이 충분히 두 사람의 상황을 볼 수 있었다. 특히 두 사람의 연애가 알려진 이후 거의 말 한마디 하지 않는 지윤의 시선은 굳이 돌아보지 않아도 느껴질 정도니까.

"이제 겨우 가족들이랑 친해지고 있는데, 떨어지고 싶지 않아요."

하긴. 리희에게 당장 이보다 더 중요한 일이 있을까. 십수 년을 데면데면하게 지내던 가족과 이제 겨우 왕래하며 정을 쌓고 있는 그녀였다. 하지만 그렇다 해도 가족들은 지방에 있으니 혼자 두고 가기엔 시환의 마음이 영 무거워지는 것이었다.

"그럼 이렇게 해. 나 국내 대학원으로 다시 알아볼게. 회사도 다시……."

"걱정 말고 다녀와요. 미국 지사로 꼭 들어가야 한다고 했었잖아요."

하지만 이번만큼은 리희도 굽히지 않았다. 그녀가 손바닥에 감긴 얇은 붕대 위로 드러난 손가락에 끼워진 핑크골드 반지를 보여주며 말했다.

"나 스스로 떳떳하게 자리 잡고 싶어서 그래요. 가족들한테도, 시환 님한테도…… 아, 더 걱정 안 해도 되는 건 가족들이 서울로 올라온대요. 다윤이 편입도 성공했고, 이모 가게도 서울에 내신다고."

가족들이랑 조금만 같이 살고, 시환 님 돌아오면 우리 그때 결혼해요. 응? 동그란 눈이 저를 담고 반짝거렸다.

"후우……."

이렇게 사정하는 얼굴에 어찌 화를 내랴. 결혼을 전제로 한 연애를 하기로 했지만 결혼을 전제로 한 '장거리' 연애가 될 줄이야. 못마땅한 얼굴로 파일을 내려놓은 시환이 그대로 손을 뻗어 리모콘을 잡고 블라인드를 내렸다.

"시환 님, 우리 둘이 있는데 이러면 너무 노골적인 거……!"

그에 깜짝 놀란 리희가 도로 한 걸음 물러서는데 시환이 일어나 성큼 다가오는 바람에 도루묵이 되고 말았다.

"어. 그나마 같이 있을 수 있을 때 최선을 다해서 노골적이어야겠어."

안 그러면 미치도록 후회할 것 같거든. 허리에 감긴 그의 팔이 그녀를 바짝 당겨 그의 품으로 쓰러지듯 안긴 리희가 멀쩡한 손으로 그의 가슴을 때렸지만 그는 요지부동이었다.

"1년."

"네?"

"1년 안에 해결보고 올게. 한눈팔지 말고 기다려."

"어떻게요? 대학원 과정만 해도 기본 2년이잖아요."

"속성으로 해야지. 너 이럴까 봐 혹시나 싶어서 알아보긴 했었는데."

괜히 알아봤어. 리희의 뺨을 매만지는 시환은 벌써부터 나올 것 같은 한숨을 삼켜야 했다. 어쩌면 이미 스스로 예감했던 건지도 모르겠다.

"그래도 1년은 너무 길어. 그러니까 벗어."

"네?"

화들짝 놀란 리희가 휘청거렸지만 정작 그녀를 붙잡은 시환은 시큰둥한 얼굴이었다.

"말했잖아. 그 안경, 내 앞에서만 벗으라고."

"목적어 좀 넣으라니까요오!"

그에 저도 모르게 소리쳤다 가까스로 데시벨을 낮춘 그녀가 소곤거리자 시환이 피식 웃으며 그녀의 얼굴에서 안경을 벗겨내며 말했다.

"복수야. 오해 때문에 신경 쓰다 결국 빠져버리게 만든 너에게 하는 복수."

이 정도는 애교로 봐줘야지. 안 그래? 그러면서 코끝을 부딪쳐오는 시환 때문에 리희는 흐물흐물 녹아버릴 수밖에.

"그래도 여기 회산데……."

"내가 책임져."

벌써 사직서 내고 왔거든. 그의 말에 결국 소리 내어 웃어버린 리희가 에라 모르겠다, 그의 목에 팔을 둘렀다.

"리희 님. 여기 회사예요."

겨우겨우 그의 손에서 벗어나 지워진 립스틱을 숨기려 입술을 안으로 말아 넣고 나온 리희에게 지윤이 뾰족하게 말해왔다.

"네, 그래서요?"

덕분에 열이 올라 있던 뺨이 식는 기분이 들었다. 그런데 지윤의 질투가 워낙 날이 서 있는지라 리희는 좀 얄밉게 굴어볼까, 하는 생각으로 보란 듯이 립스틱을 꺼내 덧발랐다. 옆에서 헐? 하고 중얼거리는 소리가 들렸지만 못들은 척.

"일하는 곳이지 연애하는 곳이 아니라구요."

"그럼요. 당연하죠…… 근데."

리희가 파티션 너머 지윤의 모니터를 바라보며 상냥하게 답했다.

"일하는 곳에서 드라마 보는 것도 좀 아닌 것 같네요."

"드라마라니…… 에잇, 정말."

그러자 지윤이 잔뜩 약이 오른다는 얼굴로 과장된 소리를 내가며 탁, 탁. 모니터에 띄워진 영상 플레이어를 끄며 일어나 어딘가로 사라졌다. 아마 화장실로 가 분노의 퍼프질을 할 것이었다.

"리희 님, 여기 우편물."

그때 선호가 팀원들의 우편물을 가지고 올라와 각자의 자리에 올려두다 리희에게도 편지 한 통을 건네주었다.

"아, 네. 고맙……!"

생각 없이 받아 들어 밀봉된 입구를 찢으려던 리희는 발신인을 확인하고 그 즉시 입가의 미소를 지울 수밖에 없었다.

이태영. 그 사람이었으니까. 물론 이름이 쓰여 있진 않았다. 그저 이름이 있어야 할 공간에 우체국 사서함 주소, 그리고 네 자리의 수인번호가 적혀 있을 뿐. 천천히 편지를 꺼낸 리희가 주변에 누군가 이쪽을 보고 있는지 확인한 후 곱게 접힌 종이 안쪽을 살펴보았다.

“하…….”

리희는 한참 동안이나 그 편지를 읽고 또 읽었다.

<행복하길 바라. 안녕.>

여러 문장에 걸쳐 진짜 말하고자 하는 메시지를 숨겨놓지도 않은 그런, 짧은 문장 하나뿐이었음에도 말이다. 그런 그녀의 등 뒤로 오늘도 태양은 저물어가고 있었다.

그 해 12월, 미국 뉴욕.

-어디에요?

“아파트 들어가는 길.”

-수업은 다 끝났을 시간이고……. 어, 오늘은 회사 안 들어가 봐도 되는 거예요?

“오늘은 오프.”

크리스마스잖아. 시환이 수많은 사람들이 오고가는 대로변을 걸으며 블루투스 이어폰을 낀 채 리희와의 메신저 대화창이 띄워진 화면을 무심하게 쓸어 올렸다. 며칠 전 광고 촬영장에 다녀왔다고 신나서 자랑하더니 무려 ‘류’와 기념 촬영이라…….

-많이 춥죠? 막 눈도 왔던데.

"아니."

더워. 속이 부글부글 끓거든. 그의 손가락이 환하게 미소 짓고 있는 리희의 사진을 톡톡 두드렸다. 뭣보다 괘씸한 건 바로, 안경을 안 썼다는 점이었다. 라섹을 했다던가.

-거짓말. 지난번에 통화 한참 안 한 것도 감기 때문이었잖아요. 바쁘다고 밥도 제대로 안 먹고 있는 거 아냐? 누구보곤 끼니 때 마다 뭐 먹는지 찍어 보내라고 했으면서.

그래서 화를 내고 싶은데, 수화기 너머에서 뾰루퉁해져 있을 그녀를 생각하니 화 대신 미소가 번지는 거다.

그때 휴대폰 화면 상단에 새 메시지 하나가 수신됐다는 알림이 떴다.

[아들, 우리 다음 행선지는 미국이야. 새해는 같이 보낼 수 있을 것 같아. 보고 싶다.]

어머니의 이혼 카드에 결국 아버지가 두 손 두 발 다 드신 거다. 제대로 토라진 어머니를 위해 아버지는 이제 막 개척 중이라 해도 과언이 아닌 미국 지사를 시환에게 맡겨놓다시피 해놓고 일단 가정에 힘쓰고 계셨다. 두분이서 유럽을 다 돌고 얼마 전엔 캐나다로 오로라를 보러 가셨다고 했던 것 같다.

"근데 일찍 일어났네. 운동 가려고?"

그에 '저도요.'라 짤막하게 답한 시환이 손목을 들어 시간을 살폈다. 그의 손목시계는 한국 시간대에 맞춰져 있었다.

-……그래야죠.

잦은 야근 때문에 체력적으로 버겁다더니 그녀는 매일 아침 꼬박꼬박 운동을 다니고 있었다. 그에 시환은 트레이너에게도 예쁘게 보이지 말라는 의미로 온통 블랙으로 이루어진 트레이닝복을 그녀의 집으로 배송시켰었다.

그렇게 리희와 시시콜콜한 이야기들을 주고받으며 걷는데, 어째 더 외로워지고 말았다. 사실 학교 수업을 마치자마자 회사로 들어가 일하느라 외로울 틈도 없었지만 아이러니하게도 그녀의 목소리만 듣고 있자면 그가 혼자라는 사실이 더 절실히 다가왔기 때문이었다.

"나보다 열세 시간 앞서 사는 기분이 어때?"

-외로웠어요.

통했네. 시환이 씁쓸하게 미소 지었다. 생이별한 지 이제 6개월이 지났을 뿐이었다. 24시간을 48시간처럼 미친 듯이 바쁘게 살면 정말 이틀씩 팍팍 지나가주면 안 되나. 거기까지 생각하던 시환이 그 자리에 멈춰 섰다.

"지금 나 보고 싶다고 하면 당장 비행기 티켓 끊을게."

그는 진심이었지만 저쪽에서 에이, 하는 소리가 들려왔다.

-또 지난번처럼 불쑥 열네 시간 비행기 타고 와서 두 시간쯤 엇갈리다 겨우 한 시간 보고 또 열네 시간 비행기 타려고요?

그때 그 한 시간, 60분이자 3600초가 얼마나 촉박하면서도 극한의 달콤함을 느끼게 해줬는지는 두 사람만이 알 것이었다.

"그러니까 지금 미리 말하잖아. 그럼 이번엔 세 시간 정도 가능하겠지."

-세 시간으로 되겠어요?

"그럼 미치겠는 걸 어떡해."

아니면 하루 이틀 정도는 수업이고 회사고 펑크 내버리든가. 어쩔 거야. 사람이 한국에 가 있다는데. 그런 생각으로 시환이 다급하게 티켓 예매 창을 열었을 때였다.

-아직 밖이에요? 집에 선물 보내놨어요.

뭐? 무의식적으로 현관 주변을 살피는데, 아무것도 없다.

"무슨 선물?"

눈이 많이 와서 아직 안 왔나? 그나마 불씨를 피우던 기대감이 하릴없이 꺼지는 듯했다.

-맘에 들지는 모르겠는데, 크리스마스잖아요.

"아직 안 왔어. 최근에 눈이 많이 와서……."

그런데 문을 열자마자 평소 그를 맞이하던 냉기가 아닌 훈기가 그의 차가운 피부에 닿아왔다. 설마.

"그 선물이, 너야?"

흔하디흔하고 유치하고 진부한 레파토리일지라도 그게 너라면 말이 다르지. 정신없이 집 안으로 들어선 시환이 아침까지만 해도 황량했던 집 안을 둘러보았다. 그러다 주방 쪽으로 고개를 돌렸을 때.

"거짓말하느라 혼났어요. 서울 날씨 알아보고 막."

앞치마를 맨 채 빼꼼히 고개를 내미는 리희와 마주할 수 있었다. 그에 잠시 멍한 표정으로 서 있다 블루투스 이어폰을 귀에서 뽑아 아무데나 던진 시환이 성큼성큼 걸어가 그녀를 당겨 품에 넣었다. 미치도록 안고 싶었던 향기가 먼저, 자그마한 체구가 다음으로 그의 가슴에 온기를 전해왔다.

"뭐야. 우리 시간 얼마나 있는 거야?"

설마 몇 시간 뒤에 비행기를 타야 한다거나 그럴까 싶어 시환의 얼굴에 기쁨도 잠시 조급함이 비집고 튀어나왔다. 그러나 리희는 싱긋 웃을 뿐이었다.

"평생이요."

"평생이 몇 시간…… 뭐?"

"시환 님이 나 싫다고 하기 직전까지는 평생 붙어 있을 거라구요."

그녀의 두 팔이 그의 허리를 끌어안는데, 정말 운동을 하긴 했는지 꽤 힘이 세져 있었다.

"어떻게. 설마, 회사 그만뒀어?"

"아뇨. 저 승진했어요!"

"승진?"

"승진하고 NK 뉴욕 지사 파견 및 연수 당첨!"

엄청 파격적이죠? 저 이거 따내려고 진짜 죽는 줄 알았어요. 두 달 정도는 하루에 세 시간도 못 잤다니까요. 종알종알 말을 잇던 리희가 거실에 걸린 시계를 보고는 거실로 가 서둘러 TV를 켰다.

"여기 올 수 있었던 결정적인 이유가 곧 시작될 거예요."

아직까지 어안이 벙벙하던 시환이 리희의 요란에 비로소 TV화면을 바라보았을 때. 프로그램이 끝난 직후 두어 개의 광고가 지나가더니 NK전자의 휴대폰 광고가 시작되고 있었다.

남자 모델이 깎아지른 듯한 절벽을 아슬아슬하게 이겨내고 올라와 휴대폰을 꺼내든다. 그리고 등 뒤로 펼쳐진 대자연의 영광을 자신의 얼굴과 함께 찰칵 찍는 순간 끝나는 짧은 광고였는데, 그 광고가 끝나기 직전 찍힌 사진 아래에 남자가 터치 펜으로 문구를

새겨 넣었다.

<Get the best, Mr. Deserve.>

"……저 카피."

If you can't handle me at my worst, then you sure as hell don't deserve me at my best. 최악일 때의 나를 견뎌내지 못한다면 최상일 때의 나를 가질 자격도 없다. 마릴린 먼로가 한 말을 교묘하게 광고로 이끌어낸 것이었다.

"어때요? 나 저걸로 여기 온 거예요."

시환 님 저한테 카피라이터로서는 꽝이라고 했었잖아요. 광고가 지나가고 다른 광고가 흘러나오는 데도 아직 TV에서 눈을 떼지 못하고 있는 그의 팔을 쿡 찌른 리희가 이번엔 다시 그의 허리를 감싸 안으며 말했다.

"내게서 최상을 이끌어줘서 고마워요, 시환 님."

"……."

"그러니까 이제부터 나를, 누려주세요."

장족의 발전이었다. 시환이 말없이 리희를 번쩍 안아들자 그의 목에 팔을 두른 리희가 그의 이마에 작게 키스하며 말했다.

"나 눈 수술 왜 했는지 알아요?"

"……왜 한 건데?"

그러자 부끄럽다는 듯이 다리를 흔들던 그녀가 그의 귓가에 속삭였다.

"안경 벗을 시간도 아까워서요."

"너."

이렇게 적극적인 여자 아니었잖아. 대체 우리가 떨어져 있는 사이에 무슨 일이 있었던 거야. 침대로 걸어가 그녀를 내려놓은 그가 이 모든 의아함을 담아 짧게 물었다.

"우리희 맞아?"

"아니요."

이 대답을 듣던 순간 시환은 바보처럼 '그럼 내가 뭐에 홀린 건가.'라는 생각 따위를 했던 것 같다.

그때 의미심장한 미소를 지은 리희가 저를 내려다보는 그를 반대로 올려다보며 말했다.

"최상의 우리희요."

그러니까 우리 결혼해요. 결혼을 전제로 한 연애 말고 이제 진짜 결혼. 빨리 최상의 박시환이 보고 싶으니까. 한층 자신감이 넘치는 그녀의 모습에 이제 시환이 휘둘릴 차례였다.

"……그래. 하자, 결혼."

"선물, 마음에 들어요? 소혜 님은 창의적이지 못하다고 뭐라 하셨는데."

"문소혜는 무시해. 이거보다 더 최고의 선물이 어디 있다고."

진지한 그의 답에 리희가 까르르, 아이 같은 웃음을 터트리는 사이 손가락 사이 마다 하나씩 그의 손가락이 맞물려 들어갔다.

"메리 크리스마스."

"……메리 크리스마스."

제 손에 꼭 맞게 들어오는 리희의 손을 보며 시환은 생각했다. 세상에 '절대'란 없다고 자부하던 고집이 아무래도 좀 꺾인 것 같다고. 왜냐면 이 순간 그 무엇으로도 형용할 수 없는 벅찬 감정만큼은 반드시 절대적이어야만 하기 때문이었다.

#Epilogue

다시 3년 후.

“반갑습니다. NK 광고기획 1팀 팀장 우리희입니다.”

“아, 미국에서 이번에 들어오셨다던? 지난번에 김 감독님 촬영장에서 봤던 것 같은데, 맞죠?”

그 말에 안경테를 밀어 올린 여자가 싱긋 웃었다.

“네. 맞아요.”

3년 만에 다시 찾은 한국, 그리고 언젠가 시환과 함께 왔었던 광고인의 밤에 오늘은 리희가 제 팀원과 함께 찾게 되었다.

“NK인사가 혁신적이라는 건 익히 들어 알았는데, 서른한 살에 팀장이라.”

“아시는지 모르겠지만 3년 전엔 서른 살에 팀장 직급 다셨던 분도 계셨어요.”

비록 지금은 다른 회사에 계시지만요. 그간 제가 밤낮없이 일에 매달렸던 것을 생각해보면 그때 당시에 그 사람은 훨씬 대단했겠다 생각했을 때였다.

"이게 누구야."

리희가 굳이 도수가 없는 안경을 쓰고 오게 된 이유를 제공한 인물, 홍성철 감독이 그녀를 부르는 것이 들렸다.

"올해의 광고인에 노미네이트된 건 봤는데. 이거 아쉽게 됐어."

"……안녕하세요, 홍 감독님."

아마 이 사람은 제가 현재 NK 광고팀 팀장인 건 알아도 3년 전에 손목을 잡았던 '예쁜 아가씨'였던 건 모르겠지. 예전보다 확연하게 유해진 말투만 봐도 알겠다.

"아예 메가폰까지 잡으려고 한다지?"

그럼에도 감독의 입지를 위협하는 것만큼은 받아들이기 어려운지 여전히 비꼬는 투였다. 하지만 리희는 더 이상 주눅 들지 않았다.

"네. 다양하게 공부하다 보니 흥미가 생겨서요. 틈틈이 김 감독님 밑에서 배우고 있습니다."

홍성철 감독이 김동운 감독과 반목하는 사이였기 때문에 제자로 수학 중인 리희가 곱게 보일 리 없었다. 김 감독과는 3년 전 50주년 이벤트 광고 촬영을 계기로 연을 쌓아오고 있었다.

"그 와인쟁이한테 뭐 배울게 있다 그래. 배우고 싶으면 나한테 오라고. 응? 그 작자보다 내가 현장 경험이 더 많은 거 몰라?"

하지만 3년 사이에 확 줄어든 입지 때문에 리희의 눈에는 이제 이빨 빠진 호랑이처럼 보일 뿐이었다.

그럼에도 남자의 눈이 그녀의 옆에 서 있던 팀원을 훑는 것이 느껴졌다. 개 버릇 남 못 준다더니.

하긴, 저는 남편의 성화에 꽁꽁 감추고 와야 했으니까. 누가 보면 초상집에 가는 줄 알았을 거다.

"죄송하지만 그건 안 될 것 같습니다. 단순히 '옆에 두고 일할 아가씨'를 찾으시는 거라면 제가 이제 유부녀가 돼서요."

"뭐, 뭐야?"

대체 무슨 소리냐는 면전에 대고 리희가 슬쩍 안경을 벗었다.

"3년 전 여기서 제 가슴 노골적으로 쳐다보고 이 손목 잡으셨던 거, 기억 안 나세요?"

거침없이 또박또박 이어지는 그녀의 말에 바로 근처에 있던 사람들이 경악함과 함께 홍 감독의 얼굴이 벌겋게 달아올랐다.

"내, 내가 언제 그랬다고! 이게 어디서 공갈을-!"

"감독님께서 카피를 한 줄이라도 써보셨다면 아실 텐데요. 말 한 마디가 갖는 힘이 생각보다 훨씬, 대단하다는 것을요."

사람한테 '이게'라뇨. 계속 그렇게 함부로 말씀하시면 앞으로도 NK는 쭉, 홍 감독님 보이콧하겠습니다. 그대로 안경을 가방에 꽂아 넣은 그녀가 미련 없이 돌아서 팀원을 불렀다.

"그만 가요, 지윤 님."

뒤에서 무어라 소리치는 것이 들렸지만 리희는 그저 태연하게 약간 놀란 지윤을 데리고 엘리베이터에 올라탔다.

"저 사람 예전에는 광고계의 큰손으로 통했는데, 사람 진짜 한 순간이네요."

근데 3년 전에 그런 일이 있었어요? 회사에선 시환 님도 리희 님도 아무런 말 안 하셨었는데. 옆에서 지윤이 무어라 말했지만 리희는 그저 어깨를 한번 으쓱일 뿐이었다.

-넌 내가 주는 걸 받기만 해. 그거면 돼, 난 충분해…….

그때 가방 속에서부터 벨소리가 흘러나오는 것이 들렸다. 이 벨소리는 특정 누군가의 전화를 수신할 때에만 울리는 것이기에 리희는 굳이 액정을 확인하지 않아도 누가 전화했는지 알 수 있었다.

물론 당사자는 상당히 기분 나빠했지만. 그래도 류 덕분에 만난 걸 어찌 하겠는가.

"리희 님. 그게 대체 몇 년 전 노랜데 아직도 벨소리가 그거예요?"

전화를 꺼내드는데 역시 지윤이 옆에서 퉁명스럽게 말해왔다.

"글쎄요. 둘 중 누구 하나가 이름을 바꾸기 전까지는 계속 이걸로 해두고 싶은데."

"네?"

"나 잠깐 통화 좀. 내 편이에요."

"내 편이요?"

"네, 제 남편은 남의 편이 아니라서요."

으으, 어깨를 부르르 떠는 지윤을 두고 리희가 웃으며 통화 버튼을 눌렀다.

"네."

-아직 안 끝났어?

"이제 나가려고요."

-안경 아직 쓰고 있지?

"……그럼요."

십수 년을 쓰고 살다가 고작 몇 년 빼놓고 살았다고 벌써 갑갑해지는 거다. 그래서 가방에 넣어뒀던 건데 이렇게 찔리면 또 어쩔 수 없이 꺼내 써야지 뭐. 결국 리희가 전화기를 한쪽 어깨와 귀 사이에 끼워두고 가방에서 서둘러 안경을 꺼내려는데 그때 띵, 하는 소리와 함께 엘리베이터 문이 열렸다.

-거짓말이 많이 늘었네.

그리고 거짓말처럼 눈앞에 시환이 나타났다.

"가감 없이 말하라고 했지 거짓말을 하라고 했던 건 아니었는데."

3년 전 그날보다 1095배는 더 사랑하게 된 그가.

"여긴 어떻게……."

"안 내려?"

미묘한 웃음기를 머문 그의 시선이 잠시 그녀의 가방에 넣어진 손에 닿았을 때 그가 손에 들고 있던 휴대폰 통화를 종료했다.

"와, 시환 님. 오랜만이에요!"

"오랜만입니다."

"최근 RX컴퍼니에서 광고 회사 하나 인수했다는 소식 들었어요. 저 거기로 옮겨도 돼요?"

"아직 분위기가 좀 어수선하긴 한데 안정되면 언제든 와요. 아, 대신 이쪽으로 오면 드라마 시청은 금지예요."

그의 말에 지윤이 사색이 된 것은 어쩌면 당연한 일이었다.

"……어떻게 아셨어요?"

"글쎄, 내가 NK에 있던 동안 우리 팀원들에 대해 알아낸 게 꽤 많아서요."

그사이 리희는 고민하다 재빨리 안경을 꺼내 썼다. 무서운 남자다, 이 남자.

"지윤 님은 앞에 나가면 택시 잡아뒀어요. 우리는 여기서 바로 인사해야 할 것 같네요."

시환이 도로 엘리베이터 버튼을 누르며 하는 인사에 이번엔 리희가 놀라 물었다.

"왜 도로 올라가는 거예요?"

"그럼 저는 이만 빠져드려야죠. 가보겠습니다아."

눈꼴사납다는 듯이 장난스럽게 야유한 지윤이 사라지고 바로 도착한 엘리베이터에 올라탄 시환이 리희에게 손을 내밀었다.

"좋은 데 예약했거든. 기대해."

"……뭐예요. 언젠가 들어본 대산데 그거."

그러면서도 그 손을 거절하지 않은 리희가 웃음을 터트리며 도로 네모난 철제 상자에 몸을 실었다.

"그래도 오늘은……. 집에 갔다 올 필요는 없겠네요."

그리고 새침하게 잇는 말에 시환의 눈이 가늘어졌다.

"유부녀 되더니 꽤 응큼해졌네요, 리희 님."

아직도 가끔 리희 님, 하고 불러주는 목소리가 특히 다정해서 더 좋은 걸 이 사람은 알까.

"우리보다 늦게 결혼한 소혜 님이 엊그제 출산하신 걸 봤더니 그런가 봐요."

나 갑자기 외로워지는 거 있죠. 우리도 슬슬 계획해볼까요? 어머님이 특히 기다리는 눈치신데. 슬쩍 꺼낸 말에 그의 미간에 주름이 잡힌다.

“이제 원 없이 일 다 한 거야? 아직 하고 싶은 거 많잖아.”

빠르게 판도가 바뀌는 광고 업계 특성상 출산 후 쉬어가기가 특히 어려운 탓에 그간은 2세 계획을 미뤄온 두 사람이었다. 물론 그 덕에 서로에게 더 집중할 수 있어서 좋긴 했지만.

“요즘 가끔 자고 있는 당신 보면, 박시환의 2세가 궁금해지는 것도 같아서요.”

그사이 시환이 예약한 룸의 문을 열었다. 거실 전면창 너머로 그림 같은 서울의 야경이 펼쳐진 멋진 방이었다.

“와, 거짓말 조금 보태서 이제 서울도 뉴욕 야경 못지않네요.”

“이거 고민되네.”

그에 뛰어 들어가 창밖을 보며 감탄하는 리희의 뒤로 천천히 다가간 시환이 뒤에서 그녀를 품에 안았다.

“뭐가요?”

“NK 광고기획팀 우리희 팀장님한테 로비하려고 데려온 건데 말이지.”

“무슨 로비요?”

“리희 님이 RX으로 와줬으면 좋겠어.”

“……네? 아니, 그건 인수만 하는 거지 직접 경영하는 건 아니라고 했잖아요.”

“하자, 나랑.”

놀라기도 잠시 뺨에 닿는 그의 입술 감촉이 간지러워 리희가 푸스스 웃음을 터트렸다.

“이러면 NK, 소혜 님한테 미안해지는데…… 언니 섭섭해할 거예요.”

"지금 회사에 문소혜 없잖아. 이럴 때 나와야지. 나야, 문소혜야?"

"흐음, 둘 다 아니에요."

"그럼?"

의아해하는 시환과 마주 보게끔 돌아선 리희가 의미심장한 미소를 지으며 그의 손 하나를 제 배에 가져다 댔다.

"여기. 우리 아이요."

"……뭐? 설마."

시환의 얼굴에 당혹, 아니 당황, 아니 복잡하고도 복잡한 감정이 휘몰아쳤다. 늘 단단하고 차분한 사람이 이렇게 놀라는 모습을 보일 때가 또 있을까. 리희가 작게 속삭였다.

"맞아요, 박시환 2세. 엄마가 부르니까 바로 온다네요."

"리희야."

그러나 시환은 아직 얼이 빠진 얼굴이었다. 리희의 커리어를 지켜주기 위해 그간 피임에 꽤나 노력을 기울였다고 생각했는데 이게 어떻게 된 일일까.

"글쎄요. 엄마가 몰래 준비했나 보죠, 뭐."

언젠가 피임약을 먹고 있으니 굳이 콘돔을 쓰지 않아도 된다고 했던 리희의 말이 스쳐 지나갔다. 그러니까 그게 다.

"너 설마……."

속았다는 생각에 시환이 잠시간 말을 하지 않자 리희가 눈을 데구르르 굴리더니 잡고 있던 그의 손을 놓았다.

"아무래도 박시환 씨는 우리 아이보다 날 RX로 데려가는게 더 중요한 모양……."

"그럴 리가."

그러나 다음 순간 그의 품으로 덥석 끌려 들어가는 게 더욱 빨랐다.

"……없잖아."

그의 품속, 그의 심장이 평소보다 더 빠르고 크게 두근거리는 게 느껴졌다. 우리 아이도 이렇게 건강한 심장을 갖고 태어나길. 리희는 작게 기도하며 그의 허리를 끌어안았다.

"RX, 갈게요. 그래도 첫 아이라 혹시 몰라 야근은 좀 어려울 것 같은데 괜찮겠어요?"

그럼에도 리희는 이때다 싶어 시환과 협상을 시도했다.

"아예 광고 업계 최초로 야근 없는 회사로 만들어볼까 봐."

거기까지는 상상해본 적도 없는 일이라 리희는 잠시 이 남자의 광고 회사가 잘 돌아갈까 심각하게 고민해야 했다.

"출산휴가, 육아휴직 보장해줄 거죠?"

"RX처럼 탄력근무제로 돌릴 거야. 우리 회사가 업계 최고 규모는 아니어도 복지 제도 하난 최고로 갖춘 거 몰라?"

말만 해. 모셔오는 입장에서 다 보장해드려야지. 또 뭐 해줄까. 답지 않게 빠르게 튀어나오는 시환의 말에 리희가 결국 까르르 웃음을 터트렸다.

"우리 아이한테, 좋은 아빠가 되어줄 거죠?"

"……사실 아직 안 믿겨."

"안 믿겨서, 안 해줄 거예요?"

그 말에 고개를 든 리희가 눈에 힘을 주며 묻자 시환이 주저 없이 고개를 숙여 그녀의 코끝에 살짝 키스했다.

“……믿길 때까진 내 아이의 엄마를 원 없이 사랑하고 싶은데.”

나중에 아이가 기억하기 전까지만 아빠 마음은 엄마거인 걸로 하면 안 될까.

“이미 매일매일이 원 없이 행복한 걸요.”

“마찬가지야.”

“……Get the best, Mr. Deserve.”

“Get the best, Mrs. Deserve.”

두 개의 심장이 맞닿아 두근거림이 배가 되고, 두 남녀가 만나 기적이 생겨나는 이 경이로운 순간에 두 사람은 모든 감정이 담긴 시선을 마주하고 있었다.

“키스, 해주세요.”

“이럴 때 가감 없어져서 좋긴 한데, 일단 벗어야 하지 않겠어?”

“아, 맞다.”

이제 목적어 안 넣는다고 놀라지 않을 거예요. 리희가 입술을 삐죽이며 안경을 벗자마자 시환이 그녀의 손에서 안경을 빼앗아 던지며 그녀의 입술에 깊게 키스했다.

오해가 풀리고 편견이 사라진 자리에 남은 것은 역시, 사랑이었다.

-마침-

작가 후기

출간작으로는 두 번째, 저 혼자만의 글로는 네 번째인 『오해가 편견을 사랑할 때』는 어느 날 새벽 불시에 제게 찾아온 이야기였어요. 자려고 누웠다가 번뜩 떠오른 시환이와 리희의 이야기를 정신없이 구상하느라 결국 뜬눈으로 새로운 아침을 맞이했던 기억이 납니다. 그러다 창문 틈으로 스며드는 예쁜 햇빛을 보면서 문득 매일매일 '오늘'을 가장 행복하게 살기로 했다던 안네 프랑크의 이야기가 떠올랐고 그때 저도 꼭 이 메시지를 글에 넣어야겠다고 마음먹게 되었습니다.

전 남자 친구 때문에 생긴 트라우마로 연예인을 좋아하는 여자. 거기서 생긴 오해로 만난 남자와 그를 통해 아픔을 이겨내 가는 과정. 그러다 보니 후반부엔 이야기가 조금 과격하지요. 제가 좀 더 능력 있는 글쟁이였다면 좀 더 노련하게 이 메시지를 전달할 수도 있었을 것 같은데 '단'과 '짠'의 확실한 경계를 좋아하는 저라서 그런지 항상 제 주인공들에게 극단적인 시련을 주고 맙니다. 쓰다 보면 '니들이 이런 시련을 겪고도 살아남을 수 있겠어?'라며 웃는 저를 발견할 정도니까요. 이쯤 되면 제 내면의 사악함을 글로 승화시키는 글쟁이가 된 게 다행으로 여겨지기도 하고……. 이참에 고진감래형 조물주를 만나 고생하는 제 캐릭터들에게 심심한 사과를 건네봅니다.

특히 이 작품은 주인공 서로 간의 결핍을 보완하며 성장하는 로맨스가 아니라 여자 주인공인 리희에게 다소 치우친 로맨스가 되면서 쓰는 내내, 그리고 수정하는 내내 제게 많은 고민을 안겨준 이야기였어요. 한편으로는 제가 아직 많이 부족하다는 것을 배우게 해줘서 고맙기도 하고요. 이 과정에서 저도 모르게 분출한 제 고뇌와 고심들을 너그럽게 함께 나눠주셨던 가족과 지인분들, 그리고 부족한 작품임에도 끝까지 힘써주신 편집자님께 고맙고 미안하다는 말 전하고 싶습니다.

저는 지인들의 생일이면 꼭 '생일인 오늘만 가장 행복하지 말고 매일매일이 생일인 것처럼 설레고 신나는 하루들을 맞이했으면 좋겠다.'는 메시지를 전하곤 합니다. 이 책을 읽어주신 모든 독자님께서도 늘 최상의 그대가 되어 사랑받고, 사랑하고 즐기는 인생을 사셨으면 좋겠습니다. 어제보다 나은 오늘, 오늘보다 나을 내일이 아닌 그저 매일매일이 최고인 행복을 누리시길. 감사합니다.

-박메가 드림.